mtb

ROSE
BLOOM

New HOPE

DAS GOLD DER STERNE

ROMAN

mtb

1. Auflage 2021
Originalausgabe

Dieses Werk wurde vermittelt durch die Literarische Agentur
Thomas Schlück GmbH, 30161 Hannover.
Gesetzt aus der Stempel Garamond
von GGP Media GmbH, Pößneck
Druck und Bindung von GGP Media GmbH, Pößneck
Printed in Germany
ISBN 978-3-7457-0189-0
www.mira-taschenbuch.de

Klimaneutral
Druckprodukt
ClimatePartner.com/15109-2009-1001

FSC
MIX
Papier
FSC® C014496

Mut steht am Anfang des Handelns,
Glück am Ende.

Demokrit

Kapitel 1

Lake

Ich atmete tief ein und kräftig wieder aus. Mit einer geschmeidigen Bewegung wechselte ich von der Kobra-Position in den herabschauenden Hund. Das Rauschen des Windes, der die dichten Kiefern des Waldes umspielte, begleitete meine Atmung, und die Energie floss durch meinen Körper. Ein Specht klopfte im gleichmäßigen Takt an einen Baumstamm, Sonnenstrahlen erhellten die Lichtung, wo ich auf meiner Matte so gut wie jeden Morgen meine Übungen vollführte, und Wärme durchdrang mich.

Das hier war mein Kraftort, meine Tankstelle und mein liebster Platz auf der ganzen Welt.

Ich war frei. Ich war zufrieden. Ich war stark.

Mit neuem Elan beendete ich den Sonnengruß, der fester Bestandteil meiner morgendlichen Yogaeinheit war, trank einen Schluck Wasser und packte meine Sachen zusammen, um zurück zum Haus zu gehen. Ich liebte das kitzelnde Gefühl des weichen Grases unter meinen nackten Fußsohlen, und ein Lächeln lag auf meinen Lippen, bis ich aus der Lichtung trat und mir meine flachen Sandalen anzog. Heruntergefallene

Kiefernnadeln überdeckten den dichten Waldboden, und mit einem Satz sprang ich über einen umgefallenen, mit Moos bedeckten Baumstamm.

Wenn sich der gesamte Tag nur so anfühlen könnte wie der Morgen. Doch leider stand weit mehr auf meiner heutigen To-do-Liste als Yoga. Wenigstens war heute Donnerstag, und mir würde der Spott meiner beiden älteren Brüder Braxton und Graham wegen meiner neusten Kündigung erspart bleiben, der mich fast immer erwischte, wenn wir uns sonntags mit der gesamten Familie zum Abendessen trafen.

Dabei war der letzte Job in der Touristeninformation des Nationalparks wirklich nichts für mich gewesen. Zumindest fernab des Empfangs, denn mit den Besuchern kam ich ganz gut klar und hatte meine Freude daran, Ausflugstipps weiterzugeben und von der wunderschönen Gegend hier zu erzählen. Aber diese Stelle war mit Buddy Barlow bereits belegt, und ich war einfach nicht der Typ, der stundenlang auf einem Stuhl sitzen, Papierkram wälzen und den Büroalltag organisieren konnte. Das Problem war nur, dass ich schon so viele Dinge ausprobiert hatte, dass ich überhaupt nicht wusste, welcher Beruf für mich geeignet war. Sofort verdunkelten sich meine Gedanken, und ich fluchte innerlich darüber, dass ich nicht die Gelassenheit meiner Mutter besaß. Oder dass ich schon wieder fluchte. Ein Teufelskreis.

Ich überquerte eine Wiese mit gelb blühendem Frauenmantel vor dem Wald, lief durch die angelegten Apfel- und Orangenbäume an unserem Gewächshaus und den Gemüse- und Kräuterbeeten hinter unserem Haus vorbei und entdeckte meine Mom kniend vor einem davon. Während sie leise vor sich hin pfiff, zupfte sie Löwenzahnblätter von den Stängeln und legte sie in einen kleinen Korb mit bereits geernteter Petersilie. Ihre dunkelbraunen Haare, deren Farbe ich geerbt hatte, hatte sie wie so oft bei der Arbeit mit einem bunten Tuch nach oben gebunden, und in ihrem Gesicht lag ein Ausdruck absoluter Zufriedenheit, um die ich meine Mutter in diesem Moment beneidete.

Alice Campbell war die gute Seele von New Hope, der Kleinstadt im Tal des Mammoth Peaks in Kalifornien, in dem wir lebten. Ich liebte die umliegende, lebendige Natur des Yosemite-Nationalparks, die zahlreichen Seen, die dichten Kiefernwälder und die uralten Mammutbäume. Unter keinen Umständen konnte ich mir einen anderen Ort auf der Welt vorstellen, an dem ich wohnen wollte, und trotzdem hatte ich manchmal das Gefühl, nicht hierherzupassen. Keinen Beitrag zur Gemeinschaft leisten zu können, so wie es unsere Eltern meinen Brüdern und mir von klein auf gepredigt hatten.

Ich blieb neben ihr stehen. »Hey, Mom.«

»Hallo, Schatz, du bist heute früh auf und mit deiner Yogaeinheit fertig«, sagte sie und sah zu mir hoch, wobei sie mit der Hand die Augen gegen die Morgensonne abschirmte.

»Ich konnte nicht schlafen.« Ich legte die Matte, Trinkflasche und meinen Pulli ins Gras und setzte mich neben sie. Kurz überlegte ich, sie um Rat zu meinen negativen Gedanken zu fragen, ließ es dann aber bleiben.

Nachdem ich die Ärmel meines grauen Longsleeves hochgekrempelt hatte, begann ich, ihr zu helfen, die Löwenzahnblätter zu pflücken. Für einen Moment herrschte behagliches Schweigen zwischen uns, und ich bekam den Kopf wieder etwas frei, während das Zwitschern der Vögel und das sanfte Plätschern des Flusses am Ende unseres Grundstückes mich erdeten. Auch wenn ich kein Wort mit Mom wechselte, schaffte sie es, mich und die gesamte Familie allein mit ihrer Anwesenheit zu beruhigen. Irgendetwas an ihrem Duft nach den Räucherstäbchen im Haus und ihrer Gelassenheit gab ihr die Fähigkeit, jeden Zwist mit einem Lächeln schlichten zu können. Das war ihre Superkraft, die sie auch schon in unserer Kindheit eingesetzt hatte, wenn meine Brüder und ich uns wegen Kleinkram in den Haaren gelegen hatten. Vor allem Brax, der Mittlere von uns, und ich hatten bei unseren Streitereien über Dinge, wie die Bestimmung des Fernsehprogramms oder wer morgens zuerst ins Bad durfte, schon manchen Gegenstand in unserem Haus zerdeppert.

»Manchmal ist es, wie es ist. Aber es wird, was du daraus zauberst. Mach dir keine Sorgen, Vögelchen«, schenkte sie mir eine ihrer üblichen Lebensweisheiten, und ich lächelte. Sie legte ihre Hand auf meinen Oberschenkel. Weil meine Mutter sich fast nur draußen an der frischen Luft aufhielt, war ihre Haut von der Frühlingssonne schon jetzt gebräunt. »Wenn du über irgendetwas sprechen möchtest, weißt du, dass du zu mir kommen kannst, oder?«

»Ja, Mom, danke.« Ich zögerte immer noch. Ich war vierundzwanzig Jahre alt und nicht imstande, etwas ohne meine Mom zu regeln. Was sagte das über mich aus? »Aber wieso bist du so früh hier?«, lenkte ich ab und warf eine Handvoll grüner Blätter in den geflochtenen Henkelkorb, der am Ende des Beetes stand.

»Dein Dad war noch nicht wach, und ich wollte ihn mit Petersilien-Pfannkuchen überraschen. Bis ich den perfekten Löwenzahn hier entdeckt habe. Mrs. Appleworm hat immer noch Probleme mit ihrer Galle. Ich mache einen Tee daraus, das wird ihr helfen.«

Natürlich. Mom sah kein Unkraut, sie erkannte Möglichkeiten. Noch ein Punkt, den ich an ihr liebte.

»Der Apfelkuchen von gestern ist bereits ausverkauft. Heute Morgen backe ich noch einen Rhabarberkuchen für

Midge und bringe ihn ihr später vorbei. Wenn du magst, halte ich danach bei Mrs. Appleworm und gebe ihr den Tee.«

»Oh, das ist sehr lieb, auch dass du Midge zur Hand gehst!«

»Ja, Josh ist seit gestern nicht da, und sie hat im Moment ganz schön zu tun.«

»Oh, ist Josh eigentlich krank?« Meine Mom sorgte sich immer um andere, aber ich konnte sie umgehend beruhigen.

»Nein, soweit ich weiß, muss er sich um seinen Dad in Carson kümmern und weiß noch nicht genau, wann er zurückkommen kann.«

»Dann hoffen wir mal, dass es ihm bald wieder gut geht. Ich bin stolz auf dich, Schatz, dass du deiner Freundin hilfst.«

Meiner Mom war es egal, welchen Job ich hatte, für sie blieb ich immer das kleine Nesthäkchen, das kaum etwas falsch machen konnte. Einerseits war dieser Umstand schön, doch es war an der Zeit, endlich meinen Weg zu finden, damit sie wirklich stolz auf mich sein konnte. Wenn dieser nur nicht aus so vielen Abzweigungen bestehen würde, sodass es mir schwerfiel, die richtige von der falschen unterscheiden zu können …

»Soll ich dir noch ein wenig helfen?«

»Nein, nein, back du ruhig den Kuchen, ich komme gleich rein!«

»Okay, bis gleich, hab dich lieb«, erwiderte ich, gab ihr einen Kuss auf die Wange und stand auf.

»Ich dich auch.«

Als ich auf unser Haus zuging, bemerkte ich mal wieder, wie schön wir es hier hatten. Wir wohnten ein Stück von der Innenstadt entfernt direkt an einem dichten Kiefernwald und waren umgeben von Wildblumenwiesen, einem rauschenden Fluss, den Blick auf umliegende schneebedeckte Wipfel und viel Ruhe. Seitdem meine Brüder ausgezogen waren und ich hier allein mit meinen Eltern lebte, war es zwar manchmal sehr still, allerdings niemals langweilig. Mit dem Grundstück, den Streuobstwiesen und den Beeten hatten wir immer etwas zu tun. Außerdem kamen Graham und Brax oft zu Besuch, und ich fuhr auch recht häufig zu ihnen. Zumindest zu Brax in seine Schreinerei *Woodworker*, denn Graham wohnte abgeschottet auf der anderen Seite der Stadt. Seine Waldhütte lag direkt an einem See, was ihm gefiel, da er nicht der Typ vieler Worte war und es bevorzugte, seine Ruhe zu haben. Wie ich hatte er die Liebe zur Natur von unserer Mom geerbt und konnte diese als Ranger im angrenzenden Nationalpark vollends ausleben.

Drinnen angekommen, umfing mich der orientalisch würzige Duft der Lieblingsräucherstäbchen meiner Mom, der im gesamten Haus hing. Ich schlüpfte aus meinen Sandalen, stieg die massive Holztreppe in den ersten Stock zu meinem Zimmer hoch und verstaute dort meine Yogamatte in einer Kommode. Dieses Teil mochte ich ganz besonders, denn Brax hatte es mir vor einigen Jahren aus einem Kiefernstamm gebaut und zum Geburtstag geschenkt. Mir gefiel es, dass sich mit dem Holz der Decke und der Einrichtung die warmen Töne der Natur auch hier drinnen wiederfanden. Die alten Dielen des Bodens knackten, als ich mein Zimmer durchquerte, mir etwas Frisches zum Anziehen aus dem Schrank nahm und in das angrenzende Badezimmer lief.

Unter der Dusche schloss ich die Augen, wusch die gesamte Negativität ab, die mich herunterzog, und trat erholt auf den weichen Vorleger. Nach dem Abtrocknen schlüpfte ich in einen bodenlangen Rock mit einem korallfarbenen Blumenmuster und streifte mir ein senfgelbes Shirt über, das ich mit einem Knoten ein Stück über meinem Bauch zusammenband. Meine Haare ließ ich offen an der Luft trocknen und ging anschließend hinunter in die Küche. Das Herz unseres Heims und der Ort, an dem wir, abgesehen vom Garten, die meiste Zeit verbrachten.

Der Duft von frisch gekochtem Kaffee erfüllte den Raum, während die Maschine vor sich hin gluckerte. Ich mochte den Geruch, auch wenn ich das Zeug nicht trank, aber er erinnerte mich an meinen Dad, der ohne seine morgendliche Ration nicht funktionieren konnte. Mit einer Zeitung saß er an dem ausladenden Eichentisch inmitten des Raumes und war völlig vertieft in einen Artikel.

»Guten Morgen, Dad.« Ich lief zu ihm hinüber, drückte meinem Vater einen Kuss auf die Wange und steuerte die Küchenzeile im Landhausstil an. Meine Mutter hatte zwei neue Töpfe mit Azaleen auf ein Ende der Arbeitsplatte gestellt, und bevor ich zum Kühlschrank ging, beugte ich mich nach vorn und inhalierte den Duft der rosafarbenen Blüten.

»Morgen«, brummte er, und ich musste grinsen. Graham hatte viel von ihm, vor allem morgens. Dad war – anders als Mom und ich – überhaupt kein Frühaufsteher, aber mit den Obstbäumen und den Beeten gab es immer etwas zu tun. Wir hatten nicht nur Abnehmer im ganzen Gebiet um die kalifornische Sierra Nevada, sondern belieferten auch einmal die Woche den Supermarkt in New Hope mit frischen Lebensmitteln. Selbstverständlich kamen bei uns auch nur Obst und Gemüse aus dem eigenen Anbau auf den Tisch. Dad hasste das frühe Aufstehen, doch er liebte den Job und Mom zu sehr, als dass er sich irgendwann jemals über die harte Arbeit beschwert hätte. Die beiden hatten sich auf dem College in Sacramento kennengelernt und früh geheiratet. Als meine Mutter mit Graham schwanger gewesen war, zogen sie zurück in Moms Heimatstadt, kauften das Haus und pflanzten die ersten Bäume. Ich war mir sicher, dass mein Vater keinen einzigen Tag bereut hatte, in New Hope mit seiner großen Liebe sesshaft geworden zu sein. Die beiden waren das Vorbild meiner rosafarbenen Märchenfantasie, und ich hoffte, ebenso einen Partner zu finden, der mich auch nach über dreiunddreißig Jahren Ehe noch so verliebt anschaute wie mein Dad meine Mom.

Bevor ich die Kühlschranktür aufzog, um die Zutaten für den Kuchen herauszusuchen, fiel mir auf, dass die Kaffeemaschine durchgelaufen war. Da Dads Tasse auf dem Tisch vor ihm leer war und sich kleine Flecken darauf befanden, nahm ich an, dass dies bereits seine zweite Kanne war. Er musste länger wach sein, als ich angenommen hatte.

»Trink nicht so viel davon, das Zeug fördert Bluthochdruck.«

»Sehe ich aus, als hätte ich Bluthochdruck?«, erwiderte er trocken, und ich beäugte ihn einen Moment. Er zog entspannt eine Augenbraue hoch und musste selbst grinsen.

»Ich bin keine Ärztin, aber ich würde behaupten, nein.«

»Na siehst du.« Er blätterte die Zeitung um. »Ist deine Mom noch draußen?«

»Ja, ich habe sie getroffen. Sie kommt gleich rein und macht dir Pfannkuchen, aber erzähl ihr nicht, dass du diese Info von mir hast.«

»Hm, gut, das wollte ich hören«, erwiderte er. Ich widmete mich wieder dem Innern des Kühlschranks und vernahm hinter mir das Rascheln der Zeitung. Auch wenn mein Dad und meine Brüder sich nicht unbedingt zu hundert Prozent daran hielten, ernährten meine Mom und ich uns vegetarisch. Wenn wir Milch und Eier bezogen, dann ausschließlich von der *Groveland Farm* in der Nähe der einzigen Pension, dem *Big Mountain Inn*. Für mich war das eine Möglichkeit, der Natur ein Stück zurückzugeben und auf sie zu achten. Unter keinen

Umständen wollte ich, dass ein anderes Lebewesen für meinen Genuss starb. Außerdem lebten wir hier von der Landwirtschaft und dem Tourismus, und wenn beides nicht gefördert wurde, könnte die Zukunft unserer Kleinstadt New Hope ernsthaft auf dem Spiel stehen.

Ich sammelte Dinkelmehl, Milch, Zucker und Butter zusammen, bewunderte das satte Rot des Rhabarbers, dessen Ernte dieses Jahr durch diesen warmen Frühling besonders früh möglich war, und legte alles auf der Arbeitsfläche ab. Wie kaum jemand anderes stand Midge auf meinen Rhabarberkuchen und sicherte sich jedes Mal selbst ein großes Stück, bevor sie ihn in ihrem Café anbot. Ebenso musste ich zugeben, dass auch meine größte Schwäche mein Zuckerkonsum war. Auch wenn mir Backen ohnehin Spaß machte, war Midge eine meiner zwei besten Freundinnen, und ich würde sie niemals im Stich lassen – ob nun bei der Herstellung ihres Speiseangebots in ihrem Café oder bei welchen Dingen ich auch sonst gebraucht wurde. Als Inhaberin des *Books & Cakes* und mit einem hochbegabten Fünfjährigen war das Leben sowieso schon schwer genug. Auch wenn Josh, Midges Freund und Vater des kleinen Easton, alles tat, um sie zu unterstützen, und sich nach dem Kindergarten um ihn kümmerte.

Mal davon abgesehen, hatte ich im Moment ohnehin nichts anderes zu tun, und es würde mich ein wenig von dem Umstand ablenken, dass ich mir so schnell es ging einen neuen Job suchen musste. Hoffentlich diesmal auf Dauer.

Kapitel 2

Wyatt

Der Fahrtwind zerzauste mein Haar, während ich das Gesicht aus dem geöffneten Fenster reckte. Die Sommersonne fühlte sich warm auf meiner Haut an, und als die ersten Klänge des Countrysongs aus dem Radio drangen, erfüllte mich Glück.

»Guter Song, oder?« Ich sah hinüber zu meinem Dad auf dem Fahrersitz, der grinsend die Straße fixierte und mit der flachen Hand im Takt des Liedes auf das Lenkrad klopfte. Mir fiel auf, wie grau die Schläfen seines dunkelblonden Haares geworden waren. Lachfältchen umspielten seine Augen, in denen in letzter Zeit aufgrund seiner langen Arbeitsstunden in der Fabrik oft ein müder Ausdruck lag.

Nur in Momenten wie diesen hatte ich das Gefühl, er war wie früher. Lustig, glücklich und der beste Dad der Welt.

»Ja, Sir«, erwiderte ich, und mein Vater drehte die Lautstärke noch ein Stück höher, sang sogar ein paar Zeilen schief mit. Das Gesangstalent in der Familie wurde eindeutig an meinem Dad vorbeigereicht.

»Willie Nelson ist der King. Merk dir das, es gibt keinen Besseren«, rief er, und die Musik, die warme Luft und Zufrie-

denheit erfüllten den gesamten Innenraum. Ich wippte mit dem Kopf rhythmisch zum Song.

»Und Onkel Hank?«

Ausgelassen lachte mein Dad. »Hank wird einmal ein ziemlich großer Star werden. Trotzdem geht nichts über Nelson.«

Ich nickte mit einem Lächeln auf den Lippen. Dad hatte recht. Immer. Es hatte keinen Tag gegeben, an dem er gelogen oder seine Worte nicht gestimmt hatten. Unsere gesamte Familie stand schon immer auf Musik, und seitdem mein Onkel im letzten Jahr seinen ersten Nummer-eins-Hit als Countrysänger gelandet hatte, lief das Radio zu Hause ununterbrochen.

Wenn ich diesen Moment in dem Pick-up meines Dads mit den Klängen von *On the Road again* im Ohr rückblickend betrachtete, war er der schönste in meinem Leben. Ich war acht Jahre alt, hatte Träume, Hoffnungen und wusste nichts über die schlechten Seiten der Welt. Über falsche Freunde, Verlockungen und die Dunkelheit, die der Ruhm unaufhaltsam mit sich brachte.

Musik war alles für mich und fühlte sich an wie mein Schicksal. Ich hatte keine Ahnung, bei welcher Gabelung mein achtundzwanzigjähriges Ich diese Zuversicht verloren hatte. Ab wann es sich nicht mehr wie die Zukunft, sondern wie mein Untergang anfühlte.

Die Bilder meiner Erinnerung verwischten und versanken in den letzten Ausläufern meines Traumes. Ich versuchte, die Augen zu öffnen, aber die Lider klebten aneinander. Meine Hand wanderte zu meinem pochenden Schädel, und aus meinem Mund kam ein Keuchen, das sich eher wie der Laut eines tollwütigen Tieres anhörte.

»Na, Cinderella, ausgeschlafen?«

Diesmal schaffte ich es, meine Lider zu heben, brauchte jedoch einige Sekunden, um festzustellen, dass ich mich nicht mehr in dem Wagen meines Dads, sondern in meinem Apartment befand. Ich drehte den Kopf so langsam, wie ich konnte, von den grellen Sonnenstrahlen weg, die mich durch die breiten Fenster zu verbrennen drohten. Jede Bewegung ließ mich aufstöhnen.

Andreas Gesicht tauchte vor mir auf, und sie sah mich an wie ein ungezogenes Kind. In Zeitlupe richtete ich meinen Oberkörper auf und rieb mir mit den Handflächen über die brennenden Augen und die schwitzige Stirn. Ich schmeckte den faden Alkohol und kämpfte mit der Übelkeit, die in mir aufstieg. Konnte ich nicht einfach nur sterben?

»Hast du nicht etwas vergessen?«

Ich schaute hoch und erkannte dabei die Überreste der gestrigen Party in meinem Wohnzimmer. Leere Flaschen, ein hässlicher Fleck auf dem schweineteuren Teppich und Essensreste verteilt über den Glastisch vor der braunen Ledercouch, auf der ich nun zusammengesackt saß. Fuck. Ich hatte einen totalen Blackout.

»Was?«, brummte ich und tat so, als wäre der Anblick meines Apartments und vor allem wahrscheinlich mein eigener nicht verachtenswert. Als wäre alles in Ordnung. Wie immer.

»Das Shooting, das um elf angesetzt war?«

Aus dem Augenwinkel spähte ich auf die Uhr an der Wand meiner offenen Wohnküche, die neben zwei eingerahmten goldenen Schallplatten hing. »Sorry.«

»Oh wow, das ist alles? Du liegst um ein Uhr mittags auf deiner Couch und schläfst deinen Rausch aus, während ich versuche, dich zu erreichen. Weißt du, wie viele Menschen heute nicht bezahlt werden, weil du sie hängen lässt?«

Ich seufzte schwer darüber, dass ich Andi einen Wohnungsschlüssel für meine Abwesenheiten gegeben hatte, hievte mich hoch und richtete dabei den halb offenen Gürtel meiner Jeanshose. Andrea war mindestens zwei Köpfe kleiner als ich. Auch heute trug sie einen ihrer schwarzen Hosenanzüge, und auf ihrer cremefarbenen Seidenbluse war ein Marmeladenfleck zu sehen. Sie hatte sich schon mehrfach darüber beschwert, keine Zeit zum Frühstücken zu haben, aber in Wahrheit war sie einfach nur teuflisch ungeschickt. Plötzlich bemerkte ich die Zeitung, die sie in ihrer Hand hielt und mir nun an den nackten Oberkörper drückte.

»Ernsthaft? Eine Schlägerei in einer Bar?«

Ich blinzelte gegen das Brennen in meinen Augen an und nahm die Zeitung entgegen. Auf der Titelseite war ein verschwommenes Foto abgedruckt, das einen Typen und mich zeigte. Es war durch die hohe Glasscheibe meiner Stammbar von Weitem in genau dem Moment geschossen worden, als meine Faust in das Gesicht des Fremden krachte.

Dunkle Erinnerungsblitze vom gestrigen Abend durchdrangen mein vernebeltes Hirn, und ein Blick auf meine lädierten Fingerknöchel bestätigte das Bild, das sich formte. Genervt schmiss ich die Zeitung hinter mich auf das Sofa und schlurfte mit nackten Füßen über den kalten Marmorboden zur Küche. In meinem ganzen Leben hatte ich noch nie so einen Durst gehabt! Zumindest fühlte es sich gerade so an. Ich stand kurz davor, meinen Pool draußen leer zu saufen.

»Du willst also nichts dazu sagen?«

»Würde es etwas ändern?« Meine Zunge klebte mir am Gaumen.

»Nein, doch ich bin deine Managerin, und die Etikette schreibt nun mal vor, dass ich eine Erklärung verlangen muss«, riss sie einen schlechten Witz.

Ich nahm eine Wasserflasche aus dem Kühlschrank und lehnte mich an die weiß glänzende Küchenzeile, setzte den Flaschenhals an und stürzte den halben Inhalt in einem Zug hinunter. Das kühle Wasser löschte wenigstens ein bisschen den ätzenden Brand in meinem Innern. Während ich versuchte, auch hier das Chaos auf der Arbeitsplatte, bestehend aus haufenweise Verpackungen eines italienischen Edel-Lieferdienstes, Chipskrümeln und halb leeren Bier- und Ginflaschen, zu ignorieren, lief Andrea zu dem Barschrank im Wohnzimmer und schenkte sich einen Bourbon ein.

Auch wenn es erst kurz nach eins war, war sie keine Alkoholikerin. Genau genommen trank sie immer nur zwei winzige Schlucke, aber sie liebte den Duft davon. Torfig, rauchig, erdig, süß oder malzig. Sie konnte jeden Whiskey nur anhand seines Geruchs erkennen. Wahrscheinlich entwickelte man automatisch einen Spleen, wenn man ständig mit überheblichen Musikern zusammenhockte und Verträge in Millionenhöhe abschloss.

Sie drehte den Schwenker in ihrer Hand und roch daran. Als sie einen kleinen Schluck nahm und genüsslich die Augen schloss, wurde mir beim bloßen Anblick des Alkohols schon wieder übel.

»Hm, wenigstens kriege ich bei dir immer das gute Zeug.« Erneut nippte sie an ihrem Glas. »Pappy Van Winkle's, zweitausendsieben, Special Edition. Scheiße, Wyatt, wenn ich es nicht besser wüsste, würde ich denken, du magst mich doch, wenn du mir so eine Köstlichkeit anbietest.«

Ich bot ihr nie irgendetwas an, denn sie nahm sich ohnehin das, was sie wollte. So war sie einfach. Außerdem hatte ich noch keine Frau öfter fluchen gehört als Andrea McCollins.

Mein Blick wanderte über die dunklen Designermöbel und den glänzenden, hellen Boden nach links zu der raumhohen

Fensterfront meines minimalistisch eingerichteten Luxusapartments, durch die ich eine grandiose Aussicht auf Los Angeles hatte.

Eine Stadt voller Möglichkeiten und vier Millionen Einwohner, von denen mindestens ein Viertel schon meine Konzerte besucht oder mit mir abends gefeiert hatte. Und trotzdem konnte ich nicht mal eine Handvoll davon in der gesamten verfluchten Stadt einen richtigen Freund nennen.

Um mich von diesen trübsinnigen Gedanken abzulenken, nahm ich mir eine Packung abgepackter Sandwiches und setzte mich damit an die Kücheninsel. Vielleicht beruhigte das meinen rotierenden Magen, aber etwas anderes hatte ich ohnehin nicht. Ich war kaum zu Hause, und wenn, bestellte ich mir Essen bei irgendeinem Lieferdienst in der Nähe.

Andrea kam zu mir und stellte das Glas vor sich ab. Der beißende Geruch von Whiskey und ihres herben Parfüms drang zu mir, und erneut unterdrückte ich ein Würgen.

Ich kaute in Zeitlupe, atmete konzentriert durch die Nase und ließ meinen Blick die Marmorarbeitsplatte entlanggleiten. Goldene Sprenkel zwischen schwarz-weißer Färbung. Besonders, doch ich hatte sie nicht ausgesucht, genauso wenig wie die restliche Einrichtung in diesem Apartment. Die Dinge, die mir wirklich was bedeuteten, passten nur in eine Gitarrentasche. Oder die, die mir zumindest einmal etwas bedeutet *hatten*.

»Vielleicht tut dir eine Pause gut«, sagte Andrea.

Verwirrt starrte ich sie an. »Was meinst du damit?«

»Du solltest dich für einige Zeit zurückziehen und Gras über all die Sachen wachsen lassen, die du dir im letzten Jahr erlaubt hast. Hast du deinen Aufenthalt im Krankenhaus vergessen? Verdammt, du kannst froh sein, dass die Presse nichts von diesem Abend erfahren hat. Nicht nur ich erkenne dich kaum wieder. Nach der Sache mit ...«

Ich zog die Brauen zusammen, und Andrea verstummte, denn sie merkte meinen Stimmungsumschwung sofort. »Die Paparazzi werfen sich auf jeden noch so kleinen Skandal, merkst du nicht, dass du deinen Ruf aufs Spiel setzt?«

Ich lachte trocken auf und hatte keine Ahnung, ob das einer von Andreas bescheuerten Scherzen war. Sie war die schlechteste Witzeerzählerin der Welt und versuchte es trotzdem immer wieder. »Meinen Ruf. Das kann denen doch egal sein, Hauptsache, meine Musik ist gut.«

»Das ist es ja. Natürlich füllst du Hallen, und deine Songs werden gekauft, aber fühlst du dich dabei noch glücklich?«

»Was soll der Scheiß, Andi? Wenn du mich rauswerfen willst, mach es, und tu nicht so, als würde ich dir persönlich am Herzen liegen. Ein Haufen Manager würden sich für mich ein Bein ausreißen«, erwiderte ich laut. Wut sammelte sich in meinem Bauch und verdrängte den Kater der gestrigen Nacht. Im Grunde wollte ich keine andere Managerin. Andrea war wenigstens ehrlich, was eine Menge anderer Leute in unserer Branche nicht waren. Doch wenn sie mich jetzt wegen ein paar Partyabenden fallen lassen wollte, dann ging ich lieber freiwillig! Sie übertrieb maßlos!

»Nicht, wenn ihr Klient sich fast jede Nacht in Bars schlägt und nicht zur Arbeit kommt.«

Sie drehte das Glas in ihren Fingern und lehnte sich seitlich an die Kücheninsel. Nicht vieles brachte sie aus dem Takt, und auch jetzt wirkte sie entspannt. Keine Ahnung, woher sie diese Gelassenheit nahm, aber vielleicht hatte sie mich auch schon längst abgehakt. Wieder drängte sich das Gefühl an die Oberfläche, das ich an jedem Abend zu vergessen versuchte. Einsamkeit. »Ich schicke dich in den Urlaub.«

»Urlaub?« Ich zog die Augenbrauen zusammen und schmiss das angebissene Sandwich zurück auf den Teller. Es kam mit einem unappetitlichen Platschen auf. »Was meinst du damit?«

»Meine Schwester wohnt mit ihrer Familie in New Hope, einer Kleinstadt am Rande des Yosemite-Nationalparks, also in einer völlig ruhigen Gegend.«

»Du meinst im Nichts!«

»So kann man es auch ausdrücken.«

»Ich bin kein verdammter Teenager, den man in ein langweiliges Nest am Ende des Landes abschieben kann!«

»Wieso benimmst du dich dann so?«

Das hatte gesessen. Ich richtete mich auf. »Was ist mit den anstehenden Konzerten? Was ist mit dem *Indie for Concert* in Orlando? Die Veranstalter wollen mich als Hauptact!«

»Dann werden sie sich jemand anderen suchen müssen.«

»Das muss ich nicht mitspielen!« Als ich zu schnell aufsprang, verlor ich das Gleichgewicht und krallte mich mit den Händen an der Küchenplatte fest. »Raus!« Mit einer schwungvollen Bewegung deutete ich zur Tür. Mein Körper zitterte vor Zorn, und meine Kehle wurde eng. Ich hatte das Gefühl, jemand beraubte mich der Luft zum Atmen. Singen und Auftreten waren die einzigen beiden Dinge, die ich konnte. Ja, Musik war das Einzige, das ich wirklich noch hatte! Niemand besaß das Recht, sie mir wegzunehmen! Ich hatte nicht alles auf eine Karte gesetzt, um jetzt aus dem Geschäft gezogen zu werden wie ein Nichts!

»Gut, ich sehe dir nicht dabei zu, wie du dich selbst zerstörst. Viel Glück bei der Suche nach einem anderen Management.«

Sie schenkte mir ein trauriges Lächeln, und das Klackern ihrer Pumps hallte auf dem Marmorboden wider, als sie um mich herumging. Ich ballte die Hände zu Fäusten und ließ eine davon auf die Arbeitsplatte krachen. Der Schmerz lenkte mich von dem in meinem Innern ab. »Du erpresst mich.«

»Ich helfe dir«, antwortete sie und blieb stehen. »Wie mein Dad Duncan und ich deinem Onkel geholfen haben.«

Ihre Worte sickerten nur langsam in mein Hirn. »Nur leider hat das überhaupt nichts genutzt. Was ist ihm denn jetzt noch geblieben?«

Sie trat einen Schritt auf mich zu, und ich erkannte die Trauer in ihren Augen. »Weil dein Onkel sich nicht helfen lassen wollte. Denk drüber nach.« Damit wandte sie sich ab, und ich zuckte zusammen, als die Eingangstür hinter ihr ins Schloss fiel. Die Stille, die sich in meiner Wohnung ausbreitete, war furchtbar. Ich fühlte mich allein. Mit meinen Gedanken, dem Schmerz des Verlustes und der Leere in meinem Herzen, die sich immer weiter vergrößerte und mich irgendwann verschlingen würde.

Kapitel 3

Lake

Das Einzige, das mich von der gestrigen Standpauke meiner Brüder bei unserem Sonntagsessen ablenken konnte, war die wunderschöne Natur, die mich umgab. Der schmelzende Schnee vom Winter lief in schmalen Bächen die Berghänge hinab, die New Hope umsäumten. Als der kühle Wald nach einer Meile lichter wurde und nur noch vereinzelt Kiefern am Wegesrand standen, erkannte ich das blühende Meer aus Wildblumen auf den weiten Wiesen. Das satte Gelb des Hahnenfußes, das Lila der Hyazinthe, das kräftige Blau der Kornblume und noch viele Pflanzen mehr. Alle konnte ich anhand eines einzigen Blattes erkennen. Die süßen Suffolk-Schafe der *Groveland Farm* mit ihren schwarzen Beinen und Köpfen nickten in meine Richtung, als ich an ihrer Weide vorbeiradelte. Dahinter ragten die Wipfel des Yosemite-Nationalparks in den wolkenlosen Himmel. Ein Vogel zog seine Kreise, und ich blinzelte gegen die Sonne, während die Anzahl der Häuser mehr wurde und ich mit meinem Fahrrad die New Hope Road hinunter in die Innenstadt düste. Der Wind strich mir das Haar aus dem Gesicht, und ich war froh, dass er jetzt wärmer war als noch vor einer Woche. Ich mochte den tiefkalten Winter, die schneebedeckten Spitzen der Berge und Skiausflüge mit Braxton und seiner zehnjährigen Tochter Ruby, aber noch mehr liebte ich die erwachende Natur in dieser Jahreszeit. Der morgendliche Nebel wurde von Tag zu Tag lichter, und die immer kräftiger werdende Frühlingssonne schob sich über die gigantischen Bergketten und tauchte sie in einen goldenen Glanz. Der frische Duft von Kolorado-Tannen und Kiefern drang mir in die Nase, und ich atmete noch tiefer den Gegenwind ein.

Auch wenn ich unseren Pick-up hätte nehmen können, um mir den Berganstieg auf dem Rückweg zu ersparen, vermied ich es aus Rücksicht auf die Natur, unnötig Auto zu fahren. Außerdem hatte ich auf dem Fahrrad viel mehr das Gefühl, ein Teil der wunderschönen Gegend um uns herum zu sein. So ursprünglich und fast unangetastet war diese an immer wenigen Stellen im Land zu finden. Ich erspähte die ersten dicht beieinanderstehenden Häuser und verlangsamte mein Tempo. Da ich hier schon bereits mein gesamtes Leben wohnte, kannte ich so gut wie jeden Bewohner, jeden Stein und jede Ecke von New Hope. Ich hob die Hand, während ich an Mrs. Mills' grasgrünem Holzhaus vorbeifuhr. Sie saß in ihrem Rollstuhl auf der Veranda, ihr alter Kater Lucifer auf dem Schoß, und winkte mir sofort zurück, als sie mich bemerkte.

Im Grunde gab es in New Hope außer eintausend Einwohnern, einer einzigen Hauptstraße, Wohnhäusern und ein paar Geschäften nicht sehr viele Dinge. Aber ehrlich gesagt brauchte ich nicht mehr, um glücklich zu sein.

Die wichtigsten Orte waren wohl der Supermarkt, die Polizeistation und gleichzeitig Feuerwehrwache, das Rathaus, *Ginger's Bar & Billard*, in der es an den Wochenenden hin und wieder Live-Auftritte gab, die Highschool, Braxtons

Werkstatt *Woodworker*, die beste Eisdiele im ganzen Staat Kalifornien und Midges Café *Books & Cakes*, auf das ich nun zusteuerte. Ich überquerte eine Kreuzung und hielt vor dem hohen Bürgersteig, stieg ab und hob mein Fahrrad in einen Ständer neben dem Eingang. Selbst in der Innenstadt standen mehr Bäume als Wohnhäuser, vor denen fast immer ein Geländewagen parkte. Egal, in welche Richtung man sich auf dem Canyon Boulevard drehte, sofort fiel einem einer der Berge ins Auge. Es war wundervoll.

»Ah, da ist ja der Sonnenschein des Tages! Ein wundervoller Montag, oder?«, vernahm ich die Stimme von Mr. Butler und wandte mich dem älteren Herrn zu, der mit seinem besten Freund Mr. Douglas auf einer Bank neben Midges Café saß.

»Guten Morgen, die Herren!«, begrüßte ich sie und lächelte ihnen freundlich zu. Die beiden hatten den ganzen Tag nichts anderes zu tun, als hier zu sitzen und alles, was passierte, zu kommentieren. Heimlich wurden sie Waldorf und Statler genannt, wie die witzigen älteren Männer aus der Muppet Show. »Haben Sie gut geschlafen?«, fragte ich.

»Ach, Kindchen, wenn du in unser Alter kommst, ist Schlaf total überbewertet.«

»Ich schlafe abends sehr schlecht ein«, sagte Mr. Douglas.

»Kenne ich«, antwortete Mr. Butler und putzte seine Brille. »Ich zähle dann immer bis drei.«

»Und das hilft?«

»Na ja, manchmal zähle ich auch bis halb vier.« Die beiden lachten schallend los, und auch ich konnte mir ein Grinsen nicht verkneifen.

»Ich würde ja gerne noch bleiben, aber leider muss ich los! Ich wünsche Ihnen beiden einen schönen Tag!«

»Solange unsere Frauen nicht vorbeikommen, werden wir den haben«, rief mir Mr. Butler hinterher.

Ich schnallte den Rhabarberkuchen, den ich bei meinem Plausch mit den beiden Herren fast vergessen hatte, vom Gepäckträger und betrat das Café. Sofort begrüßte mich der Duft von frisch aufgebrühtem Kaffee, Gebäck und den alten, kostbaren Büchern, die hier überall in deckenhohen Regalen thronten. Midge hatte so gut wie jeden Klassiker, und wenn ein Bewohner im Urlaub war und dort ein Buch fand, von dem er dachte, dass es gut in ihre Sammlung passte, war es eine altbekannte Stadttradition, ihr dieses mitzubringen. Aus dem Grund besaß sie allein fünf verschiedene Ausgaben von Moby Dick. Unsere Freundin Emilia, die als Journalistin bei der *New Hope Post* arbeitete, liebte jede einzelne davon, und auch andere Bewohner kamen regelmäßig nicht nur wegen Midges unglaublicher Backkreationen, sondern auch, um sich die vielen verschiedenen Bücher zu leihen.

Midge stand an einem Tisch und nahm eine Bestellung auf. Als sie aufsah und mich erkannte, lächelte sie und widmete ihre Aufmerksamkeit wieder ihren Kunden, Mrs. und Mr. Chamber, die vor einigen Jahren hergezogen waren, um ihren Ruhestand zu genießen. In einer Kleinstadt wusste jeder über jeden Bescheid, und alles, was man je angestellt hatte, kam irgendwann durch irgendwen heraus. Dass Brax und ich als Kinder Zahnpasta unter die Klinken des Rathauses geschmiert hatten, war genau dreißig Minuten ein Geheimnis geblieben, ehe der Stadtfunk diesen Streich durch den gesamten Ort getragen hatte. Wenigstens konnten wir uns so noch vor der Standpauke verstecken. Was leider trotzdem nichts genutzt hatte.

Ich lief hinüber zur Theke und drückte mir die Nase an der Auslage platt. Josh war nun seit einigen Tagen bei seinem Dad, um sich um ihn zu kümmern, außerdem hatte ihre Aushilfe Grace zwei Wochen Urlaub. Seitdem brachte ich Midge fast täglich einen Kuchen vorbei, und jedes Mal bewunderte ich es, wie sie es schaffte, selbst noch haufenweise Köstlichkeiten zu backen. Ich erkannte neben Obsttörtchen einen Cheesecake mit Blaubeeren und Zimtrollen mit reichlich Zuckerguss. Mir lief das Wasser im Mund zusammen. Allein schon der Duft brachte mich um den Verstand, denn Midge war die beste Bäckerin der Welt.

»Hey!«, begrüßte sie mich.

Ich stellte den Kuchen auf die Theke, und wir umarmten uns. »Hi! Hast du mir nicht gestern am Telefon gesagt, du bist am Ende?« Ich deutete zu der Auslage, und sie zuckte mit den Schultern.

»Buddy hat aus dem Touristenbüro angerufen und mich gewarnt, dass heute Mittag eine Reisegruppe für eine Wanderung anrollt. Wenn die hier vorbeischauen, werden sie uns den Laden leer futtern!«

»Das ist doch gut, oder nicht?«

Midge umrundete die Theke, zog einen Kugelschreiber aus der Tasche ihrer Schürze und schrieb etwas auf einen Zettel, den sie daraufhin an die Kasse steckte. Sie war wie eine Schriftstellerin, die eine Idee sofort aufschreiben musste, um sie nicht zu vergessen. Sobald ihr ein tolles Rezept einfiel oder sie auf eine außergewöhnliche Zutat stieß, verewigte sie dieses auf zahlreichen Zetteln, die dann im gesamten Café herumflogen. Es war ein Wunder, dass sie diese wiederfand.

Nicht nur, dass Midge ein absolutes Arbeitstier war und ihr Tag aus vierzig Stunden zu bestehen schien, ich bewunderte auch immer wieder aufs Neue, wie perfekt sie einen Lidstrich hinbekam. Wenn ich versuchte, mich so zu schminken, sah ich aus, als wäre ich ein Pandabär oder hätte tagelang geheult. Für mehr als ein wenig Mascara und hin und wieder getönten Lipgloss hatte ich keine Geduld. Aber meine beste Freundin hatte generell ein Händchen für Mode. Die heutige Schürze um ihre Hüften hatte sie passend zu dem filigranen Band in ihren schwarzen Locken ausgewählt. Weinrot mit weißen Tupfen. Ihre Lippen waren wie immer knallrot geschminkt, und meiner Meinung nach hätte sie mit ihren Kurven und ihrer Ausstrahlung in den Fünfzigern das beste Pin-up-Girl der Welt abgegeben.

Sie wandte sich von der Kasse ab, gab exakt einen Löffel Earl Grey in ein Tee-Ei und hängte dieses in eine Tasse aus Glas, bevor sie heißes Wasser eingoss und mir das Getränk zuschob.

»Danke.«

»Gern geschehen. Wohl das Mindeste für diesen köstlichen Traum!« Sie öffnete den Deckel der Kuchenverpackung und grinste, als hätte sie einen Schatz gefunden. »Oh, ich habe gehofft, dass du heute wieder einen Rhabarberkuchen dabeihast. Du und ich, heute Nacht?«, flüsterte sie und zwinkerte dem Gebäck zu. Ich musste lachen und pustete sanft gegen das heiße Teewasser. »Lass dein Faible nicht Josh wissen, sonst wird er noch ganz neidisch.«

»Ach, der weiß, dass ich unglaublich auf deine Kuchen stehe! Übrigens, was bekommst du dafür?«

»Wieso fängst du jedes Mal wieder damit an?«

Sie grinste. »Weil das höflich ist?«, erwiderte sie augenzwinkernd.

»Du kannst dich immer auf mich verlassen. Wenn Josh noch länger bleiben muss und auch sonst helfe ich dir gerne! Auch wenn ich das Gefühl habe, dass du den Kuchen eigentlich für dich allein willst.«

»Ertappt.« Sie hob die Hände. »Wie war das Essen gestern mit deinen Brüdern?«

Ich verdrehte die Augen. »Frag besser nicht.« Ich hatte gehofft, dass mich ihre Aussagen nicht zu sehr treffen würden, aber vor allem Brax hatte kein Problem damit, meine Jobsuche zum Hauptthema des Abends zu machen. »Wo ist denn der kleine zukünftige Astronaut, den ich heute babysitten soll?«, lenkte ich unser Gespräch in eine andere Richtung. »Ich habe den ganzen Tag durchgeplant! Zuerst gehen wir rüber zu Mr. Clause und essen das Bonbonglas auf dem Verkaufstresen in seinem Weihnachtsdekoladen leer, bis er uns rausschmeißt.« Ich hob den zweiten Finger. »Dann stauben wir bei Brax ein paar Schokoladenkekse ab, die versteckt er nämlich immer in seiner Schreibtischschublade und denkt, es findet sie keiner. Und danach erschrecken wir Waldorf und Statler und besorgen uns ein neues Weltraummalbuch im Supermarkt! Ich weiß aus sicherer Quelle, dass Phil eine neue Lieferung bekommen hat.« Um meinen perfekten Plan zu unterstreichen, wackelte ich ein paarmal mit den Augenbrauen.

»Wahnsinn, jetzt wird mir klar, weshalb East so gerne mit dir abhängt.« Sie wirkte ernsthaft beeindruckt, und ich freute mich noch mehr auf den heutigen Tag.

»Ich bin eben die coolste Patentante der Welt.«

»Wirklich, ohne dich wüsste ich nicht, wo mir heute der Kopf steht. Josh ist noch weg, dann hat mir unsere Babysitterin Charly außerdem abgesagt und die Reisegruppe …« In dem Moment wurde die Tür zum Café geöffnet, und zwei weitere Gäste betraten den Innenraum. Midge lächelte ihnen freundlich zu und begrüßte sie, aber ich sah, dass sie mit ihren Gedanken ganz woanders war. Hoffentlich war es wirklich nichts Ernstes mit Joshs Dad.

»Hey, alles gut! Easton und ich werden eine bombastische Zeit haben! So sehr, dass er nie wieder zurück nach Hause möchte«, versuchte ich sie zu beruhigen und trank einen

Schluck köstlichen Tee, der mittlerweile ein wenig abgekühlt war.

»Gib ihm ab drei nichts Süßes mehr, sonst springt er die ganze Nacht auf dem Bett herum wie ein Gremlin! Da drüben sitzt er.« Sie deutete durch den Raum, und ich entdeckte den Kleinen zwischen zwei Regalen auf dem Boden sitzen. Er hatte die Knie angewinkelt und schaute sich völlig versunken ein zerlesenes Buch an, auf dessen abgewetztem Deckel ich ein Stück einer Weltkugel erkannte.

»Dann wollen wir den Spaßtag mal starten!«

»Danke«, sagte Midge und wandte sich ihren Gästen zu, die vor der Auslage standen und diese wie ich zuvor bewunderten. Ich schnappte mir meine Tasse, durchquerte das Café und hockte mich neben Easton. Er sah noch nicht einmal auf.

»Wusstest du, dass das erste Spaceshuttle der NASA Enterprise hieß? Wie das Raumschiff von Star Trek.«

»Seit wann weißt du, was Star Trek ist? Die Erstausstrahlung war in den Sechzigern, und die neuen Filme sind ganz sicher noch nichts für dich.« Ich dachte kurz an Chris Pines Bauchmuskeln in seiner Rolle als Kirk und verlor für eine winzige Sekunde den Fokus. Midge, Emilia und ich hatten den Film – kaum dass er verfügbar war – auf Midges Netflix-Account geschaut, weil sie total auf Chris abfuhr.

»Granny guckt es auf diesem langweiligen Sender, der ganz hinten eingespeichert ist.« Easton sah mich zum ersten Mal heute an, neigte den Kopf zur Seite und grinste, als hätte er gewonnen. Ich streckte ihm die Zunge raus. Jaja, sehr erwachsen … aber anders kam man gegen einen Fünfjährigen, der mehr Fakten über den Weltraum draufhatte als der NASA-Typ Jim Bridenstine, nicht an. Übrigens kannte ich diesen auch nur, weil East sich beim letzten Halloween, sehr zur

Verwirrung der anderen Kinder, als sein Raumfahrer-Idol verkleidet hatte.

»Und du hast heimlich mitgeschaut? Ich bin mir sicher, du hättest da schon im Bett sein sollen …«

»Nein, ich konnte nicht schlafen, und Granny hat es mir erlaubt.«

»Ganz sicher! Wahrscheinlich hast du dabei noch ein Glas Cola zum Einschlafen bekommen.«

»Sei nicht albern, Lake.« Er machte ein ernstes Gesicht, während ich grinsen musste. In diesem Moment sah er genauso aus wie seine Mom. Angefangen von den braunen Augen bis hin zu dem Grübchen auf seiner linken Wange, das nur hervortrat, wenn er wie im Moment missbilligend die Lippen schürzte. Vor mir saß der älteste Fünfjährige auf dem Planeten, da war ich mir sicher.

»Ich bin albern, das weißt du doch.«

Diesmal schmunzelte er, und ich unterdrückte den Drang, ihm seine Haare durchzuwuscheln, weil er einfach zuckersüß war. Er würde mich bis zum Rest seines Lebens dafür hassen. »Also, bist du bereit für den ultimativen Easton-Lake-Spaßtag?«

Er zuckte mit den Schultern. »Wieso nicht.«

»Wow, bitte ein wenig mehr Begeisterung!«

Sein Gesichtsausdruck veränderte sich nicht, aber zumindest schob Easton das dicke Weltraumbuch zurück in das unterste Regal, stand auf und klopfte sich den Staub von der Jeans. »Na dann, komm.«

»Klar«, erwiderte ich lässig und erhob mich ebenfalls. Midge bediente einen weiteren Tisch, und ich trank meinen Tee aus, stellte die leere Tasse auf die Theke und winkte ihr kurz zu, damit sie mitbekam, dass wir gingen. Sie eilte zu uns, drückte ihrem Sohn einen Kuss auf die Wange, der ein missbilligendes Geräusch dabei von sich gab, und schaute mir tief in die Augen. »Kein Zucker ab drei.«

»Sagt die beste Kuchenbäckerin der Welt.«

»Genau deswegen weiß ich ja, wovon ich spreche! Viel Spaß!«

»Danke, Mom«, erwiderte Easton, und wir steuerten endlich die Tür in die Freiheit an. Ich schob mich nach vorn, doch bevor wir nach draußen konnten, wurde ich unsanft zurückgedrängt und stolperte einen Schritt nach hinten.

»Was zum …« war das Einzige, was ich über die Lippen brachte, während ich überrascht ein graues Shirt mit V-Ausschnitt über einer breiten Männerbrust anstarrte. Langsam wanderte mein Blick nach oben, ich erkannte ein markantes Kinn unter einem Dreitagebart und ein abgewetztes Basecap, das tief in sein Gesicht gezogen war. Als er den Kopf hob und sein Blick mich traf, schaute ich direkt in die wildesten moosgrünen Augen der Welt. Oh, wow, sein Gesicht war absolut atemberaubend, und mein Herz veranstaltete einen Hüpfer. Der Mann war ungefähr Ende zwanzig, groß und durchtrainiert, aber nicht wie ein Bodybuilder, eher wie ein Profi-Schwimmer mit breitem Kreuz und einer austrainierten Schulterpartie. Als ich mich von seinem muskulösen Oberkörper losreißen konnte, fiel mir auf, wie abweisend seine Miene war. Fast wütend, als wäre ich extra in ihn reingelaufen und hätte ihm so den Weg abgeschnitten. Ich ging einen Schritt zurück und konnte endlich wieder atmen. Er musste ein Urlauber sein oder auf der Durchreise, denn ich hatte ihn noch nie hier gesehen, und jemand wie er wäre garantiert aufgefallen.

»Sorry, ich wollte dir nicht in die Arme laufen«, sagte ich so scherzhaft, wie ich angesichts seines Gesichtsausdrucks, der mich hochgradig irritierte, über die Lippen bekam. Seine dunklen Brauen zogen sich noch weiter zusammen, und mir fiel auf, dass eine Strähne seines dunkelbraunen Haars aus der Cap hervorlugte.

»Okay«, murmelte er grimmig, als hätte er heute bereits den miesesten Tag seines Lebens hinter sich. Er löste sich ohne Weiteres von meinem Anblick, ging um mich herum und steuerte die Theke an.

Ich drehte mich um und fing Midges Blick ein, die nur mit den Schultern zuckte und ihn dann fragte, was er haben wollte.

»Einen Kaffee. Schwarz«, brummte er ohne ein Bitte. Seine Stimme war überraschend tief und warm, doch selbst ein unhöflicher Griesgram musste gute Eigenschaften besitzen.

Ich schüttelte meine wilden Gedanken ab und lächelte Easton zu. »Nächster Versuch?«, fragte ich grinsend, und diesmal war er es, der auf die Tür zulief und sie mir wie ein Gentleman öffnete.

Während ich an ihm vorbeiging, konnte ich nicht widerstehen und verwuschelte ihm doch seine schwarzen Locken. »Jetzt schon so ein Gentleman! Deine Eltern machen einiges richtig!«

Er seufzte genervt, und ich hoffte, damit nicht meine heutigen Chancen verspielt zu haben. Nachdem die Tür hinter uns ins Schloss gefallen war, warf ich noch einen letzten Blick zurück durch die Glasscheibe. Der fremde Typ sah mich plötzlich an, als hätte er gemerkt, dass ich ihn anstarrte, und mein Puls beschleunigte sich umgehend. Schnell wandte ich mich ab und holte Easton ein, der bereits weitergelaufen war. Es kam mir sehr gelegen, so viel Abstand wie möglich zwischen das Café und mich bringen zu können, damit sich mein aufgewühlter Körper meinem Kopf anpasste und wieder beruhigen konnte. Wer auch immer er war, ich würde es hier schon früh genug herausfinden.

Kapitel 4

Wyatt

Die Stadt nervte mich jetzt schon. Jedem, der mir entgegenkam, klebte ein Lächeln im Gesicht, alle grüßten sich mit Vornamen, unterhielten sich sogar mitten auf der Straße, während ich einfach nur mit meinem Cadillac vorbeifahren und meine Ruhe wollte. Es fühlte sich an, als wäre ich in einer ekelhaft kitschigen Episode der Gilmore Girls gelandet, was meine Mom sich immer angesehen hatte. Auf die, zugegeben sehr hübsche Hippie-Version von Rory war ich bereits getroffen, eher gesagt war sie direkt in mich reingerannt. Wäre ich besser drauf gewesen und würde mich an einem anderen Ort als hier befinden, wäre ich vielleicht sogar auf ihre Blicke mit einem Flirtversuch eingegangen. Zu einer anderen Zeit. In einem anderen Leben.

Ich zog das Basecap vom Kopf und schmiss es auf den Beifahrersitz, ehe ich hupte und die beiden Grandpas endlich zum Bürgersteig krochen, um dort weiter über ihre Gehhilfe, Medikamentenrationen oder was auch immer zu quatschen. Wenigstens der Kaffee in dem Nest schmeckte gut und schenkte mir ein paar neue Lebensgeister, während ich an dem Pappbecher nippte und ihn zurück in die Halterung der Mittelkonsole steckte.

Ich hatte genau zwei Tage darüber nachgedacht, was Andi zu mir gesagt hatte, und dann beschlossen, es zu versuchen. Schnell hatte ich am Sonntag mein Zeug zusammengepackt, um heute Morgen gleich loszufahren. Ich wollte sie als Managerin nicht verlieren, weil sie mich und meine Familie schon ewig kannte. Außerdem hatte ich keine Lust, ganz bei null mit jemand Neuen anzufangen. Ein paar Tage in diesem Kaff sollten reichen, um sie zu besänftigen und wieder zurück nach Los Angeles fahren zu können, wo haufenweise Gigs und mein Leben auf mich warteten. Zumindest der Part, der auf einer Bühne stattfand. Bei allem anderen, was dieses beinhaltete, war ich mir offen gestanden nicht sicher, ob ich es noch lange ertragen würde. Doch es gab nur das eine mit dem anderen. Dem Hochgefühl nach einem Auftritt folgte der Abstieg, aber nur das Hoch hielt mich aufrecht. Es war ein verdammter, süchtig machender Teufelskreis.

Der Motor gab ein dumpfes Brummen von sich, als ich aufs Gaspedal trat und die Innenstadt fluchtartig verließ. Den Weg, der zu dem Grundstück der Campbells hinaufführte, säumten Tannen, endlose Wiesen und pure Langeweile. Und je länger ich fuhr, desto mehr bestätigte sich meine Vermutung. Hier gab es tatsächlich nichts außer ein paar Blumen, Schafen und Streifenhörnchen. Wenn ich Glück hatte, fraß mich ein Bär in den Wäldern. Das wäre sicherlich das Jahreshighlight der Stadtzeitung.

Die Straße schlängelte sich einen schmalen Bergpass hinauf, und ich musste zugeben, dass ich das Gefühl genoss, mit meinem Cadillac durch die Kurven heizen zu können. Bis der Untergrund holpriger wurde und ich laut fluchte. Ich hörte, wie Steine auf den Lack und die Windschutzscheibe knallten, und drosselte mein Tempo. Brauchte man hier eine Pferdekutsche, oder was? Fuck, wenn es so weiterging, musste ich zurück zu Hause den Wagen neu lackieren lassen.

Irgendwann wurde der Wald wieder lichter, die Sonne brach durch und blendete mich. Ich schob mir die Sonnenbrille auf die Nase und nippte am mittlerweile kalten Kaffee, während ich im Schneckentempo weiterfuhr. Eine bunte Wiese erstreckte sich vor mir, und in weiter Ferne sah ich am Ende eines schmalen Weges ein zweistöckiges Haus. Super, noch mehr Schotter. Ich setzte den Blinker und bog ab, holperte über Schlaglöcher und unebenen Waldboden. Nun wunderte ich mich nicht mehr, weshalb alle in New Hope verdammte Geländewagen fuhren. Andi hätte mich wenigstens vorwarnen können, sie war schließlich hier groß geworden. Der Kaffee schwappte aus dem Becherdeckel, und ich zog ihn ruckartig aus der Halterung, wobei sich ein Schwall über meine Jeans ergoss und ich erneut einen Fluch von mir gab. Na klar, das hatte gerade noch gefehlt. Ich blieb stehen und versuchte, die Flecke mit der Serviette, die ich in dem Café dazubekommen hatte, zu beseitigen, allerdings verschlimmerte ich die Sache bloß. Nun verzierten weiße Serviettenkrümel einen runden, hässlichen Fleck auf dem blauen Jeansstoff. Also kippte ich den Rest Kaffee hinunter und steckte den Becher zurück, bevor ich weiterfuhr und nur noch einen einzigen Grund brauchte, um wieder umzudrehen.

Für einen Moment schloss ich die Augen und atmete tief ein und aus, bis ich die Anruffunktion auf dem Lenkrad drückte und Andreas Nummer über die Freisprecheinrichtung anwählte. Es klingelte, und ich wippte ungeduldig mit meinem Oberschenkel. Nach dem fünften Mal sprang ihre Mailbox an, und ich legte auf, doch so leicht gab ich nicht auf.

Nach zwei weiteren erfolglosen Versuchen, sie zu erreichen, wurde mir klar, dass sie absichtlich nicht ans Handy ging. Sie wusste ganz genau, was sie sich anhören konnte. Aber sie hatte sich geschnitten, wenn sie dachte, sie könne mich ans Ende der Welt verfrachten und mich so loswerden. »Weißt du, vielleicht wäre es tatsächlich besser, mir eine andere Managerin zu suchen«, quatschte ich wütend auf ihre Mailbox. »Kannst du mir bitte sagen, was mir ein Aufenthalt im *Nirgendwo* bringen soll?« Meine Stimme wurde immer lauter. »Du bist gekündigt!« Bloß eine leere Drohung. »So was von gekündigt, wenn ich wieder zu Hause bin!« Und noch eine leere Drohung. »Ruf mich an!«, schob ich nach und drückte so fest den Knopf zum Auflegen, das mein Zeigefinger knackste. Ich schickte in Gedanken ein paar ziemlich kreative Flüche nach Los Angeles in Andis Büro und fuhr weiter. Hinter dem zweistöckigen Haupthaus erkannte ich einen Teil eines Gewächshauses und noch mehr dunklen Wald. Natürlich. Was auch sonst. Bäume und Gras.

Rechts standen auf einer lichtdurchfluteten Wiese haufenweise Obstbäume, davor entdeckte ich angelegte Beete mit grünem Gestrüpp, von dem ich mit meinem Nichtwissen kein einziges Gemüse benennen konnte. Ein Mann mittleren Alters bückte sich zu etwas auf dem Boden, was ich nicht erkennen konnte, und sah auf, als er mein Auto über den Schotter fahren hörte. Wenigstens wurde der offizielle Weg zum Haus gemäht, der Rest allerdings glich eher einem wilden Durcheinander, das mich jetzt schon wahnsinnig machte. Abgesehen von chaotischen Morgen nach Partys in meinem Apartment war ich eher der minimalistische Typ, und mich überforderte diese bunte Vielfalt bereits in dieser Sekunde.

Ich wandte meinen Blick ab, und als ich dem Haus näher kam, konnte ich erkennen, dass es zur Hälfte aus grauen Steinen gebaut war, was das Farmhaus der Campbells zu einer Besonderheit machte. Der obere Teil bestand aus dunkelbraunem Holz, was eher meiner Vorstellung von den Kleinstadtgebäuden in dieser Gegend entsprach.

Eine kleinere Holzhütte stand auf der linken Seite, und ich hoffte, dass ich dort wohnen konnte, um wenigstens meine Ruhe zu haben.

Wobei, Ruhe … die gab es hier zur Genüge, da hatte meine Managerin wirklich recht behalten.

Eine dunkelgrün gestrichene Veranda zog sich um das Haupthaus, und ich bemerkte, dass eine Frau darauf mir lächelnd zuwinkte. Sie sah fast aus wie Andrea, nur hatte sie langes kastanienbraunes Haar und trug anstelle von einem Businesskostüm abgefahrene, bunte Hippie-Klamotten.

Andi hatte nichts von einer Kommune gesagt. Fuck, wo war ich hier gelandet?

Ich parkte meinen Wagen, atmete noch einmal tief durch und stieg zögernd aus. Langsam nahm ich die Sonnenbrille ab, steckte sie in den Ausschnitt meines Shirts und warf meine Autotür zu. Der Klang verhallte in den Weiten des Nichts.

»Wyatt! Wie schön, dass du es jetzt schon geschafft hast!« Die Frau kam die Veranda herunter auf mich zu. Sie grinste so breit und freundlich, dass ich mir nicht vorstellen konnte, dass sie es wirklich so meinte. »Andi hat gesagt, du wärst erst heute Abend hier!«

Sie blieb vor mir stehen, und ich hob ihr die Hand entgegen, aber sie zog mich unvermittelt in eine Umarmung und drückte mich so fest, dass es mir unangenehm wurde. Ich hatte keine Ahnung, wann ich das letzte Mal so in den Arm genommen worden war, und mein Körper spannte sich unter der ungewohnten mütterlichen Berührung an. Ein wenig beschämt löste ich mich von der zierlichen Frau und räusperte mich. »Hallo.« Mehr bekam ich nicht über die Lippen. Toller Einstieg.

»Tag.« Der Mann, der eben noch zwischen den Beeten gewesen war, ging auf mich zu. Er trug eine abgewetzte Jeans und ein hochgekrempeltes Holzfällerhemd. Auch wenn er ungefähr Ende fünfzig zu sein schien, wirkte er mit seiner gebräunten Haut, dem grauen Dreitagebart und den Lachfältchen um seine Augen jung und dynamisch. Er lief auf mich zu, und wieder streckte ich die Hand aus, lehnte mich lieber ein Stück zurück, falls alle hier auf Umarmungen standen. Aber der Mann ergriff zu meiner Erleichterung nur meine Finger und schenkte mir einen festen Händedruck. »Du bist Wyatt Lanter?«

»Jawohl«, sagte ich und ließ seine Hand los. »Andrea schickt mich«, schob ich nach, als wäre ich irgendein Bote, der etwas überbrachte. Dabei sollte ich ab sofort bei diesen Fremden wohnen. *Verrückt* beschrieb die Situation nicht im Mindesten.

»Das ist meine Frau Alice, und du kannst Sir zu mir sagen.«

Kurz schluckte ich, doch Alice gab ihm einen sanften Schubs. »Er macht nur blöde Witze. Das ist Harry!«

»Freut mich«, erwiderte ich, weil ich nicht ganz meine gute Kinderstube vergessen hatte. Meine Mom würde mir die Ohren lang ziehen, wenn sie sehen könnte, wie ich auf die Freundlichkeit dieser Menschen reagierte. Zum Glück hatten wir seit zwei Jahren keinen Kontakt mehr.

»Du hast sicherlich Hunger, oder?«

»Alli, er ist eben erst angekommen, lass ihn sich doch erst mal umsehen und seine Sachen in das Gästehaus bringen.« Innerlich atmete ich auf, als ich hörte, dass ich nicht direkt unter ihrem Dach schlafen musste.

»Ach, das kann er nach dem Essen machen, und Lake kann ihm nachher alles zeigen, wenn sie zurück ist.« Alice hakte sich bei mir unter und zog mich Richtung Haupthaus. Ich hatte den Eindruck, dass sie insgeheim die Chefin in dem Laden hier war. Sie erinnerte mich tatsächlich an meine Mom. Ich war froh, dass ihre Frage meine Gedanken unterbrach. »Magst du Süßkartoffelsuppe?«

»Ähm ...« Ich drehte meinen Kopf zu Harry, der uns grinsend nachschaute. Anscheinend würde er mir nicht zu Hilfe eilen.

Auf der Veranda ließ Alice mich los und betrat vor mir das Haus. Ein undefinierbarer Duft strömte mir entgegen, und kurz kratzte er mir so sehr im Hals, dass ich fast husten musste. Im Augenwinkel nahm ich den hellen Qualm wahr, den eine Handvoll Räucherstäbchen auf einer Kommode im Flur verursachten. Tatsächlich waren die Wände auch hier drinnen aus grauem Stein, und das Durcheinander von draußen führte sich hier fort. Pflanzen in türkisfarbenen und gelben Töpfen auf Wandregalen, die überall im Raum verteilt waren, fielen mir sofort ins Auge. Die grünen Ausläufer hingen wie Krakenarme nahezu bis auf den Boden herab. Ich sah zahlreiche Bilder in durcheinandergewürfelten Rahmen, einen grotesken Kerzenleuchter an der Decke, und die Garderobe wurde von bunten Tüchern fast vollständig verdeckt. Oder waren das Klamotten?

Alice erzählte irgendetwas über die lange Geschichte ihres Heims, aber ich war von all den Eindrücken nur halb aufnahmebereit. Wir liefen weiter in die Küche, und hier wurde es endlich ein wenig ruhiger – zumindest im Vergleich zu der farbenfrohen Einrichtung vorher. Ein schwerer Holztisch dominierte den Raum, und die Küchenzeile im Landhausstil passte perfekt dazu. Ein paar Blumen waren auch hier zu finden, aber nicht so viele wie draußen im Flur und im Vorgarten.

Mein Magen gab ein plötzliches Knurren von sich, als in meiner Nase der Duft des Essens vom Herd ankam, und ich strich mir mit einer Hand über den Bauch. Alice lachte, und ich musste fast selbst grinsen. Aber nur fast.

»Also lag ich goldrichtig damit, dass du nach der anstrengenden Fahrt einen Bärenhunger hast.«

So lang war die Fahrt mit fünf Stunden für mich nicht, doch ich sparte mir einen Kommentar. »Ein wenig.«

»Los, setz dich, du brauchst nicht schüchtern zu sein. Unser Haus ist ab sofort dein Haus!«

Sie breitete die Arme in einer fließenden Bewegung aus und deutete auf einen Stuhl. Harry kam herein, holte sich eine Wasserflasche aus dem Kühlschrank und stellte diese mit drei zusammengewürfelten Gläsern, von denen keins zum anderen passte, auf den Tisch.

»Lake kommt heute nicht zum Mittagessen, oder?«, fragte er. Andrea hatte mir irgendwann etwas von drei Kindern erzählt, allerdings hatte ich angenommen, dass diese nicht mehr bei ihren Eltern wohnten. Diese Lake aber anscheinend schon. Ich machte es Harry nach und setzte mich ebenfalls hin. Seit Ewigkeiten hatte ich mich nicht mehr so fehl am Platz gefühlt wie hier.

»Nein, sie passt heute auf Easton auf und ist erst zum Abendessen wieder da. Josh ist immer noch nicht zurück.«

»Wollte sie sich nicht in der Stadt mal nach einem Job umsehen? Bis gestern war das ja alles noch nicht von Erfolg gekrönt«, brummte Harry.

»Ach, das hat doch Zeit.« Alice griff nach bunten Topflappen und stellte eine dampfende Schüssel auf den Tisch. Erneut gab mein Magen ein Knurren von sich, das mir immer peinlicher wurde. Ich hatte keine Ahnung, wann ich das letzte Mal etwas gegessen hatte, das ich nicht bei einem Lieferdienst bestellt hatte. Außer Rühreiern, aber die konnte ich kaum dazuzählen. Alice schenkte mir ein Lächeln, bevor sie tiefe Suppenteller holte und mir einen davon vor die Nase setzte.

»Du verwöhnst sie, Alli.«

»Sie ist alt genug, ihre eigenen Entscheidungen treffen zu können, Darling.«

Harry seufzte, doch sagte nichts weiter dazu. Happy Wife, happy Life. Ich schenkte ihm einen mitfühlenden Blick und wusste, weshalb ich lieber Single war. Mal abgesehen davon, dass eine Beziehung in meinem Job mit der Rumreiserei und den ständigen Paparazzi nicht gerade einfach zu führen war. Nicht dass ich es schon mal wirklich versucht hätte.

Alice tat mir zuerst auf, und auch wenn mir auffiel, dass die Suppe definitiv vegetarisch war, hatte ich so einen Hunger, dass es mir egal war.

Trotzdem wartete ich ab, denn ich kannte es von daheim, dass mein Vater immer ein Tischgebet sprach. Alice schien meine Gedanken zu erraten. »Wir beten jeder im Stillen das, was wir glauben möchten, und müssen es nicht laut aussprechen. Denn der Glaube gehört nur uns allein und soll nicht dafür da sein, andere zu beeinflussen.«

Ich nickte, weil mir keine Erwiderung einfiel. Irgendwie fehlten mir, seit ich hier war, allgemein die Worte, obwohl ich ansonsten ein ziemlich geselliger Typ war. Zumindest auf den Partys, auf denen ich bisher gewesen war. Und das waren einige.

Wir begannen zu essen, und die Suppe schmeckte tatsächlich gut. Der Geschmack des Gemüses war intensiv, und frische Kräuter rundeten diesen ab. Dennoch hoffte ich nicht, dass ich in einem vegetarischen Haushalt gelandet war. Das wäre die Krönung aller Dinge.

Zumindest Harry sah nicht so aus, als würde er ein gutes Steak verschmähen.

»Und du bist also einer von Andis Musikern?«, fragte Alice und schenkte mir ihre Aufmerksamkeit.

»So kann man es ausdrücken.«

»Ich wusste schon früher, dass sie einmal in die Fußstapfen unseres Dads tritt und die Musikwelt unsicher macht. Nach seinem Tod konnte sie die Agentur in seinem Namen weiterführen und sein Vermächtnis erhalten. Es ist schön, wenn man seine Leidenschaft findet.« Alice lächelte, und ein Knoten bildete sich in meinem Magen. Wusste sie nicht, wieso ich hier war? Weil Andi nicht mehr an mich glaubte oder eher gesagt meinen Lebensstil nicht gut fand? Mich quasi hier ausnüchtern lassen wollte?

Doch Alice wirkte auf mich nicht so, als würde sie Menschen verurteilen. Ich versuchte, mich etwas zu entspannen, und hatte keine Ahnung, ob ich es hier nun gut oder schlecht finden sollte. Aber ich war froh, dass die beiden meine Anspannung zu bemerken schienen und sich über irgendetwas die Kleinstadt betreffend unterhielten, was mich kein Stück interessierte, und ich nicht mehr im Mittelpunkt stand.

Kapitel 5

Lake

»Er hatte richtig viel Spaß«, flüsterte ich und strich Easton eine Locke aus dem Gesicht, während er tief schlummernd auf einem der Sitzbänke im Café lag.

Midge lächelte. »Das ist schön«, erwiderte sie genauso leise. »Josh will morgen vor dem Mittag doch schon wieder nach Hause kommen. Seinem Dad geht es besser!«

»Toll, das freut mich!« Wir ließen Easton schlafen und gingen hinüber zur Tür. Die letzten Gäste waren gerade aufgebrochen, es war sechs Uhr, und für mich hieß das, dass ich mich auf den Weg machen musste, um rechtzeitig zum Abendessen zu Hause zu sein.

»Du kannst trotzdem gern noch einen Rhabarberkuchen vorbeibringen«, sagte Midge grinsend, und wir drückten uns kurz zum Abschied.

Daraufhin hielt sie mir einige Dollarscheine entgegen, und ich runzelte die Stirn.

»Was ist das?«

»Das Geld für die Kuchen und das Babysitten.«

»Ich habe dir gesagt, dass ich nichts dafür möchte!«

»Aber gerade jetzt ... wo du doch auf Jobsuche bist«, erwiderte sie ein wenig beschämt.

Vehement schüttelte ich den Kopf. »Ich bin deine Freundin und will dir helfen. Du musst mich nicht dafür bezahlen. Beleidige mich nicht.«

»Vielleicht besänftigt es deinen Dad«, scherzte sie.

Ich seufzte auf.

»Ist in der Stadt immer noch kein Job frei für dich?«

»Nein, ich hab alle Läden abgeklappert. Ich kann Tüten im Supermarkt packen und Regale einräumen, hat Phil mir heute gesagt, als ich mit Easton dort war. Alle anderen Jobs habe ich schon versucht und bin kläglich gescheitert«, antwortete ich enttäuscht. Wenn ich nur an die Woche an der Rezeption des *Big Mountain Inn* dachte oder an die Abende hinter der Theke in Gingers Bar, wurde mir ganz anders.

»Du wirst etwas finden, und wenn nicht, kannst du immer noch darüber nachdenken, Geld für deine Kuchen zu nehmen. Ich würde mich jeden Tag darüber freuen, und vielleicht möchte Antoine seine Eiskarte erweitern?«

»Das ist lieb.« Natürlich machte mir Backen Spaß, aber es war nichts, woran mein Herz hing. Vielleicht gab es das gar nicht und ich musste endlich aufgeben, einem Traum hinterherzujagen, den ich niemals finden würde. »Egal, zerbrechen wir uns nicht heute den Kopf darüber! Wir sehen uns.«

»Bye, Süße, melde dich kurz, wenn du zu Hause angekommen bist!«

Als ich das Café verlassen hatte, schloss Midge hinter mir ab und winkte mir zum Abschied durch das hohe Glasfenster zu, auf dem *Books & Cakes* in türkisfarbenen Lettern klebte. Midge wohnte mit Josh und Easton in einem Apartment über dem Laden, das sie direkt über eine Treppe im Geschäft betreten konnte. Äußerst praktisch, wenn man so ein Arbeitstier wie Midge war und nicht selten sogar nachts in der hauseigenen Backstube stand.

Ich ging zu meinem Fahrrad und fuhr in der Hoffnung los, die düsteren Gedanken mit der Anstrengung des Berges bis zu uns nach Hause abschütteln zu können. Dad würde alles andere als begeistert sein, wenn er hörte, dass ich immer noch keinen Job hatte. Auch wenn die Farm genug für uns abwarf, wollte ich unter keinen Umständen meinen Eltern weiterhin auf der Tasche liegen. Wenn ich Brax anschaute – und wie erfolgreich er mit seiner Schreinerei war – oder Graham, der in seinem absoluten Traumjob als Ranger arbeitete, wurde ich schon ein wenig neidisch. Beide hatten ihre Leidenschaft gefunden, und was konnte ich? Ich hatte zumindest ein Händchen dafür, bei jedem Job innerhalb einer Woche herauszufliegen. Konnte ja auch mal honoriert werden.

Ich ließ mir Zeit, fuhr durch den Ort, an den Wildblumenfeldern und der Schafweide vorbei, und tauchte in einen Teil des Waldes ein, bis ich endlich nach vierzig Minuten Berganstieg außer Atem mein Ziel erreichte. Heute Abend war es doch noch kühl geworden, und ich fror, weil ich mir keine Jacke mitgenommen hatte.

Nachdem ich in unsere Einfahrt eingebogen war, stutzte ich für einen Moment, weil ein kobaltblauer Cadillac neben unserem Pick-up parkte. Ich sah Licht im Innern unseres Hauses und vor allem in der Gästehütte auf der anderen Seite des Grundstücks. Dann dämmerte es mir! Der Musiker, den Tante Andi schicken wollte und dessen Namen ich mir nicht merken konnte!

Wir hatten oft Leute hier, die Work & Travel machten, vor allem im Sommer, deswegen war es nichts Ungewöhnliches, Gäste zu haben. Aber dass Andi einen Klienten schickte, war durchaus neu.

Ich sollte ihn willkommen heißen und konnte ihn dann gleich mit reinnehmen, weil Mom sicher schon fast das Abendessen fertig hatte. Normalerweise half ich ihr, vor allem sonntags, wenn Brax, Ruby und Graham vorbeikamen. Aber heute für uns drei allein zu kochen war nicht so aufwendig wie für mindestens sechs Personen. Außerdem kochte Mom unheimlich gern und schickte meinen Dad und mich nicht selten aus der Küche, um ihre Ruhe zu haben.

Das Rad stellte ich in den Unterstand neben dem Haus und hob meinen langen Rock an, als ich durch die hohe Wiese auf die andere Seite des Grundstücks lief. Abgesehen von den eingezäunten Beeten aufgrund der Wildtiere, konnte bei uns die Natur frei und wunderschön wachsen, wie sie wollte. Ich vernahm leise Klänge eines Liedes und fragte mich, welche Musikrichtung er hörte. Andi hatte etwas von Sänger gesagt, aber nichts über die Art seiner Musik. Natürlich hörte auch ich Musik, doch es war nicht so, dass ich sie so brauchte wie Emilia. Das Radio lief eben einfach so beim Autofahren oder Duschen. Ich hatte keine Richtung, die ich bevorzugte, und kannte nicht wirklich die Namen der Bands oder Sänger.

Das Gästehaus bestand aus einem einzigen großen Raum, der unterteilt in einen offenen Schlaf- und Wohnbereich war, und ein separates Badezimmer mit Dusche hatte. Dad und Graham hatten die kleine Hütte im letzten Jahr erst renoviert, und nun bot sie mit zwei Einzelbetten, einer zusätzlich aufstellbaren Klappliege und einer Hängematte Schlafplätze für insgesamt vier Menschen. Ich klopfte gegen das Holz, und die Musik im Innern wurde leiser gedreht. Ein wenig war ich aufgeregt, jemand Neuen kennenzulernen, der wohl fast in meinem Alter sein musste.

Als die Tür aufging, sah ich einen Moment nur einen dunklen Schatten, der das Licht im Innern schluckte. Wärme drang mir genauso entgegen wie der Duft nach Kaminfeuer und einem herben Parfüm. Dann war ich eine winzige Sekunde sprachlos. Der unfreundliche Typ aus dem Café stand vor mir. Seine dunkelbraunen Haare, die heute Vormittag von dem Basecap verdeckt worden waren, waren leicht feucht und hingen ihm wild in die Stirn. Er trug Jeans, ein anderes Shirt und darüber eine Kette. Ein Lederband mit einem Anhänger, dessen Form ich nicht erkennen konnte, und ich wollte nicht starren. Stattdessen setzte ich ein Lächeln auf, das meine Unsicherheit überdecken sollte, und streckte ihm die Hand hin. »Hi, ich bin Lake. Diesmal kann ich mich beherrschen und renne nicht in dich rein, versprochen.«

Er ergriff meine Finger und ließ sie schneller wieder los, als ein normaler Händedruck lang sein sollte.

»Wyatt«, sagte er seinen Namen und überging meinen dämlichen Witz. Ich strich mir eine Haarsträhne aus dem Gesicht und wusste nicht, was ich sagen sollte. Das war mir vorher noch nie passiert und ziemlich unangenehm. Ich startete einen neuen Versuch, ihn willkommen zu heißen.

»Hast du dich schon eingerichtet?«

»Brauche ich nicht«, erwiderte er und richtete sich auf. Nun nahm er fast den ganzen Türrahmen ein, und ich musste schlucken, weil er eine unglaublich einschüchternde Präsenz hatte.

»Dir wird es hier noch gefallen, das verspreche ich dir, und du wirst nirgendwo anders mehr hinwollen! Du kommst aus Los Angeles, oder? Wie ist es da?«, fragte ich, weil mich meine Neugierde überwältigte.

Er zuckte nur mit den Schultern, lehnte sich gegen den Rahmen und verschränkte die Arme vor der Brust. »Laut. Voll. Perfekt.«

Ich nickte, weil ich keine Ahnung hatte, was ich mit diesen wahllosen Wörtern anfangen sollte. Irgendwie war er seltsam und furchtbar unhöflich. »Meine Mom hat bestimmt das Abendessen fertig, ich wollte dich abholen, dann können wir zusammen rübergehen«, probierte ich erneut, so nett zu sein, dass er sich hier wohlfühlte. Denn augenscheinlich tat er das gerade nicht.

»Hab keinen Hunger.«

»Ich bin sicher, meine Mom hat sich alle Mühe gegeben.«

»Ich hab sie nicht darum gebeten.«

»Aber du wohnst hier, in unserem Haus. Es ist unhöflich, nicht zum Essen aufzutauchen.« Langsam wurde ich wütend, und das war äußerst selten der Fall. Ich hatte echt Verständnis für andere, vielleicht nicht so viel wie meine Mom. Doch Wyatts Verhalten war für mich unbegreiflich. Auch wenn meine Reaktion ein wenig kindisch war, verschränkte ich ebenfalls die Arme, und wir lieferten uns ein Blickduell, bei dem niemand einknicken wollte. Selbst durch seine extrem grünen Augen ließ ich mich nicht irritieren.

»Hör zu, anscheinend wird erwartet, dass ich hier meine Zeit absitze. Ich werde deinem Dad bei der Arbeit helfen und möchte ansonsten meine Ruhe haben. Ich will kein Mitglied deiner Familie sein, weil ich in ein paar Tagen sowieso wieder weg bin. Ich find schon was zum Essen, mach dir keine Sorgen.«

»Oh, ich mache mir keine Sorgen, zumindest nicht deinetwegen! Mach *du* dir darüber keine Sorgen!«

Er grinste ein wenig und langsam, aber sicher vergaß ich wie so oft in letzter Zeit meine innere Gelassenheit. Gott, dieser Kerl brachte meine schlechtesten Eigenschaften zum Vorschein, und das passte mit meiner momentanen seelischen Verfassung überhaupt nicht gut zusammen.

»Tue ich nicht, Hippie-Girl«, erwiderte er lässig, und ich presste die Lippen aufeinander, weil allein das Kosewort, und wie er es aussprach, mich störte. Abgesehen von den zwanzig anderen Dingen, die mir seit unserer kurzen Begegnung einfallen würden.

Ich beschloss, ihn stehen zu lassen, und drehte mich wutschnaubend um. »Ich hoffe sehr, dass du zum Frühstück höflicher bist!«, rief ich, ohne hinzuschauen, über meine Schulter. Weil seine Reaktion auf meinen Kommentar zu lange dauerte, wandte ich mich ihm erneut zu, und was ich sah, ließ mich fassungslos stehen bleiben: Er hatte die Tür zugemacht. Dann schallte laute Musik nach draußen.

Wütend kämpfte ich mich durch das Gras zu unserem Haus und versuchte, mich zu sammeln, aber es gelang mir nicht. Ich riss die Eingangstür auf, die niemals abgeschlossen war, schleuderte meine Sandalen in die Ecke unter der Garderobe und hörte meine Eltern sich in der Küche unterhalten.

»Hey, Schatz, da bist du ja! Wie war dein Tag?«, wurde ich von meiner Mom begrüßt, die eine Glasschüssel mit einer tiefroten Tomatensoße neben einem Teller mit Gemüsespießen auf den Tisch stellte. Dad schüttete Spaghetti in ein Sieb, und der heiße Dampf beschlug die Fensterscheibe über der Spüle.

Mein Blick wanderte hinüber zu dem Tisch, auf dem für vier Personen gedeckt war. Mom hatte sogar ein paar weiße Blüten Graukresse auf die Stoffservietten neben den Tellern gelegt, und ich wurde noch wütender.

»Er kommt nicht!«, platzte es aus mir heraus.

Fragend zog Mom die Augenbrauen hoch und richtete sich auf. »Wer kommt nicht?«

»Dieser Wyatt! Ich war eben bei ihm und wollte ihn zum Essen abholen. Er kommt nicht«, wiederholte ich, als wäre der Satz einfacher zu verstehen, wenn ich ihn noch einmal aussprach.

»Oh«, erwiderte meine Mom überrascht. »Ich habe mir schon gedacht, dass er müde ist. Das ist nicht schlimm.« Sie wandte sich ab, und ich suchte den Blick meines Dads, den das Ganze genauso wenig zu stören schien.

Vielleicht hatte Wyatt niemanden gehabt, der ihm gezeigt hatte, was sich gehörte. Ich sollte Mitleid mit ihm haben und nicht wütend sein. Und trotzdem war ich es. Er war alt genug zu wissen, was man tat und was nicht. Und es war respektlos, am ersten Abend nach seiner Ankunft so zu tun, als wäre man allein auf der Welt und niemand würde sich um seine Anwesenheit scheren. Meine Mom war der gastfreundlichste Mensch auf dem Planeten, und ich kannte sie. Sie war enttäuscht, auch wenn sie es sich niemals anmerken lassen würde.

»Soll ich noch was helfen?«, fragte ich.

Mom schüttelte den Kopf. »Setz dich, wir haben alles fertig.«

»Danke.«

Dad stellte den Nudeltopf auf den Tisch, und wir nahmen unsere gewohnten Plätze ein. Mein Blick fiel kurz auf den leeren Teller neben mir. Mom tat uns Nudeln auf, während ich die Soße verteilte und eine erdrückende Schwere spürte, die sonst äußerst selten in diesem Raum hing.

»Was wisst ihr über ihn? Ich meine, hat Tante Andi irgendetwas gesagt, wieso er wirklich hier ist? Ist er kriminell?«

»Nein, Schatz, ist er nicht«, erwiderte sie und lachte leise. »Sie hat nur gesagt, dass ihm die Ruhe in New Hope guttun wird. Er ist wohl schon ziemlich lange im Rampenlicht, der arme Junge, und muss sich wieder selbst finden.«

Ich zog die Augenbraue hoch. Wie ein armer Junge kam er mir nicht gerade vor. »Wie lange macht er das schon?«, fragte ich und konnte meine Neugierde über den Fremden, der jetzt auf unserem Grundstück wohnte, nicht zügeln. Dad warf mir einen skeptischen Blick zu. Ich ignorierte ihn. Er konnte streng sein, doch im Grunde wollte er nur unser Bestes und hatte Angst, seiner Familie könnte etwas zustoßen. Aber bezüglich Wyatt und mir musste er sich ungefähr so viele Sorgen machen wie darüber, ob in New Hope morgen ein Raumschiff landete. Obwohl der erste Eindruck täuschen konnte, aber gerade diesen hatte Wyatt nicht mit Bravour gemeistert. Noch nicht mal den zweiten. Mein Interesse bezog sich nur darauf, dass sonst nicht häufig etwas Neues in unserer Kleinstadt passierte und ich generell ein neugieriger Mensch war. Zumindest redete ich mir das ein.

»Wohl seit er fünfzehn ist. Er war Andis erster Klient, nachdem sie in die Agentur unseres Dads eingestiegen ist.«

»Also soll er nur seinen Urlaub hier verbringen?«

»Genug von Wyatt. Du willst doch nicht etwa von dir ablenken, oder, Lake?«, unterbrach mich mein Vater und rollte einige Spaghetti mit seiner Gabel zu einem Nest zusammen, bevor er sie in Tomatensoße tunkte. »Was gibt's in der Stadt? Hast du noch ein paar Geschäfte abgeklappert?«

Verdammt. Ich hatte tatsächlich gedacht, etwas länger um das Thema herumzukommen. »Aktuell gibt es nicht so viel«, antwortete ich kleinlaut.

»Gar nichts, oder nicht viel?«

»Nur Tütenpacken im Supermarkt.«

»Vielleicht tut dir das ganz gut.«

»Harry!«, mahnte meine Mom. »Lake soll doch nichts machen, woran sie keinen Spaß hat!«

»Man kann nicht immer nur Spaß im Leben haben«, brummte er, und ich senkte den Blick. »Es wird Zeit, Verantwortung zu übernehmen. Wie Brax mit *Woodworker* oder Graham als Ranger.« Ich wusste, dass er stolz auf seine beiden Söhne war und dass ich als Nesthäkchen bisher noch nicht viel geschafft hatte. Allerdings hatte ich auch keine Ahnung, wie ich das ändern sollte, wenn ich hierblieb. Und das wollte ich unbedingt.

»Du hast recht, Dad«, stimmte ich ihm zu, weil ich keine Lust auf einen Streit hatte. »Phil hat gemeint, ich könnte morgen direkt anfangen. Ich werde ihn gleich nach dem Essen anrufen.«

»Gut«, erwiderte er knapp. Ich spürte Moms besorgte Blicke auf mir und schenkte ihr ein Lächeln, damit sie sich keine Sorgen machte.

Als ich nach dem Essen und dem Gespräch mit Phil von unserem Festnetztelefon, bei dem mich mein Dad nicht aus den Augen gelassen hatte, mein Zimmer betrat, wanderte mein Blick über all die Dinge, die sich in den letzten Jahren hier angesammelt hatten. Die Fotos von Midge, Emilia und mir an der Wand über meinem Schreibtisch. Ich erinnerte mich an unseren ersten gemeinsamen Urlaub in Los Angeles nach unserem Highschoolabschluss und bevor Emilia für ihr Journalismusstudium drei Jahre nach Fresno ging und nur zurückkam, weil sie musste. Dieser Raum umfasste vierundzwanzig Jahre meines Lebens, denn ich hatte noch nirgendwo anders gelebt außer hier. Und auch wenn einige meiner Klassenkameraden so schnell wie möglich weg von hier und in die Großstadt wollten, hatte ich immer nur den Wunsch, hierzubleiben. Doch jetzt kam mir genau das wie ein Fehler vor. Was hätte ich erlebt, wenn ich New Hope verlassen hätte? Hätte ich jetzt in meinem Traumberuf gearbeitet? Irgendwo an der Küste eine Wohnung und einen liebevollen Freund?

Ich lief hinüber zum Fenster, öffnete es und setzte mich auf die türkisfarbenen Sitzpolster auf dem Fensterbrett. Mein Blick schweifte über unser Grundstück, die Lampions und Solarlichter, die meine Mom überall in die Erde gesteckt hatte.

Eine frische Brise drang herein, und ich hörte das Zirpen der Zikaden. Für einige Atemzüge schloss ich die Augen und winkelte die Beine an, die ich mit den Armen umfasst hielt. Als ich meine Lider wieder hob, sah ich, dass sich die Tür zum Gästehaus bewegte. Wyatt kam heraus und hob sein Handy in die Höhe. Wir hatten nur an einem einzigen Punkt wirklich guten Empfang, und das war relativ weit vorn bei der Einfahrt. Diesen suchte er wohl gerade, denn er wedelte mit seinem Smartphone durch die Luft und stieß leise Flüche aus, während er sich durch die kniehohe Wiese kämpfte. Irgendwie wirkte er genauso verloren, wie ich mich fühlte.

Er hob das Handy noch höher und stellte sich sogar auf die Zehenspitzen. Ein wenig musste ich über seine Versuche lächeln, bis er auf einmal hochsah und mich entdeckte. Langsam ließ er den Arm sinken, und wir schauten uns an. Keine Ahnung, was es bedeutete, dass ich mich nicht von seinem Anblick lösen konnte, aber er konnte es genauso wenig. Zumindest bis sein Smartphone einen Ton von sich gab und er erschrocken zusammenfuhr. Er lief mit großen Schritten Richtung Einfahrt und hielt sich sein Telefon ans Ohr. Ganz vorn blieb er stehen und senkte den Kopf. Ich konnte nur noch seinen Rücken und seine breiten Schultern erkennen, die in sich zusammenfielen.

In diesem Moment hatte ich das Gefühl, dass ich ihn nicht so beobachten sollte, rutschte von den Sitzpolstern und setzte mich im Schneidersitz auf den Flokati auf dem Boden.

Ich schloss meine Augen und versuchte, meine Gedanken zu sammeln, doch anstatt meine abendliche Entspannungsübung zu absolvieren, dachte ich nur darüber nach, wieso Wyatt so abweisend war. Was er wohl alles erlebt hatte und weshalb er diese Auszeit brauchte. Andi hatte bei ihren Besuchen nie von ihm gesprochen, doch vielleicht durfte sie das auch gar nicht. Sollte ich Emilia darauf ansetzen, ein paar Dinge im Internet über ihn herauszufinden. Als Journalistin war sie darin ziemlich gut, außerdem stand sie im Gegensatz zu mir ziemlich auf Bands, Musiker und das ganze Promizeug. Natürlich nur zur Sicherheit.

Nach zehn Minuten gab ich auf, legte mich auf mein Himmelbett und starrte durch den dünnen Stoff an die hölzerne Decke, bis meine Augen schwer wurden und ich in einen wirren Traum über Gitarren, Zikaden und Rhabarberkuchen abdriftete.

Kapitel 6

Wyatt

Als ich aufwachte und mein Blick auf die dunkle Holzdecke über mir fiel, schloss ich extraschnell wieder die Augen und wünschte mich wie Dorothy zurück nach Hause. Blöd nur, dass mir die roten Lackschuhe nicht nur fehlten, sondern sie mir sehr wahrscheinlich auch überhaupt nicht stehen würden.

Ich seufzte und drehte mich auf die Seite. Meine Mom hatte mir die Geschichte *Der Zauberer von Oz* früher vorgelesen, und seitdem ich hier war und keine Ablenkungen mehr hatte, drifteten meine Gedanken immer öfter zu meiner Familie.

Aber ich hatte nicht allein entschieden, den Kontakt abzubrechen, es war auch von ihnen gekommen. Mir blieb nichts anderes übrig, als weiterzumachen, die Tage in dieser Einöde durchzuziehen und Andi davon zu überzeugen, mich so bald wie möglich zurück nach Los Angeles zu lassen, damit ich mein normales Leben weiterführen konnte. Sie konnte das alles hier doch nicht wirklich ernst meinen! Als meine Managerin sollte ihr nur mein Erfolg am Herzen liegen, und diesen konnte sie mir nicht absprechen. Trotzdem war das gestrige Telefonat mit ihr nicht sehr erfolgreich verlaufen. Wie vermutet. Und ihr Satz: »Gib ihnen eine Chance!«, war mehr als überflüssig. Das hier war ihre Familie, nicht meine. Ich wohnte zwangsweise in ihrem Gästehaus. Ich erwartete nicht, am Familientisch zu sitzen oder mit ihnen gemeinsam eine Wanderung durch diese wunderbar langweilige Landschaft zu unternehmen. Ich würde Harry bei der Arbeit helfen und mir für die Abende irgendeine Bar mit niemals endendem Alkoholvorrat suchen, nach ein, zwei Stunden dort ins Bett fallen und den darauffolgenden Tag durchziehen wie den vorherigen, bis Andi zur Vernunft kam.

Mein Plan war ziemlich gut.

Ich hievte mich von der viel zu weichen Matratze und stellte ein uraltes Radio auf einer Kommode in der Ecke an. Ohne Musik ging einfach nichts. Dann lief ich hinüber zur Kochnische. Der Holzboden unter meinen nackten Fußsohlen war kühl, und als ich die rot karierten Vorhänge wegzog und einen Blick aus dem Fenster über der Spüle warf, bemerkte ich, dass es recht früh sein musste. Dichter Morgennebel drang aus dem Wald, und die Sonnenstrahlen der aufgehenden Sonne tauchten die gigantischen Kiefern in ein spektakuläres Licht. Die ganze Szenerie wirkte irgendwie surreal wie in einem Mystery-Streifen. Ich konnte nicht widerstehen, öffnete das Fenster und atmete die erfrischende Luft ein. Okay, das war eindeutig besser als der Smog der Stadt. Es roch nach frischem Gras, feuchtem Moos und Leben.

Ich wollte mich gerade abwenden und Kaffee in den Schränken suchen, da ließ mich eine Bewegung innehalten. Eine Hirschkuh tauchte am Waldrand auf, und ich versuchte, völlig stillzuhalten. Das Tier senkte den Kopf und fraß Gras, bis es erneut aufmerksam nach oben sah und die Ohren in alle Richtungen drehte, als hätte es ein Geräusch gehört. Ein

Bambi schlängelte sich an den Beinen seiner Mutter vorbei, und selbst ich musste zugeben, dass dieser Anblick mich nicht völlig kalt ließ. Verdammt.

Anspannung fuhr in den Körper der Tiere. Blitzartig flüchteten sie zurück in den Wald und verschwanden hinter den dunklen Stämmen der Nadelbäume. Ich atmete stoßweise aus, anscheinend hatte ich die ganze Zeit nur flach geatmet, und begab mich wieder auf die Suche nach meinem Lebensretter. Sogar mit Instantkaffee würde ich mich zufriedengeben.

Eine Maschine stand neben der Spüle auf der Arbeitsplatte, aber in den Schränken war nichts zu finden außer ein paar Töpfen, zwei Pfannen und einer Saftpresse.

Ich lehnte mich an die Anrichte und wog meine beiden Optionen ab. Entweder zum Haus der Campbells rübergehen und um Frühstück bitten oder mit meinem wunderschönen Auto die Schotterpiste hinunter in die Stadt fahren und den Lack ein weiteres Mal demolieren.

Ich konnte mich einfach nicht entscheiden.

Im gleichen Moment, in dem ich beschloss, den Tag heute ohne Frühstück zu beginnen, klopfte es an der Tür. Bevor ich aufmachte, lief ich an der Sitzecke vorbei, auf der meine Sachen lagen, schnappte mir ein Shirt und zog es über, dann ging ich zur Tür und öffnete sie.

Lake stand draußen. In den Händen hielt sie ein Tablett, und mir lief das Wasser im Mund zusammen, sowie ich das Essen sah. Selbst gebackenes Brot mit Aufstrich, Tomatenspalten, Gurkenscheiben, Rührei und sogar eine kleine Kanne, bei der ich hoffte, dass es sich um Kaffee handelte und nicht um irgendeinen Kräutertee. Zuzutrauen wäre es ihnen.

»Morgen«, begrüßte sie mich freundlich und schenkte mir ein Lächeln, das ich skeptisch betrachtete. Ich war gestern extra ruppig zu ihr gewesen, damit sie nicht auf die Idee kam, mir hier auf die Pelle zu rücken. Aber entweder nahm diese Kommune hier stimmungsaufhellende Drogen, oder die Menschen, die hier lebten, waren tatsächlich zu gut für die Welt. »Meine Mom dachte, du hast vielleicht Hunger. Wir haben alle schon gefrühstückt und wollten dich schlafen lassen.«

»Wann steht ihr auf? Um vier?«

Ich machte einen Schritt zurück, und sie trat ein. Ihr langes, dunkelbraunes Haar verströmte einen gut riechenden Kokosduft, während sie an mir vorbeilief, und sie trug es auch heute offen. Dazu ein weißes, schulterfreies Top und einen ähnlichen bodenlangen Rock wie gestern. In Los Angeles gaben die Mädels haufenweise Kohle für diesen Hippie-Look aus, gingen auf Festivals wie das Coachella und glaubten, sie träten allein damit für Frieden, Freiheit und Gleichheit ein. Aber die meisten beugten sich nur einem Trend und lebten das Ganze nicht. Lake und ihre Mom machten auf mich einen anderen Eindruck.

»Manchmal«, erwiderte Lake grinsend, und ich nahm ihr das Tablett aus der Hand. »Manchmal sind wir auch total verrückt und schlafen bis um halb sieben!«

»Wie spät ist es?«, brummte ich, weil ich ohne mein Handy kein Zeitgefühl hatte und dieses mit leerem Akku nutzlos und ausgestellt auf dem Nachttisch lag. Der Empfang hier war sowieso nicht nur scheiße, sondern eher nicht existent.

»Sechs.«

»Normalerweise komme ich um diese Uhrzeit erst heim«, murmelte ich und trug das Frühstück hinüber zum Küchentisch.

»Kann ich mir gut vorstellen«, antwortete sie sarkastisch.

Ich warf Lake einen Blick zu und musste ein wenig grinsen. Ihre Mundwinkel zuckten, doch sie wandte sich schnell ab, dabei tat sie so, als hätte sie diesen Raum noch nie von innen gesehen. Was ich eher nicht annahm.

»Willst du auch etwas?«, fragte ich und deutete auf das Essen. Lake schüttelte den Kopf und drehte sich wieder zu mir. »Also bist du heute netter drauf?«

Ich holte einen Becher aus dem Schrank und setzte mich an den Tisch. »Ich muss sagen, wer mir Frühstück und vor allem Kaffee bringt, hat zumindest zehn Prozent meiner Nettigkeit verdient«, scherzte ich und fühlte mich ausgelassener denn je. Ich griff mir die Brotscheibe, biss rein und schloss die Augen. Normalerweise war ich kein großer Frühstücker, eine halbe Kanne Kaffee reichte mir, aber was auch immer in dem Aufstrich drin war, es schmeckte fantastisch. Nach roter Paprika, Kräutern und etwas, das ich nicht benennen konnte.

»Tee. Es ist Tee, kein Kaffee.«

Ruckartig öffnete ich die Lider und starrte Lake an. »Das meinst du nicht ernst«, nuschelte ich mit vollem Mund, und zum ersten Mal hörte ich Lake in meiner Anwesenheit lachen. Und es klang gut. Sehr gut.

»War nur Spaß.« Sie zwinkerte mir zu. »Kaffee, schwarz. Mein Vater trinkt ihn genau so, und du hast ihn in Midges Café so bestellt.« Bevor ich verblüfft etwas erwidern konnte, drehte sie sich um und ging rüber zur Tür. »Ich lass dich in Ruhe essen, bis später! Ich soll dir noch ausrichten, dass mein Dad dich um sieben draußen erwartet.« Damit verschwand sie, und ich saß allein mit dem besten Frühstück seit Langem an einem Tisch in der Einöde. Das Erschreckende daran war, dass diese sich für wenige Sekunden gar nicht mal so mies angefühlt hatte wie noch vor zehn Minuten. Oder wie erneut in diesem Moment.

Harry war ein recht angenehmer Typ. Er redete genauso gern wie ich – nämlich kaum – und erklärte mir nur die nötigen Arbeiten, die wir heute auf der Obst- und Gemüsefarm erledigen mussten. Während ich ihm aufmerksam zuhörte, sah ich aus dem Augenwinkel, wie Lake ein Fahrrad aus dem Schuppen holte und über den Schotterweg zur Hauptstraße fuhr. Ihr weiter Rock flatterte im Fahrtwind, und sie hob kurz die Hand in unsere Richtung, um sich zu verabschieden. Als ihr Dad zurückwinkte, stand ich einfach nur da. Es kam mir seltsam vor, dass meine Anwesenheit für alle normal zu sein schien. Ich fragte mich, wohin Lake fuhr, kam allerdings zu dem Schluss, dass mich das rein gar nichts anging. In den nächsten Stunden hatte ich glücklicherweise auch kaum Zeit zum Nachdenken. Harry und ich überprüften die Baumstämme auf Insektenbefall, kürzten das umliegende Gras mit altmodischen Sicheln – warum auch nicht mit einem Rasenmäher – und sammelten schlechtes Obst vom Boden auf, während die Frühlingssonne alles gab und uns auf die Schädel brannte. Harry schnallte sich einen Gurt um die Hüften und kletterte wie ein Profi auf einige Bäume, um Äste abzusägen, die ich danach auf den Anhänger des Pick-ups räumte. Wir waren ein recht gutes Team, und es machte mir Spaß, mich zu verausgaben. Die Arbeit forderte mir körperlich einiges ab, aber gerade deshalb tat sie gut. Ich musste nicht überlegen, wie ich auf andere wirkte, was ich sagte oder wie ich es vermeiden konnte, einen Fehler zu begehen, damit die Paparazzi nicht Wind davon bekamen. Hier draußen waren Harry und ich nur zwei Männer, die ruhig und gedankenverloren ihre Aufgaben verrichteten.

Ich war überrascht, was hier alles auf der mehrere Hektar großen Streuobstwiese stand. Apfel-, Quitten-, Orangen- und Kirschbäume. Die meisten davon waren jetzt im Frühjahr noch nicht reif.

»Die richtig schweren Arbeiten beginnen erst zur Erntezeit«, rief mir Harry zu, während wir ein paar letzte Äste wegräumten.

»Und das machst du ganz allein?« Ich fragte mich, wie das funktionieren sollte. Ein einziger Mann mit ungefähr zweihundert Obstbäumen und drei Dutzend Feldern. Kam mir wie eine ziemliche Lebensaufgabe vor.

»Nein, das schaffe ich nicht mehr. Meine beiden Söhne Braxton und Graham kommen dann vorbei und helfen, außerdem haben wir immer mal wieder einige Erntehelfer und -helferinnen, die in der Hütte übernachten, in der du gerade schläfst.« Ich strich mir den Schweiß mit dem Handrücken von der Stirn. Meinem nicht vorhandenen Zeitgefühl zu entnehmen musste es irgendetwas zwischen Mittag und Nachmittag sein.

»Essen ist fertig!«, rief Alice von der Veranda und bestätigte meine Vermutung. Sie hatte den Vormittag in den Gemüsebeeten gearbeitet und war irgendwann nach drinnen verschwunden. Mich überraschte, dass, auch wenn alles hier einen chaotischen ersten Eindruck machte, der Tagesablauf sehr geregelt verlief. »Aber zuerst geht ihr euch waschen!«, fing sie uns an der Tür ab, und Harry zeigte mir ein kleines Badezimmer im Erdgeschoss mit blau-weiß gekacheltem Waschbecken, in dem wir uns nacheinander die Hände und das Gesicht wuschen. Auch hier dominierten die Steinwände, eine Holzdecke und ein knalliger Farbenmix, diesmal bei den Handtüchern und Vorlegern. In der Küche drang mir der Duft von Gemüseeintopf in die Nase, und ich merkte, wie hungrig ich war. Die Suppe schmeckte köstlich, und trotzdem überlegte ich, wie ich heute Abend an ein schönes Stück saftiges Steak kommen könnte. Aber da ich sowieso vorhatte, in die Stadt zu fahren und eine Bar auszumachen, in der ich mich von der Langeweile in der Hütte und meinen kreisenden Gedanken ablenken konnte, hoffte ich, dass es dort auch etwas zu essen oder ein Diner in der Nähe gab. Vielleicht konnte ich vorher sogar noch ein paar Dinge in dem Supermarkt besorgen, den ich auf der Fahrt hierher gesehen hatte.

Zum Glück löcherte mich Alice beim Essen nicht mit Fragen. Sie unterhielt sich mit Harry über ein anstehendes Frühlingsfest im Ort, für das sie und Lake einige Kuchen backen wollten.

»Du musst Lakes Cranberrybrownies probieren! Sie sind unglaublich!«, schwärmte Alice. Doch da ich bis zu dieser Veranstaltung ohnehin nicht mehr hier sein würde, hörte ich nur mit halbem Ohr zu und löffelte nebenbei den Eintopf, bis ich satt war.

Als es wieder an die Arbeit ging, fühlte ich mich so gestärkt wie schon lange nicht mehr.

Kapitel 7

Lake

Ich hatte das große Glück, dass Phil unbedingt jemanden brauchte. Andernfalls hätte ich diesen Job sehr wahrscheinlich nicht bekommen, da war ich mir sicher. Denn sein Gesichtsausdruck, als ich ihn darauf angesprochen hatte, war das genaue Gegenteil von begeistert gewesen.

Dem Ort entsprechend war der Supermarkt nicht gerade riesig, aber ich fand die Auswahl recht gut und völlig ausreichend. Neben dem Gemüse und Obst, das meine Familie wöchentlich an ihn lieferte, achtete er peinlich genau darauf, dass jedes Regal der vier Reihen immer gefüllt war.

Meine Aufgabe, wie er mir mit strenger Miene und seinem berühmten Klemmbrett unter dem Arm mitteilte, bestand darin, nicht nur eben diese Regale nie leer werden zu lassen, sondern den Kunden an der Kasse ein gutes Gefühl nach ihrem Einkauf zu geben. Gott, er lebte für diesen Job und nahm nichts ernster als diese Berufung. Selbst ihn beneidete ich um diese Passion.

»Du darfst niemals vergessen, ihnen einen schönen Tag zu wünschen! Bekommst du das hin?« Er senkte den Kopf und warf mir einen vernichtenden Blick über den Rand seines dicken Brillengestells zu.

Schnell nickte ich. »Natürlich.« Ich war mir tatsächlich sicher, dass ich das schaffen würde. Vielleicht war dies der erste Job, den ich auch behielt? Das Telefon an seinem Gürtel, das aus der Zeit von Snake und SMS stammte, klingelte, und er zog es aus der Halterung.

»*Phil's Supermarket Food & More*, Phil am Apparat«, sagte er und hob die Hand, um sich bei mir zu entschuldigen. Daraufhin wandte er sich ab und ließ mich meine Arbeit aufnehmen.

Den gesamten Mittag über packte ich Tüten und erfüllte meine Aufgabe gewissenhaft mit dem breitesten Lächeln, das mir möglich war. Wenn kein Kunde in Sicht war, versuchte ich, mich mit meiner Kollegin Elisa hinter der Kasse zu unterhalten, doch sie war ungefähr im Alter von Mr. Douglas und Mr. Butler zusammen und verstand leider nur jedes zweite Wort, das ich sagte.

Die Zeit verging eher rückwärts als wie im Fluge, und ich schnitt mir zweimal die Finger an einer der Tüten auf. Meine Beine schmerzten vom vielen Stehen, aber ich wollte mich auf keinen Fall darüber beschweren. Ich konnte meinem Dad heute Abend nicht unter die Augen treten und ihm gestehen, dass ich innerhalb eines halben Tages schon wieder einen Job verloren hatte.

Als der Feierabend immer näher rückte, konnte ich es kaum erwarten, dass der Zeiger der Wanduhr sich endlich in Richtung fünf bewegte und ich für die Abendschicht, die bis zehn ging, abgelöst wurde. Die Schiebetür glitt mit einem Zischen auf, und ein neuer Kunde betrat den Laden. Als ich erkannte, wer es war, seufzte ich innerlich auf.

Wyatt schaute sich um und orientierte sich im Eingangsbereich, ehe sein Blick unter dem tief in sein Gesicht gezogenen

Basecap auf meinen traf. Ein amüsiertes Zucken umspielte seine Mundwinkel, und ich wandte mich schnell ab.

Wenn ich Glücksspiel befürworten würde, hätte ich jetzt drauf wetten können, dass er seine Sachen genau an der Kasse bezahlte, an der ich stand. Vorsichtig blickte ich erneut zum Eingang, aber Wyatt war nicht zu sehen. Sehr wahrscheinlich war er zwischen den Regalen verschwunden und zerstörte meine Hoffnung, dass er einfach wieder gegangen war.

»Was hast du heute noch vor, Elisa?«, fragte ich meine Kollegin.

Sie runzelte die Stirn. »Wie bitte?«

Ich seufzte innerlich. Meine Taktik, mich von Wyatts Besuch abzulenken, misslang. »Ich habe gefragt …« Ich verstummte, als er sich an das kleine Laufband stellte und seine Sachen aus einem Einkaufskorb darauf ablegte. Dabei erkannte ich ganz genau sein Grinsen und was ihm auf der Zunge lag, obwohl er mich nicht ein einziges Mal ansah.

Elisa machte sich bereit, während ich eine braune Papiertüte für seinen Einkauf vorbereitete. Lässig stellte er sich neben mich.

»Oh wow, auch noch die guten«, murmelte ich sarkastisch, während ich eine Packung der abgepackten Sandwiches in die Hand nahm, die er einkaufte. Truthahn und Thunfisch. Angewidert verzog ich das Gesicht.

»Hast du irgendetwas gesagt?«, fragte er und kniff die Augen zusammen. »Mir war so, als hätte ich etwas gehört.«

»Du ziehst das Zeug wirklich dem selbst gekochten Essen meiner Mom vor?« Mit all meinem Mut schaute ich ihn direkt an. Seine Miene war undurchdringlich. Es fehlte nur noch, dass aus seinen Augen, die im Schatten des Caps noch strahlender wirkten, Funken in meine Richtung sprühten. Die lockere Stimmung von heute Morgen war dahin.

»Solltest du nicht deine Arbeit machen und ganz bestimmt nicht die Einkäufe eurer Kunden beurteilen?« Er nickte zu den anderen Sachen, die über das Laufband fuhren und zu mir kullerten. Fast hätte ich laut nach Luft geschnappt bei dem Anblick dessen, was ich als Nächstes einpacken sollte.

»Ist alles okay?«, fragte er, und ich vernahm ganz genau seinen amüsierten Ton, ehe ich die Kondompackung in die Hand nahm und in die Tüte schmiss.

»Willst du mich etwa provozieren?« Den Kondomen folgte ein Magazin mit Namen *Guitar*, Kaffeepulver, Toastbrot und diverse andere Fertiggerichte. Plötzlich lehnte er sich näher zu mir, und der herbe Duft seines Parfüms stieg mir in die Nase.

»Wieso provozieren?«

Ich presste die Lippen aufeinander und schaute ihn direkt an. »Du wirst die Dinger ohnehin nicht brauchen.«

»Ach nein?«

»Nein, ich kenne die Frauen, die hier wohnen. Es wird keine auf deine Masche reinfallen.«

»Welche Masche?«, fragte er schief grinsend. Erneut fiel mir das dünne Lederband auf, doch diesmal verschwand der Anhänger im Ausschnitt seines Shirts.

»Das weißt du ganz genau.«

»Das macht dreiundzwanzig fünfzig«, unterbrach uns Elisa, und Wyatt zückte eine schwarze Kreditkarte, die er meiner Kollegin überreichte. Ich verdrehte die Augen.

»Nein, das weiß ich nicht«, sagte er so leise, dass nur ich seine Worte hören konnte.

Innerlich brodelte ich, aber nicht nur, weil er es tatsächlich geschafft hatte, mich aus dem Takt zu bringen. Mein Körper reagierte in einem völlig unpassenden Maß auf seine direkte Nähe. Bereits heute Morgen, als ich ihm das Frühstück gebracht hatte, hatte ich das schnelle Pochen meines Herzens kaum ignorieren können.

»Also?«, fragte er und steckte seine Kreditkarte zurück in sein Portemonnaie, das er in der hinteren Tasche seiner Jeans verstaute.

»Einen auf heißen Rockstar zu machen.«

»Du findest mich also heiß«, stellte er trocken fest, und am liebsten hätte ich laut aufgeschrien. Er griff nach der Tüte, und blitzschnell zog ich meine Finger weg, damit er mich nicht berührte. »Bye, Hippie-Girl.« Er nickte mir zu, ehe er sich abwandte und ich die Hände zu Fäusten ballte. Großer Gott, seine Art traf einen Nerv in mir, der mich wahnsinnig machte.

Kapitel 8

Lake

»Auf die erste Ladies Night seit Monaten!« Midge hob ihre Margarita in die Höhe. Emilia und ich stießen unsere Gläser an ihres, bevor jede von uns einen Schluck trank. Ich liebte Gingers Granatapfel-Mocktail, den sie als alkoholfreie Alternative extra für mich in die Karte aufgenommen hatte. Auf Alkohol konnte ich gut und gern verzichten, denn nach nur einem bisschen davon hatte ich das Gefühl, wie auf einer Wolke zu schweben. Midge und Emilia behaupteten zwar, dass ich dann besonders witzig war, aber meine schlechtesten Entscheidungen hatte ich getroffen, als ich mit ihnen etwas getrunken hatte. Zum Beispiel einen Cheeseburger zu essen oder mit Griff Rooney auf Emilias Feier zu ihrem sechzehnten Geburtstag rumzuknutschen. Allein die Erinnerung ließ in mir ein Gefühl von absolutem Bereuen aufkommen. Auch wenn ich zugeben musste, dass zumindest der Cheeseburger wirklich gut gewesen war.

»Du übertreibst, es ist erst zwei Wochen her, seitdem wir hier waren«, erwiderte ich lachend, und Midge machte eine wegwerfende Handbewegung. Im Hintergrund dröhnte

If We never Met von John K aus den Boxen. Die Besitzerin Ginger war Emilias ältere Schwester und spielte eine ziemlich absurde Mischung in der Bar. Von Rockmusik über Pop, Indie und Irish Folk war alles dabei, und ich liebte die Abende, an denen es sogar Livemusik gab. Die Einrichtung hatte etwas von einer rustikalen Holzfällerhütte, die sich mit einem Irish Pub gepaart hatte. Auf der kleinen Bühne in der Ecke stand ein uraltes ockerfarbenes Klavier, das seine besten Zeiten längst hinter sich hatte, ein altes Whiskeyfass aus der Destillerie von Gingers und Emilias Grandpa befand sich auf der anderen Seite und wurde als Tisch benutzt, dahinter hingen Bilder von Stars an der Wand, die *Ginger's Bar & Billard* angeblich besucht hatten. Meine Freundinnen und ich schätzten, dass jedes davon gefälscht war, weil wir in all den Jahren noch nie einen wirklichen Promi hier in der Stadt gesehen hatten.

»Zwei Wochen, zwei Monate … spielt doch keine Rolle, denn ich vermisse euch immer, wenn unsere Ladies Night ausfällt!«

»Aaaww«, machten Emilia und ich gleichzeitig und Midge warf uns einen Luftkuss zu.

»Geht es Joshs Dad nach dem Herzinfarkt besser?«, fragte Emilia und drehte eine Locke ihres roten Haars um den Finger. Wir drei waren seit der Middleschool befreundet und hatten Höhen wie Tiefen miteinander erlebt. Etwa als Midge das Café eröffnet hatte oder Emilia im vergangenen Jahr ihre Mom verlor. Entscheidende Erlebnisse, die uns nur noch enger zusammenschweißten.

»Ja, ein Glück! Wir haben ihm trotzdem angeboten, zu uns zu ziehen, aber bisher kann er sich nicht von Carson und den Erinnerungen an Joshs Mom lösen. Auch wenn sie ihn verlassen und allein in dem großen Haus sitzen gelassen hat.« Midge seufzte und trank einen weiteren Schluck. »Lasst uns über schönere Dinge sprechen. Lake, wie läuft's im Supermarkt?« Auf ihr fieses Grinsen hin verengte ich die Augen. Keine Ahnung, wie oft sie mir angeboten hatte, bei ihr im Café einzusteigen, doch irgendwie fühlte es sich falsch an, unsere Freundschaft und die Arbeit zu vermischen. Außerdem hatte ich Angst, auch bei ihr zu versagen und damit etwas aufs Spiel zu setzen, was mir neben meiner Familie mehr bedeutete als alles andere. Dafür nahm ich auch in Kauf, diesen Job machen zu müssen und eingebildete Musiker zu treffen, die sich für den Nabel der Welt hielten.

»Wunderbar. Ich liebe es, Tüten zu packen, und glaube, dass ich endlich meine Bestimmung gefunden habe. Vielleicht kann ich mich in ein paar Monaten um die Filialleiterinstelle bewerben.«

Midge lachte. »Das lässt Phil niemals zu! Er lebt für den Job und würde den Laden eher abfackeln, als ihn an jemand anderen zu übergeben.«

Mitfühlend sah mich Emilia aus ihren grünen Augen an. »Wenn es dich tröstet, ich schreibe bereits zum dritten Mal den Artikel über das Kuhwettrennen im Nachbarort. Meine Chefin, der Drache, muss mich hassen.« Sie stieß ein frustriertes Schnauben aus und nippte an ihrem Ale.

»Ach, bestimmt hat Nellie Bly oder eines deiner anderen Idole genauso angefangen und Artikel über Kuhwettrennen geschrieben, bevor sie weltbekannt wurden und die Welt bereisten.« Die Margarita schien definitiv zu wirken, denn Midges Wangen waren gerötet und sie hob die Hand vor den Mund, weil sie einen Schluckauf bekam.

»Habt ihr übrigens gehört, dass Mrs. Fletcher dieses Jahr zum Frühlingsfest nicht ihren preisgekrönten Blueberry Cheesecake machen will, sondern einen Apfelkuchen?«

»Nein!« Emilia und ich rissen gespielt empört die Augen auf.

»Ja, doch! Mrs. Appleworm hat sich darüber aufgeregt, als sie heute Mittag bei mir im Café war. Unglaublich, oder?« Erneut lachte Midge und hob das Glas zu ihrem Mund. Ich war froh, dass sie nach der Sache mit Joshs Dad wieder so entspannt sein konnte. Es gab nichts Schlimmeres, als die Menschen, die man gernhatte, leiden zu sehen.

»Darüber sollte ich schreiben, damit gelingt mir sicherlich der Durchbruch«, erwiderte Emilia trocken.

»Du wärst die Nummer eins am Reporterhimmel! Jeder Journalistenpreis wäre dir sicher! Die Konkurrenz würde vor Neid erblassen!«, rief ich übertrieben theatralisch aus, und Midge stieg glucksend mit ein: »Dein zukünftiger Journalistengatte würde aufstehen und vor Begeisterung applaudieren!«

»Okay, ich hab's verstanden. Ich werde niemals erfolgreich werden, solange ich hier lebe.« Emilia legte seufzend die Hände an die Wangen, und ich lehnte meinen Kopf an ihre Schulter.

»Dann werden wir beide hier wohl nicht das finden, was wir suchen. Aber ich will nicht woandershin gehen!«, quengelte ich.

»Ich schon, aber ich kann meinen Dad nicht allein lassen … Noch nicht«, entgegnete Emilia.

Die zuerst witzige Unterhaltung hatte sich innerhalb weniger Sekunden in erdrückende Schwere verwandelt.

»Oh, hey, vielleicht wird euch das aufmuntern«, riss uns Midge aus unseren Gedanken und nickte grinsend zur Bar. Ginger stand hinter dem Tresen. Sie trug ein weißes, enges Top, das einen krassen Kontrast zu ihren roten Locken bildete. Ihre Augen funkelten, während sie mit einem Typen sprach, der sich gerade auf einen Barhocker schob. Ich sah von meiner Perspektive nur seinen Rücken und das abgewetzte Basecap, doch ich musste nicht zweimal hinsehen, um ihn zu erkennen. Wyatt.

Es waren drei Tage vergangen, seitdem er zu uns gezogen war, und außer tagsüber mit meinem Dad zu arbeiten und am Abend zu verschwinden, hatte ich nicht viel von ihm mitbekommen. Nach seinem Besuch im Supermarkt an meinem ersten Arbeitstag hatte er sich in der Hütte eingerichtet, damit er noch nicht mal zum Frühstück auf uns angewiesen war. Hin und wieder trafen sich unsere Blicke aus der Ferne, wenn ich in die Stadt fuhr oder meiner Mom mit den Beeten half, aber mehr nicht. Jetzt konnte ich mir denken, wo er seine Abendstunden verbrachte. Vor allem, wenn ich ihn und Ginger so beobachtete. Dass er überhaupt hier war, sollte mich allerdings angesichts der Tatsache, dass es keine anderen Bars in New Hope gab, die abends geöffnet hatten, nicht wundern. Auch heute war der Laden voll bis unter die Decke, und ich war froh, dass wir noch einen Platz ergattern konnten. Ich spürte, dass ihn das irgendwie nervös zu machen schien. Unruhig blickte er sich um, und Emilia schnappte nach Luft, als wir einen perfekten Blick auf sein Profil erhaschen konnten.

»Mein Gott, ist das nicht Wyatt Lanter?«

Midge und ich schauten überrascht zu unserer Freundin, die mit großen Augen rüber zur Bar starrte, als hätte sie einen Geist gesehen.

»Was, woher kennst du ihn denn?«, fragte ich.

Sie zog ihr Handy aus der Tasche. »Ich höre gerne Indie-Folk, Indie-Rock und so etwas beim Schreiben, weil es mich unglaublich inspiriert, und Wyatt Lanter ist mein absoluter Favorit! Soweit ich weiß, hat er seinen richtig großen Durchbruch vor drei Jahren gehabt, und seine Musik hat etwas unglaublich Besonderes!« Ich spürte ihre Aufregung, während sie mir ihr Smartphone rüberschob und ich auf dem Display eine Playlist erkennen konnte, in der Wyatts Name tatsächlich mehrmals auftauchte. Plötzlich war ich neugierig, tippte auf einen Song und hielt mir das Handy ans Ohr, damit ich die Musik trotz der Geräuschkulisse in der Bar hören konnte.

Und was ich aufschnappte, machte mich sprachlos. Das Lied begann mit leisen Gitarrenklängen, langsam und gefühlvoll, und sofort bekam ich Gänsehaut. Ich schloss die Augen, als eine ruhige, tiefe Männerstimme ansetzte und darüber sang, die Koffer zu packen und verschwendete Tage hinter sich zu lassen.

Ich ließ das Smartphone sinken, und Emilia sah mich wissend an, als hätte sie meine Reaktion vorausgeahnt. »Jetzt will ich aber auch mal.« Midge nahm mir das Handy aus der Hand und lauschte wie ich eben Wyatts Musik.

»Damit habe ich nicht gerechnet«, sagte ich verblüfft und schaute hinüber zu Wyatt, der in einer Tour mit Ginger flirtete und nun ein dunkles Bier vor sich stehen hatte. Irgendwie schaffte ich es nicht, die gefühlvolle, ruhige Stimme mit dem Typen zusammenzubringen, den ich bisher kennengelernt hatte. Oder vielleicht lag es an mir? Denn bei Ginger, die auf einmal laut mit ihm lachte, schien er ganz anders zu sein. Das allein nagte an mir, denn ich konnte mich nicht erinnern, jemandem begegnet zu sein, mit dem ich nicht klarkam. Dank der Erziehung meiner Mom, die mir immer gepredigt hatte, wie wichtig es war, respektvoll und freundlich zu sein, war ich nie irgendwo angeeckt. Doch zu Wyatt kriegte ich keinen Draht, und das war ein ungewohntes Gefühl und verunsicherte mich extrem.

»Du kennst ihn?«, fragte Emilia überrascht, und ich nickte.

»Er ist in unserem Gästehaus eingezogen. Meine Tante Andi ist seine Managerin, und sie hat gemeint, er braucht eine Auszeit.«

»Und das erzählst du mir erst jetzt?«, stieß sie empört aus.

»Ich hatte ein komisches Gefühl und wollte dich zuerst darauf ansetzen, rauszufinden, was mit ihm los ist, aber du hattest viel zu tun, und im Grunde geht es uns ja auch nichts an. Midge wusste es.« Emilia sah zu Midge, und die zuckte grinsend mit den Schultern, während sie weiter an ihrer Margarita nippte. »Außerdem hatte ich keine Ahnung, wie sehr du auf ihn stehst«, neckte ich sie grinsend.

»Okay, verziehen …«, erwiderte Emilia zerknirscht. »Ich kann mir vorstellen, dass es so im Rampenlicht nicht einfach ist. Vielleicht ist es besser, wenn nicht jeder mitbekommt, wer er ist, vor allem nicht der Drache, die würde die Story ausschlachten bis zum Ende. Er könnte Glück damit haben, dass die meisten hier wohl nicht gerade seine Zielgruppe an Fans sein dürften. Trotzdem würde mich tatsächlich interessieren, was passiert ist.« Sie setzte diesen Blick auf, den sie immer dann hatte, wenn sie eine heiße Story vermutete.

»Wir sollten uns da nicht einmischen«, versuchte ich, sie von dem Thema abzubringen, dabei allerdings hatte ich nicht mit meinen Freundinnen gerechnet.

»Wir kriegen sicherlich raus, was er für Dreck am Stecken hat«, ignorierte mich Midge und tippte etwas in Emilias Handy ein, das sie immer noch in der Hand hielt. Sie wäre ebenfalls eine gute Reporterin geworden, denn wenn es um den Klatsch und Tratsch von New Hope ging, wusste Midge jede Kleinigkeit. Sie hatte allerdings auch eine extrem vertrauenerweckende Ausstrahlung, sodass ihr alle Menschen gleich ihre gesamte Lebensgeschichte anvertrauten. »Aha!«, stieß sie triumphierend aus, schob das Smartphone in die Mitte des

Tisches, und wir beugten uns über das Display, denn schließlich hatte mich die Neugierde doch gepackt.

»Alkoholeskapaden, Schlägereien, Affären, verpatzte Konzerte …«, listete Midge die Dinge auf, die sehr wahrscheinlich Auslöser für seinen Aufenthalt hier waren. »Also wenn du mich fragst, ist das der typische Werdegang vieler Musiker. Vielleicht braucht er nur jemanden, der ihn auf den Boden der Tatsachen holt.« Midge schubste mich sehr subtil über den Tisch an und nickte erneut zu Wyatt.

»Ich?«, fragte ich überrascht. »Ich habe das Gefühl, zwischen Ginger und ihm herrscht da eine bessere Verbindung.«

Wir drei sahen hinüber zu ihnen. Ginger hatte sich über die Theke gelehnt und spielte mit dem Finger an Wyatts Bierflasche herum. Noch offensichtlicher ging es wohl kaum, was sie damit bezwecken wollte, und anscheinend hatte Wyatt nichts dagegen, denn er hatte sich genauso weit zu ihr vorgebeugt wie sie zu ihm. Wenn er auf so etwas stand, war er bei mir sowieso völlig an der falschen Adresse. Ginger war das komplette Gegenteil von Emilia, und ich konnte verstehen, wieso ihr Exmann die Nase gestrichen voll von ihren temperamentvollen Ausbrüchen hatte. Außerdem hasste ich es, dass er dachte, ich hätte ihm mit meiner Aussage im Supermarkt zu dem Einkauf der Kondome nur eins auswischen wollen. Allerdings entsprach es den Fakten, dass es bestimmt ein paar Frauen gab, die nicht Nein zu ihm sagen würden.

»Ach, meine Schwester dreht doch seit ihrer Scheidung vor einem halben Jahr total durch. Ihr ist Wyatt egal, sie will es Sam nur unter die Nase reiben, dass andere Männer auf sie abfahren.« Wir schauten in die andere Ecke der Bar, in der Gingers Exmann mit ein paar Freunden Billard spielte und hin und wieder einen Todesblick in Richtung Theke warf. Vielleicht hatte Emilia recht. Aber selbst wenn, hegte ich keinerlei Gefühle für Wyatt. Wir kannten uns seit wenigen Tagen, und *kennen* wäre noch zu viel behauptet! Drei von vier bisherigen Begegnungen waren absolut katastrophal verlaufen. Davon abgesehen bevorzugte ich völlig andere Typen. Männer, die besonnen waren, einen Familiensinn und Prinzipien hatten und mit beiden Beinen im Leben standen.

Keine draufgängerischen Musiker. Das war eher Midges Gebiet, bevor sie fest mit Josh zusammengekommen war und die beiden beschlossen hatten, früh Eltern zu werden.

Im gleichen Moment, in dem ich mich abwenden wollte, schob sich Wyatt vom Hocker und drehte sich um. Unsere Blicke trafen sich, und ich hob langsam die Hand, um ihn zu grüßen. Das tat man doch immerhin so, wenn man sich nicht fremd war. Aber Wyatt schien auf einmal anderer Meinung zu sein, denn er wandte sich ab, ohne meine Geste zu erwidern, und steuerte die Waschräume auf der gegenüberliegenden Seite des Raums an.

»Seht ihr, dem ist nicht mehr zu helfen«, sagte ich und konzentrierte mich wieder auf meine Freundinnen, die mich beide breit grinsend anschauten.

»Ein klarer Fall«, sagte Midge.

»Aber so was von«, erwiderte Emilia und verbündete sich mit ihr.

»Was meint ihr?«, fragte ich verwirrt, und die beiden lachten.

»Da ist definitiv irgendetwas zwischen euch«, stellte Midge fest.

»Ja, Abneigung.«

»Kann sein, aber auch etwas anderes.« Emilia verschränkte die Finger auf der rustikalen Tischplatte, als hätte sie einen besonders kniffligen Fall zu lösen. »Und meistens entsteht aus so etwas pure Leidenschaft.«

»Ich weiß, dass du auf Liebesromane stehst und überall eine Lovestory vermutest, Em, doch ihr seid beide völlig auf dem Holzweg.« Ich lehnte mich in dem Lederpolster zurück und hielt das Gespräch definitiv für beendet. »Er macht mich wahnsinnig, und ein paar Tage haben mir ausgereicht, herauszufinden, dass er nicht nur unhöflich ist, sondern auch rein gar nichts in mir auslöst.« Ich verdrängte die Erinnerung an mein klopfendes Herz, als er mich angesehen hatte.

»Gar nichts?«

»Hör auf, Midge.« Genervt gab ich ein Seufzen von mir. »Nur weil irgendein Typ hier auftaucht, der annähernd gut aussieht, muss das nicht heißen, dass alle Frauen verrücktspielen.«

»Er ist scharf und zwar auf diese mysteriöse Alle-sind-mir egal-Art. Und das darf ich behaupten, weil ich glücklich vergeben bin«, sagte Midge. »Ich weiß, weshalb er so viele Fans um sich schart.«

»Selbst ich stimme ihr da zu«, erwiderte Emilia, die sonst eher zurückhaltend in Bezug auf Männer war und bisher keine feste Beziehung gehabt hatte. Heute hatte sie eine völlig neue Seite von sich gezeigt. Schwärmereien für Stars passten so überhaupt nicht zu ihr.

»Du zählst nicht, du Stalkerin hast alle seine Alben auf dem Handy!«

»Eifersüchtig, dass ich ihn vor dir kannte?«, neckte sie mich.

Stöhnend verdrehte ich die Augen. »Dieses Thema ist nun beendet.«

»Ist es das?« Midge grinste teuflisch, und mir war klar, dass das nichts Gutes bedeutete.

»Dann beweise es uns! Geh zu ihm und sprich ihn darauf an, wieso er dir nicht Hallo gesagt hat, wenn er hier ist!«

»Weshalb sollte ich?«

»Sieh es als Mutprobe!«

»Sind wir aus dem Alter nicht eigentlich raus?« Ich betrachtete mein Getränk und fragte mich zum ersten Mal an diesem Abend, ob es nicht doch besser gewesen wäre, etwas mit Alkohol zu trinken. Für den Mut und damit mir dieses Gespräch nicht so verdammt peinlich war. Wieso klopfte mein Herz aufgeregt, wenn ich darüber nachdachte, Wyatt einfach so hier in der Bar anzuquatschen? Genau. Weil es völlig überflüssig war! Er hatte mehr als deutlich gemacht, keinen Wert auf meine Gesellschaft zu legen. Wer wusste, wie lange er überhaupt noch bei uns war. Sehr wahrscheinlich lohnte es sich ohnehin nicht, ihm auf platonische Art näherzukommen und ihm seinen Aufenthalt hier besser machen zu wollen.

»Dafür kann man nie zu alt zu sein!«, sagte Midge, und Emilia zuckte nur mit den Schultern.

»Übrigens haben wir noch einen gut bei dir!«, fiel mir die Verräterin in den Rücken.

»Wie bitte?«, rief ich empört aus und überlegte, wie ich am schnellsten flüchten und mir einen neuen Namen zulegen konnte. Wie kam man ins Zeugenschutzprogramm?

»Erinnerst du dich nicht? In der Nacht vor fünf Jahren, als wir gewettet haben, dass jede von uns beim nächsten Spiel im Maskottchenkostüm der Schule über das Footballfeld rennt? Und wer hat es nicht getan?«

»Gott, kann es noch schlimmer werden«, murmelte ich und rieb mir mit Daumen und Zeigefinger die Nasenwurzel. In dem Moment ging die Tür zum Waschraum erneut auf, und Wyatt trat heraus. Er steuerte die Theke an, und Emilia kniff mich so fest in den Oberschenkel, dass ich nicht anders konnte, als ruckartig aufzustehen. Schlagartig flog Wyatts Blick zu mir, und ich vergaß für einen Moment zu atmen.

Hatte ich behauptet, die beiden wären meine Freundinnen? Ab diesem Zeitpunkt revidierte ich diese Aussage.

Kapitel 9

Wyatt

Das Einzige, was mir blieb, war, auf die Toilette zu flüchten. Entweder Lake wurde von Andi auf mich angesetzt, um mich zu kontrollieren, oder die Stadt war tatsächlich noch kleiner, als ich angenommen hatte. Und selbst wenn es Zufall war, sie hier zu treffen, hatte ich ständig das Gefühl, dass sie bei jeder Begegnung jeden Schritt analysierte, den ich tat. Die letzten Jahre war ich auf mich allein gestellt gewesen und kannte diese Art von Unsicherheit von mir nicht. Und das ging mir gehörig auf den Geist.

Mein Blick ruckte zu Lake, denn sie sprang sofort auf, nachdem sie mich entdeckt hatte. Ich hatte keine Ahnung, was das bedeutete, aber ihre Freundinnen sahen so aus, als wüssten sie, was dahintersteckte. Beide grinsten breit, und sowie ich zurück zu Lake schaute, bemerkte ich eine Röte in ihrem Gesicht, die neu für mich war. Bisher war sie bei jeder Begegnung eher zwanghaft freundlich oder auf süße Art genervt und nicht nervös gewesen. Keine Ahnung, was mich davon mehr aus dem Konzept brachte.

Ich zog eine Augenbraue nach oben, um ihr zu bedeuten,

dass ich sie gesehen hatte. Vielleicht war es bescheuert von mir, sie nicht zurückzugrüßen, doch ich wollte mich nicht so tief in diese Sache hier reinhängen. Die Begegnung im Supermarkt und der Schlagabtausch, der mir viel zu sehr gefallen hatte, war deutlich zu viel gewesen. Was nützte es, Menschen an sich heranzulassen, wenn Beziehungen – egal welcher Art – ohnehin keine Zukunft hatten.

Die Schwarzhaarige, die ich bereits in dem Café getroffen hatte, flüsterte irgendetwas, das ich nicht verstehen konnte. Lake schob sich aus der Sitzecke und kam auf mich zu. Anscheinend hatte sie beschlossen, mich zur Rede zu stellen. Ich war bereit und ging ebenfalls auf sie zu. »Hi«, sagte sie, und wir blieben voreinander stehen. Es fehlte nur noch der Glockenton im Hintergrund, der unsere Kampfrunde einläutete. Ich spürte die neugierigen Blicke ihrer Freundinnen wie brennende Pfeile auf mir.

»Hi«, erwiderte ich und steckte die Hände in die Jeanstaschen. Schon wieder diese Unsicherheit, die ich diesmal nicht wie sonst so gut überspielen konnte.

»Ich kann mir vorstellen, dass man seine Nachbarn in Los Angeles nicht grüßt, aber hier kennt man sich und ignoriert jemand anderen nicht. Du wohnst schließlich bei uns.«

»Und ich habe nicht darum gebeten. Glaub mir, als Urlaubsziel hätte ich mir etwas anderes als euer verschlafenes Nest ausgesucht.«

»Oh, so verschlafen, wie du denkst, sind wir gar nicht.«

»Ach nein?« Ich zog eine Augenbraue hoch und verkniff mir ein Grinsen. Irgendwie war es süß, wie sie versuchte, diesen Ort und ihr Leben hier zu verteidigen.

»Nein! Aber anscheinend hast du zu viel Angst, dass es dir hier doch gefällt.«

»Willst du mich gerade herausfordern?« Jetzt war sie es, die breit grinste, die Arme vor der Brust verschränkte und so wirkte, als heckte sie einen Plan aus. Das helle Top hob sich stark von ihrer gebräunten Haut ab, und ich erkannte blassbraune Sommersprossen auf ihrer Nase und auf ihren Schultern.

Ich trat noch einen Schritt näher und bemerkte, dass ihre Atmung für einen Moment aus dem Takt geriet. Irgendwie gefiel mir der Gedanke, dass ich der Auslöser dafür war. Bisher hatte ich angenommen, dass sie zu allen Menschen so verdammt freundlich war, aber vielleicht war ich doch etwas Besonderes. Ich hob die Hand und umfasste sanft den filigranen Sternanhänger, der an einer der drei dünnen goldenen Ketten um ihren Hals hing. Dabei berührte ich sie nicht direkt, doch ich erkannte an ihrem Gesichtsausdruck, dass sie die Nähe zwischen uns nicht kaltließ. Ich wusste nicht, ob es gut war, was ich hier tat, trotzdem konnte ich es nicht lassen. Sie herauszufordern reizte mich tatsächlich.

»Okay, zeig mir, was so toll an eurer Stadt ist, denn ich kann mir beim besten Willen nicht vorstellen, was das sein soll. So wie es aussieht, sitze ich hier ohnehin für länger fest, wieso die Zeit nicht nutzen?« Ich ließ den Anhänger los und ging einen halben Schritt zurück, weil ich das Gefühl hatte, sie brauchte etwas Luft. Und wenn ich ehrlich zu mir selbst war, hatte ich das ebenso bitter nötig.

»Gut, eine Bedingung ist, dass du jeden Abend mit uns isst. Für meine Mom.«

Einige Abendessen würde ich wohl überleben. »Einverstanden. Dann möchte ich, dass wir heute schon starten. Zeig mir dein spektakuläres New Hope!« Ich breitete die Arme zu den Seiten aus und funkelte sie provokant an. »Oder kann man hier um zehn Uhr abends doch nichts mehr erleben, außer in der einzigen Bar der Stadt abzuhängen und warmes

Ale zu trinken?« Sie warf ihren Freundinnen in der Sitzecke einen Blick zu. Ich ignorierte sie und hatte nur Augen für Lake.

»Na gut. Du wirst dich wundern, City-Boy.«

»Ich bin gespannt, Hippie-Girl.« Ich bemerkte nicht zum ersten Mal, wie sie bei diesem Spitznamen das Gesicht verzog. Ein guter Grund, sie ab sofort immer so zu nennen.

»Du musst sicherlich noch bezahlen und Ginger Auf Wiedersehen sagen. Wir treffen uns in zehn Minuten draußen.«

»Alles klar. Bis gleich.« Ich war überzeugt, dass sie mich nicht überraschen konnte, denn ich hatte in meiner Karriere viele Städte und ihr Nachtleben gesehen. Was sollte es hier schon Besonderes geben? Für mich war es nur ein Versuch, die Zeit hier rumzukriegen und nicht vor Langeweile und Frustration draufzugehen.

Ich lief hinüber zur Theke und wollte mich von Ginger verabschieden und mein Bier bezahlen. Doch die diskutierte gerade mit irgendeinem Typen, der uns schon den ganzen Abend beobachtet hatte, und hatte keinen Sinn für mich. Also legte ich einen Zehner auf die Theke und drehte mich wieder um. Mein Blick suchte wie von selbst Lake, die zurück zu ihren Freundinnen gelaufen war, die auf einmal aufgeregt wirkten. Sowie sie sahen, dass ich sie beobachtete, taten sie so, als wäre alles normal, und ich musste grinsen. Frauen in Gruppen waren schon ein seltsames Phänomen. Wobei wir Männer wohl auch nicht ganz ohne waren.

Ich lief in großen Schritten an Lakes Tisch vorbei nach draußen auf den Parkplatz vor der Bar. Die Luft war kühl, und ich war froh, dass ich eine Lederjacke anhatte, während ich darauf wartete, dass Lake kam. Komisch, wie sich so ein Tag zum Guten wenden konnte, wenn man ohne Erwartungen an diesen heranging.

Es dauerte keine fünf Minuten, da stand sie vor mir. In der Hand hielt sie eine Jeansjacke, und auf ihren Lippen lag ein freches Grinsen, was mir zunehmend besser gefiel.

»Zieh dich warm an, eigentlich sollte ich Archibald, unseren Bürgermeister, ablösen, weil ich die Stadt seit vierundzwanzig Jahren in- und auswendig kenne«, sagte sie, und ich lachte kurz auf, bevor ich zur Beifahrerseite meines Wagens lief und die Tür öffnete.

Doch Lake schüttelte den Kopf. »Wir fahren nicht, außerdem hast du getrunken.«

»Noch nicht mal ein halbes Bier«, stieß ich empört aus. Ich konnte nicht behaupten, dass ich in der Vergangenheit immer gute Entscheidungen in Verbindung mit Alkohol getroffen hatte, aber das würde ich ihr ganz bestimmt nicht auf die Nase binden.

»Trotzdem. New Hope erkundet man nicht mit dem Auto. Wir holen es später.«

Ich schloss die Tür wieder und drückte auf den Verriegelungsknopf der Funkfernbedienung, ehe ich den Schlüssel in meine Jackentasche steckte und mein Basecap tiefer ins Gesicht zog.

»Okay, wo geht es los?«

»Dort entlang!« Sie deutete den Bürgersteig hinunter und wir liefen nebeneinander los. Vereinzelte Straßenlaternen säumten den Weg und wechselten sich mit großen dunklen Kolorado-Tannen oder Kiefern ab. Nicht in allen der Häuser brannte noch Licht und bestätigte so meine Vermutung, dass ab neun Uhr nichts mehr in der Stadt los war.

Auf unserem Weg kamen wir an einer Werkstatt vorbei, über deren doppelflügeliger Tür der Name *Woodworker* auf einem großen, rustikalen Holzschild prangte. »Die Schreinerei gehört meinem älteren Bruder Braxton.«

Ich war beeindruckt. »Wow, wie alt ist er?«

»Neunundzwanzig. Er ist da so reingerutscht, weil der alte Besitzer nach Braxtons Ausbildung überraschend verstorben ist. Brax war da gerade einmal zweiundzwanzig. Er hat unglaubliches Talent. Die Möbel in der Gästehütte hat fast alle er gebaut.« Wir blieben kurz stehen und sahen zu der großen Halle, die selbst nur aus Holz bestand. Davor gab es einen großen Parkplatz für zehn Autos, und zwei Betonkübel mit rosafarbenen Blumen waren der einzige Farbtupfer an der gesamten Szenerie. Ich erkannte diese aus Alice' Garten.

Lake deutete auf ein zweistöckiges Gebäude aus hellgrauen Backsteinen auf der gegenüberliegenden Straßenseite. Die Fenster hatten grüne Läden, und ein kleiner Turm reckte sich auf der linken Seite aus den grauen Ziegeln in die Höhe, an dessen Front sich eine Uhr befand. Die Tür wurde von einem Rundbogen gesäumt. »Und das ist das Rathaus«, erklärte Lake.

»Dein zukünftiger Sitz?« Sie lachte leise, und ich musste selbst grinsen. »Also, was ist dieser Archibald für ein Typ, den du bald ablösen wirst?« Wir liefen weiter.

»Er ist ein wenig cholerisch, aber im Grunde ist er ein netter Kerl. Als Kinder haben wir ihm oft Streiche gespielt, weil wir es furchtbar witzig fanden, wie rot sein Kopf wurde, wenn er sich geärgert hat. Brax und ich hatten sogar eine Skala für den Farbton.«

»Ihr wart böse Kinder.«

Lake lachte. »Wir waren harmlos.«

»Also, lebst du tatsächlich schon immer hier?«, fragte ich und konnte mir nicht vorstellen, wie so etwas sein musste. An einen Ort wie diesen gebunden.

»Ich bin sogar hier geboren, in unserem Haus.«

»Wow, das ist sehr … alternativ«, wählte ich das netteste Wort, das mir zu so einer Verrücktheit einfiel.

»Wenn du es noch nicht bemerkt hast, beschreibt das meine Familie ziemlich gut.«

»Ja? Wäre mir gar nicht aufgefallen«, machte ich einen Witz und warf ihr einen kurzen Blick zu. Ihre Augen waren nach vorn gerichtet, aber sie lächelte, und irgendwie war ich froh, sie mit dieser Aussage nicht verletzt zu haben.

»Und du, wo hast du gewohnt?«

»Meine Musikerkarriere hat es mit sich gebracht, dass ich in so vielen Städten gelebt habe, dass ich noch nicht mal sagen kann, was das Besondere an jeder einzelnen davon war. Sie sind eher wie verschwommene Flecken in meiner Erinnerung. Los Angeles mag ich allerdings wirklich ganz gern.«

»Das ist irgendwie traurig«, antwortete sie, zog ihre Jacke über und schaute mich an. »Aber du hast Freunde, die du schon ewig kennst und mit denen du trotz verschiedener Wohnorte noch Kontakt hast, oder?«

Ich zuckte mit den Schultern. »So was Ähnliches, auf jeden Fall Leute, mit denen man weggehen kann. Langjährige Freunde sind in unserer Branche eine ziemlich seltene Sache. Wie ein grünes Einhorn.«

»Ein grünes Einhorn?« Sie lachte. »Klingt wirklich seltsam.«

»Hast du noch nie von ihnen gehört? Ich hab gelesen, sie sollen gerade hier in diesen Wäldern ihr Unwesen treiben.«

»Jetzt, wo du es ansprichst, vielleicht habe ich sogar mal eins gesehen«, stieg sie mit ein, und ich steckte meine Hände in die Jackentaschen und konnte nicht aufhören, dämlich zu grinsen.

Lake blieb vor einem Laden stehen. Hinter der schwarzen Scheibe, auf der *Antoine's Ice* gedruckt war, herrschte fast absolute Dunkelheit. Durch das Licht einer Straßenlaterne direkt daneben erkannte ich rote Stühle, die umgedreht auf

Tische gestellt waren, und über einer Theke in derselben Farbe hing ein gigantisches Schild mit verschiedenen Eissorten.

»Hier haben wir die nächste Station erreicht.«

Ich zog die Augenbrauen hoch. »Sieht ziemlich geschlossen aus.«

»Für Außenstehende mag das wohl auch so wirken«, erwiderte sie kryptisch. »Aber nicht für Insider. Komm mit!«

Ihre blauen Augen funkelten aufgeregt, ehe sie sich umdrehte und zu einer Seite des Ladens lief. Fast war sie schon um die Ecke verschwunden, bevor ich mich aus meiner Starre lösen und ihr endlich folgen konnte.

Wir drückten uns an einem hohen Holzzaun entlang, und je näher wir der Rückseite des Gebäudes kamen, umso lauter hörte ich eine männliche Stimme. Ich blieb stehen.

»Ist das …« Ich versuchte, auf den Namen des Liedes zu kommen, das meine Mom ziemlich oft gehört hatte. »*La Mer* von Charles Trenet?«

»Du kennst es?« Ich nickte nur, weil ich mich nicht bereit fühlte, Lake etwas über meine Familie zu erzählen. »Wenn du Lust auf einen Chanson-Abend hast, musst du nur ab Ladenschluss hier vorbeischauen.«

Wir gingen weiter, und ein Lichtschein erhellte einen kleinen Hinterhof, in dem ein Müllcontainer und zwei Klappstühle standen. Auf einem davon lag ein Hundespielzeugknochen, ein Napf befand sich etwas abseits daneben. Ohne zu zögern, betrat Lake den hinteren Bereich des Eisladens, und ich folgte ihr. Anscheinend wusste sie, was sie tat, und wenn nicht, gab es heute wenigstens doch unerwartet ein Abenteuer zu erleben.

Kapitel 10

Lake

Bevor uns Antoine bemerkte, sauste ein kleiner dunkler Schatten um die Ecke und hüpfte wild bellend an meinen Beinen hoch. Ich bückte mich, hob den Zwergspitz in meine Arme und streichelte mit meiner freien Hand das weiche, ockerfarbene Fell. »Hallo, La Chance, wie geht es dir?«

Meine Frage wurde mit einem schrillen Kläffen und wildem Wedeln beantwortet. Der winzige Hund leckte sich vor Aufregung über seine schwarze Stupsnase und hörte gar nicht mehr auf zu hecheln. Der Gesang verstummte.

»Wer ist da?«, ertönte eine Stimme mit französischem Akzent aus der halb geöffneten Kühlkammer der Küche.

»Ich bin's, Lake!«

»Ahhh, mon amour, wie schön, dass du mich besuchst!«

Antoines schwarzer Schopf tauchte hinter der dicken Stahltür auf, und ich erwiderte sein breites Grinsen und ließ La Chance auf den Boden. Sofort lief er zu seinem Herrchen, der ihm liebevoll den Kopf tätschelte.

»Guter Wachhund.«

»Hallo, Toni, es ist doch in Ordnung, dass ich einen Gast

mitgebracht habe? Er hat tatsächlich behauptet, hier gibt es um diese Uhrzeit nichts mehr zu erleben!«

Antoine lachte und fuhr sich über den Bartschatten. Er sah müde aus, und das tat er immer, wenn er nächtelang in seinem Eislabor nach neuen Kreationen suchte. »Ich weiß, was man über uns Franzosen sagt, aber in diesen vier Wänden wird Gastfreundschaft großgeschrieben! Setzt euch, ihr müsst etwas probieren!«

Er deutete auf zwei Stühle an einem viereckigen Tisch in der Ecke, an dem ich schon oft mit Midge und Emilia gesessen hatte. Als ich Wyatt anschaute, wirkte er tatsächlich unsicher. Er zögerte, und ich wollte ihm zeigen, dass wir wirklich nicht störten, also hakte ich mich kurzerhand bei ihm unter und zog ihn sanft mit. Zuerst spannte er sich an, schließlich allerdings setzte sich sein großer Körper in Bewegung und ließ sich von mir zu dem Tisch führen, an dem wir Platz nahmen.

Er faltete die Hände auf der Tischplatte und sah sich in der Küche, die fast komplett aus Edelstahl bestand, um.

»Ich hoffe, du magst Eis«, meinte ich, und Wyatts Blick wanderte zu mir. Er leckte sich mit der Zungenspitze über die Unterlippe, und ein Lächeln stahl sich in sein Gesicht, das mich schlucken ließ. Egal, was ich vorhin vor meinen Freundinnen behauptet hatte, es war mir durchaus klar, weshalb Wyatt vor allem bei seinen weiblichen Fans so beliebt war.

»Gibt es jemanden auf der Welt, der kein Eis mag? Wenn, dann hätte ich mächtig Angst vor ihm, denn das ist nicht normal.«

»Das ist genau meine Rede! Mein Bruder Graham ist tatsächlich so ein Exemplar.«

»Wirklich? Dann hoffe ich nicht, dass ich ihm irgendwann begegne.«

»Du hast versprochen, an unseren Abendessen teilzunehmen, also wird sich diese Hoffnung am Sonntag in Luft auflösen. Dann lernst du auch meinen Bruder Brax und seine Tochter Ruby kennen.«

»Mist! Ich wusste, an unserem Deal ist etwas faul.«

Sein Knie berührte meines, und mein Herz machte dabei einen kleinen Satz. Ohne dass es mir vorher bewusst gewesen war, saßen wir eng beieinander. Aber der Tisch war auch winzig.

»Voilà, da haben wir es schon!« Antoines Stimme ließ uns auseinanderfahren. Er kam mit zwei verschiedenen Eisbechern zu uns und stellte uns jeweils einen vor die Nase. Ich brauchte nicht lange zu überlegen, denn Antoine hatte bisher mit seinen Kreationen nie danebengelegen. Wyatt zögerte, aber dann nahm er doch den kleinen Löffel und tunkte ihn in sein Eis.

Ich machte es ihm nach, und gleichzeitig probierten wir, ließen das cremige Eis auf unserer Zunge zergehen, und Antoines Grinsen wurde dabei immer größer.

»Und? Wie schmeckt es?«

»Honig-Salbei«, sagte Wyatt als Erster.

Antoine stieß ein erfreutes Glucksen aus. »Genau! Und?«

»Himber-Minze!«, erwiderte ich und nahm einen weiteren Löffel. »Es ist köstlich!«

»Ja, wirklich ziemlich gut«, lobte auch Wyatt.

»Ich werde es auf dem Frühlingsfest anbieten, und ihr seid die Ersten, die es probiert haben!« Antoine hüpfte leicht auf der Stelle.

»Was für eine Ehre«, erwiderte ich und konnte gar nicht genug von der neuen Sorte kriegen. Ich wusste, es war niemals ein Fehler, Antoine einen Besuch abzustatten. Er drehte sich um und verschwand leise summend in seinem Eislabor.

»Willst du mal probieren, bevor es leer ist?«, fragte ich und deutete auf meinen Becher.

»Klar.« Wyatt nickte und rutschte ein Stück näher zu mir, bevor er seinen Löffel in das Eis tauchte und ihn zu seinem Mund führte. Aus einem unerfindlichen Grund fand ich die Art, wie er das tat, verstörend anziehend. Ich räusperte mich.

Sanft nahm er mir meinen Löffel ab und schaufelte einen Berg seines Eises damit auf, bevor er ihn mir hinhielt. »Willst du auch?« Ich musterte ihn, und sein herausforderndes Grinsen erweckte in mir den Eindruck, dass er so etwas wie das hier öfter machte. Das Flirten, das Necken und das Einanderannähern. Hinter seiner ruppigen, provozierenden Art war ein Charmeur versteckt, der ganz genau wusste, wie er eine Frau um seinen Finger wickeln konnte, wenn er es denn wollte. Und das war gefährlich. Denn mir war auch klar, dass es ihm lediglich um eine Eroberung ging und ich kein Typ für lockere Affären war. Wenn er das hier suchte, musste er sich an jemand anderen wenden.

Also ging ich nicht auf sein Spiel ein, nahm ihm den Löffel ab und kostete so sein Eis. »Danke«, erwiderte ich. »Natürlich schmeckt es himmlisch.«

Er lächelte wissend, als hätte er den Abblockversuch seiner Flirterei bemerkt. Ich konnte mir vorstellen, weshalb er in Los Angeles Probleme mit Andi bekommen hatte. Anscheinend nahm er außer der Musik nicht sehr viele Dinge ernst. Ich war gespannt, wohin uns der weitere Weg führen würde.

Nachdem wir den ersten Becher geleert hatten, gab Antoine jedem von uns noch einen zweiten für unterwegs mit. Ich knuddelte La Chance zum Abschied und beglückwünschte Antoine ein weiteres Mal zu seinen neusten Eissorten, dann betraten Wyatt und ich erneut die Straße. Einige Zeit liefen wir schweigend nebeneinanderher und löffelten unser Eis. Obwohl ich schon pappsatt war, konnte ich dennoch nicht aufhören.

Wir kamen weiter in die Innenstadt, in der die Geschäfte enger beieinanderstanden. Nur vereinzelt begegneten wir noch ein paar Leuten, und jedes Mal fiel mir auf, dass Wyatt seinen Blick dabei senkte und sein Gesicht unter dem Schirm seines Caps versteckte. Ich hatte gar nicht darüber nachgedacht, wie es für ihn sein musste, zu Fuß unterwegs zu sein. Doch ich wusste auch, dass die meisten Leute hier in New Hope diskret mit seinem Aufenthalt umgehen würden. Der Klatsch funktionierte zwar ausgezeichnet, aber in der Regel endete er an den Stadtgrenzen. Davon abgesehen, dass die nächste Kleinstadt auch viel zu weit weg gewesen wäre. Der Einzigen, der wir nicht über den Weg laufen durften, war Emilias Chefin.

Die beginnende Nacht hatte den Blick auf die Berge vollständig geschluckt, und ein kühler Wind zog auf, der mich langsam frösteln ließ. Wir schmissen unsere leeren Becher in einen Mülleimer, und ich steckte die kalten Finger in meine Jackentasche. Glücklicherweise hatte Antoine mein Bitten nach recycelbaren Pappbechern endlich erhört und die alten Plastikschalen ersetzt.

»Der erste Punkt war schon mal eine glatte Eins, das muss ich zugeben.«

»Danke, Sir«, erwiderte ich und salutierte vor ihm. »Dabei hast du noch nicht mal einen Bruchteil von New Hope gesehen.«

»Hm, ich bleibe trotzdem bei meiner Meinung.«

»Tatsächlich?«, fragte ich, und wir kamen an einem leeren Geschäft vorbei. Noch vor einer Woche war dort ein Taccoladen gewesen, aber der Besitzer war zurück zu seiner Familie nach New Jersey gegangen. Ich blieb stehen, und Wyatt stellte sich neben mich. Wir spiegelten uns in der Scheibe, und mir fiel auf, dass er mindestens anderthalb Köpfe größer war als ich. Ich spürte seinen Blick auf mir. »Was würdest du denn sagen, was New Hope noch braucht?«, fragte ich und nickte zu dem leeren Lokal, in dem sich vor Kurzem noch die Leute die Klinke in die Hand gegeben hatten, jetzt aber ein unschönes Brett vor die Tür genagelt war.

»Gute Frage, im Moment weiß ich ja noch gar nicht, was es alles hier gibt.« Er trat von einem auf das andere Bein, dabei berührte sein Arm ganz kurz meinen und hinterließ ein heftiges Pochen in meiner Brust. »Was denkst du denn, was noch fehlt?«

Kräftig atmete ich aus. Bis jetzt hatte ich meine Idee noch nie laut ausgesprochen, geschweige denn ernsthaft darüber nachgedacht. Doch hier konnte nur Wyatt über meine Worte lachen, und selbst wenn er meine Idee für völlig idiotisch hielt, wäre er bald wieder weg. Es war eine ganz andere Sache, mit meinen Eltern, Brüdern oder meinen Freundinnen darüber zu reden, was in meinem Kopf seit Wochen herumspukte und sich langsam zu einem Plan zusammenfand.

Ich drehte mich zu ihm um und sah ihn fest an. Anscheinend bemerkte er meine Unsicherheit, wandte sich mir zu und schenkte mir all seine Aufmerksamkeit, ohne mich zu drängen.

»Die meisten Menschen sind gestresst, oder?«

»Definitiv.«

»Hast du schon mal Yoga ausprobiert?«

Nun wirkte er tatsächlich ziemlich verwirrt. »Ähm … nein, eher nicht.«

»Es würde dir guttun, glaub mir! Wenn man sich richtig darauf einlässt, ist es mehr als esoterischer Kram. Man findet zu sich selbst, kann entspannen und all seinen Stress loswerden.«

»Also denkst du, den Leuten hier fehlt Yoga?«

Ich überlegte einen Moment und schaute hinüber zu dem leeren Ladengeschäft. »Wir sind umgeben von Wäldern und dem Nationalpark, in dem die Menschen die Ruhe finden könnten, aber …« Erneut suchte mein Blick Wyatts. »Die meisten haben viel zu wenig Zeit, um regelmäßig zu wandern oder die Natur genießen zu können. Was, wenn es etwas gäbe, bei dem man einmal die Woche nur eine oder zwei Stunden abschalten kann. Die Menschen wären vielleicht ausgeglichener und glücklicher.« Ich sah es ganz genau vor meinem inneren Auge. Türkisfarbene Yogamatten, ein lichtdurchfluteter Raum mit hellen Holzpaneelen und weißen Wänden. Das saftige Grün zahlreicher Pflanzen und der beruhigende, würzige Duft von Moms Räucherstäbchen. Jedem, der hereinkam, würde ich zuerst eine Tasse frischen Minztee servieren. »Aber das sind nur Hirngespinste, vergiss, was ich gesagt habe …« Ich senkte den Kopf und wandte mich ab, weil mir meine Idee auf einmal furchtbar peinlich war. *Die sprunghafte Lake* – ich wusste, dass mich einige der Leute hier so nannten.

Wyatt umfasste sanft mein Handgelenk, und ich blickte langsam auf. »Sprich es zumindest einmal laut aus.«

»Was soll das bringen, wenn ich das niemals durchziehen könnte?«

»Wer behauptet das denn?« Sein Griff verstärkte sich, aber nicht unangenehm. Es fühlte sich an wie ein Schubs in die richtige Richtung. Mein Herz schlug heftig gegen meinen Brustkorb, und ich fand die Worte nicht, die ich so dringend aussprechen wollte. »Okay, zeig es mir«, sagte er schließlich und ließ mich los. Das Gefühl seiner Finger hatte warme Spuren auf meiner Haut hinterlassen.

»Was?«

»Yoga.«

Ich musste lachen. »Das meinst du nicht ernst.«

»Du hast gesagt, du zeigst mir alles, was toll an der Stadt ist. Wenn du so begeistert davon bist, dann will ich wissen, was es damit auf sich hat.«

»Wieso?«, fragte ich misstrauisch, woraufhin Wyatt mit den Schultern zuckte.

»Weil mir sowieso langweilig ist. Komm schon, oder störe ich deine Konzentration?«, zog er mich auf.

Ich musste grinsen. »Gut. Aber mach dich schon mal darauf gefasst, morgen mit der Sonne aufzustehen.«

»Mit der Sonne?«

»Ungefähr um sechs.«

»Kann man Yoga nur zu solchen Uhrzeiten praktizieren?«

»Es ist großartig, so in den Tag zu starten, ja.«

»Na, dann würde ich vorschlagen, sollten wir jetzt schleunigst ins Bett, damit ich morgen früh nicht bei deiner Stunde wegdöse.«

»Das halte ich für ausgesprochen vernünftig. So hätte ich dich gar nicht eingeschätzt, City-Boy.«

»So kann man sich in Menschen täuschen«, meinte er leise und warf mir einen eindringlichen Blick zu, den ich mit einem Lächeln erwiderte. Es war verrückt, aber irgendetwas baute sich in diesem Moment zwischen uns auf. Doch ehe ich es wirklich ergründen konnte, deutete Wyatt in die Richtung, aus der wir gekommen waren.

»Wollen wir?«

»Klar.« Ich schlang die Arme enger um meinen Körper, da ich allmählich anfing zu frieren. Es wurde wirklich Zeit für Sommer, oder lag das leichte Zittern womöglich an etwas anderem? Ich war verwirrt und irgendwie aufgeputscht, während wir nebeneinander zurück zu Wyatts Auto liefen und ich an unsere morgige Yogastunde dachte.

Kapitel 11

Lake

Mit wild klopfendem Herzen wachte ich viel zu früh auf, schlug die Decke zur Seite und sprang förmlich aus dem Bett.

Der Abend gestern hatte mich überrascht. Natürlich war Wyatt genau der Typ, den ich vermutet hatte. Er spielte seine Rolle als Aufreißer und sorgloser Musiker ziemlich gut. Auf der anderen Seite hatte ich auch etwas Widersprüchliches dazu in ihm entdeckt. Ein Wyatt, der ernsthaft mitfühlend meine Stimmungen mitbekommen und tatsächlich angeboten hatte, etwas zu tun, nur um mir eine Freude zu bereiten. Er wollte mit mir heute Morgen Yoga ausprobieren. Wie verrückt.

Zum ersten Mal seit Langem hatte ich das Gefühl, vielleicht meine Bestimmung gefunden zu haben. Möglicherweise war mein Plan doch nicht so verkehrt und mir fehlte nur mittlerweile der Mut. Bisher hatte ich mir nicht den Kopf darüber zerbrochen, was andere sagten. Wenn man mit Leidenschaft und Eifer bei einer Sache war, konnte sie doch nur gut sein, oder? Aber die Worte meines Dads, ich solle endlich Verantwortung übernehmen, und sein enttäuschter Blick, als ich mal wieder bei einem Job gekündigt worden war, hatten mich gezeichnet. Doch mit diesen Gedanken wollte ich mich heute Morgen nicht beschäftigen.

Ich wählte ganz bewusst ein besonders schönes Oberteil und eine enge Sporthose aus, machte mich im Bad fertig und rollte meine Matte und einen dünnen Teppich für Wyatt zusammen, ehe ich die Treppe ins Erdgeschoss nach unten ging, während ich ein Flattern in meinem Bauch verspürte.

Unter der Dusche hatte ich ein wenig getrödelt, weil es immer noch eine Viertelstunde hin war, bis es sechs Uhr war. Ich hörte, wie Mom bereits in der Küche werkelte, wünschte ihr einen schönen Tag und setzte mich draußen auf unsere Veranda.

Oder sollte ich bei Wyatt klopfen? Nein. Das empfand ich dann doch als etwas zu aufdringlich. Nervös zupfte ich an meinem Oberteil herum, ließ den Blick über das Grundstück und bis zum Wald gleiten und beobachtete die Sonne dabei, wie sie sich über einen Berg kämpfte. Ein Adler kreiste am Himmel und stieß einen leisen Schrei aus. Es war ein perfekter Tag, aber nichts innerhalb der Gästehütte regte sich. Ich sah auf die Uhr im Handydisplay, es war nun ein paar Minuten nach sechs. Wenn man diese Uhrzeiten nicht gewohnt war, dann war es auch schwer, morgens fit zu sein. Ich konnte das absolut verstehen.

Allerdings tauchte Wyatt auch nicht nach einer weiteren Viertelstunde auf und löste sein Versprechen ein. Die Enttäuschung und die Gewissheit, dass er nicht kommen würde, breitete sich in mir aus wie ein Flächenbrand.

Ich zog das Haarband meines Pferdeschwanzes enger, straffte die Schultern und stand nach weiteren zehn Minuten Warten auf. Wenn ich jetzt nicht ging, würde ich zu spät zu der Arbeit im Supermarkt kommen.

In Zeitlupe trödelte ich die Stufen der Veranda nach unten, und meine Turnschuhe trafen auf das noch feuchte Gras. Ich spürte die Kühle durch den dicken Stoff. Langsam lief ich los, umfasste die Matte enger unter meinem Arm und zögerte, als ich nur wenige Schritte von der Hütte entfernt war. Auch wenn er gesagt hatte, dass er da sein würde, ich wollte mich ihm nicht aufdrängen. Vielleicht war es gar nicht so schlecht, wenn ich nicht zu viel Nähe zu ihm aufbaute, denn wenn Andi es freigab, war Wyatt zurück in seiner Welt und würde sich ganz bestimmt kein weiteres Mal zu uns umdrehen. Mit einem tiefen Atemzug entließ ich meine innere Anspannung und steuerte den Waldrand und den Weg zu meiner Lichtung an.

Als ich um kurz nach sieben zurück über die Wiese zu unserem Haus lief, um mich für die Arbeit fertig zu machen, schien in der Hütte immer noch alles ruhig zu sein. Ich zwang mich, den Blick abzuwenden, und fixierte den Boden unter mir, beschleunigte meine Schritte, um schnell im Innern unseres Hauses verschwinden zu können. Ich sollte nicht so enttäuscht sein, denn bis auf gestern hatten wir kaum zwei vernünftige Sätze miteinander gewechselt. Ich war ihm egal, und er sollte mir ebenfalls egal sein, also wieso nahm es mich so mit, dass er nicht aufgetaucht war? Vielleicht weil ich für einen kurzen Moment wirklich den Eindruck gehabt hatte, dass er sich ernsthaft für mich interessieren würde. Doch wahrscheinlich war es nur die Rolle, die er als Musiker spielte und die mich einen kurzen Moment geblendet hatte. Wie oft er diese Tour bereits bei einer Frau abgezogen hatte?

Ich wollte es mir gar nicht ausmalen.

Ich brauchte die Werkstatt nicht zu betreten, denn der Beat von Beyoncé drang bereits über den Parkplatz davor in meine Ohren. Grinsend balancierte ich die Essenspackungen auf einer Hand, während ich mit der anderen die Tür zu Braxtons Schreinerei öffnete.

»All the single ladies…«

»Braxton? Jacob? Haddie?«, rief ich und der schiefe Gesang verstummte, die Musik jedoch dröhnte immer noch durch die Halle.

»Wir sind hier!« Ich durchquerte den kleinen Verkaufsraum und schlüpfte hinter der Theke vorbei in die eigentliche Werkstatt.

Braxton wackelte mit den Hüften und machte mit seinen breiten tätowierten Oberarmen so etwas wie einen Ententanz. Hätte ich meinen Bruder nicht gekannt, wäre ich wohl beim Anblick eines ein Meter neunzig großen Mannes, der wild in einer Tischlerei zu Beyoncé tanzt, verstört wieder nach draußen gerannt. Die Augenbrauen hochgezogen, sah ich zu seinem Mitarbeiter Jacob, der mit verschränkten Armen vor einem Esstisch aus dunkler Eiche stand und resigniert mit dem Kopf schüttelte.

»Siehst du, Lake, was hier den ganzen Tag abgeht? Haddie, wieso beantragen wir eigentlich keine Gefahrenzulage bei diesen Arbeitsbedingungen?«

Haddie lachte rau und schob eine durchsichtige Schutzbrille in ihr blondes, zusammengebundenes Haar, nachdem sie einen Hobel zurück auf eine Werkbank gelegt hatte. Auch wenn sie nur knapp einen Meter fünfzig groß war, konnte sie locker mit den zwei Männern mithalten. »Du meinst, weil unser Chef ein durchgeknallter Irrer ist?«

»Hey!« Endlich beendete Brax seine Tanzeinlage und deutete mit einem Schraubenzieher abwechselnd von Jacob zu

Haddie. »Ihr seid nur neidisch auf meine abgefahrenen Moves!«

»Wir sind nicht bei *Step Up*, großer Bruder«, sagte ich grinsend, und Jacob nahm mir die Essenskartons ab und stellte sie auf einen Tisch in der Ecke, vor dem einige Stühle standen. Brax und Haddie kamen zu uns, und ehe ich etwas sagen konnte, schnappte sich mein Bruder den größten Karton und riss ihn wie ein hungriges Tier auf.

»Sind diesmal wenigstens Frühlingsrollen dabei?«, motzte er.

Ich verdrehte die Augen. »Du kannst froh sein, dass ich meine Pause dafür nutze, dir was zum Mittag zu bringen, also sei zufrieden mit dem, was es gibt«, erwiderte ich gespielt streng und setzte mich zu den anderen an den Tisch.

»Mir ist bewusst, dass der Job bei Phil kein Traumjob ist, aber für uns ist es eine echte Bereicherung, dass du hier in der Nähe arbeitest«, meinte Haddie und hob ihr gebratenes Hähnchen gekonnt mit zwei Stäbchen an, bevor sie es in ihren Mund steckte. »Also sorry, Lake, ich hoffe, dass du noch ziemlich oft deine Mittagspause mit uns verbringst.«

Ich öffnete meine Packung gebratener Nudeln mit Gemüse. Auch wenn ich das Essen meiner Mom liebte, bei Mr. Wang hätte ich jeden Tag bestellen können, und glücklicherweise lag sein Restaurant genau zwischen dem Supermarkt und Brax' Schreinerei. »Grundsätzlich komme ich auch gerne zu euch, außer ich muss so etwas wie gerade eben mit ansehen.« Ich schüttelte meinen Kopf und ließ ein Quieken los, weil Brax mich in die Seite zwickte.

»Hey!«, meckerte ich, und er warf mir seinen typischen Welpenblick zu. Das hatte er schon als Kind immer recht gut draufgehabt und war auch auf der Highschool mit dieser Masche ständig davongekommen.

»Hab doch gar nichts gemacht«, nuschelte er und biss von einer Frühlingsrolle ab. Jacob lachte leise, und Haddie verdrehte grinsend die Augen. Auch wenn sie sich gegenseitig aufzogen, mit Brax hatten sie den besten Chef von ganz New Hope erwischt, und das wussten sie. Nicht nur, dass er ein wahnsinniges Talent dafür hatte, ein Stück Holz in ein wunderschönes, einzigartiges Möbelstück zu verwandeln, er war auch ein großartiger Vater und witziger Typ. Und auch wenn uns fünf Jahre Altersunterschied trennten und wir uns früher oft gestritten hatten, war Brax selbst in einer seiner schwersten Zeiten immer für andere da gewesen.

»Apropos Frühlingsrolle …« Brax wischte sich den Mund mit einer Serviette ab. »Was macht euer Besuch?«

»Was ist das denn für eine Überleitung?« Ich musste lachen, und Brax zuckte grinsend mit den Schultern.

»Du meinst den Rockstar?«, fragte Jacob, und Brax nickte.

»Genau den.«

»Oh wow, das erste Mal ist wirklich ein Promi in New Hope. Er sollte direkt ein Foto an Gingers Wand hängen!«, scherzte Haddie, und Jacob stimmte ihr zu.

»Wie ist er?«, fragte Brax, und ich wusste, dass er sich oft darüber Gedanken machte, wenn fremde Menschen bei uns übernachteten.

Ich dachte kurz über meine Antwort nach, anscheinend zu lange, denn Haddie schenkte mir einen wissenden Blick, den ich zu ignorieren versuchte. »Eigentlich kann ich es dir nicht sagen, er spricht nicht sehr viel mit uns.«

»Was soll das bedeuten?« Brax richtete sich auf.

»Er arbeitet tagsüber mit Dad und geht abends aus.«

»Das heißt, er sitzt seine Zeit hier ab, bis Andi ihn zurücklässt? Was hat er eigentlich ausgefressen?«

»Frag mich doch nicht; wie gesagt, ich spreche nicht viel mit ihm.«

Diesmal war es Brax, der mich anschaute, als hätte ich etwas zu verheimlichen. Dabei war ich immer noch ein wenig angefressen wegen heute Morgen. Das war alles. Wirklich.

»Was läuft da?«, hakte Brax nach.

»Nichts!«, entgegnete ich genervt.

»Dann werde ich den Typen beim Familiendinner mal ganz genau unter die Lupe nehmen. Ich bin mir sicher, Gray ist dabei.«

»Lass Graham doch da raus!«

»Wieso regst du dich so auf?«

»Tu ich gar nicht!« Nicht nur für mich war meine Stimme viel zu hoch. Verdammt, was war mit mir los? »Und so was kannst du vielleicht bei Ruby abziehen, aber nicht bei mir. Ich bin alt genug, selbst zu entscheiden, was ich tue.«

»Ach ja? Wie als du gedacht hattest, du könntest als Hundeflüsterin arbeiten, obwohl wir nie einen Hund hatten?«

Jetzt ging das wieder los. Ich verschloss die Nudelbox und stand auf. »Ist schon spät, ich muss wieder zurück.«

»Lake«, flehte Brax, erhob sich ebenfalls und zog mich in eine Umarmung. Mein Kopf reichte gerade mal bis zu seiner Brust, er roch nach Sägespäne und seinem Parfüm. »Ich will doch nur, dass es euch gut geht.«

»Ich weiß«, nuschelte ich in sein graues Shirt, auf dem stand: *Ich weiß, ich bin sexy, aber ich bin halt Tischler.*

»Also bringst du uns wieder was zu futtern? Ohne dich sind wir aufgeschmissen«, bat er.

Ich musste lachen, denn Brax konnte besser kochen als ich. »Okay.«

»Und trotzdem schau ich mir den Kerl, der dich so durcheinanderbringt, am Sonntag mal an.« Er hielt mich zurück und eine Armlänge auf Abstand, während er mich angrinste und ich erneut seufzen musste. Dann drückte er mir einen dicken Schmatzer auf die Stirn, kramte das Geld für das Essen aus seiner Tasche, das er mir hinhielt, und nahm wieder Platz. Ich steckte die Scheine in die Brusttasche meines Arbeitskittels mit der aufgestickten Aufschrift *Phil's Supermarket – Food & More*.

»Jetzt muss ich aber los. Bis Sonntag, Brax, bis Montag, Haddie und Jacob!«

Unisono verabschiedeten sie mich mit einem *Bye, Lake,* und ich verließ die Schreinerei mit dem Rest meiner gebratenen Nudeln. Auf dem Rückweg zum Supermarkt kam ich erneut an dem leeren Geschäft vorbei und stellte mich wie mit Wyatt am Abend zuvor vor die große Scheibe. Am hellen Tag konnte man besser den Innenraum erkennen. Wenn man ihn renovieren würde und alles schön einrichtete, könnte daraus tatsächlich ein Yogastudio werden, in dem man sich wohlfühlen und den Stress hinter sich lassen konnte. Ich hatte die Fantasie, aber die Entschlossenheit versteckte sich immer noch hinter all den Zweifeln, die tief in meiner Brust festsaßen.

Kapitel 12

Wyatt

Das Feuer knisterte in dem kleinen Kamin und warf zuckende Schatten über den rauen Holzfußboden, auf dem ich saß.

Die Gitarre auf meinem Schoß fühlte sich seltsam fremd an. Es gab eine Zeit, da waren meine Finger nur dafür gemacht, Musik zu spielen, meine Seele dafür, Töne zu fühlen, und mein Herz schenkte mir Wörter, die sich zu Liedern zusammenfanden, die bewegten.

Doch jetzt war dort nur noch Leere, die mich seit viel zu langer Zeit ausfüllte und keinen Platz für etwas anderes ließ. Ich schloss die Augen, rutschte mit dem Rücken näher an den Bettrand und atmete tief durch, während ich den starren Gitarrenrücken an meinem Bauch spürte. Normalerweise war jetzt der Zeitpunkt, dass Emotionen meine Gedanken beherrschten und sich zu Worten und Sätzen formten. Meine linke Hand hielt den Gitarrenhals so fest, dass ich ihn fast brach, meine rechte schwebte über den Saiten, aber berührten sie nicht. Keine einzige davon.

Der Anhänger, der sich unter meinem Shirt gegen meine Brust drückte, brannte sich wie ein Mahnmal in meine Haut.

Es war zum Verrücktwerden. Ich atmete stoßweise aus und hob die Lider. Dabei war dies der einzige Weg, so schnell wie möglich zurückzukönnen. Ein Song sollte Andi umstimmen und ihr zeigen, dass ich es noch draufhatte, egal, was passiert war.

Nur ein verdammtes Lied, das konnte doch nicht so schwer sein! Ich hatte Dutzende komponiert! Natürlich, nicht jedes schaffte es in ein Album, aber ich hatte das Bild genau vor mir. Ich war fünfzehn und saß mit Onkel Hank stundenlang in seinem Wohnwagen, um zu spielen. Damals hatten wir meinen ersten großen Hit geschrieben, der mir zum Durchbruch verhalf. *Float*. Und genau so hatte sich Musik zu dieser Zeit angefühlt. Wie schweben. Es war Segen und Fluch zugleich, denn für mich kam niemals etwas anderes infrage, außer Musik zu machen und meinem Onkel nachzueifern.

Und jetzt saß ich abgeschoben in der Einöde auf einem fremden Holzfußboden und versuchte, meiner Gitarre nur einen einzigen Ton zu entlocken. Frustriert schob ich sie von den Beinen und legte sie neben mich. Mein Blick wanderte zum flackernden Feuer, und der wilde Tanz der Flammen verschluckte meine Gedanken und lenkte meine Aufmerksamkeit auf sich.

Ich räusperte mich, der Sound meiner unaufgewärmten Stimmbänder war rau und heiser.

»Dance of flames … Flames dance wildly around, my soul cannot find rest …«, sang ich zusammenhanglos, um mich einzustimmen, doch auch danach steckten die Worte fest. Erneut schloss ich die Lider. Bilder zogen plötzlich durch meinen Kopf und vereinnahmten mich mehr als der Anblick des Feuers. Blaue Augen wie ein Gebirgssee. Blue Eyes Lake. *»Laugh like the sun, lost without showing it to anyone.«*

Ich fuhr mir mit der Hand über das Gesicht, als könnte ich die Gedanken an Lake, die so plötzlich aufgetaucht waren wie ein Fisch unter der glatten Wasseroberfläche, damit wegwischen.

Ich gab es auf und streckte mich zu meinem Handy, das auf dem Bett lag. Mit dem Daumen strich ich über das Display und verharrte in der Bewegung aufzustehen und nach draußen zu gehen. Es ergab keinen Sinn, Andi schon wieder anzurufen, wirklich nicht. Sie würde ihre Meinung nicht ändern, und ich brauchte sie, auch wenn ich das niemals offen zugeben würde. Sie war mehr als nur eine bloße Managerin. Sie war zu einer Freundin geworden, und wenn ich sie verlor, hatte ich überhaupt nichts mehr. Fuck. Ich war erbärmlich.

Ich schmiss das Smartphone zurück auf die Matratze, stand auf und stellte das Radio an, denn ich hasste Stille. Um sie zu füllen, hatte ich irgendwann angefangen zu singen, und jetzt, wo ich es nicht konnte, mussten es eben andere für mich tun.

Ich stellte es noch ein wenig lauter, damit die Musik die Stimme in meinem Kopf übertönte. Dann schlurfte ich wieder zum Bett und legte mich darauf. Es war weit nach Mitternacht, und morgen musste ich ab sieben Harry bei der Arbeit helfen, die Arbeit kannte kein Wochenende. Es war mir schon klar, dass ich mich von einem Punkt zum nächsten schleppte, um mich nicht mit meinem eigentlichen Problem befassen zu müssen. Aber ich hatte auch keine Ahnung, wie ich diesem Kreislauf entkommen konnte.

Irgendwann musste ich eingeschlafen sein, denn als ich das nächste Mal die Augen öffnete, war das Kaminfeuer erloschen, die Sonne strahlte durch die schmalen Fenster der Hütte, und Vogelgezwitscher drang an meine Ohren.

Ich hievte mich von der Matratze und hockte mich an den Bettrand. Sechs Uhr. Verdammt, ich musste an Lake denken und wie ich sie zum Yoga versetzt hatte. Ich war ein Idiot, das war mir schon klar, andererseits war ich hoffentlich bald wieder weg, und es war immer noch besser, mich hier auf nichts einzulassen. Lake machte nicht den Eindruck, als wäre sie eine Frau für eine Nacht, außerdem, wie sollte ich Harry danach gegenübertreten und in die Augen schauen, wenn ich seiner Tochter das Herz brach. Wobei dieser Gedanke wahrscheinlich ohnehin vermessen war, denn sie war einfach nur nett, so wie sie es zu allen war. Wieso sollte sie ernsthaftes Interesse an jemandem haben, der kaum den Tag überstand?

Wie auf Autopilot stand ich wie jeden der letzten Morgen auf, zog mir Klamotten für die Arbeit an und frühstückte pappiges Toastbrot mit Käse, das ich im Supermarkt gekauft hatte. Alice bereitete jetzt sicherlich ein Fünf-Sterne-Frühstück vor.

Um Punkt sieben Uhr trat ich aus der Hütte. Es war Sonntag, und so wie ich es verstanden hatte, kamen heute Nachmittag schon Lakes ältere Brüder Graham und Brax, der seine Tochter Ruby mitbrachte. Ich hoffte, mich auch heute vorm Abendessen drücken zu können, allerdings hatte ich irgendwie das Gefühl, dass Alice es mir nicht durchgehen ließ. Abgesehen von noch einer Vereinbarung mit Lake, die ich brechen müsste.

Harry verließ ebenfalls das Haus und stieg in schwerere Arbeitsstiefel. Eines seiner Paare hatte er mir gegeben, und diese zog ich nun an. Wir trafen uns auf der Hälfte, um heute mit dem Pick-up weiter raus auf die Farm zu fahren.

»Morgen, Wyatt«, sagte er, und ich erwiderte seinen Gruß. Im gleichen Moment erschien Lake am Rande der Lichtung. Sie hielt eine dunkelblaue, eingerollte Matte unter dem Arm, trug enge Yogapants und ein weites Tanktop, unter dem ein Sport-BH hervorblitzte. Ich musste schlucken. Verdammtes schlechte Gewissen, warum auch immer! Wir waren uns nichts schuldig, wir kannten uns ja noch nicht mal wirklich, was ich ohnehin nicht vorhatte zu ändern. Wieso also presste ich fest die Zähne aufeinander, als ihr Blick meinen streifte.

»Kommst du?« Harry unterbrach unseren Blickkontakt, und als ich ihn anschaute, erkannte ich einen Ausdruck, den ich eigentlich vermeiden wollte. Er sah misstrauisch und auch ein wenig angepisst aus, bevor er sich abwandte und in das Auto stieg.

Ich nahm auf dem Beifahrersitz Platz, und Harry fuhr in die entgegengesetzte Richtung. Lake und das Haus wurden im Seitenspiegel immer kleiner, während wir durch die hügelige Landschaft holperten. Harry hatte allerhand Werkzeuge, wenn er mich hier draußen erledigen wollte, wüsste er sicherlich Hunderte von Orten, an denen mich niemand finden würde.

Ich musste den Kopf über mich selbst und meine seltsamen Gedanken schütteln.

»Du bist mir eine große Hilfe, Wyatt«, sagte er und legte den linken Unterarm auf dem geöffneten Fenster ab. Die Sonne brach sich an einer Bergspitze, die sich über einem Mosaik aus verschiedenen Grün- und Grautönen erhob. Es roch nach frischem Gras und feuchtem Tau.

»Danke«, erwiderte ich und fühlte mich, als säße ich mit meinem Vater im Auto. Harry hatte etwas Beruhigendes an sich, aber er ließ auch keinen Zweifel, wer hier das Kommando hatte.

»Glaubst du, du könntest meiner wunderbaren Frau den Gefallen tun und heute Abend beim Familienessen dabei sein?« Ich zögerte. Ich war kein Teil dieser Familie. Ich war kein Teil irgendeiner Familie. »Ich bin mir sicher, du würdest ihr damit eine riesengroße Freude machen. Außerdem kann sie ziemlich herrisch und überzeugend sein, wenn sie etwas möchte.« Ich sah sein Grinsen im Augenwinkel, und auch auf meine Lippen schlich sich ein leichtes Lächeln. Lake machte einen ähnlichen Eindruck.

»Okay, ich bin dabei«, antwortete ich.

Harry nickte zufrieden und drehte das Radio lauter. Zum ersten Mal konnte ich die Fahrt durch die grüne Weite annähernd genießen.

Kapitel 13

Lake

»Komm schon, Mom, ich mache das doch jeden Sonntag.«

»Ja, aber es wäre einfacher, wenn dir jemand hilft.« Mom goss Gemüsesuppe in vier Thermoskannen, der heiße Dampf stieg als köstlicher Duft nach oben und erfüllte unsere gesamte Küche. Ich umwickelte zwei Teller, auf denen Sandwiches lagen, mit Folie und stellte sie in den Tragekorb zu den anderen Sachen. Seufzend stemmte ich die Hände in die Hüften. Mom drehte sich zu mir um und deutete amüsiert auf meine Geste. »Schmollen bringt dir überhaupt nichts. Ich finde es besser, wenn Wyatt dich begleitet. Die Kiste ist schwer, und zu zweit macht alles mehr Spaß.«

»Aber er muss doch Dad helfen!«, startete ich einen neuen Versuch. Erfolgreich hatte ich ihm die letzten beiden Tage aus dem Weg gehen können. Und nun zerstörte meine Mom mein Vorhaben mit ihrer Bitte, die ich ihr schlecht abschlagen konnte, ohne zu erklären, weshalb ich keine Zeit mit Wyatt verbringen wollte.

»Dein Vater kommt zwei Stunden ohne ihn aus, er arbeitet hier seit zweiunddreißig Jahren, Vögelchen.«

Okay, ich gab es auf. Ich hörte Schritte auf den alten Dielen und sah auf. Mein Dad tauchte im Schlepptau mit Wyatt im Türrahmen zur Küche auf.

»Hallo, Ladies«, sagte er und ging direkt zu meiner Mom, um sie zu umarmen. Ich schaute rüber zu Wyatt, der leicht nervös wirkend im Eingang stand und sich immer noch nicht traute, reinzukommen. Keine Ahnung, weshalb er so eine Blockade hatte, sich hier wohlzufühlen, doch irgendeinen Grund würde es haben. Und dieser war absolut nicht mein verdammtes Problem. Er sah mich an, und ich wusste nicht, was ich von seinem Blick halten sollte, also wandte ich mich schnell ab und holte vier Suppenteller aus einem Küchenschrank.

»Wyatt, setz dich!«, ermutigte ihn meine Mom, und endlich bewegte er seinen angespannten Körper in Richtung Tisch und ließ sich auf einen der Stühle sinken.

Ich stellte einen Teller vor seine Nase, und als er aufschaute und sich unsere Blicke erneut trafen, hielt ich den Atem an. Ich war immer noch sauer darüber, dass er mich gestern Morgen stehen gelassen hatte, andererseits bemerkte ich den traurigen Ausdruck in seinen grünen Augen, den er zu verstecken versuchte. Und noch mal: Nicht mein Problem!

»Danke«, sagte er leise, und ich nickte ihm knapp zu.

»Wie läuft es draußen?«, fragte Mom, und Dad erzählte ihr von den Orangenbäumen, die sich vom Milbenbefall im letzten Jahr gut erholt hätten.

Dad platzierte den Suppentopf in der Mitte des Tisches, und wir setzten uns ebenfalls, bevor Mom unsere Teller füllte. Ich nahm Wyatt, der direkt neben mir saß, überdeutlich wahr. Ich roch den leichten Hauch seines Aftershaves in Verbindung mit dem Duft von frischer Luft und Arbeit. Bis jetzt hatte ich keine bessere Mischung eingeatmet.

»Wyatt, Lake bringt jeden Sonntag einigen Bewohnern etwas zum Essen vorbei. Wir kochen für sie und packen noch andere Köstlichkeiten dazu, um ihnen eine Freude zu machen.«

»Das ist sehr großzügig«, erwiderte Wyatt, und kurz spürte ich, wie sein Blick mein Profil streifte.

»Auch wenn sie es niemals zugeben würde, sie schleppt sich mit dem ganzen Essen ganz schön ab. Wie wäre es, wenn du ihr heute ein paar Stunden zur Hand gehst.«

Wyatt schaute zu meinem Dad, und auch mir entging sein Gesichtsausdruck nicht. »Ist okay, Junge, ich komme klar«, sagte er. Eigentlich hatte ich gehofft, dass er etwas dagegen gehabt hätte.

»Ihr könnt direkt los, wenn ihr aufgegessen habt, dann wird die Suppe in den Behältern nicht kalt.«

»Klar, Mom«, erwiderte ich und konzentrierte mich auf meinen Teller, als würde er meine gesamte Aufmerksamkeit auf sich ziehen. Dabei war dieser Platz schon von jemand ganz anderem besetzt.

Nach dem Essen räumten wir ab, und Wyatt trug die Kiste zu Dads Pick-up. Mom hatte Dad seine Zeitung und einen Kaffee in die Hand gedrückt und ihn ins Wohnzimmer geschickt, damit er eine Pause machen konnte, solange wir mit seinem Wagen unterwegs waren.

Wyatt stand neben der Fahrerseite, als ich aus dem Haus kam. Ich zog die Autoschlüssel aus der Gesäßtasche meiner Jeans. »Ich fahre.«

»Alles, was du willst.« Aha. In diesem Modus waren wir also wieder gelandet? Konnte er haben.

»Denn ich bin mir sicher, dass der Stadtjunge nicht weiß, wie man mit einem richtigen Pick-up umzugehen hat«, sagte ich, nachdem wir eingestiegen waren. Ich ließ den Motor an, drückte die Kupplung ganz durch und hämmerte mit aller

Kraft den Rückwärtsgang rein. »Das Getriebe ist nicht aus Butter wie bei deinem Cadillac. Hier muss man noch arbeiten«, erklärte ich und drehte mich um, damit ich den Pick-up wenden konnte. Dabei sah ich, dass Wyatt leicht lächelte. Verdammt, wieso brachte mich dieser Ausdruck schon wieder einen kurzen Moment aus dem Takt? Nach dem Essen hatte er sich noch eine saubere Jeans und ein frisches Shirt angezogen, das sich perfekt an seine breite Brust schmiegte. Das abgewetzte Basecap verdeckte bedauerlicherweise wieder sein halbes Gesicht. Der Muskel an seinem Oberarm zuckte, als er den Arm hob, um den Radiosender einzustellen, und ich konzentrierte mich wieder auf die Straße vor mir.

»Dann überlass mir wenigstens das Unterhaltungsprogramm.«

Das alte Radio rauschte, Wortfetzen wechselten sich ab mit zerstückelten Liedern, bis Wyatt anscheinend etwas Passendes gefunden hatte und sich zufrieden zurücklehnte. Ich hatte gedacht, dass er moderne Housemusic oder so was in der Richtung einstellen würde, aber stattdessen erfüllte ein eingängiger Beat, gekonnte Gitarrenklänge und eine tiefe Frauenstimme den Wagen.

»Laura Veirs, *July Flame*, falls du dich fragst, wie der Song heißt.«

»Er ist tatsächlich ziemlich gut«, sagte ich und konnte nicht verhindern, dass mein Kopf im Takt mitwippte. »Das hört also ein Rockstar?«

»Ich würde mich nicht als Rockstar bezeichnen«, antwortete er leise, und ich setzte den Blinker, damit wir in die Hauptstraße abbiegen konnten.

»Okay, dann hört das also ein Wyatt Lanter?« Als ich ihn kurz ansah, schenkte er mir ein Lächeln, und mir entging der Stimmungswechsel nicht.

»Unter anderem, aber eingrenzen kann man meinen Musikgeschmack eigentlich nicht, ich höre alles, was ich gut finde.« Er beugte sich ein Stück zu mir hinüber, und ich umklammerte das Lenkrad fester mit beiden Händen. Seine Präsenz schien den Innenraum immer kleiner zu machen. »Und du bist sicher ein Jack-Curley-Fan «, stellte er fest.

»Ziemlich gut getroffen, Mr. Music«, erwiderte ich.

»Mr. Music ...«, murmelte er. »Könnte mir gefallen.«

Ich merkte, wie leicht es war, sich mit Wyatt zu unterhalten. Wenn er seine Ablehnung gegen New Hope und seine Rockstarrolle ablegte, war er ein ziemlich angenehmer Gesprächspartner.

Wider Willen löste sich meine Wut darauf, dass er mich sitzen gelassen hatte, allmählich in Luft auf, und er wickelte mich mit seinem Charme um den Finger. Auf einmal ertönte Midges Stimme in meinem Kopf. *»Vielleicht braucht er nur jemanden, der ihn auf den Boden der Tatsachen holt.«* Vielleicht. Aber ich zweifelte daran, dass ich diejenige sein sollte.

Der Pick-up schlängelte sich wie von selbst durch die Straße in Richtung Innenstadt. Ich genoss die Musik, die Sonne auf meiner Haut, den Wind, der sanft durch die Kiefern strich, und Wyatts Gegenwart, bis ich das Tempo drosselte und den Wagen über einen Seitenweg auf ein Holzhaus zusteuerte. Wir blieben stehen, und mein Blick glitt über den alten Buick, der unbenutzt und mit demontierten Rädern am Rande des Grundstücks stand.

»Hier wohnt Mrs. Mills, sie lebt hier schon, seit ich denken kann. Pass auf ihren Kater Lucifer auf, der hat seinen Namen aus gutem Grund.«

»Na klasse, denkst du, er macht eine Ausnahme für jemanden, der eine Katzenhaarallergie hat?«

Ich musste grinsen. »Ich glaube, das kannst du vergessen. Er ist erbarmungslos.« Wyatts Lächeln wurde breiter, aber bevor ich mich darin verlor, öffnete ich die Tür. Wir stiegen aus und umrundeten den Wagen bis zur Ladefläche, auf der das Essen stand. Ich zeigte Wyatt, was wir für jeden einzelnen der heutigen Besuche eingepackt hatten, und wir griffen uns eine Thermoskanne mit Gemüsesuppe, einen Apfelkuchen, frischen Rucola mit gedünsteten Pinienkernen und eine Flasche Kirschsaft, um sie gemeinsam zu Mrs. Mills' Haus zu tragen.

Noch bevor wir klopfen konnten, öffnete sich die Tür. Mrs. Mills fuhr mit ihrem Rollstuhl auf die Veranda und winkte uns freundlich zu. Plötzlich sprang Lucifer über sie hinweg und uns entgegen. Ich wich ihm aus, aber Wyatt war nicht schnell genug. Das Tier verhakte sich mit seinen Krallen im Saum seiner Jeans, und er fluchte laut auf. »Wyatt, keine Bewegung!« Ich musste mir ein Lachen verkneifen, denn Wyatt sah mich hilflos an und verharrte so plötzlich, als wäre er festgewachsen.

»Wird er mich töten?«, flüsterte er, und diesmal musste ich wirklich laut lachen.

»Lucie, Lucie«, lockte Mrs. Mills das Tier, aber der dachte gar nicht daran, sich von Wyatts Hosenbein zu verabschieden. Ich eilte zur Veranda, drückte Mrs. Mills den Kuchen in die Hand und lief zurück zu Wyatt, der immer noch wie versteinert an Ort und Stelle stand.

»Komm her, du freches Ding«, sagte ich sanft, umfasste Lucifers Körper und löste seine Krallen so vorsichtig wie möglich aus dem Stoff. Er wandte sich aus meiner Umklammerung und sprang mit einem grazilen Satz auf den Boden. Dann schüttelte er sein schwarzes Fell, fauchte zweimal in unsere Richtung und verschwand im Wald, als wäre er auf der

Flucht. Ich presste die Lippen aufeinander, um nicht loszuprusten, sowie ich in Wyatts vor Schreck aufgerissene Augen schaute.

»Du magst wirklich keine Katzen, oder?«

»Sie sind unheimlich, hast du das nicht gesehen? Ich bin eher der Hundetyp«, erwiderte er kopfschüttelnd und blickte sich um, als könnte Lucifer im nächsten Moment aus dem Gebüsch stürzen und über ihn herfallen.

»Alles okay, er ist erst mal weg.« Ich konnte das Prusten nicht mehr unterdrücken.

»Haha, witzig, hätte ich die Hände frei, würdest du merken, was es bedeutet, sich über mich lustig zu machen.« Ein Kribbeln baute sich in mir auf, das sich völlig unpassenderweise in der unteren Region meines Körpers ausbreitete. Ich nahm Wyatt die Glasflasche ab und wandte mich schnell zu Mrs. Mills.

»Tut mir leid, Kinder, aber er hatte heute einen schlechten Tag, und du weißt doch, wie skeptisch er gegenüber Fremden ist«, meinte sie, und ich lächelte ihr freundlich zu, während ich auf sie zuging.

»Ist doch alles gut gelaufen, gar kein Problem, Mrs. Mills.« Wyatt trat an meine Seite. »Das ist übrigens Wyatt Lanter, er verbringt ein paar Tage in unserem Gästehaus und geht meinem Vater zur Hand.«

»Freut mich, Sie kennenzulernen«, sagte Wyatt höflich und überraschte mich wieder mal damit. In dem Griesgram steckte mehr, als es zu allererst den Anschein machte. Die rundlichen Wangen der alten Dame glühten auf, als er sogar sein Basecap abzog und sie gefaltet in seine Gesäßtasche steckte.

»Was für ein netter junger Mann. Kommt rein!«

Wir brachten das Essen in Mrs. Mills' Küche, unterhielten uns mit ihr bei einer ziemlich starken Tasse schwarzem Tee über Alltägliches und saßen nach vierzig Minuten erneut im Pick-up.

»Und, findest du New Hope und die Bewohner immer noch so schrecklich?«, zog ich ihn auf.

Wyatt schnaubte belustigt. »Die meisten Leute sind ganz in Ordnung. Das muss ich zugeben. Vor allem …« Er brach ab, und mein Mund wurde auf einmal ziemlich trocken.

»Vor allem?«, fragte ich leise und konnte das verräterische Klopfen meines Herzens nicht ignorieren, das wissen wollte, ob er mich meinte. Aber wieso sollte er? Es war erst das zweite Mal, dass wir uns überhaupt so etwas wie normal miteinander unterhielten, geschweige denn Zeit miteinander verbrachten.

»Vor allem deine Mom und dein Dad. Sie sind wirklich sehr nett.«

Ich zwang mich zu einem Lächeln. »Ja … ja, das sind sie wirklich.«

Kapitel 14

Wyatt

Eigentlich hatte ich etwas ganz anderes sagen wollen, und fast wäre es mir rausgerutscht.

Vor allem eine Frau, die bunte Hippie-Klamotten trägt und mich mit ihrer Art total durcheinanderbringt.

Aber allein das zu denken war eine schwierige Sache. Deshalb sagte ich besser nichts mehr, bevor mir zu viel Worte herausrutschten.

Lake steuerte den Wagen wieder auf die Hauptstraße zurück, und ich musste zugeben, dass sie ziemlich gut mit dem riesigen Ungetüm und dem Schaltknüppel klarkam. Einen dreckigen Witz dazu verkniff ich mir, denn ich wusste noch nicht, ob das unserer Beziehung, was auch immer sich da gerade aufbaute, guttun würde.

Wir fuhren durch die Innenstadt, und immer wieder winkte Lake irgendjemandem zu. Sie kannte die gesamte Stadt, und ihr Gesichtsausdruck sagte mir, dass sie sich hier mehr als wohlfühlte. Dieses Gefühl war mir völlig fremd. Sich zu Hause zu fühlen, angekommen zu sein.

Wir ließen einige Häuser und unzählige Kiefern hinter uns

und hielten dann am Stadtrand auf einem Grundstück, das direkt an einem schmalen Fluss lag. Wir überquerten eine Brücke und hielten vor einem einstöckigen Bungalow. Wie eben bei Mrs. Mills luden wir das Essen ab und machten uns auf den Weg zum Eingang.

»Ich hoffe nicht, dass nun überall wilde Tiere lauern«, meinte ich, und Lake lachte leise, was mir sofort ein dämliches Grinsen entlockte.

»Oliver hat keine Haustiere, keine Sorge. Du bist sicher, und wenn nicht, pass ich auf dich auf.« Es war verrückt, dass eine Frau, die kaum bis zu meinen Schultern reichte, sagte, sie passe auf mich auf, und ich ihr sofort glaubte.

Diesmal schafften wir es ohne Zwischenfall bis zur Haustür, und Lake klingelte. »Die meisten Menschen, denen wir Essen bringen, schaffen es nicht regelmäßig in die Stadt, weil sie so weit außerhalb wohnen. Sie leben allein und haben sich ein richtiges Sonntagsessen verdient«, erklärte Lake, und ich ließ den Blick über die breite Kieseinfahrt, die Kiefern am Rand und den rauschenden Fluss gleiten, der hinter dem Gebäude verschwand.

Ein Mann öffnete die Tür. Er war ungefähr so groß wie Lake, hatte eine hohe Stirn, schütteres graues Haar und freundliche Augen, die Lachfalten umgaben. Er begrüßte Lake mit einem Handschlag und einem herzlichen Lächeln.

»Lake, wie schön, kommt herein.« Wieder stellte sie mich vor, und auch mich hieß Oliver wie einen guten alten Freund willkommen und nicht wie den Fremden, der ich eigentlich war. Diesmal hatte ich das Basecap im Auto gelassen. Selbst wenn mich jemand hier erneut erkennen sollte, hatte ich nicht das Gefühl, dass diese Information von den Menschen, die wir besuchten, verkauft wurde.

Das Innere des Hauses war gefüllt mit Erinnerungen. Die

Wände hingen voll mit Fotos, auf dem Boden stapelten sich alte Bücher, und als Oliver sagte, wir sollen das Essen ins Wohnzimmer stellen, war ich ziemlich beeindruckt von dem weitläufigen Zimmer. Eine gesamte Raumseite war aus Glas und gab den Blick auf einen wunderschönen Teil des Flusses frei. In diesem Teil des Hauses stand ein mächtiger Flügel. Der Deckel war nach oben geklappt, und Notenblätter waren rundherum verstreut.

»Sie sind Pianist?«, fragte ich.

Olivers Augen begannen zu glänzen. »Ich war Pianist.« Er deutete auf einen Bilderrahmen, der auf einer Kommode stand. Darin zu sehen eine junge, hübsche Frau in einem Ballettoutfit auf einer Bühne. Das Foto war schwarz-weiß und die Frau völlig versunken in ihren Tanz. Die Leidenschaft war ihr unverkennbar anzusehen. »Ich habe meine Frau June sozusagen bei der Arbeit kennengelernt. Sie war professionelle Tänzerin in einem Theater in New York.« Wir stellten das Essen ab, und Oliver nahm den Bilderrahmen und betrachtete ihn zärtlich. Auf einigen anderen Fotos war Oliver hinter einem Flügel auf einer riesigen Bühne zu sehen.

»Oliver ist der beste Klavierspieler im ganzen Land«, erklärte Lake.

Er stellte das Foto zurück und lächelte sie freundlich an. »Du übertreibst.«

»Hin und wieder spielt er bei Ginger, und niemand aus der Stadt lässt sich einen seiner Auftritte entgehen. Wirklich!« Lake hakte sich bei mir unter, und was eher eine freundschaftliche Geste sein sollte, entzündete ein Feuerwerk in mir. Ich Unversuchte, das Gefühl ihrer Finger auf meinem nackten Unterarm zu ignorieren, was mir kläglich misslang. »Wyatt ist hauptberuflicher Sänger. Ihr solltet euch über Musik unterhalten!« Sie ließ mich los, und ich unterdrückte den Drang, sie wieder zurück an Ort und Stelle zu ziehen. »Oh nein, ich habe den Kuchen auf der Ladefläche gelassen!«

»Soll ich ihn holen«, fragte ich, doch Lake schüttelte den Kopf.

»Nein, nein, bleib du bei Oliver, bin gleich wieder zurück.« Sie verschwand Richtung Flur, und ich schenkte dem Mann vor mir meine Aufmerksamkeit.

»Musik ist etwas Wunderbares, oder?«, stellte er fest.

»Das ist sie.« Ich fragte mich, wo seine Frau war, aber als ich seine sehnsüchtigen Blicke zu ihren Bildern bemerkte, verrieten mir diese die Antwort, ohne dass er etwas sagen musste.

»Und was hat Sie nach New Hope geführt, wenn ich fragen darf?«

»Meine Frau hatte sich verletzt und konnte nicht mehr professionell tanzen. Da wir uns ohnehin nach mehr Ruhe sehnten, war dies der perfekte Ort.« Er nahm vor dem Flügel Platz und streckte seine Finger. Seine Hände entlockten dem Instrument mit Leichtigkeit wunderschöne Klänge, Melodien in den verschiedensten Tempi, mal traurig, mal fröhlich. Es wirkte, als koste es ihn überhaupt keine Anstrengung, dabei wusste ich, wie viel ein guter Musiker von sich in sein Spiel steckte. »Das war die beste Entscheidung unseres Lebens. Sie eröffnete ein Ballettstudio in der Nähe der Innenstadt und unterrichtete Kinder, weil uns das Leben leider keine vergönnt hatte. Ehe sie vor zwei Jahren von uns ging.« Die Musik verstummte.

»Mein Beileid.« Er schenkte mir ein müdes Lächeln, und Lake betrat erneut den Raum. Fühlte es sich so an, keine Bestimmung zu haben und an einem Ort gestrandet zu sein, an dem es nichts mehr zu tun gab, außer in einer Kleinstadt-Bar vor Leuten zu spielen, von denen die meisten die Musik nicht zu schätzen wussten? Er tat mir leid.

»Hier ist er!« Lake stellte den Kuchen neben die anderen Speisen auf den Tisch.

»Oh, er riecht wirklich köstlich! Bitte, setzt euch«, sagte er, und Lake nahm auf einem der Stühle an dem Esstisch Platz.

»Oliver spielt mir jede Woche mein absolutes Lieblingsstück.«

Ich nahm neben ihr Platz und war gespannt, was der Pianist wohl anstimmte. Schon als die ersten Töne erklangen, erkannte ich *Una Mattina* und schloss die Augen. Es war merkwürdig, aber es kam mir vor, als würde die Musik mir irgendetwas sagen wollen. Sie erfüllte jeden Winkel meines Körpers, und plötzlich spürte ich Lakes Finger auf meinen. Als ich aufsah, erkannte ich in ihren wunderschönen Augen etwas, das mich schwer schlucken ließ. Verdammt. Dieser ganze Besuch ging mir furchtbar an die Nieren, und ich wollte ihn gleichzeitig beenden und so lange festhalten, bis ich ihn niemals wieder vergessen würde. Das Stück begann langsam, und ein wohliger Schauer erfasste mich. Oliver hatte recht, aber Musik konnte genauso etwas Wunderbares wie etwas Beängstigendes sein. Irgendwie war es mittlerweile so etwas wie eine Hassliebe zwischen ihr und mir, und ich konnte nicht sagen, welche Emotion davon überwog. Lake drückte meine Hand fester, als würde sie mein Gefühlsdurcheinander spüren. Wir schauten uns immer noch an, während die letzten Töne im Raum verklangen und unsere Finger sich voneinander lösten. Sie begann zu applaudieren, und auch ich stimmte mit ein.

»Wow, das ist jedes Mal Gänsehaut pur!«

»Oliver, das war großartig«, sagte ich, ohne meine Verblüffung zu verbergen.

»Danke euch.« Er deutete eine kleine Verbeugung an. »Und jetzt raus hier, Kinder, ihr solltet nicht bei einem alten

Mann rumhängen und traurige Musik hören. Außerdem habe ich Hunger, lasst mich in Ruhe essen«, scherzte er und nahm der Situation ein wenig die Anspannung, wofür ich sehr dankbar war.

Wir verabschiedeten uns von ihm und besuchten noch drei weitere Haushalte. Eine Frau mit fünf Kindern, ein älteres Ehepaar und Levin, gerade mal achtzehn, den Lake durch ihren Bruder Graham kannte und der ganz allein in einer Wohnung in der Innenstadt lebte. Alle freuten sich, uns zu sehen, und ich konnte beobachten, wie gern Lake ein Stück ihrer eigenen Freude verschenkte und trotzdem noch genug davon für sich selbst übrig hatte. Es war faszinierend, wie ihr Strahlen immer stärker wurde und sogar einen winzigen Teil meiner dunklen traurigen Seele erhellte.

Auf dem Rückweg war die Ladefläche leer, aber meine Brust so voll von Emotionen, dass ich kaum damit umgehen konnte. So lange hatte ich diese Taubheit gespürt, dass sie sich ganz normal angefühlt hatte, und nun glomm ein Funke Hoffnung auf, dass da draußen tatsächlich noch mehr auf mich wartete. Dafür wollte ich Lake irgendetwas zurückgeben, doch ich hatte keine Ahnung, was. Wir kannten uns kaum, und bisher hatte ich auch nicht vorgehabt, das zu ändern. Doch ein drängender Gedanke schlich sich in meinen Kopf, der wissen musste, wer Lake Campbell war oder sein wollte. Ich zog das Basecap ab und strich mir durchs Haar. So langsam hatte ich den Eindruck, dass ich meine übliche Tarnung hier nicht aufrechterhalten musste. Zumindest hatte mich bisher noch kein Bewohner von New Hope auf ein Autogramm angesprochen oder ein Foto von mir gemacht, was ziemlich angenehm war. Selbst Ginger aus der Bar war nicht sauer gewesen, als ich ihr den Vorschlag, ein Foto für ihre Promi-Wand zu machen, abgelehnt hatte. Bei meiner Abreise konnte sie so viele Bilder, wie sie wollte, dafür haben, doch im Moment genoss ich meinen Inkognito-Status tatsächlich.

»Hast du den leeren Laden mittlerweile besichtigt?«

»Welchen leeren Laden?«, fragte sie, und wir bogen ab in die Straße, die zurück zum Haus der Campbells führte.

»Du weißt genau, welchen ich meine.«

»Nein, habe ich nicht.«

»Du solltest es tun, was auch immer du tun willst. Worauf willst du warten? Schieb deine Angst zur Seite und stürz dich hinein!«

Sie lachte nervös, als wollte sie damit irgendetwas überspielen. »Ich bin kein wilder Rockstar, Wyatt.« *Wyatt.* Wie sie meinen Namen aussprach, ließ mich kurz innehalten und mich auf das sanfte Brummen des Pick-ups konzentrieren, um mich von dem Klang ihrer Stimme abzulenken.

»Aber du könntest es sein. Alles, was du willst.«

Sie zögerte einen Moment. »Ich bin zufrieden, so wie es gerade ist.«

»Wieso glaube ich dir das nicht?«

Sie schnaubte. »Weil du mich nicht gut genug kennst.«

»Richtig, doch ich habe heute gesehen, wie du den Menschen geholfen hast und wie glücklich dich das gemacht hat. Was muss man da noch mehr wissen, als dass ein Job im Supermarkt nicht das Richtige für dich ist.«

Der Wald wurde dichter, und kühler Schatten legte sich über uns, als hätten meine Worte das Sonnenlicht geschluckt. Vielleicht hatte sie recht, und ich sollte meine Nase nicht in Angelegenheiten stecken, die mich nichts angingen. Außerdem hatte ich bisher alles getan, um den Abstand zwischen uns aufrechtzuerhalten. »Tut mir leid, ich wollte dir nicht zu nahe treten.« Ich holte tief Luft. »Außerdem tut es mir leid, dass ich gestern Morgen nicht aufgetaucht bin.«

Sie schaltete in einen niedrigeren Gang, der Motor heulte auf, dann schaffte der Wagen den Anstieg des Berges leichter. »Schon okay«, sagte sie knapp, und ich spürte, dass ich mit meinen Aussagen einen wunden Punkt bei ihr getroffen hatte. Dabei hatte ich sie nur ermutigen wollen. Noch ein Grund, weshalb ich es vermied, Freundschaften aufzubauen. Ich war wahnsinnig schlecht darin.

Wir bogen in den Weg ein, der die Hauptstraße mit dem Grundstück der Campbells verband. Mein Blick ruhte auf Lakes Profil. Eine kastanienbraune Haarsträhne hatte sich aus ihrem geflochtenen Zopf gekämpft und umspielte ihr Gesicht.

»Nein, das war es nicht, ich …« Das Auto hielt, und ich verstummte. Plötzlich herrschte wahnsinniges Treiben um das Haus herum. Harry spielte Football mit einem muskulösen, dunkelblonden Typen und einem Mädchen, das ungefähr zehn Jahre alt war, ein dunkelhaariger Riese mit dichtem Vollbart saß mit Alice auf der Veranda und hielt eine Tasse zwischen den Fingern. Alle stoppten mit dem, was sie taten, und starrten zu Lake und mir ins Auto. Nicht einmal auf der Bühne war ich mir so entblößt vorgekommen.

»Das sind meine Brüder«, erklärte Lake freudestrahlend und stieg aus dem Wagen. Ich zögerte genau zwei Sekunden, damit es nicht schräg rüberkam, dann folgte ich ihr und fühlte mich auf einmal wie das Lamm, das zur Schlachtbank ging.

Kapitel 15

Lake

Ich habe keine Angst davor, Neues auszuprobieren. Ich habe Probleme damit, Sachen durchzuziehen. Genau das wollte ich Wyatt sagen, als er das Thema mit dem Laden ansprach, aber ich wusste nicht, wie.

Ruby stürmte mir entgegen, und ich drückte meine Nichte an mich. »Lake!« Ihr dunkelbraunes Haar roch nach dem Erdbeershampoo, das ich ihr zum letzten Geburtstag geschenkt hatte. »Ich habe auf dich gewartet! Ich muss dir unbedingt etwas erzählen! Claire hat mich zu ihrer Geburtstagsparty eingeladen! Eine richtige Party! Ich weiß gar nicht, was man da so macht. Du warst doch schon auf Partys, erzählst du mir später ein bisschen was darüber?«, fragte sie aufgeregt und löste sich, damit sie mich mit ihren großen grünen Augen, die Braxtons so sehr ähnelten, anschauen konnte. Ich strich ihr über den Kopf. Die Kleine hatte es in ihrem Leben nicht leicht gehabt. Nachdem ihre Mom und Braxtons Freundin sich vor sechs Jahren das Leben genommen hatte, fiel es nicht nur Brax schwer, Vertrauen zu anderen Menschen zu fassen. Alle aus der Familie schenkten Ruby alles an Liebe, was wir geben konnten, doch ihre Mutter konnte keiner ersetzen. Trotzdem war sie ein aufgewecktes, kluges Mädchen, das die Welt einmal im Sturm erobern würde.

»Auf jeden Fall tue ich das! Das ist großartig, Rubes!« Ich warf Wyatt einen flüchtigen Blick zu. Mit Graham und Brax, die nun wie eine eingeschworene, ein Meter neunzig große Mauer auf ihn zuliefen, fühlte er sich sicherlich nicht gerade wohl.

Ruby nickte und hüpfte zurück zu meinem Dad, der sie in die Arme nahm und wild durch die Luft schleuderte. Ich umrundete den Wagen und stellte mich neben Wyatt, während meine beiden Brüder ebenfalls bei uns ankamen.

Brax lächelte freundlich, während Graham unserem Gast einen düsteren Blick aus wachsamen blauen Augen zuwarf. Würde ich den Ältesten von uns nicht so gut kennen, könnte ich meinen, dass Graham mit seinem dichten Bart und den fast immer zusammengezogenen Brauen sogar so etwas wie gefährlich war. Dabei war er der gutherzigste, großzügigste Mensch, neben meiner Mom, den ich kannte. Selbst als Kind hatte er jeden verletzten Vogel so lange liebevoll gepflegt, bis er ihn wieder freilassen konnte.

»Hey, ihr zwei«, begrüßte ich sie und umarmte die beiden nacheinander. »Das ist Wyatt«, sagte ich, nachdem ich mich von Brax gelöst hatte.

»Hi«, erwiderte dieser, und die Männer schüttelten sich die Hand.

»Ich war schon gespannt auf dich, man hört ja so einiges im Ort.« Brax grinste. »Hast einen ganz schönen Eindruck bei Ginger hinterlassen.«

»Seit wann sprichst du wieder mit Ginger?«, fragte ich, weil ich wusste, dass die beiden sich seit der Schulzeit und einer Auseinandersetzung mit Gingers Clique und einem Vorfall mit Brax' damaligem Freund Jackson nicht ausstehen konnten.

»Ich hab so meine Kontakte.« Brax zuckte mit den Schultern.

»Ehrlich gesagt ist es mir egal, was die anderen erzählen«, erwiderte Wyatt und warf mir einen Blick zu, den ich nicht deuten konnte. Danach wandte er sich wieder an Brax. »Ich bin ohnehin bald wieder weg.«

»Klar. Wildes Musikerleben, was?«

Graham hielt sich zurück. Es war immer schon Brax gewesen, der die Worte aussprach, die Gray nur dachte.

»Zu wild, deshalb bin ich hier«, antwortete Wyatt.

Brax lachte und knuffte ihn freundschaftlich gegen den Oberarm. »Komm, davon will ich mehr wissen! Willst du ein Bier?«

Die beiden gingen auf das Haus zu und versanken in ihrem Gespräch. Ich spürte Grays wachsamen Blick auf mir.

»Pass bei ihm auf«, sagte er knapp, und ich hakte mich bei ihm unter. Langsam schlenderten wir ebenfalls zu den anderen.

»Keine Sorge, da wird nichts laufen«, erklärte ich, woraufhin mein Bruder nur vor sich hin brummte.

»Doch! Das kannst du mir glauben, Wyatt passt weder zu mir noch zu New Hope. Also sowieso ein Ausschlusskriterium. Und warum denkst du überhaupt, dass ich Interesse an einem Typen wie ihm habe?« Ich versuchte, mich betont lässig zu geben. »Und bei dir? Was machen deine *flinken Wiesel*? Übrigens verrückter Name für eine Pfadfindergruppe.«

Graham lachte leise und tief. »Die Kinder sind gut drauf und sehr interessiert.«

»Du machst das ganz bestimmt großartig.«

Er nickte nur, mit Komplimenten hatte er es genauso wenig wie mit Worten.

»Hey, da seid ihr ja wieder? Geht es allen gut, die ihr besucht habt?«, fragte Mom, als wir die Veranda erreicht hatten. Sie kam die Treppe herunter und drückte mir ein Glas selbst gemachte Zitronenlimonade in die Hand. Wyatt stand mit einer Flasche Bier zusammen mit Brax etwas entfernt. Die beiden schienen sich gut zu verstehen, und irgendwie wuchs in mir ein Gefühl von Eifersucht. Total bescheuert. Ich sollte mich freuen, wenn Wyatt hier einen Freund fand, und nicht eifersüchtig darauf sein, dass er Brax in noch nicht mal fünf Minuten an sich ranließ.

»Ja, liebe Grüße vor allem von Oliver. Er liebt deine Gemüsesuppe und schickt ein großes Dankeschön.«

»Das freut mich sehr«, erwiderte meine Mom und lächelte sanft. »Hilfst du mir bei den Vorbereitungen zum Abendessen?«

»Selbstverständlich.«

Kurz bevor wir ins Innere des Hauses gingen, warf ich noch einen Blick zurück. Ruby spielte mit Dad und Gray wieder Football, und Brax erzählte Wyatt irgendeine seiner Storys, der breit dabei grinste. Anscheinend spürte er meinen Blick, denn plötzlich sah er auf und mich direkt an. Ich schenkte ihm ein winziges Lächeln, und auf einmal traf mich der Schlag, denn Wyatt Lanter lächelte tatsächlich ehrlich zurück.

Mom hatte sich mal wieder selbst übertroffen. Der Duft von angebratenen Frühlingszwiebeln und Koriander hing in der Luft. Dad stellte einen dampfenden Topf auf den Tisch, und der Raum war erfüllt von fröhlichem Plappern. Auch ich hatte mittlerweile einen riesigen Hunger auf das Risotto mit Kräuterseitlingen und den frischen Feldsalat mit Radieschen aus dem Garten. Mein absolutes Lieblingsgericht.

Selbst Wyatt saß direkt neben mir am Tisch. Heute konnte er sich unserem Familienessen nicht entziehen. Mom hätte es nicht ertragen, wenn er allein in der Hütte gesessen hätte, während wir hier alle gemeinsam dieses Festmahl schlemmten. Und deshalb hatte er keine Ausrede gefunden, die gegolten hätte.

Jeden Sonntag aßen wir nicht in unserer Wohnküche, sondern im Esszimmer. Mom zündete Kerzen an, und es wurde eine Flasche Weißwein geöffnet, die hervorragend zum Risotto passte. Wir unterhielten uns über Rubys gute Noten in der Schule, dass sie als eine der Besten in ihrem Hockeyteam ausgezeichnet worden war, und ich erzählte ihr von meiner ersten großen Geburtstagsparty. Graham hörte wie immer nur zu, und Brax berichtete, einen Kunden aus San Francisco an Land gezogen zu haben, was ihn mit seinem Unternehmen ein gutes Stück nach vorn brachte.

»Ich bin stolz auf dich, Junge«, sagte Dad und schenkte Brax ein anerkennendes Lächeln. »Gute Arbeit zahlt sich eben aus.«

»Danke, Dad. Das eröffnet mir ganz neue Möglichkeiten! Ich habe schon lange davon geträumt, vielleicht zu expandieren, für mehr Kunden im ganzen Land Möbel zu bauen. Mr. Van hat mehrere Restaurants, er hat bereits gesagt, wenn er mit der Filiale in San Francisco zufrieden ist, kann er sich vorstellen, dass ich auch seine anderen Läden ausbauen kann.«

»Heißt dass, dass du deine Zeit jetzt in San Francisco verbringen musst?«, fragte ich und schaufelte mir noch einen weiteren Löffel auf den Teller.

»Vielleicht ein bis zwei Tage in der Woche, bis der Auftrag abgeschlossen ist. Ich vertraue Jacob und Haddie, und sie haben schon gesagt, dass sie mich auch in San Francisco unterstützen. Außerdem kann ich den kleinen Hitzkopf doch nicht lange allein lassen.« Er verstrubbelte Rubys Haar, und sie stöhnte genervt. »Dad, lass das!«

»Ruby kann jederzeit bei uns übernachten«, bot meine Mom an.

»Danke, das wissen wir sehr zu schätzen. Außerdem kann ich viele Stücke hier fertigen und muss sie dann nur für den Einbau nach San Francisco bringen. Die Fahrt dauert nur vier Stunden, das ist überhaupt kein Problem und an einem Tag zu schaffen.«

»Ich werde deine Gesangseinlagen in der Mittagspause vermissen«, zog ich meinen Bruder auf.

Überheblich grinste er. »Ich kann sie dir aufnehmen und aufs Handy schicken, dann kannst du sie dir jeden Tag anhören.«

»Nein danke«, antwortete ich und schnitt eine Grimasse. Ich spürte, wie Wyatt mir einen Blick von der Seite zuwarf und interessiert der gesamten Unterhaltung lauschte. Vielleicht würde er sich doch noch irgendwann hier wohlfühlen. Ich hoffte es. Sehr. Und wunderte mich selbst über den Umstand, dass es mir so viel bedeutete.

»Und du, kleine Schwester, wie sieht es mit deiner Karriere bei Phil aus?«

»Brax«, ermahnte ihn meine Mom, weil sie wusste, dass dies nicht gerade mein Traumjob war und vor allem ein Thema, das ich gern unter den Tisch fallen gelassen hätte.

»Ich hab dir angeboten, bei mir einzusteigen. Ich brauche unbedingt jemanden für den Papierkram.«

»Glaubst du echt, das ist das, was ich tun möchte?«

»Und was möchtest du machen?« Brax konnte es noch nie lassen, mich aufzuziehen und auf Sachen herumzureiten, über die ich nicht sprechen wollte. Er war ein toller großer Bruder, aber manchmal eben auch ein ziemlicher Arsch.

Alle Blicke waren auf mich gerichtet, ich fühlte mich in die Ecke gedrängt. Als wäre der unvermeidliche Aufprall nur wenige Sekunden entfernt, und trotzdem konnte ich mich nicht vom Fleck bewegen. Ich sah auf meinen Teller und stocherte in meinem Essen. Verdammt.

»Alles gut, Vögelchen«, sagte Mom sanft, das Gefühl allerdings in mir, nur das Nesthäkchen zu sein, das niemand ernst nahm, wuchs um ein Vielfaches an. Der Raum schien enger zu werden, und das Atmen fiel mir schwer. Ich hatte immer darüber den Kopf geschüttelt, wie man zulassen konnte, dass sich jemand innerhalb der Familie als schwarzes Schaf empfand. Doch jetzt, in diesem Moment, mit den anklagenden Blicken auf mir, fühlte ich mich genauso.

Ich straffte die Schultern und sah meinen Dad an. »Ich mache ein Yogastudio auf.« Ich hielt den Atem an. Wow. Die Erde drehte sich weiter, sie war nicht untergegangen. Allerdings trog dieser Eindruck, denn er hielt nur wenige Sekunden an, genau so lange, bis meine Worte bei allen angekommen waren.

»Du machst was?«, fragte Brax erschrocken.

»Lake, bist du dir sicher?«, sagte selbst Graham, und Dad legte sein Besteck zur Seite, ohne auch nur einen Ton von sich zu geben.

»Weißt du, wie viel Verantwortung ein eigenes Geschäft bedeutet? Du musst die Buchhaltung machen, vielleicht Personal einstellen, Miete und Gehälter zahlen, Rechnungen begleichen, dich um die Einrichtung kümmern …«

»Ja! Ich weiß das!«, unterbrach ich Braxtons Vortrag.

»Midge hilft mir bestimmt dabei, sie hat den vollen Durchblick mit ihrem Café.«

»Und wo?«, hakte Gray nach.

»In der Innenstadt ist ein Geschäft frei geworden. Ihr kennt es, dort, wo der Taccoladen drin war.«

»Der Taccoladen?«, stieß Brax ungläubig hervor, als könnte er es immer noch nicht fassen. »Wow, die sprunghafte Lake hat wieder zugeschlagen, was?«

Nicht geweinte Tränen brannten auf einmal in meinen Augen, und ein Kloß setzte sich in meinem Hals fest.

»Braxton Campbell, nenn deine Schwester nicht so!«, ermahnte Mom ihn. »Das ist wundervoll!«, sagte sie an mich gewandt. »Du wirst sicher deinen Weg gehen.«

»Ich halte das für keine gute Idee.« Dads tiefe Stimme unterband alle Gespräche, die kurz davor waren, noch weiter aufzubranden.

»Dad …«, flehte ich. »Brax hat die Werkstatt, Gray ist Ranger und engagiert sich für die Natur. Nur weil ich meine eigene Bestimmung noch nicht gefunden habe, heißt es nicht, dass ich mich nicht ausprobieren darf. Ich bin kein Kind mehr.«

»Dann benimm dich auch nicht mehr wie eins.«

»Harry, bitte«, meinte meine Mom.

Laut seufzte er. »Wir wollen nur dein Bestes, Lake …«

»Dann müsst ihr mir vertrauen. Einmal noch.«

Mom fasste über den Tisch und legte ihre Hand auf meine. »Du hast immer unser Vertrauen. «

Ich dankte ihr mit einem schwachen Lächeln, weil ich wusste, dass Mom die Einzige war, die diese Einstellung hatte. Doch es tat nicht nur weh, von dem Rest meiner Familie keine Unterstützung mehr zu erhalten, es ließ auch den Drang in mir stärker wachsen, es allen zu zeigen.

Die sprunghafte Lake sollte Geschichte werden, aber dafür musste ich tatsächlich einmal etwas durchziehen. Und das würde ich! Der Plan stand fest, egal, was die anderen sagten!

Es war an der Zeit, auf eigenen Beinen zu stehen und endlich laufen zu lernen!

Kapitel 16

Wyatt

Am liebsten hätte ich allen gesagt, dass Lake nur deshalb solche großen Bedenken hatte, weil ihre Familie nicht an sie glaubte. Dass sie es schaffen würde und stärker war, als ihre Brüder und ihr Dad sie glauben ließen.

Aber in Wirklichkeit wusste ich nicht, ob diese Worte stimmten. Ich kannte Lake nicht, ich gewann nur den Eindruck, dass sie genauso verloren war wie ich. Ihr Lächeln war ihre Fassade, ebenso wie meine schroffe Art meine.

Nach dem Essen hatte ich mich bedankt und war rüber in die Gästehütte gegangen. So viele Menschen und Meinungen auf einem Haufen überforderten mich. Ich hatte erneut das Feuer angezündet und saß vor dem Bett auf dem Boden, während ich gegen die Decke starrte.

Ich musste meine Gedanken sammeln, damit ich diesen verdammten Song endlich fertig schreiben und hier verschwinden konnte. Das unwohle Gefühl, Lake mit ihrer Unsicherheit hierzulassen, drängte ich zur Seite. Damit konnte ich mich jetzt nicht beschäftigen.

Ich schloss die Augen und atmete seufzend aus. Erinnerungen durchfluteten meinen Geist. Schöne Erinnerungen. Schmerzvolle Erinnerungen. Ich spürte Hanks Hand, die mir ermutigend auf die Schulter klopfte, hörte sein Lachen und seine Zusprüche. Wenn ich diesen Song fühlen wollte, musste ich jede einzelne Emotion zulassen. Doch war ich dazu bereit?

Worte bildeten sich in meinem Kopf zu Sätzen, Töne zu einer Melodie. Ich nahm einen Zettel und kritzelte darauf herum.

I have a fragile heart even if I would never admit it

Bullshit. Ich faltete den Zettel und warf ihn durch den Raum, ehe ich einen neuen nahm und weiterschrieb.

I can see it in your eyes
Makes me forget everything
Blue Eyes
Like a deep mountain lake

Ein Song von Nirvana ließ erneut alle Wörter durcheinanderwirbeln, bis ich verstand, dass mein Handy klingelte. Ich nahm es neben mir vom Boden auf, doch kurz nachdem ich drangegangen war, ertönte ein Piepen in der Leitung, und ich fluchte auf.

»Verdammter Empfang.« Mühsam rappelte ich mich auf und zog mir ein Sweatshirt über, bevor ich nach draußen in Richtung Hauptstraße lief. Mittlerweile hatte ich herausgefunden, dass der Empfang hier am besten war.

»Wyatt, Mann, da bist du ja!« Die Stimme meines wahrscheinlich einzigen Freunds klang belegt und schwer, als hätte er schon ein paar Drinks zu sich genommen.

»Brady, was passiert im guten alten Los Angeles, wenn ich nicht da bin?«

»Einiges! Hat sich deine Managerin endlich wieder eingekriegt und lässt dich zurück?« Ich vernahm Stimmengewirr, leise Musik und das Klirren von Gläsern im Hintergrund.

»Du bist im *Five Guys*, oder?«, lenkte ich das Gespräch in eine andere Richtung und schob eine Hand in meine Jeanstasche. Auch wenn die Frühlingstage hier warm waren, war es abends in diesem Teil der Wälder um uns herum arschkalt. Mein Atem wurde zu Wölkchen in der Luft, und ich blieb am Ende der Straße stehen. Noch nicht mal ein Auto fuhr um diese Uhrzeit hier vorbei. Auch wenn Lake anderer Meinung war, ich war immer noch nicht überzeugt, dass man hier Spaß haben konnte. *Lake*. Wieder wanderten meine Gedanken zu ihr und der Stimmung, die heute Abend geherrscht hatte. Ihr trauriger Gesichtsausdruck, als niemand an sie glaubte.

»Natürlich, wo sollte ich sonst sein? Pete hat übrigens gesagt, dass du nach der Sache mit dem Typen und dem Zeitungsartikel wiederkommen kannst. Er vergibt dir, denn der Artikel hat ihm ganz schön Werbung gebracht.«

Ich lachte trocken auf. Selbstverständlich tat der Besitzer der Bar das, weil ich außerdem bei jedem meiner Besuche mindestens einen Tausender daließ.

»Übrigens habe ich mit Fabio gesprochen. Er würde dich sofort aufnehmen.«

»Danke, Mann, aber ich glaube, das ist keine gute Idee.«

»Natürlich wäre es das! Wir, wie in guten alten Zeiten zusammen beim gleichen Label, weißt du, was das für Möglichkeiten ergibt? Du könntest neu durchstarten, alles hinter dir lassen und hättest keine Andi mehr im Rücken, die dich bremst. Ich hab sowieso nie verstanden, was du an ihr findest,

Fabio ist ein ausgezeichneter Manager. Schau, wie weit ich es mit ihm gebracht hab!«

»Ich schreibe wieder an einem Song.« Mit der Schuhspitze kickte ich einen Stein vor mir her.

»Ach, wirklich? Das freut mich für dich!« Das Lachen einer Frau erklang im Hintergrund, und Brady flüsterte irgendetwas, das ich nicht verstand. »Du solltest mir deinen ersten Entwurf schicken, wie früher! Wir machen ein ganz großes Ding draus und holen dich zurück, Bro! Ich muss Schluss machen, aber ich melde mich, okay?«

»Klar.« Brady legte auf, bevor ich Bye sagen konnte. Doch ich kannte ihn; wenn er mit einer Frau unterwegs war, gab es für ihn nur ein einziges Ziel. Den Weg in ihr Höschen.

Als ich mich umdrehte, ließ ich den Blick über das Haus gleiten. Nur vereinzelt war noch Licht in den Fenstern zu sehen, vor allem in Lakes Zimmer, und ich hoffte darauf, dass ich sie noch einmal ganz kurz sehen konnte. Vor einer Stunde hatte ich gehört, wie Graham, Brax und seine Tochter heimgefahren waren. Sie waren in Ordnung, wirklich, allerdings gefiel mir nicht, wie sie mit Lake gesprochen hatten.

Die Haustür öffnete sich, und Lake erschien auf der Veranda. In ihren Händen trug sie einen Teller, der mit einem Küchentuch abgedeckt war. Ich lief ihr entgegen, als sie auf mich zukam und wir uns vor dem Eingang der Hütte trafen. Ihre Haare waren immer noch zu einem Zopf geflochten, der über ihrer linken Schulter hing. Über das weiße, schulterfreie Top hatte sie sich einen cremefarbenen Pullover gezogen, der ihr bis zur Mitte der Oberschenkel reichte. Ob er ihrem Freund gehörte? Hatte sie überhaupt einen und wenn, wäre er dann nicht heute hier gewesen? Wieso hatte ich nie darüber nachgedacht? Warum interessierte es mich überhaupt?

»Du hast deinen Nachtisch vergessen.« Sie hob das Tuch ein Stück an. »Apfelkuchen. Ich hab gesehen, wie du ihn heute Mittag gierig angestarrt hast.« Sie grinste ein wenig, und ich nahm ihr den Teller ab. Dabei berührten sich unsere Finger, und für einen Moment ertappte ich mich dabei, mir zu wünschen, sie länger berühren zu dürfen. Woher kamen diese Gedanken? Seit heute Mittag hatte ich eine neue Sicht auf die Dinge hier gewonnen, aber ich konnte nicht sagen, ob das gut oder schlecht war.

»Danke«, erwiderte ich, und sie blieb unschlüssig stehen, als wollte sie den Moment genauso herauszögern wie ich. »Willst du mit reinkommen?«, murmelte ich und fühlte mich dämlich, dass ich so etwas überhaupt fragte. Doch kaum dass sie mich anlächelte, wusste ich, dass es richtig gewesen war.

»Klar. Du sollst deinen Nachtisch ja nicht allein essen müssen.«

»Genau, ich habe mich jetzt so an die Anwesenheit von Menschen gewöhnt.«

Sie lachte, und ich drehte mich schnell zur Tür, damit sie mein Grinsen nicht bemerkte. Ich öffnete und ließ sie vor, ehe ich nach ihr eintrat und den Kuchen auf den kleinen Esstisch im Küchenbereich stellte. Um mich zu beschäftigen, suchte ich zwei Teller und zwei Gabeln aus den Schränken.

»Was ist das?« Ich hielt den Atem auf ihre Frage hin an, weil mir klar war, was sie meinte.

Langsam drehte ich mich um und tat so, als wäre ich extrem damit beschäftigt, zwei Stücke Kuchen anzurichten. »Ach, nur ein Text, mit dem ich herumgespielt habe.«

Sie hob einen der gefalteten Origamivögel in die Höhe und drehte ihn im Licht des Kaminfeuers. Auf einmal erschien es mir falsch, sie hierher eingeladen zu haben. Abstand sah anders aus.

Ich nahm beide Teller und ging damit auf sie zu. Immer noch sah sie sich die gefalteten Papierstücke an, die überall im Zimmer verstreut waren. Ich schob ein paar von den Betten und stellte die Teller darauf ab. Vorsichtig nahm ich ihr einen Vogel aus der Hand und faltete ihn auf.

»Mein Onkel hat mir die Liebe zur Musik weitergegeben. Früher habe ich mir mit ihm oft irgendwelche Songs ausgedacht und dabei …« Ich nahm eine von Lakes Händen und legte das Papier hinein. Diesmal traute ich mich, sie direkt anzuschauen. Der Feuerschein flackerte auf ihrem Gesicht, während sie mich mit großen Augen gespannt ansah und keine Anstalten machte, mir ihre Hand zu entziehen. Ihre Haut war weich und warm unter meinen rauen Fingern. »Dabei schreibt man auch viel Müll. Doch mein Onkel hat immer gesagt, dass jedes Wort es verdient hat, zu fliegen. Deshalb hat er jeden Fetzen, war er auch noch so klein, gefaltet.« Ich ließ sie los und räusperte mich. »Ist nur eine Angewohnheit und mir jetzt irgendwie peinlich.« Ich lachte nervös und drehte mich um, damit ich nicht an ihrer Miene lesen konnte, wie sie meine Offenbarung aufnahm. Doch ich wusste nicht, wovor ich am meisten Angst hatte. Dass sie es bescheuert oder gut fand. Ohne sie anzuschauen, setzte ich mich mit einem Teller auf den Bettrand. Lake nahm neben mir Platz.

»Das muss dir nicht peinlich sein, das ist eine wunderschöne Angewohnheit. Zumindest besser als popeln oder so etwas.«

Jetzt sah ich sie doch an, und als mein Blick ihren traf, konnten wir beide das Lachen nicht mehr zurückhalten. Es löste die unerträgliche Spannung zwischen uns, und ich dankte ihr mit einem Lächeln. Ich schüttelte den Kopf, bevor ich ein Stück des Kuchens aufpickte und es zu meinen Lippen führte. Auch Lake widmete sich ihrem Nachtisch, und eine

Weile aßen wir schweigend nebeneinander. Ich spürte die Wärme, die von ihr ausging, weil wir so nah nebeneinandersaßen, dass sich unsere Schultern fast berührten.

»Der Kuchen schmeckt köstlich«, sagte ich und schob mir den letzten Krümel in den Mund.

»Danke.«

»Es war nicht in Ordnung, wie deine Brüder und dein Dad mit dir gesprochen haben«, platzte es aus mir heraus.

»Sie haben ihre Gründe.«

»Es ist dein Leben.«

»Das ich irgendwie nicht auf die Reihe kriege.« Sie starrte auf den Boden, und ich konnte die Traurigkeit, die sie ausstrahlte, kaum ertragen. Vorsichtig nahm ich ihr den Teller aus der Hand und verschränkte meine Finger mit ihren. Kurz schaute sie mich überrascht an, dann erwiderte sie meine Geste, indem sie fest zudrückte und sich an mir festzuhalten schien.

»Wie alt bist du? Achtzig? Du hast noch alle Zeit der Welt, herauszufinden, was du tun möchtest!«

»Ich hab das Gefühl zu versagen«, flüsterte sie und leckte sich nervös über die Unterlippe.

»Ich kenne das«, erwiderte ich in ähnlich leisem Ton. »Aber es trügt.«

»Ist das wirklich so?«, fragte sie, als hätte sie meine Lüge durchschaut, denn meine Aussage war vielleicht auf Lake bezogen, aber für mich selbst glaubte ich sie nicht.

»Du wirst das Richtige tun, du bist ganz anders als ich«, versuchte ich mich zu erklären, und Lake rutschte noch ein Stück näher an mich heran. Mein Blick fiel auf ihren Mund. Wunderschöne geschwungene, volle Lippen, die mich einluden, sie zu kosten, obwohl es falsch war. Schnell schaute ich ihr wieder in die Augen.

»Ich bin neidisch auf meine Brüder«, sagte sie hastig und atmete stoßweise aus. »Und das dürfte ich nicht sein, denn wir sind eine Familie.« Sie schloss die Augen, als würden ihr die Worte Schmerzen bereiten. »Und ich bin neidisch auf dich.«

»Da gibt es nichts, worauf man neidisch sein kann«, wisperte ich, als sie erneut mit der Zunge über ihre Unterlippe strich und mich anblickte.

»Doch. Ich möchte auch etwas finden, wofür mein Herz schlägt. Das Leben kann nicht nur aus Dingen bestehen, die man tun muss, oder? Und Musik ist deine Leidenschaft, das merkt man dir an, selbst wenn du es nicht willst. Ich habe es gesehen, bei Oliver. Du musst sie nur wiederfinden.« Vielleicht hatte sie recht. Ach, wäre es nur so einfach.

»Ich brauche einen Song, um Andi überzeugen zu können, aber ich bekomme nichts zustande«, antwortete ich und nickte zu den Papiervögeln auf dem Boden.

»Sing.«

»Wie bitte?« Ich löste meine Finger von ihren und lehnte mich ein Stück zurück. Hilflos fuhr ich mir durch die Haare.

»Ich würde dich gerne singen hören. Bitte.«

»Das hast du schon, ich habe dich mit deinen Freundinnen in der Bar gesehen. Habt ihr nicht einen meiner Songs gehört?«

Sie grinste ertappt. »Das ist nicht dasselbe.«

»Irgendwie schon.«

»Bitte«, flüsterte sie.

»Ich kann nicht«, flüsterte ich zurück.

»Okay.« Sie griff nach einem Origamivogel und hielt ihn mir hin. »Dann lass die Worte noch ein bisschen fliegen, bis du bereit bist.« Ich nahm ihn ihr ab und drehte ihn hin und her, als würde mir dieser Fetzen Papier die Antwort liefern.

Als sie aufstand, erhob ich mich auch und brachte sie zur Tür. Auch wenn ich nicht wollte, dass sie ging, war es wirklich besser, wenn wir uns jetzt trennten.

»Danke für den Nachtisch.« Ich lehnte mich an den Rahmen, und Lake neigte den Kopf leicht zur Seite. Wieder wanderte mein Blick über ihr Gesicht und blieb an ihren Lippen hängen. Normalerweise hätte ich nicht darüber nachgedacht, eine Frau zu küssen, ich hätte es einfach getan. Aber Lake war nicht nur irgendeine Frau, die ich danach nie wiedersehen würde. Generell war Lake alles andere als irgendeine Frau.

»Schlaf gut«, sagte sie und ging auf das Haupthaus zu. Ich erkannte ihren Dad, der an einem der beleuchteten Wohnzimmerfenster stand und uns beobachtete. Shit. Sein Gesichtsausdruck wirkte nicht sehr erfreut, und ich konnte es verstehen. Wirklich. Dabei war überhaupt nichts zwischen uns passiert. Zumindest nichts körperlicher Natur.

Kapitel 17

Lake

Seine rauen Fingerkuppen strichen durch mein Haar, ehe sie sich warm um meine Wange legten. Der intensive Blick aus seinen Augen war eine pure Versprechung. Nach Hitze, Sehnsucht und dem Drang, mich näher an seinen muskulösen Körper zu pressen. Als sich langsam seine Lippen auf meine Haut senkten und er weiche Küsse über der Linie von meinem Ohr zu meinem Hals verteilte, stellten sich meine Nackenhärchen unter der Berührung auf. Zärtlich knabberte er sich einen Weg zu meinem Mund, und als seine Zunge zwischen meine Lippen glitt, entwich mir ein leises …

»Lake!« Ich zuckte zusammen und ließ die Bohnendose unsanft in die Tüte fallen. Großer Gott, woher kam denn dieser Tagtraum? Phil stand neben mir, hatte sein Klemmbrett in einer Hand und die andere als Faust in seine Hüfte gestemmt. Wie immer waren seine Haare ordentlich zurückgekämmt und sein Hemd am Bauch ein wenig zu eng, und ich starrte die Knopfleiste an, die bedrohlicher wirkte als Stunden in völliger Dunkelheit. »Du träumst!«

»Ich?«, antwortete ich lang gezogen und lächelte Mrs. Vanderholt zu, die darauf wartete, dass ich ihre restlichen Einkäufe in einer der braunen Papiertüten verstaute. »Niemals bei der Arbeit!«

Phil schnaubte und sah auf seine Notizen. Er zog einen Stift vom Brett, kritzelte irgendetwas darauf und warf mir einen letzten bösen Blick zu, bevor er hinter der Kasse zwischen ein paar Regalen verschwand. Wahrscheinlich hatte ich jetzt mindestens zwei Punkte Abzug auf seiner Liste mit den hoch motivierten Angestellten erhalten. Klasse. Und die nächste Kündigung rückte in greifbare Nähe …

»Mach dir nichts draus, Kindchen, du machst gute Arbeit«, sagte die ältere Dame sanft zu mir.

»Danke, Mrs. Vanderholt.« Ich gab ihr die Tüte. »Soll ich sie Ihnen noch zum Auto tragen?«

Sie machte eine wegwerfende Handbewegung. »Nein, nein, ich schaffe das schon! Ich sehe zwar alt aus, aber in diesen Muskeln steckt noch eine Menge Energie.« Ich erwiderte ihr Lächeln, bis sie mich zurückließ und ich auf die nächsten Einkäufe starrte, die darauf warteten, eingepackt zu werden. Was für ein Tag.

»Hey!« Ich schaute nach rechts, und Emilia tauchte in meinem Blickfeld auf. Sie trug ein verspieltes, hellblaues Sommerkleid, und seitliche Strähnen ihrer roten Haare waren hinten an ihrem Kopf mit einer silbernen Spange zusammenfasst, während der Rest offen auf ihren Schultern lag. »Ich habe Mittagspause und dachte, ich besuche dich mal.«

Meine Kollegin Elisa, die heute hinter einer der zwei Kassen saß, sah mich tadelnd an, aber ich lächelte ihr nur freundlich zu und verstaute weiter die Einkäufe des nächsten Kunden.

»Hi, Em, was macht dein Artikel über das Kuhwettrennen?«

»Haha, du musst mir nicht vor Augen führen, dass mein Job genauso blöd ist wie deiner.«

»Danke«, erwiderte ich trocken und verstaute eine Packung Nudeln in der Tüte. »Ich hätte es glatt vergessen, hättest du mich nicht daran erinnert.«

»Sorry.« Meine Freundin machte ein zerknirschtes Gesicht. »Eigentlich wollte ich dich auf ein Eis bei Antoine mitnehmen.«

»Ich muss hier noch mindestens eine halbe Stunde arbeiten, bis ich Pause machen kann. Phil beobachtet mich schon den ganzen Tag und sucht nur einen Grund, mir mit seiner dämlichen *Liste der tausend Vergehen* auf die Pelle zu rücken.«

»Mist, dann muss ich schon wieder zurück in die Redaktion.«

»Auf Wiedersehen, beehren Sie uns bald wieder«, sagte ich freundlich zu dem Mann, der nun wie Mrs. Vanderholt den Laden hinter sich ließ. Ich beneidete ihn. Seufzend schaute ich zu meiner Freundin, und mir lag auf der Zunge, was ich gestern meiner Familie offenbart hatte. Obwohl es mir eigentlich nur rausgerutscht war, weil ich mich gedrängt gefühlt hatte. Und heute war diese Sache immer noch tief in meinem Kopf verankert, und ich war fester den je davon überzeugt, es durchzuziehen. Ich eröffnete ein Yogastudio! Vor allem nach dem gestrigen Gespräch mit Wyatt in seiner Hütte. Allein wenn ich daran dachte und wie seine Nähe auf mich gewirkt hatte, spürte ich wieder dieses Kribbeln. Nicht nur einmal hatte ich überlegt, ihm noch näher zu kommen, bis ich mich darauf besonnen hatte, dass ich mir selbst einreden wollte, nichts für ihn zu fühlen. Es war besser so, weil er schon bald wieder verschwinden würde, und er verbarg auch nicht, dass er sich tierisch darauf freute. Wir beide waren grundverschieden, und selbst wenn es durch diese extreme Anziehung, die sich immer weiter aufbaute, zu einem Kuss kommen würde, hieß das nicht, dass es eine Zukunft gab. Vielleicht hatte ich in meinem Leben fast nur New Hope gesehen, doch ich war sicherlich nicht naiv. Wyatts Seele war die eines Freigeistes, während ich mich am wohlsten fühlte, wenn ich meine Freunde und Familie in naher Umgebung wusste.

»Vielleicht schaffen wir es, die nächsten Tage mit Midge ein Eis essen zu gehen? Wir sollten über etwas sprechen«, sagte ich mit gesenkter Stimme.

Emilia wackelte mit den Augenbrauen. »Ach wirklich? Hat es etwa mit einem heißen Typen zu tun, der seit Kurzem bei euch wohnt?« Ich wollte gerade antworten, dass dies nur indirekt der Fall war, da kam Phil um die Ecke, sein Klemmbrett dicht vor sein Gesicht haltend. *Verdammt!*

»Lake!« Seine nasale Stimme war unangenehm, und wie er meinen Namen aussprach, hatte mich schon immer gestört. Hinter ihm und einem Regal tauchte auf einmal jemand auf, den ich ganz und gar nicht hinter ihm vermutet hätte. Emilia stupste mich mit der Schulter an, als stünde ich auf dem Schlauch und hätte ihn nicht gesehen. Doch wie könnte man das nicht? Wyatt trug eine abgewetzte Jeans und ein Holzfällerhemd, dessen Ärmel er über seine Unterarme hochgeschoben hatte. Darunter blitzte ein weißes Shirt über seiner breiten Brust hervor, und ich konnte nicht abstreiten, dass ihm dieser Look ausgezeichnet stand. Sogar mehr als das. Er könnte ohne Weiteres das Titelblatt der *Men's Health* schmücken. Wenn er nicht sowieso schon eine Fotostrecke darin gehabt hatte. »Wyatt sagte, ihr kennt euch.« Phil deutete von Wyatt zu mir und wieder zurück, während die beiden bei Emilia und mir stehen blieben. »Dein Dad hat ihn beauftragt, eure Waren zu liefern, aber auf meiner Liste steht nichts von …« Die Stirn gerunzelt starrte er auf das Blatt, als könnte er sich einen einfachen Gemüsenamen nicht merken. Würde ihm sein Klemmbrett abhandenkommen, wäre er verloren. Vielleicht wäre das eine gute Art, ihn für einen Tag vom Leib zu kriegen … »Spinat. Den haben wir nicht bestellt. Und euer Angestellter hier weiß davon nichts.«

Emilia lachte leise, und ich presste die Lippen aufeinander. »Wir hatten eine gute Ernte, meine Eltern dachten sicherlich, du könntest ihn gebrauchen, bevor er schlecht wird.«

»Mit Preisnachlass.«

»Ich bin mir sicher, drüben in Bear Valley freuen sie sich darüber. Kein Problem, dann liefern wir ihn eben dorthin, wenn du keinen Platz hast. Ich kann den Kunden ja sagen, dass sie ihn bei *Henry's* bekommen.«

Phil verengte seine Augen zu Schlitzen. »Ich nehme ihn«, presste er zwischen zusammengebissenen Zähnen hervor, und im Augenwinkel sah ich, wie sich selbst Wyatt ein Grinsen verkniff. »Lade ihn ab!«, ordnete Phil an und wedelte wichtig vor Wyatts Gesicht mit der Hand in der Luft. Dieser blinzelte einige Male, und nun war ich es, die gegen ein Lachen ankämpfte.

»Und du, hör auf, hier rumzustehen, die Tüten packen sich nicht von allein!« Phil deutete mit dem Zeigefinger auf mich und drehte sich auf dem Absatz um. »Komm, Wyatt, ich zeige dir das Kühlhaus! Zeit ist Geld!«

»Bye, Lake.« Wyatts schiefes Grinsen in meine Richtung und seine heiseren Worte ließen mein Herz ein winziges bisschen in die Höhe hüpfen, bevor er und Phils großer, schlaksiger Körper hinter den Regalen verschwand.

Nicht gerade dezent räusperte sich Emilia. »Was. War. Das?«

»Du kennst doch Phil«, erwiderte ich gespielt genervt.

Sie schnalzte mit der Zunge. »Oh nein, Lake, du weißt genau, dass ich nicht ihn meine!« Ich schaute mich um, aber leider fehlte von einem Kunden, der mich aus diesem sich anbahnenden Verhör rausholen konnte, jede Spur. »Erzähl mir alles!«

»Wieso denn? Da ist nichts!«, zischte ich. »Und sprich leiser, bevor Phil doch noch zurückkommt!« Ich zupfte mir einen imaginären Fussel von meinem trostlosen Arbeitskittel. Wenn Phil das ausgewaschene Grau gegen ein strahlendes Gelb oder ein sattes Türkis austauschte, wären seine Angestellten sicherlich besser drauf.

»Was läuft da zwischen dir und Wyatt Lanter?«

»Nichts. Natürlich nicht!«

»Und was war das für ein Blick, den ihr euch zugeworfen habt? Als hättet ihr ein gemeinsames Geheimnis.« Sie umfasste meinen Oberarm und zwang mich, sie anzusehen. »Lake! Erzähl es mir! Bitte!«, bettelte sie.

Ich musste lachen. »Du spinnst! Was ist los mit dir?«

Sie ließ von mir ab und seufzte. »Sorry … gib mir nur ein Stückchen aus deinem Leben, weil ich kein eigenes habe, okay?«

»Oh, Em …«

»Gut, vergiss es.« Sie kniff kurz die Augen zusammen. »Ich höre mich furchtbar frustriert an. Ich muss sowieso zurück und den Artikel zum umgefallenen Traktor an der Old Mammoth Road fertig machen …« Erneut seufzte sie, und diesmal war sie es, die mir unsagbar leidtat. Nach dem Tod ihrer Mom und seitdem ihr Dad seinen Job an der Tankstelle verloren hatte und einfach nicht mehr die Kurve kriegte, lag der ganze Ballast auf ihren Schultern. Noch dazu musste sie sich um ihren kleineren Bruder kümmern, der immer schlechter in der Schule wurde und auch jetzt noch deutlich zu wenig aß.

»Okay, ich erzähl dir was«, wisperte ich mit gesenkter Stimme und zog meine Freundin ein Stück weg von der Kasse und von Elisas neugierigen Ohren. »Ich habe heute Mittag einen Termin mit Cassidy Williams.«

»Cassie? Die mit uns zur Schule ging und mit Brax in der gleichen Stufe war? Der das Maklerbüro *Dream House* gehört? Über die die Leute munkeln, dass sie ein Doppelleben führt, weil sie einmal die Woche spurlos verschwindet?«

»Genau die, abgesehen von diesem Doppellebenquatsch, den glaubst du doch nicht selbst, oder?« Ich schüttelte den Kopf. »Egal, tut nichts zur Sache. Du kennst den leeren Laden hier die Straße runter?« Ich trat von einem Bein aufs andere. »Ich will ein Yogastudio eröffnen«, sagte ich schnell und wartete auf Emilias Reaktion, die nicht lange ausblieb und glücklicherweise anders war, als ich es befürchtet hatte. Erleichtert atmete ich aus.

»Oh mein Gott, das ist großartig!« Sie klatschte in die Hände und drückte mich an sich. »Das passt so gut zu dir! Und ich will deine erste Kundin sein, sollte mich sowieso mal häufiger entspannen.«

Wir lösten uns voneinander, und ich lachte befreit. »Das wirst du werden, und du musst auch nichts bezahlen.«

»Fang das gar nicht an, sonst endest du wie Dave, erinnerst du dich an ihn? Er hat vor zwei Jahren doch diesen Laden für Golfklamotten eröffnet und ist pleitegegangen, weil er jedem etwas geschenkt hat.«

»Was bestimmt nicht daran lag, dass hier niemand Golf spielt?«

»Papperlapapp! Ich freu mich wirklich so sehr für dich!«

»Lake!«, dröhnte Phils Stimme durch den Laden, und Emilia und ich umarmten uns schnell zum Abschied.

»Ich hau ab, bye, melde dich, wir müssen es Midge sagen!

Ha! Zum ersten Mal weiß ich mehr als sie!« Sie zwinkerte mir zu.

Sehr gut, das war leichter, als ich angenommen hatte. Jetzt musste nur der Besichtigungstermin gut verlaufen und es konnte tatsächlich losgehen. Bald würde ich dem Supermarkt und Phil den Rücken kehren und diesmal nicht, weil ich gefeuert worden war, sondern weil ich freiwillig ging. Denn ab sofort hatte ich ein Ziel. Ein richtiges Ziel.

Das Gras kitzelte die nackte Haut an meinen Beinen, weil ich nur Shorts trug. Der Beginn eines neuen Junis war meine liebste Zeit im Jahr. Alles war schöner mit Sonnenstrahlen. Aber selbst ein Regentag hätte meine Laune heute nicht mehr getrübt. Ich fühlte mich zum ersten Mal seit Langem so, als hätte ich mein Leben tatsächlich im Griff. Als säße ich am Steuer und wäre nicht nur Passagier, der dabei zusehen musste, wie die Fahrt durch einen ewig langen Tunnel ohne Ziel ging.

Ein Schmetterling umflatterte mich, und ich duckte mich unter einem Baumstamm hindurch, während ich über eine der Apfelbaumplantagen raus zu den größeren Beeten lief. Schon von Weitem sah ich ihn und umfasste den Riemen meiner Umhängetasche fester. Wyatt hielt den Griff der Fräse gekonnt in seinen Händen, während sich die Zähne durch den Boden kämpften. Die Muskeln seines Oberarms spannten sich bei dem Geruckel an, und die Sonne hatte seine Haut seit seiner Ankunft gleichmäßig gebräunt. Schweiß glänzte auf seiner Stirn, aber auf seinem Gesicht lag ein zufriedener Ausdruck. Ich hatte das Gefühl, nicht nur äußerlich hatte er sich angepasst, sondern auch in ihm hatte sich etwas verändert. Er war weniger verbissen und nahm jede Arbeit, die mein Dad ihm aufgab, an. Der war vor einer Viertelstunde zurück zum Haus gekommen und hatte gesagt, dass Wyatt noch eben alles fertig machen wollte. Ich wusste, mein Dad rechnete es ihm hoch an, dass er so fleißig war.

Deshalb dachte ich mir, dass er sich freute, wenn ich ihm ein wenig Gesellschaft leistete. Denn ich vermutete, sein Beisein beim letzten Familienabendessen sei nur eine einmalige Sache gewesen und heute Abend würde er sich wieder mit seiner Gitarre und dem neuen Song in seiner Hütte verkriechen. Was trotz unseres abgeschlossenen Deals absolut in Ordnung für mich war, denn ich verstand, dass er jede freie Minute in das Texten stecken wollte.

Er wendete die Fräse und sah auf, als er mich am Rande der Plantagen entdeckte. Ein Lächeln umspielte seine Lippen, und ich hätte gerne behauptet, dass es nicht so viel in mir hervorrief, wie es in diesem Moment tat. Das dumpfe Brummen der Maschine stoppte, sowie Wyatt sie ausschaltete und sich mit einem Stofftuch über das Gesicht fuhr. Wieder blieb mein Blick an seinen Armen hängen, und ich rief mich innerlich endlich zur Ordnung. Was war los mit mir?

»Hi«, sagte ich, während ich vor ihm stehen blieb. Er steckte das Tuch zurück in seine Gesäßtasche.

»Hi.« Seine Stimme war rau, als hätte er sie den ganzen Tag nicht genutzt. Was ich mir gut vorstellen konnte, denn mein Dad war auch nicht gerade der gesprächige Typ.

Der Wind strich an uns vorbei, und Wyatt betrachtete mich wortlos. Ich riss mich aus dem Bann seiner wachen, grünen Augen und öffnete meine Tasche.

»Ich dachte, vielleicht willst du der Erste sein, der es erfährt, und mit mir anstoßen.« Mit feuchten Fingern suchte ich nach der Flasche und den beiden Gläsern und hielt ihm eines davon hin.

»Mit dir anstoßen?«, fragte er und zog die Brauen ein Stück zusammen. Seine Haare waren ein einziges Durcheinander, und eine Strähne fiel ihm in die Stirn. Es war schwer, den Drang zu unterdrücken, ihm diese zurückzustreichen.

Ich schenkte ihm von der roten Flüssigkeit ein, bevor ich auch meinen Becher füllte und ihn anhob. »Ja, richtig. Ich werde es tun, ich werde dieses Yogastudio eröffnen!« Ich holte tief Luft und sammelte all den Mut zusammen, den ich finden konnte. »Und du warst der Stein des Anstoßes, deshalb dachte ich, du freust dich, wenn ich dir sage, dass ich morgen einen Besichtigungstermin in dem leer stehenden Ladengeschäft habe!«

»Lake, das ist toll! Wirklich! Und du hast das ganz allein geschafft.«

Wieder schauten wir uns so intensiv in die Augen, dass ich meinen Puls bis in meinen Hals spürte. Etwas setzte sich in meiner Brust fest, das ich zu diesem Zeitpunkt nicht deuten konnte. Ein Gefühl, das mich wärmte, mich erfüllte und mich bis zu den Wolken trug.

»Nein, ohne dich und das, was du zu mir gesagt hast, hätte ich bestimmt nicht den Mut dazu gefunden. Aber jetzt fühle ich mich gut, befreit, als wäre der Weg genau der richtige!«

Wyatt hielt sein Glas noch ein Stück in die Höhe. »Na dann, auf dein Yogastudio und darauf, dass du alle Bewohner von New Hope von ihrem Stress befreist!«

Ich musste lachen und stieß mit ihm an. »Auf ein besonnenes New Hope!«

»Und auf dich«, flüsterte er, bevor er das Glas zu seinen Lippen führte und einen großen Schluck trank. Ich zögerte einen Moment, und dann nahm ich einen langen Zug von dem Getränk. Der Geschmack des Granatapfelsafts verteilte sich auf meiner Zunge, gleichzeitig süß und bitter, während der Rum eine brennende Spur in meiner Kehle hinterließ und ich einmal husten musste, nachdem ich das Glas abgesetzt hatte.

»Wow, was ist das denn?«, fragte Wyatt, und auch er verzog das Gesicht wegen der Stärke des Alkohols.

»Ein Rezept meiner Granny«, erwiderte ich und musste lachen. »Als sie noch gelebt hat, hat sie immer gesagt, mit einem guten Rum kann man alles feiern.«

Erneut hob Wyatt das Glas. »Ich glaube, deine Grandma war eine sehr weise Frau.«

»Normalerweise trinke ich wenig bis keinen Alkohol, ich hab ganz vergessen, wie stark das Zeug ist«, meinte ich und atmete nach einem weiteren Schluck tief durch.

»Wie alt ist deine Granny geworden?«

»Einundneunzig.«

»Dann kann das Rezept nur gut sein!«

»Da hast du sicherlich recht.«

Ich deutete zu einem Apfelbaum am Rand des Ackers, den Wyatt umgepflügt hatte. »Ich glaube, ich muss mich einen Moment hinsetzen.« Der Rum entfaltete mit einem Mal seine Wirkung wie eine Explosion in meinem Kopf. Ich unterdrückte ein albernes Grinsen, während mir ein wenig schwummerig wurde. Wyatt schien es zu spüren und fasste mich sanft am Ellenbogen.

»Ich wollte dich nicht von der Arbeit abhalten«, sagte ich und sah zu ihm hoch. Wir standen so dicht voreinander, dass ich den Geruch seiner körperlichen Arbeit mit einem Hauch Parfüm vernahm. Es roch köstlich.

»Hast du nicht. Ich erledige das später oder morgen. Dein Dad hat ohnehin gesagt, ich soll Feierabend machen.« Auch wenn ich sicherlich gut allein bei dem Baum angekommen wäre, führte Wyatt mich dorthin. »Außerdem ist das hier jetzt wichtiger. Das ist vielleicht der größte Schritt in deinem Leben.«

Er ließ mich los, und wir ließen uns in das weiche Gras fallen, lehnten uns mit dem Rücken an die raue Rinde des Baumstamms. Ich zog die Tasche von meiner Schulter und legte sie neben mich. Gedankenverloren nippte ich erneut an der Rummischung. Auch wenn das Getränk hochprozentig war, war es ziemlich lecker. Ich würde mich sicherlich nicht betrinken, aber gegen einen kleinen Schwips hatte ich nichts einzuwenden. Vor allem, weil ich nicht wollte, dass dieses Gefühl und dieser Moment mit Wyatt endeten.

»Ich hab tatsächlich ganz schöne Angst.«

»Solltest du auch haben.«

Überrascht schaute ich ihn an, und in seinem Gesicht lag ein angespannter Ausdruck. Die meisten hätten mir wohl gesagt, dass ich es schaffen würde, dass ich stark war und alles gut ging. Doch Wyatt nicht, denn er war ehrlich und hielt sich nicht mit Floskeln auf. »Die Angst treibt dich an, das Beste aus dir herauszuholen. Keiner weiß, ob du es schaffen wirst, Fuß mit dem Studio zu fassen, aber wenn du von Anfang an alles gibst und die Angst besiegst, kann es nur gut werden.«

»Hast du auch Angst?«, fragte ich leise, weil ich mir bis zu diesem Zeitpunkt nicht vorstellen konnte, dass Wyatt tatsächlich vor irgendetwas Furcht hatte. Als er hier angekommen war, hatte er so einen selbstsicheren, arroganten Eindruck gemacht, dass ich nur das Äußerliche gesehen hatte. Doch jetzt sah ich sie in seinen Augen, die in diesem Moment nichts vor mir verstecken konnten. Da war die Angst, die auch in mir wütete und mich davon abgehalten hatte, das zu tun, mit dem ich glücklich werden konnte. Wyatts Blick wanderte zu meinen Lippen, ich hatte gar nicht gemerkt, dass wir immer näher zueinandergerutscht waren. Wie ein Kuss von ihm wohl schmecken würde? Nach dem Saft, dem Rum und nach ihm? Mein Herz schlug wild gegen meinen Brustkorb, und meine Finger schlossen sich enger um das Glas, als müsste ich mich irgendwo festhalten.

Wieder schaute er mir in die Augen und nickte ganz leicht auf meine Frage. »Sag es keinem, das würde meinen Ruf zerstören«, erwiderte er leise, und seine Lippen verzogen sich zu einem leichten Lächeln. Vielleicht log er nicht, aber er überspielte seine wahren Gefühle mit Sarkasmus. Auch das hatte ich mittlerweile herausbekommen. Er lehnte sich ein Stück zurück, und der Bann, der uns zueinander hingezogen hatte, war gebrochen. Auch ich wandte meinen Blick ab und sah über die Beete bis zur Sonne, die hinter dem Rand des Waldes immer tiefer sank.

»Morgen ist der Besichtigungstermin, und ich habe mir den halben Tag freigenommen. Würdest du mitkommen? Meine Freundinnen müssen arbeiten, und meine Brüder und mein Dad sind immer noch nicht begeistert von der Idee. Es dauert nicht lange, Dad lässt dich bestimmt gehen.« Ich wandte ihm mein Gesicht zu.

»Bist du dir sicher, dass du mich dabeihaben möchtest?«

Ich nickte stumm auf seine Frage.

»Okay«, wisperte er, als hätten wir in diesem Moment einen geheimen Pakt geschlossen. »Ich bin dabei.«

»Danke.«

Kapitel 18

Wyatt

Der Raum war nicht sehr groß, aber lichtdurchflutet, und es gab zwei Waschräume sowie einen Nebenraum, den man zu Umkleidekabinen umbauen konnte, und eine kleine Küche. Der Geruch von Frittierfett hing in den Wänden, doch ich schätzte, dass Alice sowieso überall hier ihre Räucherstäbchen verteilen würde, wie sie es in ihrem Haus tat.

»Der Vermieter hätte kein Problem mit Umbaumaßnahmen«, sagte die Maklerin. Cassidy war groß, hatte einen platinblonden Bob und trug ein enges, graues Etuikleid, das ihre grünen Augen betonte. Lake kannte sie wohl aus der Schule, und sie machte einen netten Eindruck. Aber was neben dem Raum und den anderen anwesenden Personen wirklich meine Aufmerksamkeit auf sich zog, war Lakes Gesichtsausdruck. Seit wir hier angekommen waren, hatte sie bestimmt nicht geblinzelt, und an dem Funkeln in ihren Augen konnte ich sehen, wie begeistert sie war. Mehr als das. Sie war wunderschön.

»Also wäre es auch kein Problem, wenn wir hier in der Ecke eine Saftbar einrichten?« Sie deutete in eine Richtung, und ich schob die Hände in die Jeanstaschen und grinste. Ihr Kopf sprudelte über vor Ideen, wie sie ihr Yogastudio einrichten könnte. Es war faszinierend, es zu beobachten, und es erinnerte mich an Zeiten, in denen die Leidenschaft für die Musik selbst aus all meinen Poren gedrungen war. Das hatte meinen Erfolg zum großen Teil ausgemacht.

»Selbstverständlich, tu, was du möchtest«, sagte Cassidy, und Lake drehte sich im Kreis.

»Ich kann es mir so gut vorstellen! Oder, was sagst du, Wyatt?« Als sie mich anschaute, unterdrückte ich den Drang, auf sie zuzugehen und sie an mich zu ziehen. Stattdessen nickte ich nur knapp.

»Es ist ausbaufähig.«

»Ausbaufähig? Es ist perfekt!« Erneut entlockte mir ihre Euphorie ein Lächeln.

»Du hast recht.« Nun ging ich doch einen Schritt auf sie zu. »*Perfekt* ist der richtige Begriff.« Wieder zogen sich unsere Blicke an, und ich vergaß Raum und Zeit. Verdammt. Meinte ich mit dem Wort eigentlich etwas völlig anderes? Ihre Lippen, ihre Augen, ihre gesamte Ausstrahlung?

Sie drehte sich zur Maklerin um. »Ich nehme es!«

»Wunderbar, dann mache ich dir die Verträge fertig und melde mich für einen Termin mit dem Vermieter.« Sie trat auf Lake zu, und die beiden umarmten sich freundschaftlich. »Du wirst deine Freude hier haben, und ich bin schon ganz gespannt auf dein Studio!«

»Danke!«

Nach der Besichtigung bummelten wir durch die Stadt, um uns etwas zu essen zu besorgen. Dieser Ort war immer noch mitten im Nirgendwo und kein Platz, von dem ich mir vorstellen konnte, dauerhaft dort zu leben. Allerdings begann ich, langsam zu verstehen, warum Lake es in New Hope so liebte. Heute war es ein wenig bewölkter als die letzten Tage, und heute Nacht hatte ein Regenschauer durch den Wald neben der Hütte gewütet. Ein kühler Wind strich durch die Tannen am Rand des Bürgersteigs, die zwischen den Geschäften und Wohnhäusern standen. Flache Pfützen glitzerten in den vereinzelten Sonnenstrahlen auf dem Asphalt.

Aus Lakes Mund sprudelte die Begeisterung, während sie von türkisfarbenen Sitzkissen, anthrazitfarbenen Wänden und Räucherstäbchen erzählte.

»Ich werde zu Beginn nicht gleich alles auf einmal umsetzen können, aber später, wenn ich genug Kunden habe, wird sich das Problem lösen! Auch wenn Braxton immer noch skeptisch ist, hat er mir angeboten, die Umbaumaßnahmen zu übernehmen! Er fertigt mir Möbel, die perfekt zu dem Studio passen, und im Grunde brauchen wir gar nicht viel Einrichtung!«, plapperte sie, und ich hörte ihr einfach nur zu, weil ich das Gefühl hatte, dass sie genau das im Moment brauchte.

Sie seufzte glücklich. »Endlich kann ich wieder frei atmen. Du weißt, was ich meine, oder?«

»Ja«, erwiderte ich nur. Ich verstand hundertprozentig, wovon sie sprach, aber wenn ich ehrlich zu mir selbst war, spürte ich es nicht. Andi machte immer noch keine Anstalten, mir Jobs zu vermitteln, wenn ich vielleicht eher zurückkehrte, und der Song nahm keine richtige Form an, obwohl ich jeden Abend bis spät in die Nacht an ihm arbeitete. Es war zum Verrücktwerden.

»Sonnenschein!« Ein älterer Herr saß mit einem anderen Mann auf einer grünen Bank vor einem Hundepark, der mit einem kleinen Holzzaun abgesperrt war. Die beiden fütterten einige Tauben mit Krümeln aus einer Tüte und winkten uns zu.

»Mr. Butler! Mr. Douglas!«, rief Lake begeistert und schnappte sich plötzlich meine Hand. »Komm mit!«

Sie zog mich über die Straße, und wir blieben vor den beiden Männern stehen. »Hallo, die Herren!«

Lake löste ihre Hand aus meiner, und augenblicklich vermisste ich die Nähe.

»Wie geht es dir, Lake?«, fragte der Mann, der auf der linken Seite hockte und eine Brille trug.

»Wunderbar, Mr. Butler! Und wie geht es Ihnen heute?«

»Ach, die alte Hüfte meldet sich hin und wieder zu Wort.«

»Früher war alles leichter«, erwiderte der andere seufzend.

»Ja, du zum Beispiel«, erwiderte Mr. Butler trocken, und es dauerte einige Sekunden, ehe sie in Gelächter ausbrachen. Auch ich musste grinsen.

»Und wer ist der junge Mann an deiner Seite, Lake?«, fragte der Mann auf der rechten Seite der Bank und lehnte sich ein Stück zurück.

»Das ist Wyatt Lanter, Mr. Douglas. Er verbringt einige Zeit bei uns und hilft uns auf der Farm.«

Ich beugte mich vor und gab beiden zur Begrüßung die Hand.

Mr. Butler schüttelte seine Finger danach aus. »Ein kräftiger Bursche, dein Vater ist sicherlich froh darüber.«

»Ja, das ist mein Dad.« Lake sah mich an, und ich spürte ihren warmen Blick beinahe körperlich, ehe ich ihn erwiderte.

»Hach, man müsste noch mal zwanzig sein«, sinnierte Mr. Douglas.

Mr. Butler winkte ab. »Spinnst du! Und dann noch mal fünfzig Jahre arbeiten?«

»Stimmt, so ist es viel besser.« Mr. Douglas warf eine Handvoll Krümel auf die Straße, und ein Dutzend Tauben landeten plötzlich neben uns.

»Machst du deine berühmten Cranberrybrownies zum

Frühlingsfest, Lake? Nachdem Mrs. Fletcher dieses Jahr völlig aus der Reihe tanzt, brauchen wir alten Männer ein wenig Beständigkeit.«

»Ja, Mr. Douglas, selbstverständlich«, antwortete Lake.

Die beiden Herren seufzten auf, und ich wünschte mir, dass auch meine Probleme nur daraus bestanden, was es zum Essen gab.

»Wir sehen uns dann spätestens zum Fest!«, meinte Lake nun.

»Tun wir, und bring deinen Freund mit, das wird unsere Frauen durcheinanderbringen, und ihre Augen sind mit was anderem beschäftigt. Dann haben wir Zeit für uns und sind von ihren Meckereien verschont.«

Mr. Douglas brach in lautes Lachen aus, in das Lake und ich mit einstimmten.

»Hat mich sehr gefreut«, verabschiedete ich mich, und wir liefen weiter.

»Sie mögen dich«, sagte Lake amüsiert, kaum dass wir außer Hörweite waren.

»Sie sind wirklich nett.«

»Wie viele in New Hope.«

Ich verdrehte die Augen, aber eher aus Spaß und nicht, weil ich wirklich genervt war. »Willst du mich immer noch davon überzeugen, wie toll es hier ist?«

»Ich habe es fast geschafft, es fehlt bestimmt nur noch ein kleines bisschen.« Sie zeigte mit Daumen und Zeigefinger einen winzigen Abstand. Ich legte sanft meine Finger auf ihre und vergrößerte ihn. Auch wenn ich es nicht sollte, der Drang, sie zu berühren, wurde von Sekunde zu Sekunde stärker.

»Eher so«, erwiderte ich und ließ ihre Hand los. Vielleicht hatte ich mich verhört, aber sie gab ein leises Keuchen von sich, ehe sie auf einen Laden hinter mir deutete.

»Wir sind da. Und wenn das Essen bei *Marcy's* dich nicht überzeugt, dass New Hope toll ist, gebe ich auf.«

»Einverstanden.«

Eine kleine Türglocke klingelte, als Lake die Glastür aufdrückte. Sofort hatte ich den Eindruck, wir stünden mitten in einem Dschungel. Der feuchte Duft von Blumen und frischer Erde drang uns entgegen, und ich hatte keine Ahnung, wohin Lake uns überhaupt geführt hatte.

»Wollten wir nicht essen gehen?«, fragte ich, und ihr Grinsen wurde nur größer.

Wir drückten uns an hohen Pflanzen in massiven Keramiktöpfen und hängenden Begonien in allen möglichen Farben vorbei, die auch meine Mom auf unserer Veranda gehabt hatte. Kurz durchfuhr mich ein Stich, ehe ich mich zwang, meine Konzentration auf diesen Ort und vor allem auf Lake zu richten.

»Curtis?« Lake rief in den hinteren Bereich des Ladens, und wir blieben vor einem schmalen Tresen stehen. Ein Vorhang dahinter bewegte sich leicht, ehe er ein Stück zur Seite glitt und ein blonder Mann Mitte zwanzig daraus hervortrat, der ein weißes Hemd trug, dessen Ärmel er hochgekrempelt hatte. Er steckte eine Art Scanner in eine Halterung an seinem Gürtel, und als er Lake anschaute, erschien ein Strahlen auf seinem Gesicht. Ohne dass ich es verhindern hätte können, zogen sich meine Brauen zusammen.

»Hey«, sagte er lächelnd und zog Lake in eine Umarmung an sich. »Wie schön, dich zu sehen.« Ich spürte, dass er sie nur widerwillig losließ, und als sie neben mich trat, streckte ich unwillkürlich den Rücken ein Stückchen weiter durch.

»Curtis, das ist Wyatt.«

»Ah, euer Besuch, von dir habe ich schon einiges gehört.« Er reichte mir die Hand, in die ich einschlug. »Kenne ich dich irgendwoher?« Etwas hing in der Luft, das ich nicht genau bezeichnen konnte. In der Vergangenheit war ich nicht gerade der eifersüchtige Typ gewesen, aber nur, weil ich grundsätzlich keine Beziehungen führte. Doch irgendetwas an diesem Curtis passte mir nicht. Vielleicht war es, wie er *Besuch* ausgesprochen hatte, vielleicht, welche Blicke er Lake zuwarf. Ich hatte keinen Schimmer.

»Keine Ahnung, Mann, ich war noch nie hier«, erwiderte ich und lehnte mich wieder zurück. Ich spürte Lakes Schulter an meiner und unterdrückte den Drang, nach ihrer Hand zu tasten.

»Klar! Ich hab dich mal im Fernsehen gesehen, auf irgendeinem Musiksender!«

Lake trat näher an ihn heran. »Und es wäre fantastisch, wenn du das für dich behalten könntest.« Mir entging nicht, wie sie ihn kurz am Arm berührte und sein Blick weicher wurde. Es sah aus, als würden die beiden sich näher kennen.

»Das ist doch selbstverständlich. Aber die meisten hier werden deine Musik bei dem Altersdurchschnitt ohnehin nicht kennen«, erwiderte er grinsend. »Nichts für ungut, Mann.«

»Alles gut«, sagte ich und steckte die Hände in die Taschen. »Darauf hoffe ich sogar.«

»Da das nun geklärt ist, hast du vielleicht noch einen Tisch für uns?«, fragte Lake, und ich begriff immer noch nicht, wie der Blumenladen in diese ganze Sache hier reinpasste.

»Selbstverständlich! Kommt mit!«

Er wandte sich ab und schob den Vorhang ein Stück zur Seite, damit wir eintreten konnten. Dahinter erschien tatsächlich ein schmales Restaurant mit hellen Holzbänken auf der linken und einer langen Theke auf der rechten Wandseite.

Eine junge Frau mit einer weißen Bluse und auffallenden lilafarbenen Haaren, die sie in einen hohen Pferdeschwanz gebunden hatte, mixte hinter der Bar Getränke für die Handvoll Gäste, die an den Tischen saßen. Leise Loungemusik lief im Hintergrund, und auch hier zog sich das Grün der Blumen durch den Raum. An der gegenüberliegenden Holzwand hingen überall unterschiedliche Töpfe an langen Holzpaneelen, die die gesamte Wand einnahmen, und große Fenster spendeten helles Licht. Curtis führte uns zu einer kleinen Nische und legte zwei Speisekarten auf den Tisch, die er zuvor am Eingang von einer Kommode mitgenommen hatte. Lake rutschte auf eine Bank, und ich nahm gegenüber von ihr Platz.

»Bin gleich bei euch«, sagte er und ging in Richtung Theke.

»Was ist das hier?«, fragte ich immer noch verblüfft und schaute mich weiter um. Selbst für mich, der einen schwarzen Daumen besaß, war dieser Ort beeindruckend, und ich konnte mich kaum an den vielen Blumen und Farben sattsehen.

»Curtis' Mom Marcy gehörte der Blumenladen, bis sie leider einen Unfall hatte und nicht mehr arbeiten konnte. Er hat den Laden übernommen, und seine Leidenschaft war immer das Kochen. Aber Marcy liebt das Geschäft, und er hat es nicht übers Herz gebracht, hier einfach komplett umzubauen. Also macht er beides.«

»Blumen und Essen verkaufen? Interessanter Mix.«

»Es kommt ziemlich gut an, ja.«

Ich erwiderte ihren Blick und zog die Brauen zusammen. »Also, was ist das zwischen euch?« Ich musste es einfach wissen.

Lake räusperte sich, als wäre ihr die Frage unangenehm. Sie begann, mit der Speisekarte zu spielen, und ich wartete geduldig auf eine Antwort.

»Hey, ähm, Entschuldigung!« Zwei Mädchen im Teenageralter standen plötzlich neben unserem Tisch. Die beiden hatten hochrote Köpfe und starrten mich an, ohne zu blinzeln. Ich kannte diesen Blick und wünschte, auch heute mein Basecap zu tragen und mich wenigstens etwas verstecken zu können. »Sind Sie Wyatt Lanter?«, brachte die eine über ihre Lippen.

»Dürften wir vielleicht ein Foto machen?«, stotterte die andere. Innerlich musste ich aufgrund der Unterbrechung – und weil mein Aufenthaltsort immer weniger ein Geheimnis war – seufzen. Äußerlich setzte ich ein Strahlen auf und erhob mich, während sie ihre Handys hochhielten.

»Klar.« Ich stellte mich in die Mitte und schlang die Arme um ihre Schultern, während ich in die Kamera lächelte und die Mädchen mehrere Fotos machten.

»Danke, danke, danke, das ist so cool!«, jubelten sie und hüpften leicht vor mir auf und ab.

»Vielleicht kann ich euch um einen Gefallen bitten, ein Geheimnis nur zwischen uns sozusagen.« Mir galt all ihre Aufmerksamkeit. »Niemand weiß, dass ich hier bin, also wäre es toll, wenn ihr das und die Fotos nicht direkt posten könntet. Nur solange ich hier bin, wäre das okay?«

»Ja, natürlich!«

»Gar kein Problem!«, pflichteten sie mir bei. »Wir können das total verstehen!«

»Cool, danke. Das ist supernett von euch, das werde ich euch nicht vergessen.« Sie erröteten erneut und bedankten sich überschwänglich, ehe sie zurück zu ihrem Tisch gingen und ich ihr freudiges Kichern bis zu uns hörte.

»So läuft das also«, stellte Lake verschmitzt grinsend fest, als ich mich wieder auf die Bank gegenüber von ihr setzte. »Du hast Groupies.«

Mein Mundwinkel zuckte. »Du kannst nicht von meiner Frage ablenken, ich habe sie nicht vergessen. Also, du und Curtis? Seid ihr ein Paar?« Ich konnte nicht beschreiben, was ich fühlen sollte, wenn ich an diese Möglichkeit dachte.

»Wir waren«, erwiderte Lake schnell. »Auf der Highschool, also ist es schon eine Weile her. Wir kommen immer noch gut miteinander aus, wäre ja auch schlecht, wenn nicht, weil man sich hier ständig über den Weg läuft.«

Ich nickte, denn das konnte ich verstehen. Also ihr Exfreund. Ich schaute hinüber, während er Getränke zu einem Tisch brachte. Selbst ich musste zugeben, dass er nicht schlecht aussah, aber ich konnte nicht sagen, ob ich es gut fand, dass er anscheinend noch mehr als freundschaftliches Interesse an ihr hatte. Oder kam es mir nur so vor, weil ich mir generell nicht vorstellen konnte, dass ein Mann kein Interesse an Lake haben konnte?

Er kam zu uns, und ich betrachtete Lakes Gesicht ganz genau, als sie es bemerkte. Sofern ich das beurteilen konnte, war da tatsächlich von ihrer Seite aus nichts mehr. Unter dem Tisch berührte ich flüchtig ihren Fuß, und ihr Blick ruckte zu mir. Ihre Lippen waren leicht geöffnet, und sie atmete einmal kräftig aus, als müsste sie sich einen Moment sammeln. Ihre Reaktion auf mich gefiel mir deutlich besser.

»Habt ihr schon gewählt?«

»Zwei Hauslimonaden und zwei Räuchertofu mit Grillgemüse.« Ich verkniff mir ein Seufzen. »Es wird dir schmecken, glaub mir«, beschwichtigte mich Lake, sowie ihr mein Gesichtsausdruck auffiel.

Und ich konnte nicht anders, als mein Grinsen zu unterdrücken.

Kapitel 19

Wyatt

»Okay, das Essen war wirklich gut«, sagte ich, als wir zurück zu Hause waren und vor meinem Caddy in der Einfahrt standen. Alice machte Hausbesuche bei einigen Leuten im Ort, denn mit ihren Kräutern mixte sie alle möglichen Salben und Tinkturen, und Harry war draußen auf dem Acker, den ich gestern mit ihm umgepflügt hatte.

Nur ein paar Vögel kreisten am wolkenverhangenen Himmel, ansonsten waren Lake und ich hier ganz allein. Sie lächelte, und dieser Ausdruck haute mich unvermittelt um. Irgendwie wurde sie mit jedem Tag hübscher.

Ich wusste, ich konnte mich nicht auf sie einlassen, weil eine Beziehung in meinem Job keine Zukunft hatte, aber trotzdem konnte ich mich ihrem Charme nicht mehr entziehen, und gegen ein bisschen Flirten hatte auch sie anscheinend nichts einzuwenden.

»Aber du musst zugeben, ein Blumenladen mit Restaurant?«

»Das gibt es nur in New Hope«, erwiderte sie lächelnd. »Warte nur, wenn es dort ihre hausgemachten Burger gibt.«

»Burger?« Ich zog eine Augenbraue hoch und trat noch einen Schritt näher auf sie zu. Ihr Rücken stieß an die Seite des Wagens, und ich legte eine Hand auf den glatten Lack des Autodachs. »Ich dachte, du seist Vegetarierin? Ist das etwa nur gespielt?«

Dramatisch fasste sie sich ans Herz, und mein Blick flog wie von selbst zu der Stelle. »Ich bin empört. Natürlich tue ich nicht nur so, ich meinte natürlich vegetarische Burger.«

»So etwas gibt es?« Ich verzog das Gesicht. Ein Windhauch schickte Lakes Duft zu mir, und ich inhalierte ihn tief ein.

»Du würdest dich wundern, was es hier noch alles gibt«, sagte sie leise, und diesmal war sie es, die auf meine Lippen starrte. Fuck, allein wie sie mich anschaute, beschleunigte meine Atmung. Es war schon ein bisschen her, dass ich das letzte Mal mit einer Frau zusammen gewesen war. Sicherlich musste die enorme Anziehung, die Lake auf mich in diesem Moment ausübte, daher kommen. Und weil sie einfach atemberaubend war. Ich senkte ein Stück den Kopf.

»So langsam glaube ich dir das sogar«, raunte ich und legte auch die andere Hand an den Wagen. Lake war zwischen meinen Armen eingekesselt, doch es schien sie nicht zu stören, denn sie stellte sich auf die Zehenspitzen und kam mir entgegen. Ich konnte nicht mehr klar denken. Diese Frau beherrschte meine gesamten Gedanken. Ihre Nähe, ihr Duft, ihr Wesen, ihr Lachen, einfach alles an ihr. Ich war mir sicher, dass ein einziger Kuss mehr als harmlos werden würde. Zumindest redete ich mir das ein. Es war schließlich nur ein Kuss. Ich mochte es, eine Frau zu küssen, obwohl ich es eigentlich nur tat, wenn ich wusste, dass sich daraus mehr entwickeln würde. Es war ein Mittel zum Zweck. Doch mit Lake durfte ich nicht so weit gehen. Unter keinen Umständen. Mal davon abgesehen, dass ihre Brüder und ihr Dad mich umbringen würden, wenn sie uns in irgendeiner intimen Situation erwischten.

Als sie die Lider senkte, warfen ihre Wimpern schwache Schatten auf ihre erröteten Wangen. Sie atmete genauso schnell wie ich. Wäre jetzt der richtige Zeitpunkt, um ihr zu sagen, dass ich morgen früh mit ihr zum Yoga kommen würde, weil ich mein gebrochenes Versprechen wiedergutmachen wollte? Dass ich generell den Drang hatte, noch mehr Zeit mit ihr zu verbringen?

Das näher kommende Geräusch von Reifen, die über den Kies fuhren, holte uns zurück in die Realität. Ich schnaubte laut, und auch Lake ließ all die Luft aus den Lungen, dabei sah sie aus, als hätte sie Schmerzen.

Nach einem letzten sehnsüchtigen Blick auf ihr hübsches Gesicht stieß ich mich vom Wagen ab und schaute über das Dach in Richtung der Einfahrt. Es war weder Alice noch einer von Lakes Brüdern, sondern ein Auto, das hier genauso gut hinpasste wie mein eigenes.

Der Mustang hielt vor uns an, und kaum dass die Tür sich öffnete, entfernte ich mich noch einen Schritt weiter von Lake. Nicht weil es mir peinlich war, in ihrer Nähe gesehen zu werden, sondern weil ich genau wusste, dass Brady manchmal ein Arsch sein konnte und Lake ganz sicher nicht in Ruhe ließ, wenn er dachte, sie gehörte zu mir.

Wir waren schon seit Ewigkeiten befreundet, aber Brady war ein Typ, der auf Konkurrenzspiele stand wie kein anderer. Er wollte immer schon besser als ich sein und hatte nie einen Hehl daraus gemacht. Nicht selten hatte er mir eine Frau ausgespannt, wenn wir abends unterwegs gewesen waren, nur um sie vor mir haben zu können. Für mich war das bis zum jetzigen Zeitpunkt nie ein Problem gewesen, denn die meisten seiner Aktionen waren harmloser Mist. Doch Lake sollte nicht in seinen Fokus rücken.

»Wyatt, Alter, dich haben sie ja noch tiefer in die Pampa verfrachtet, als ich gedacht habe!« Er breitete die Arme aus und lief auf mich zu. Ich sah, wie sein Blick zu Lake flog, also trat ich schnell einen Schritt zur Seite und zog ihn an mich.

»Hey, was machst du denn hier?« Verdammt, ich war wirklich überrascht, allerdings wusste ich nicht, ob auf gute oder schlechte Weise. Meine Los-Angeles-Welt mit dem Leben hier zu vermischen schien schwierig zu werden.

»Du hast am Telefon gesagt, diese Stadt wäre der langweiligste Ort der Welt!«, erwiderte er laut, und ich mochte es nicht, wie er immer wieder zu Lake hinüberstarrte. »Aber so wie es aussieht, hast du Ablenkung gefunden.« Er ging auf sie zu und streckte die Hand aus. Sie zögerte, erwiderte aber seinen Handschlag. Doch Brady wäre nicht er gewesen, wenn er nicht eine große Show aus seinem Auftauchen machen würde. Tief schaute er ihr in die Augen, während er ihre Hand zu seinem Mund hob und ihr einen Kuss auf den Handrücken drückte.

»Wie heißt du, Schönheit?«

»Lake. Und du bist?«, fragte sie.

Er ließ sie los, und ich stellte mich neben Lake, um sie so gut wie ich konnte vor Bradys Flirt-Attacken zu schützen. Nun hatte sie seine Aufmerksamkeit auf sich gezogen, und ich wusste, dass er nicht so schnell lockerlassen würde.

»Bradley Jonathan Woodland. Aber nenn mich Brady. Und es ist mir eine Freude, dich kennenzulernen, Lake.«

»Also, was treibst du wirklich hier?«, wandte er sich nach meiner direkten Frage an mich. »Hier wird es doch bestimmt eine Bar geben, oder? Außerdem hast du gesagt, du hast Probleme mit deinem Song. Also, da bin ich, und du kannst frei über mein Talent verfügen.«

Ich legte eine Hand auf seine Schulter und schob ihn Richtung Hütte, bevor ich Lake noch einen verstohlenen Blick zuwarf. So hatte ich mir das Ende des Tages nicht gerade vorgestellt. Ich formte ein Sorry mit meinen Lippen, und sie schenkte mir ein letztes Lächeln, das die Sehnsucht in mir nur noch vergrößerte.

»Dann komm mit, du willst sicherlich einen Kaffee nach der Fahrt.«

»Ich würde mich eher über einen Drink freuen.«

»Natürlich.«

Wir betraten die Hütte, und Brady schaute sich mit angewidertem Gesichtsausdruck um. Wir hatten ungefähr zur selben Zeit den Durchbruch geschafft und uns auf einem Event kennengelernt. Damals fand ich es eine gute Idee, einen Typen wie Brady meinen Kumpel nennen zu können. Er war schon immer unbekümmert und jagte dem Spaß hinterher wie eine hungrige Katze einer Maus. Doch was in Städten wie Los Angeles funktionierte, wäre in New Hope eine Katastrophe. Mal davon abgesehen, dass mir hier manchmal merkwürdige Blicke zugeworfen wurden oder es mir zumindest so erschien, würde Brady bestimmt auffallen wie ein Flamingo unter Schwänen. »Hier haben sie dich also untergebracht?« Er sah über den Schlafbereich, die Küche und den Kamin, danach setzte er sich an den winzigen Tisch in der Ecke und legte seinen rechten Fuß auf dem anderen Knie ab.

Ich kramte das Kaffeepulver aus dem Schrank, das ich mir im Supermarkt besorgt hatte, und machte die Maschine an. »Ist nicht so übel.«

»Nicht so übel«, wiederholte er murmelnd, und ich vernahm den sarkastischen Tonfall ganz genau aus seinen Worten. Als der Kaffee durchgelaufen war, goss ich zwei Tassen ein und stellte eine davon vor Brady auf den Tisch. Er fuhr sich mit den Fingern durch seine schwarzen Haare und blickte auf das Getränk, als hätte ich ihm Benzin vorgesetzt.

»Also kein Drink, oder was?«

Ich ignorierte seine Frage, nahm ebenfalls Platz und trank einen Schluck. »Du musstest nicht extra herkommen«, sagte ich, und Brady winkte ab, ohne die Kaffeetasse auch nur noch eines Blickes zu würdigen.

»Klar, du musst doch schnell aus dem Drecksloch hier verschwinden. Es ist langweilig in L.A., wenn du nicht da bist.«

»Weißt du was?« Ich stellte die Tasse mit einem lauten Knall ab und stand auf. »Du hast recht. Lass uns einen draufmachen und hier abhauen.«

»Das wollte ich hören!« Er reckte die Faust in die Luft, als hätte er einen Homerun geschlagen und seine Baseballmannschaft zum Sieg geführt. Ich schnappte mir eine Jacke und ging mit Brady im Schlepptau zurück zur Tür. Das Einzige, das ich wollte, war, ihn so schnell wie möglich hier wegzubekommen. Wir würden ein paar Drinks nehmen, und Brady wäre hoffentlich irgendwann so müde, dass ich ihn zurück zur Hütte schleppen könnte. Morgen würde ich ihn dann zur Abreise bewegen und ihm sagen, dass ich bald wieder in L.A. war. Vielleicht war es auch für mich nicht schlecht, mit einem bekannten Gesicht etwas trinken zu gehen und mir den Frust von der Seele zu reden. Was sollte schon groß passieren? Morgen wäre ich früh wach und würde Lake wiedersehen, während Brady seinen Rausch ausschlief und danach verschwand.

Kapitel 20

Lake

Egal, was dieser Spruch »Wir müssen reden« bedeutete, es war garantiert nichts Gutes.

Und als ich Cassies Gesicht sah, nachdem ich mit klopfendem Herzen das Maklerbüro am Rande der Stadt betreten hatte, wusste ich, dass ich recht behalten würde.

»Setz dich doch, möchtest du etwas trinken?«

»Nein danke«, antwortete ich und nahm vor ihrem gigantischen Schreibtisch, der sich über bestimmt vier Meter durch den Raum erstreckte, Platz. Die frischen Blumen in einer eleganten Glasvase darauf verströmten einen Duft, der die gesamte Luft erfüllte.

Sie tippte mit den perfekt manikürten Fingernägeln auf die gläserne Platte und kaute an ihrer Unterlippe. »Hör zu, ich möchte dir nur sagen, dass ich versucht habe, alles zu tun …«

»Was ist los?«, platzte es aus mir heraus. »Wieso bin ich hier, Cassie?«

»Der Vermieter hat sein Angebot zurückgezogen.«

»Was? Weshalb?«

Sie nahm einen tiefen Atemzug und stieß ihn seufzend wieder aus. »Der Mann, den du bei dir hattest, dieser Musiker Wyatt, wie gut kennt ihr euch?«

»Was hat das bitte mit dem Mietvertag zu tun?«

»Er war gestern mit einem Freund unterwegs. Ziemlich betrunken, möchte ich anmerken, und sie haben vor dem Laden randaliert, waren viel zu laut.«

Der Raum fing an, sich zu drehen, und gleichzeitig kamen die Wände immer näher. »Bitte, was?«

»Es tut mir so leid. Der Vermieter wohnt in der Nähe und hat ihn erkannt. Er weiß wie die meisten hier, dass Wyatt von deiner Tante zu euch geschickt wurde, und hat Bedenken, dass dies öfter passiert, wenn ich dir den Laden gebe.«

»Das ist doch Schwachsinn!«, rief ich aus, und meine Fingernägel krallten sich in den Stoff meines Rocks.

»Das ist mir klar! Außerdem …« Sie brach ab und schüttelte den Kopf, als hätte sie Wasser im Ohr. »Ach, vergiss es.«

»Nein, was noch?«

»Ich hab dich immer gemocht, schon in der Schule, und ich weiß besser als jeder andere, dass man Gerüchten nicht glauben darf! Doch einige Leute sprechen über dein Vorhaben und denken, du meinst es nicht ernst.«

Da war er wieder, der Fluch, und er schlug mit voller Wucht zu. »Das heißt, nur weil ich ein paar Dinge ausprobiert habe, werde ich jetzt nicht mehr ernst genommen?«

»Viele Menschen hier sind ziemlich konservativ. Für ein Yogastudio ist vielleicht noch nicht die richtige Zeit gekommen.« Cassie wirkte ernsthaft besorgt. Ich musste hier raus.

Ruckartig stand ich auf. »Danke dir für eine Ehrlichkeit.«

»Vielleicht ergibt sich eine andere Option, die interessant für dich wäre. Ich melde mich dann sofort bei dir!«

Ich nickte, weil es das Einzige war, was ich tun konnte. Wie betäubt ging ich nach draußen und schwang mich auf mein Rad. Stur geradeaus schauend fuhr ich den gesamten Weg durch die Stadt und fragte mich zum ersten Mal in meinem Leben, ob es wirklich richtig war, an etwas zu hängen, das mich bremste. Mir war klar, dass, wenn ich New Hope verließ, mein Vorhaben nicht von den Entscheidungen meiner Vergangenheit beeinflusst wäre. Ich könnte irgendwo ganz neu anfangen, an einem Ort, in dem die Menschen offen und bereit für etwas Neues waren.

Meine Gedanken drehten sich den gesamten Weg nach Hause so sehr in meinem Kopf, dass mir fast schwindelig wurde. Aber vor allem war ich eines: sauer.

Wyatt schien begriffen zu haben, was es mir bedeutete, und er konnte seinen merkwürdigen Freund nicht davon abhalten, sich mit ihm vor dem Laden danebenzubenehmen? War ihm die Verbindung, die unbestreitbar zwischen uns entstanden war, so wenig wert? Hatte ich mich so in ihm getäuscht?

Langsamer als nötig radelte ich die steile Bergstraße durch den Wald hinauf und bog fast eine Stunde später in unsere Straße ab. Der Mustang parkte immer noch in der Einfahrt, und ich biss die Zähne aufeinander. Es war Nachmittag, mein Dienst im Supermarkt und dieses furchtbare Gespräch mit Cassie lagen hinter mir, und was hatte Wyatt geschafft? Wahrscheinlich war er noch nicht mal aus dem Bett gekommen und hatte nicht nur mich, sondern auch meinen Dad im Stich gelassen.

Seine Art und dass er dachte, die Welt drehe sich um ihn, machte mich so wütend, wie ich noch nie in meinem Leben gewesen war. Ich stieg von meinem Fahrrad ab und warf es ins Gras. Mit großen Schritten stapfte ich auf die kleine Hütte am Rand unseres Grundstücks zu und hämmerte mit meiner Faust gegen das Holz.

Es dauerte einen Moment, aber dann endlich tat sich etwas, und Wyatts Gesicht tauchte in dem Spalt zwischen Tür und Rahmen auf. Seine Haare waren zerzaust, unter seinen Augen befanden sich Ringe, und er strich sich mit der Hand über seinen Fünftagebart. Als er mich anschaute, wurden seine Augen einen Moment größer.

»Lake«, sagte er tonlos.

Ich presste die Lippen aufeinander. Er warf einen Blick zurück, als würde sich etwas in der Hütte befinden, das ich nicht sehen sollte, und schob sich nach draußen, bevor er leise die Tür hinter sich schloss. Er verschränkte die Arme vor der Brust, aber ich war zu sauer, um wirklich wahrzunehmen, dass er halb nackt war.

»Was denkst du dir eigentlich?«, stieß ich aus.

»Was meinst du?«, fragte er leise und runzelte beunruhigt die Stirn.

»Du weißt ganz genau, was ich meine! Ich war eben bei Cassie, der Vermieter hat sein Angebot zurückgezogen.« Meine Stimme brach, und ich räusperte mich, damit ich mich wieder im Griff hatte.

»Oh, Lake«, sagte Wyatt sanft.

Abrupt hob ich die Hand, damit er aufhörte zu sprechen. Ich glaubte ihm nichts mehr. Weder dass ihm irgendetwas leidtat, noch dass er ernsthaftes Interesse an irgendjemandem hier hatte.

»Du und dein toller Freund habt euch anscheinend so danebenbenommen, dass es sich herumgesprochen hat, was für Gäste wir beherbergen. Und da wir miteinander in Verbindung gebracht wurden und du gestern mit mir im Laden gesehen wurdest, ist mein Traum geplatzt! Also spiel mir jetzt nicht vor, dass dir jemand anderes so viel bedeutet wie dein Spaß! Den du ja offensichtlich gehabt hast!« Er starrte auf den

Boden und strich sich erneut über das Kinn, was ein kratzendes Geräusch machte. Als er aufsah, wirkte er so, als könnte er all das immer noch nicht verstehen.

»Und was ist mit meinem Dad? Du hast dich den ganzen Tag nicht bei ihm blicken lassen, oder?«, presste ich zwischen zusammengebissenen Zähnen hervor.

»Lake …« Er nahm die Hand hoch und berührte flüchtig meinen Oberarm, bevor ich ihm diesen entzog.

»Nicht.« Mühsam schluckte ich den gigantischen Kloß in meiner Kehle hinunter, der mir das Sprechen erschwerte. »Ich weiß, dass dir die Stadt und alles Drumherum egal ist, aber das hier ist mein Leben, und es war meine Zukunft.« Vielleicht waren meine Worte nicht nur komplett an ihn gerichtet. Vielleicht hatte ich tatsächlich riesige Angst vor diesem Schritt gehabt und war insgeheim erleichtert, dass ich ihn doch nicht gehen musste. Wer wusste das schon. In mir tobten so viele Gefühle, dass ich keines davon richtig einordnen konnte.

Ich atmete tief ein und wartete darauf, dass er irgendetwas sagte, doch nichts. Es kam nichts über seine Lippen, das mir die Last und die Trauer abnahm, und ich fragte mich, wieso ich das überhaupt erwartete. Also blieb mir nur, mich umzudrehen und zu verschwinden. Mich am besten in Zukunft von ihm und den falschen Versprechungen fernzuhalten.

Kapitel 21

Wyatt

Fuck. Meine Arme verschränkten sich enger um meinen Oberkörper, um das lähmende Gefühl, das in mir tobte, in den Griff zu bekommen. Doch das war unmöglich. Ich hatte es verbockt, und zwar so richtig. Als ich Lake nun hinterhersah, wie sie zum Haus stürmte, und ich gesehen hatte, wie sehr sie mit ihrer Beherrschung kämpfte, wusste ich nicht, wie ich reagieren sollte. Bisher hatte ich gelebt – und zwar wild und laut. Ich hatte niemals einen Gedanken daran verschwendet, ob ich irgendjemanden dabei verletzte, denn es hatte schlicht niemanden gegeben, der mir so viel bedeutet hatte. Und jetzt hatte ich zum ersten Mal gespürt, dass mein Handeln Konsequenzen hatte – vor allem für andere.

Verdammt, Lake war die Einzige, der ich nicht wehtun wollte. Und dabei machte es auch keinen Unterschied, dass nicht ich es gewesen war, der vor dem Laden und im *Ginger's* randaliert und sich danebenbenommen hatte. Ich hatte wirklich versucht, Brady zu zügeln, aber nachdem die ersten Drinks gekippt waren, änderte sich auch Bradys Stimmung schlagartig. Er war kampflustig, flirtete auf Teufel komm raus mit allen anwesenden Frauen und vor allem mit Ginger, die hinter der Theke stand. Sehr zum Ärger ihres Exmannes, mit dem Brady anschließend fast in eine Schlägerei geriet. Und irgendwie war es dann passiert, dass ich ihm tatsächlich anvertraut hatte, wie sehr mich der Aufenthalt hier durcheinanderbrachte. Wie sehr mich eine gewisse Frau durcheinanderbrachte. Und ich erzählte auf dem Weg zurück durch die Stadt von dem Studio und unserem Besichtigungstermin, sogar von dem Beinahe-Kuss danach. Jetzt wollte ich mich am liebsten dafür selbst in den Arsch treten, denn ich wusste schon lange, dass Brady kein Freund war, dem man so etwas erzählen konnte.

Er schnappte sich den Stift, den er für seine Songideen immer dabeihatte, und kritzelte Liebesschwüre, kindische Herzchen mit Lakes und meinem Namen an die Hauswand, die ich versuchte, mühsam wieder zu entfernen. Natürlich waren wir dabei gesehen worden!

Doch ich konnte das nicht nur Brady zuschieben, denn ich hatte genauso viel getrunken und den ganzen Tag verschlafen, anstatt Harry bei der Arbeit zu helfen. Wenn Andi das erfahren würde, ließ sie mich garantiert nie wieder auch nur in die Nähe einer Bühne.

Nun musste ich die Scherben zusammenkehren, die ich verursacht hatte, niemand sonst.

»Los, wach auf, ich muss zur Arbeit!«, meinte ich und schüttelte Brady, der immer noch auf dem zweiten Einzelbett schlief. »Los! Wir haben schon drei Uhr!«

»Hm«, brummte er und drehte sich zu mir. Er rieb sich die Augen, und ich roch selbst auf diese Entfernung seine Alkoholfahne. Mist. Ich hauchte in meine Hand und verzog das Gesicht. Lake hatte sie ganz sicher auch bei mir bemerkt.

»Ich spring unter die Dusche, du musst verschwinden! Besorg dir ein Frühstück auf dem Weg!«

»Was? Scheiß doch auf die Arbeit, du hast genug Geld auf dem Konto, dass du den Schuppen hier kaufen könntest!« Er setzte sich auf und rieb sich mit der flachen Hand über die nackte Brust.

Wenn er nur verstehen würde, dass es überhaupt nicht um Geld ging. »Der Abend ist scheiße gelaufen, wir hätten nicht so viel trinken dürfen.«

»Wieso?« Er zuckte mit den Schultern. »War doch witzig.«

Ich drückte Daumen und Zeigefinger auf meine Nasenwurzel. Mein Kopf fühlte sich an, als würde er jeden Moment zerspringen.

»Bitte, hau ab«, flehte ich.

Endlich stand Brady auf. »Ist ja gut. Was ist aus dir geworden, seitdem du hier bist? Ganz schön lahme Vorstellung, Mann.«

Er nahm sich sein Shirt und zog es sich über den Kopf.

»Wir sehen uns, wenn ich wieder in L.A. bin, okay?«, versuchte ich die Spannung zwischen uns zu lösen.

»Keine Sorge, ich komme ganz bestimmt nicht mehr hierher.«

Ich erwiderte nichts, weil ich diesen Umstand nicht unbedingt bedauerte. Vielleicht war es schon längst an der Zeit gewesen, Brady in seine Schranken zu verweisen. Es war nicht das erste Mal, dass ich wegen ihm Probleme bekommen hatte.

Als ich aus der Dusche trat, war er weg, und auch sein Auto stand nicht mehr in der Einfahrt. Eilig kippte ich den Kaffee hinunter, den ich vorm Duschen aufgesetzt hatte, ehe ich in Jeans und T-Shirt aus dem Haus ging und förmlich in Richtung der Felder rannte.

Schon von Weitem erkannte ich Harry, wie er den Boden mit einer Maschine bearbeitete. Er wollte heute irgendetwas pflanzen, das hatte er zumindest gestern gesagt. Er sah kurz auf, und mir wurde erneut übel. Harry war neben Lake der Letzte, den ich mit meiner Art verärgern wollte. Und das meinte ich absolut ehrlich.

»Harry«, rief ich, und er stellte die Maschine aus. Als ich bei ihm ankam, atmete ich schwer und ignorierte den Schwindel. »Harry, es tut mir leid, ich hab total verschlafen!«

Er nickte nur. »Ich habe zwei Söhne großgezogen, wenn du wüsstest, wie oft die verschlafen haben. Mach keine große Sache draus.«

Ich schluckte. »Das muss ich aber, es tut mir wirklich leid. Du hast sicherlich auch von der Sache mit dem Laden gehört?« Bei irgendwem musste ich mir den Ballast von der Seele reden. Harry seufzte und zog sich die Arbeitshandschuhe aus, bevor er sie in die Gesäßtasche seiner Hose steckte.

»Ich will das nicht über meine Tochter sagen, aber ich bin mir nicht sicher, ob sie es überhaupt geschafft hätte. Vielleicht ist es besser so.«

Wie konnte er so etwas überhaupt denken? »Sie hätte es garantiert geschafft, wenn ich es nicht vermasselt hätte! Du hättest sie im Laden sehen müssen, es war unglaublich! Sie ist unglaublich! Sie hat so viele Ideen, wie sie das alles anpacken möchte, und nur ich habe ihr das alles versaut. Ich bin der Schuldige hier, nicht sie …« Auf einmal fing Harry an zu grinsen, und ich runzelte die Stirn. »Du denkst gar nicht, dass sie es nicht geschafft hätte, oder?«

Harry legte eine Hand auf meine Schulter, und allein aufgrund seines Blickes empfand ich Respekt für ihn. »Weißt du, als du hier angekommen bist, war ich mir sicher, dass du keinen Tag auf der Farm durchhältst. Du bist ein egoistischer Rotzbengel, der bisher niemals für andere eingestanden ist.

Junge, egal, was du ausgefressen hast, wenn du danach das Gefühl hast, du würdest irgendetwas bereuen, habe ich mich getäuscht und du hast doch ein Gewissen. Mach es einfach wieder gut, haben wir uns verstanden?«

»Ich werde alles dafür tun.«

»Na dann, ran an die Arbeit, wir wären schon längst fertig, wenn du dein Nickerchen nicht so ausgedehnt hättest.« Er löste seine Hand von meiner Schulter. »Ach so, aber mach es nicht *zu* gut. Sie ist immer noch meine Tochter! Verstehen wir uns?«, sagte er streng.

Ich nickte. Es war mir klar, dass er es nicht guthieße, wenn Lake und ich etwas miteinander anfangen würden. Das meinte er doch mit seinen Worten, oder?

Aber es wieder kitten, das konnte ich tatsächlich. Und mir würde schon irgendwann einfallen, wie.

Die Vögel hatten gerade erst begonnen zu zwitschern, und die Sonne stand noch tief hinter dem letzten Hügel. Frischer Tau lag auf dem Gras, und Nebel hing in der Luft.

Ich rieb die kalten Finger aneinander und setzte mich auf die unterste Treppenstufe der Veranda. Es dauerte keine fünf Minuten, da ging die Tür auf, und ich sprang hoch.

»Guten Morgen«, sagte ich.

Lake wirkte kurz überrascht. »Du hast mich erschreckt.«

»Es tut mir leid.« Im Entschuldigen war ich mittlerweile ziemlich gut. Sie stieg die Treppe hinunter, und ich musste schlucken, als sie zwei Stufen über mir stehen blieb und unsere Gesichter sich auf gleicher Höhe befanden. Sie trug eine enge Sporthose, die bis zu ihrer Wade reichte, und darüber einen cremefarbenen Oversize-Pullover, unter dem man ihren schlanken Oberkörper nur erahnen konnte. Sie sah unglaublich aus. Meine Finger kribbelten, weil ich sie an mich ziehen wollte. »Was tust du um diese Uhrzeit hier?«

»Ich möchte mitkommen. Endlich mein Versprechen einlösen.«

»Du willst, dass ich dir Yoga zeige?«

Ich nickte eifrig, als könnte ich es nicht erwarten, endlich damit zu starten. Eigentlich ging es mir nur darum zu zeigen, dass ich auch anders sein konnte. Und darum, mit ihr Zeit zu verbringen.

Sie seufzte. »Ich habe nur eine Matte.«

»Ist egal, ich setz mich auf die Erde.« Kam ich mir vor wie ein winselnder Hund? Ja. War es mir egal? Zum Teufel, ja!

»Heute nicht, Wyatt«, sagte sie, und ihre Worte hörten sich traurig und resigniert an, was mir einen weiteren Stich versetzte. Auch wenn ich geknickt über ihren Korb war, konnte ich verstehen, dass diese Geste nicht ausreichte, um es wiedergutzumachen, dass ich ihren Traum zerstört hatte.

»Ich habe gesagt, dass es mir leidtut. Das tut es wirklich.«

Sie wollte weitergehen, zögerte jedoch. »Weißt du, manche Dinge kann man nicht mit einer Entschuldigung wiedergutmachen. Das nur zu sagen macht die Sache an sich nicht besser.« Ich vernahm das wütende Zittern in ihrer Stimme.

»Ich weiß …«

»Nein, im Grunde weißt du überhaupt nichts. Du hast ein völlig anderes Leben gelebt als wir hier. Ich muss nicht durch die Weltgeschichte reisen und jeden Morgen in einer anderen Stadt aufwachen. In diesem Leben ist es vielleicht egal, was man tut und was nicht, aber hier hat alles seine Konsequenzen. Auch für andere Menschen.«

Sie hatte recht, und ich wusste, dass Worte in dieser Situation nichts mehr ändern würden.

»Ich muss jetzt los, sonst komme ich nachher zu spät zur Arbeit«, erklärte sie knapp.

»Klar.« Ich trat einen Schritt zur Seite und ließ sie durch. Sie zögerte, ging dann aber doch an mir vorbei. Ich schaute ihr hinterher, bis sie im Wald verschwand, und plötzlich durchzuckte ein Gedankenblitz meinen Kopf, der sich zu einer ausgewachsenen Idee entwickelte.

Das könnte funktionieren, und selbst wenn nicht, musste ich es einfach probieren. Allein deshalb, weil ich nicht der Grund dafür sein wollte, dass Lake ihr wunderschönes Lachen verlor.

Kapitel 22

Lake

»Wenn sich eine Tür schließt, öffnet sich eine andere, du wirst es sehen!«

Das Messer in meiner Hand durchschnitt die Tomaten wie weiche Butter, und ich konzentrierte mich darauf, die Scheiben ganz genau gleich dick zu schneiden. Nicht weil das irgendeinen Nutzen für den Salat brachte, sondern damit ich mich so von meinen Gedanken ablenken konnte. Meine Mom meinte es gut, doch heute brauchte ich mehr als Worte, um den Schmerz in meinem Innern zu lindern.

»Ich höre mich um, vielleicht weiß jemand in der Stadt, wo du dein Studio eröffnen kannst.«

Ich ließ das Messer sinken. Mom rührte mit einem Holzlöffel in einem Topf frisch eingekochter Blaubeermarmelade für den Nachtisch. Ein Mandelbiskuit mit Füllung, Moms Spezialität.

»Danke, Mom, aber ich schätze nicht, dass mir irgendwer helfen wird. Du hast doch auch mitbekommen, was die Leute reden.«

»Ach, die Leute.« Sie schnaubte abweisend. »Was denkst

du, haben sie gesagt, als dein Vater und ich hierherkamen und die ersten Bäume pflanzten und Beete anlegten. Sie brauchen einen Moment, um sich an etwas Neues zu gewöhnen, doch ich bin mir sicher, du wirst ihnen schnell zeigen, dass dein Studio eine Bereicherung für sie sein wird, Vögelchen.«

»*Wenn* ich es irgendwann eröffnen kann«, murmelte ich.

Sie schob den Topf vom Herd und setzte sich mir gegenüber an den Esstisch. »Sei nicht so hart zu dir selbst – und vor allem, sei nicht so hart zu ihm.« Ich wusste ganz genau, von wem sie sprach, allerdings hatte ich keine Lust, jetzt über Wyatt zu sprechen. Die zarte Verbindung, die sich zwischen uns in den letzten Tagen aufgebaut hatte, war mit einem Mal zerplatzt wie eine Seifenblase. Doch auch diesmal wurde mein Wunsch nicht erfüllt.

»Hallo, Ladies«, sagte mein Dad, während er die Küche betrat. Knapp hinter ihm tauchte Wyatt auf. »Schaut mal, wer sich heute Abend zu uns gesellt.« Er klopfte ihm auf die Schulter, so wie er es oft bei Brax und Graham tat, dann deutete er auf einen bereits gedeckten Platz und bedeutete Wyatt, sich zu setzen.

Ich stand auf und ging hinüber zur Arbeitsfläche, ließ die Tomaten in die Salatschüssel fallen und konzentrierte mich ganz besonders darauf, den Inhalt vollständig durcheinanderzumixen.

Wir deckten den Tisch fertig und nahmen alle Platz. Ich fand mich neben Wyatt wieder, während meine Eltern uns gegenübersaßen. Das Essen verlief weitgehend wie immer. Wir unterhielten uns über Brax und die Schreinerei, darüber, wie Graham mit den Kindern seiner Pfadfindergruppe *Flinke Wiesel* zurechtkam oder was alles noch für das anstehende Frühlingsfest organisiert werden musste. Mom und ich wollten einige Kuchen und Brownies für Midges Café-Stand backen.

Nach dem Abendessen verdonnerte mich Mom zum Abwasch und bereitete mit Dad im Wohnzimmer das Dessert vor. Ein Geräusch ließ mich den Kopf drehen, und Wyatt trat von hinten an mich heran.

»Deine Mom besteht drauf, dass ich zum Nachtisch bleibe.«

»Wenn es sein muss …«, murmelte ich und unterdrückte ein Seufzen.

»Muss es das? Du kennst deine Mom besser als ich.«

Ich hörte fast das unverschämte Grinsen in seiner Stimme, als wäre all das hier ein riesiger Witz für ihn, und erneut brandete die Wut in meinem Innern auf.

Er stellte sich neben mich, nahm sich ein Geschirrtuch und begann, das nasse Porzellan abzutrocknen. Unsere Schultern befanden sich so nah nebeneinander, dass sie sich fast berührten, und mein verräterisches Herz geriet aus dem Takt.

»Das war nur ein Spaß«, sagte er einen Ticken versöhnlicher.

Diesmal schnaubte ich wirklich laut. »Dann teilen wir nicht die gleiche Art von Humor.« Ein eingeschäumter Teller rutschte mir aus den Fingern und versank mit einem lauten Platschen im Spülbecken. Ich zog ihn wieder heraus, und obwohl er bereits sauber war, schrubbte ich noch ein wenig fester mit dem Schwamm über die Oberfläche.

»Okay, dann ein neuer Versuch mit Ehrlichkeit«, sagte er leise wie zu sich selbst. »Ich weiß, egal, was ich sage, macht den Umstand nicht besser, dass du den Laden nicht bekommen hast, und ich will mich auch gar nicht rausreden. Ich muss dazu stehen, dass ich nicht nachgedacht habe«, gestand Wyatt, und ich spürte seine Anspannung. »Auch dass ich deinen Dad im Stich gelassen hab, verzeihe ich mir selbst nicht. Es …« Er hielt inne und seufzte, als ringe er mit Worten.

Ich ließ den Teller sinken und schaute ihn vorsichtig an, denn diesmal klang er wirklich aufrichtig.

»Du hast recht gehabt, bisher war mein Leben einfach so völlig anders. Ich kann es überhaupt nicht wirklich erklären.« Wyatt wandte sich mir zu, und ich sah ihm den Kampf an, den er in seinem Innern führte. »Es tut mir leid«, flehte er leise.

Ich kaute an meiner Unterlippe. »Das sollte es auch.«

Ein vorsichtiges Lächeln zupfte an seinen Mundwinkeln. »Dann akzeptierst du meine Entschuldigung?«

»Kommt auf dein Benehmen ab sofort an.«

»Mein Benehmen?« Er zog grinsend eine Augenbraue nach oben, und ich verfluchte die Reaktion meines Körpers auf seinen tiefen Blick in meine Augen. Schnell wandte ich mich ab, und wir nahmen erneut unsere Arbeit auf.

»Ich nehme sie an. Weil ich nicht glaube, dass du allein dafür verantwortlich bist, dass ich den Laden nicht bekommen habe«, sagte ich ehrlich.

Für einen Moment hielt Wyatt inne. »Was meinst du damit?«

»Brax war nicht der Erste, der angedeutet hat, dass ich nie etwas beende. Schon in der Schule gab es so viele Dinge, die ich tun wollte, dass ich kaum Zeit hatte, es richtig zu tun. Gitarre spielen, zeichnen, nähen, Hockey … ich hab nichts durchgezogen, sondern mich gleich dem Nächsten gewidmet. Nur beim Yoga bin ich geblieben und bei dem Gefühl, nirgendwo richtig dazuzugehören.« Ich wunderte mich selbst darüber, dass ich es endlich laut aussprach. Doch irgendwie fühlte es sich gut an, über seine Ängste und Zweifel sprechen zu können.

Wyatts Blick wurde weich, und er stupste mich sanft mit der Schulter an. »Zumindest Gitarrespielen kann ich dir beibringen«, sagte er vorsichtig. Ich lächelte ein winziges bisschen und starrte auf das Spülwasser. Auf der Oberfläche zerplatzten Seifenblasen wie mein Traum.

Wyatt umfasste mein Handgelenk und zog mich langsam zu sich herum, bis ich in seinen Armen landete und er mich dicht an sich drückte. Ich inhalierte den Duft, der von seinem Shirt ausging, schloss die Augen und gab mich dem tröstlichen Gefühl hin. Weil es besser war als Wut und Trauer und weil ich nie ein nachtragender Mensch gewesen war. »Du musst nicht alles können, und es ist absolut in Ordnung, viele Dinge auszuprobieren, bis man bei dem richtigen landet. Ich bin nicht oft vernünftig, aber wenn ich eines gelernt habe, dann, dass man nicht auf andere Menschen hören sollte, wenn es um seine eigene Zukunft geht. Zieh dein Ding durch, Hippie-Girl. Dafür liebe …« Kurz spannten sich seine Muskeln an, und ich lauschte seinem schweren Herzschlag. »Dafür lieben deine Familie und deine Freunde dich«, beendete er den Satz, und wieder brachte er mich zum Lächeln. Diesmal waren es sehr wohl Worte, die mir halfen.

Er löste sich sanft von mir und schenkte mir ein schiefes Grinsen, das ich erwiderte. »Danke«, flüsterte ich, woraufhin er nickte. Als wäre es keine große Sache gewesen, was er eben für mich getan hatte, doch in Wirklichkeit war es viel mehr. Die Enttäuschung nagte immer noch an mir, aber meine Mom war es, die meinen Brüdern und mir beigebracht hatte, dass jeder eine zweite Chance verdient hatte. Außerdem stimmte es, was ich zu Wyatt gesagt hatte, dass es nicht allein seine Schuld war, dass der Mietvertrag geplatzt war.

Wir widmeten uns wieder dem Abwasch und aßen mit meinen Eltern im Wohnzimmer den köstlichen Biskuitkuchen, Wyatt verschlang sogar zwei Stück, bevor er sich von uns verabschiedete und ich mich zwingen musste, sitzen zu bleiben und ihm nicht nachzulaufen. Ich wollte mich heute Abend noch mit Midge und Emilia treffen und über die neusten Geschehnisse quatschen, denn natürlich hatten auch sie durch den Tratsch hier im Ort alles mitbekommen, bevor ich auch nur ansatzweise etwas darüber erzählen konnte.

Als ich nach draußen ging und mit unserem Pick-up losfahren wollte, hielt ich inne. Wyatts Stimme erklang aus der kleinen Hütte, und ich schloss für einen Moment die Augen und hörte ihm nur zu.

I can see it in your eyes
Make me forget everything
Blue Eyes
Like a deep mountain lake

And all I want
Is to fall into you
Without being afraid

Emilia war die Romantische von uns, Midge brauchte Fakten, und ich war irgendwie eine Mischung aus den beiden. Doch in diesem Augenblick prickelte es über meine Haut wie hundert fallende Wassertropfen, und ich wünschte mir, dass er über mich sang. Ich fühlte mich wie ein Groupie im Teenageralter und spürte mein wild klopfendes Herz so lange, bis Wyatts tiefe, raue Stimme und die wundervollen Worte in der Abendluft verklangen. Erst dann stieg ich ein und fuhr los. Meine Gedanken kreisten während des gesamten Weges, bis ich vor Midges Café parkte. Die Straßenlaternen warfen helle Lichtkegel auf den Bürgersteig. Ein paar Leute waren noch unterwegs, gingen essen oder besorgten die letzten Einkäufe, bevor die Geschäfte für heute schlossen.

Ich umrundete das Gebäude und klingelte an der Hintertür. Der Summer erklang eine Minute später, und ich erklomm die steilen Stufen in den ersten Stock. Midge begrüßte mich an der Tür, und ich nahm sie in den Arm. Es dauerte einen Moment, bis sie mich wieder losließ und mich in ihr Apartment zog.

»Mensch, Süße, die Leute sind bescheuert!«

Im gleichen Moment ging die Tür zu Eastons Zimmer auf, und Josh trat heraus. »Du bist dran«, sagte er zu Midge und lächelte sanft, bevor er ihr einen Kuss auf den Mund drückte. »Ich bin dann in zwei Stunden zurück. Oh, hi, Lake!«

Wir umarmten uns ebenfalls zur Begrüßung. »Viel Spaß, Babe«, sagte sie zu Josh und wandte sich an mich, ehe sie zum Kinderzimmer lief. »Bin gleich wieder da, Emilia ist bereits im Wohnzimmer.« Hinter der geöffneten Tür erhaschte ich einen Blick auf Easton in einem blauen Pyjama mit bunten Planeten. Er nickte mir zu, und ich lächelte zurück. »Gute Nacht, East!«

Josh nahm sich seinen Autoschlüssel von der Kommode und steckte ihn in seine Jeanstasche. »Ich treffe mich mit Brax auf ein Bier, damit ihr eure Ruhe habt«, sagte er und zwinkerte mir zu. Josh war wirklich ein netter Kerl und noch dazu Brax' bester Freund.

»Grüß ihn von mir.«

»Selbstverständlich. Bye, Lake!«

»Bye!«

Ich zog meine Jacke aus und hängte sie in den Garderobenschrank im Flur, ehe ich leise zu Emilia ging und die Glastür hinter mir schloss.

»Hey, wie geht's dir?«, fragte meine Freundin sofort, die mit untergeschlagenen Beinen auf der Couch hockte und eine Gummibärchenpackung in der Hand hielt.

Ich ließ mich neben sie fallen und gab einen Seufzer von mir. »So war das nicht geplant.«

»Das kann ich mir denken. Du musst uns gleich alles erzählen!«

Ich lehnte mich nach vorn und griff einen von Midges Triple Chocolate Cookies. »Wie war dein Tag?«, nuschelte ich mit vollem Mund und schenkte Emilia einen Blick, ehe ich mich zurück in die gemütlichen Kissen auf Midges Couch warf.

Sie zuckte mit den Schultern und fummelte an der Tüte herum. »So wie immer, würde ich sagen. Die großen News schnappt sich der Drache, und ihr Gefolge kriegt den Rest. Sie wird sich niemals ändern.«

»Sag mal, was ist denn eigentlich mit deinem Buch?« Ich setzte mich ein wenig aufrechter hin. »Du hast seit Wochen nicht mehr darüber gesprochen!«

»Ach …« Sie schnaubte resigniert. »Ich denke nicht, dass mein Talent ausreicht, um diese Geschichte zu beenden.«

»Was sagst du denn da? Das ist Quatsch, und das weißt du auch!« Ich drückte ihr Knie, und sie schenkte mir ein trauriges Lächeln. Nur zu gut konnte ich nachvollziehen, wie sie sich gerade fühlte. Verloren. »Lass sie uns lesen, vielleicht können wir dir helfen.«

»Das ist lieb, aber ehrlicherweise bin ich noch nicht mal über das zweite Kapitel hinaus … Ich sag euch Bescheid, wenn ich so weit bin.« Ich spürte, dass sie das Thema am liebsten begraben wollte, und auch das konnte ich bestens verstehen.

»Mach das, und du schaffst das! Ganz bestimmt!«

»Danke«, erwiderte sie leise. Die Tür ging auf, und Midge schlich auf Zehenspitzen in den Raum.

Sie machte das Daumen-hoch-Zeichen, schloss die Tür

wieder hinter sich und ließ sich in den großen, grünen Sessel aus Samt fallen, der ihr absolutes Lieblingsstück in der gesamten Wohnung war. Niemand durfte auch nur in die Nähe davon kommen. Josh hatte einmal versucht, das alte Ding verschwinden zu lassen, und Midge hatte zwei Wochen nur das Nötigste mit ihm gesprochen.

»Los, erzähl.« Sie beugte sich vor und schenkte heißen Tee aus einer Porzellankanne in drei Tassen, die auf dem Couchtisch standen. »Was ist passiert, Lake?«

»Wyatt ist passiert«, platzte es aus mir heraus, und ich hatte sofort die Aufmerksamkeit meiner beiden Freundinnen.

»Habt ihr …« Midge zog eine Augenbraue hoch.

Schnell schüttelte ich den Kopf.

»Nein! Auf keinen Fall!«

»Ginger hat erzählt, dass sein Freund sich ziemlich danebenbenommen hätte«, sagte Emilia und nahm Midge eine Tasse aus der Hand. »Danke. Außerdem müssen wir da ohnehin noch über etwas sprechen«, druckste Emilia plötzlich herum und hatte meine Aufmerksamkeit.

»Was meinst du?«

»Ich habe in der Redaktion mitgekriegt, dass meine Chefin ebenfalls von Wyatt und seinem Besuch aus L.A. Wind bekommen hat. Natürlich, wie sollte sie das nicht, wenn jeder darüber spricht.«

»Oh, das ist nicht gut, oder?«, fragte Midge.

Emilia schüttelte den Kopf. »Sie lässt sich niemals eine Story entgehen, vor allem nicht, wenn hier endlich einmal etwas passiert.« Sie seufzte, und auch wir anderen verfielen in nachdenkliches Schweigen. »Ich habe ihre Unterlagen und Fotos verschwinden lassen«, sprudelte der letzte Satz in Schallgeschwindigkeit über Emilias Lippen, und schnell drückte sie sich die Hand auf den Mund.

»Du hast was?«, fragte ich gleichzeitig entsetzt und voller Dankbarkeit. »Du hast deine Chefin bestohlen?«

»So würde ich es nicht ausdrücken … Aber wenn sie diesen Artikel schreibt, wird es hier bald vor Paparazzi wimmeln. Wyatt könnte sicherlich nicht mehr bleiben.«

»Ja, es ist am besten, wenn so lange wie möglich nichts über ihn berichtet wird«, stimmte auch Midge ihr zu und hob ihr die Hand zu einem High five entgegen. Die beiden schlugen ein. »Baby, das war genial!« Sie wandte sich an mich. »Und wie hast du die Situation mit ihm geklärt? Du bist sicherlich wahnsinnig wütend.« Midge nippte an ihrer Tasse.

»Ja und nein.« Ich seufzte. »Aber wir haben darüber heute Abend gesprochen, und ich glaube nicht, dass er das wirklich wollte.«

»Na, das wollen wir mal schwer hoffen!«

»Vielleicht ist mir mein Ruf ohnehin vorausgeeilt.«

»Ich hasse Kleinstädte«, schimpfte Emilia.

»Habt ihr schon mal darüber nachgedacht, wegzuziehen?«, fragte ich. Niemals hatte ich in der Vergangenheit in Erwägung gezogen, New Hope zu verlassen, mittlerweile allerdings war ich mir nicht mehr so sicher.

»Ständig«, antwortete Emilia.

»Ehrlich gesagt, nein. Du denn, Lake?«

»Ich weiß es nicht. Manchmal habe ich das Gefühl, hier auf der Stelle zu treten.«

»Kann ich gut nachvollziehen«, meinte Emilia und drückte meine Hand. Ich lächelte sie dankbar an.

»Wer weiß, vielleicht heiratet dich der heiße Rockstar und nimmt dich mit auf Welttournee?«, scherzte Midge.

Diesmal musste ich wirklich lachen. »Das ist so ziemlich das Abwegigste, das passieren könnte.«

Ich liebte meine Freundinnen. Im Laufe des Abends ging es mir immer besser, und auch Emilia konnte wieder lachen und ihre Schwere für einen Moment abwerfen. Ich dachte nicht mehr darüber nach, wirklich von hier fortzuziehen, doch Wyatt wollte trotz allem nicht aus meinen Gedanken verschwinden.

Kapitel 23

Wyatt

Der Papiervogel segelte durch den Raum und landete auf dem Teppich vor der Küchenzeile. Ich fluchte und sah mir das Blatt mit dem Teil des Songs an, der stehen bleiben konnte und mit dem ich zufrieden war. Es stand so gut wie nichts darauf.

Ich war frustriert und nach dem Abendessen und der Aussprache mit Lake so aufgeputscht wie kurz vor einem Konzert. Ohne weiter sinnlos meine Zeit abzusitzen, stand ich auf, schnappte mir meine Autoschlüssel und ging nach draußen. Mittlerweile lag die Nacht über dem Land, und absolute Stille war ihr gefolgt. Daran hatte ich mich immer noch nicht gewöhnt. In Los Angeles wurde es nie dermaßen ruhig. Das Hupen von Autos, das Rauschen zahlreicher Flugzeuge, Stimmengewirr an jeder Ecke, Musik von Clubs und mehr. Erst seit ich hier war, spürte ich, dass Leute aus der Großstadt beinahe vierundzwanzig Stunden am Tag unter Strom standen. Ich verdrängte die Gedanken, die doch nichts brachten, und richtete meinen Fokus wieder zurück aufs Hier und Jetzt.

Der Pick-up war weg, und Lake hatte ihren Eltern vorhin erzählt, dass sie sich noch mit ihren Freundinnen traf. Wer wusste, wie lange sie weg sein würde, im Grunde ging es mich auch nichts an. Und trotzdem beschäftigte es mich.

Ich setzte mich in meinen Wagen und rollte die Einfahrt herunter. Dort checkte ich als Erstes mein Handy, aber weder Andi noch Brady hatte sich nach dem gestrigen Debakel gemeldet, und darüber war ich sogar froh. Allerdings hatte auch keine meiner anderen Bekanntschaften nur eine einzige Nachricht geschrieben. Aus den Augen, aus dem Sinn war wohl tatsächlich so, und eigentlich war es mir bisher auch lieber so gewesen. Wenn ich ehrlich war, hatte ich nie viel in Beziehungen investiert, egal, ob das nun Freundschaften oder Partnerschaften betraf. Warum also wunderte ich mich, dass sich nun auch keiner für mich interessierte?

Ich steckte das Smartphone in die Mittelkonsole und fuhr weiter, diesmal jedoch bog ich rechts ab und nicht links Richtung New Hope. Ich hatte einen anderen Ort auf dem Weg hierher gesehen, vielleicht gab es dort ein Lokal, wo ich einen Kaffee trinken konnte und eine kleine Auszeit von meinen kreisenden Gedanken bekam.

Und tatsächlich. Nach ein paar Meilen tauchten Häuser am Straßenrand und ein Schild auf, auf dem irgendetwas von *Yuma's Steakhouse* stand. Kurzerhand bog ich an der nächsten Kreuzung in die Richtung ab und hielt vor einem holzverkleideten Gebäude mit grünem Flachdach und Parkplatz vor der Tür. Eine weiße Markise mit der Aufschrift des Restaurants hing über dem Eingang und flatterte im leichten Wind.

Ich nahm mein Handy und steckte es in die Hosentasche, bevor ich ausstieg und auf das Restaurant zuging. Der Geruch von gebratenem Fleisch und frittierten Fries stieg mir in die Nase, und ohne, dass ich es wollte, lief mir das Wasser im

Mund zusammen. Es fühlte sich an wie eine Ewigkeit, dass ich diesen Duft das letzte Mal gerochen hatte. Wie lange hatte ich jetzt schon kein gut gegrilltes Steak gegessen? Ich bewunderte die Campbells und vor allem Harry dafür, dass sie sich so strikt an die vegetarische Ernährung hielten, doch ich brauchte hin und wieder noch was anderes dazu. Wenigstens etwas, das mich in meiner Lage gerade befriedigen konnte.

»Willkommen bei *Yuma's Steakhouse*! Hast du reserviert?«, begrüßte mich eine kurvige Brünette, die ungefähr in meinem Alter sein musste. Sie musterte mein Gesicht und runzelte die Stirn, als würde sie überlegen, woher sie mich kannte. In Los Angeles kam diese Geste häufiger vor. Aber vielleicht war sie kein Fan von mir oder einfach zu schüchtern, mich auf meinen Promi-Status anzusprechen und mich um ein Autogramm zu bitten. Sie sagte nichts weiter, sondern wartete ausschließlich meine Antwort ab.

»Leider nein, habt ihr trotzdem noch einen Platz? Vielleicht an der Bar?«

»Ich sehe mal, was ich tun kann.« Sie hob einen rot lackierten Finger. »Warte einen Moment.«

»Danke.« Mit wogenden Hüften ging sie davon und verschwand im Gästeraum, der von hier aus halb einzusehen und ziemlich überfüllt war. Ich tippte mit der Fußspitze auf den weinroten, abgewetzten Teppich und schaute mir die Schwarz-Weiß-Bilder an der Wand an, auf denen Rinder und das Gebäude von vor einigen Jahren abgebildet waren.

»Wyatt!« Ich wandte mich in Richtung der Stimme. Ein großer Typ kam aus einem der angrenzenden Waschräume und krempelte den Ärmel seines Longsleeves nach oben. Dabei erkannte ich den Ansatz einiger Tattoos, die mir bereits bei unserer ersten Begegnung aufgefallen waren. Ich wollte immer welche haben, war aber, um ehrlich zu sein, nicht gerade ein Freund von Nadeln und hatte den Gedanken daran wieder verworfen. Man musste schließlich nicht alles umsetzen, was das Klischee als Musiker mitbrachte.

»Hi, Brax!« Wir schlugen freundschaftlich ein.

»Was machst du hier?« Ich öffnete den Mund, aber bevor ich etwas sagen konnte, deutete er mit dem Zeigefinger auf mich. »Sag nichts! Du hattest Bock auf ein schönes Steak, oder? Fast jeder Mann, der länger als ein paar Tage bei meiner Familie untergebracht wäre, würde das verstehen.«

»Entschuldigung, dein Tisch ist fertig.« Die Brünette tauchte wieder auf und machte eine Handbewegung ins Innere des Restaurants.

Brax schlug mir auf die Schulter. »Hey, du kannst auch bei uns sitzen. Graham ist auch da und ein Freund, ihr werdet euch bestimmt verstehen.«

»Aber nur, wenn das wirklich in Ordnung ist.« Wie war das mit dem Aufbau von Freundschaften und dass ich nicht geeignet dazu war? Aber wahrscheinlich war ich sowieso in ein paar Tagen weg, wieso also nicht Brax' großzügiges Angebot für den Moment annehmen?

»Absolut! Komm!« Er wandte sich an die Frau. »Danke, Leanne, wir sehen uns später.« Er zwinkerte ihr zu, und sie errötete, bevor Brax mir seinen Tisch zeigte und auf einen freien Platz neben Lakes anderen Bruder, Graham, deutete. Ein dritter Kerl mit dunkelbraunen Haaren und freundlichem Lächeln hockte auf der gegenüberliegenden Seite der Sitzbank und hob die Hand. Brax rutschte auf den Platz neben ihm.

»Das ist Wyatt, er ist ein Klient meiner Tante Andi und zu Besuch bei meinen Eltern. Er hilft meinem Dad aus und lässt hoffentlich die Finger von unserer Schwester.« Er lachte, und ich räusperte mich, bevor ich mich neben Graham setzte.

Ich hörte, wie Graham tief einatmete. Er war nicht gerade der gesprächige Typ, das hatte ich beim Abendessen letzten Sonntag bereits mitbekommen. Wenn Brax schon groß war, war Graham ein Riese, und das sagte ich mit einem Meter fünfundachtzig. Er nahm fast die gesamte Sitzbank ein, und ich gab mir Mühe, ihm nicht zu sehr auf die Pelle zu rücken, was irgendwie schräg rübergekommen wäre.

»Das ist Josh«, meinte Brax und deutete mit dem Kopf zu seinem Freund.

»Hi, Wyatt! Freut mich, dich kennenzulernen, ich hab schon einiges von dir gehört«, sagte Josh und klappte breit grinsend die Speisekarte zu, die vor ihm lag. Er war mir auf Anhieb sympathisch.

Ich verzog das Gesicht und checkte Brax' Gesichtsausdruck. Hatte er von der Sache mit Brady und mir ebenfalls erfahren, oder bezog sich Josh generell auf meinen Aufenthalt hier? Doch so entspannt die anderen wirkten, hoffte ich eher auf Zweiteres. »Ja, Informationen gehen anscheinend schnell bei euch rum.«

»Du ahnst gar nicht wie schnell, wenn du irgendetwas wissen willst, musst du dich nur eine halbe Stunde zu meiner Freundin Midge ins Café stellen. Also, du machst Rockmusik?« Innerlich atmete ich bei dem Themenwechsel auf. Vielleicht interessierten sich Lakes Brüder nicht für Klatsch oder hatten bessere Dinge zu tun.

»Ich bin hauptsächlich als Indie-Musiker unterwegs, was früher nicht so kommerziell war wie heute. Aber seit dem Internet und diversen Musikportalen hat sich das ein wenig geändert.«

»Also kann man gut davon leben, oder?«

»Ich habe Glück, ja.«

In dieser Runde wollte ich nicht mit meinem Erfolg prahlen, aber ich hatte auch nicht den Eindruck, dass die Jungs mich nur deswegen respektierten, weil ich einen coolen Job hatte. Nicht wie neunzig Prozent der Menschen, die ich sonst traf.

»Erzähl es keinem, aber der gute alte Brax und ich hatten selbst eine Band in der Schulzeit.«

»Oh Gott, fang nicht damit an«, stieß Brax stöhnend hervor.

»*Farting Giants*«, riefen er und Josh gleichzeitig aus, und zum ersten Mal rührte sich auch Graham, der einen gequälten Laut von sich gab.

»Zum Glück bestand die Band nur ein paar Wochen«, murmelte er, und ich musste selbst grinsen.

»Aber nur, weil wir verboten bekommen hatten, weiter in der Schule zu proben.«

»Mom und Dad wollten uns keine Instrumente kaufen, und wir mussten die Schulinstrumente nutzen«, erklärte mir Brax und zuckte mit den Schultern, als könnte er die Entscheidung seiner Eltern immer noch nicht verstehen. »Wir wären richtig groß rausgekommen, hätten wir weitermachen können!«

»Vor allem mit eurer Show, zu der eine Einlage mit einem Feuer und ich will es gar nicht aussprechen gehörte«, brummte Graham.

»Den Namen hatten wir nicht ohne Grund«, erwiderte Josh stolz grinsend.

»Das waren Zeiten«, schwelgte Brax in den Erinnerungen.

»Also, wie lange bist du im guten alten New Hope, der Stadt, die immer schläft?«, scherzte Josh.

Ich zuckte mit den Schultern. Gerade dieses Thema konnte ich nicht beantworten. »Steht noch nicht fest.«

»Wisst ihr, Jungs, was ihr bestellen wollt?« Eine blonde Frau mittleren Alters tauchte an unserem Tisch auf. Sie hielt einen Stift und einen Block in der Hand, und auf ihr Shirt war der Name des Restaurants gestickt.

»Bring uns einen Pitcher Bier mit vier Gläsern und viermal die Nummer acht, Abby.«

»Sehr gerne, Honey.« Sie zwinkerte Brax zu, der für uns alle bestellt hatte, und verschwand.

»Glaub mir, die Nummer acht ist am besten, du wirst es nicht bereuen.«

»Ihr seid öfter hier?«, wollte ich wissen, und alle lachten außer Graham. Der saß stumm neben mir, und ich fragte mich, ob seine miese Laune auf mich bezogen oder er generell so drauf war.

»So ziemlich jede Woche, ja«, antwortete Josh und lehnte sich zurück. »In New Hope gibt es kein Steakhouse, außerdem tut es gut, mal rauszukommen.«

»Und normalerweise ist auch mein Dad dabei.« Brax grinste breit.

»Dein Dad? Aber …«

»Jaja, ich weiß. Wie gesagt, ein Mann braucht, was ein Mann braucht«, erwiderte er kryptisch und ich lachte kurz auf. Harry, Harry … »Ich bin sicher, unsere Mom weiß davon, auch wenn Dad immer so tut, als müsste er es geheim halten.« Brax grinste. »Hey, das nächste Mal sagen wir dir einfach Bescheid, wenn wir hier sind, dann können wir direkt einen größeren Tisch für uns alle reservieren«, meinte Brax voller Begeisterung, und ich wusste nicht, ob das wirklich so eine gute Idee war.

»Gib mir deine Nummer«, fuhr er fort, »dann kann ich außerdem bei meinen Leuten damit angeben. Ich glaube, Haddie steht auf deine Art von Musik. «

»Wenigstens eine, die Geschmack hat, Queen B.«, murmelte Graham, und ich hatte keine Ahnung, was das bedeuten sollte, nahm es aber mal als Kompliment. Ich zögerte noch, aber selbst wenn ich wollte, ich spürte, dass ich mich Brax nicht widersetzen konnte. Nachdem wir die Nummern ausgetauscht hatten, unterhielten sich die Jungs über dieses anstehende Frühlingsfest, das wohl glücklicherweise zum Gesprächsthema Nummer eins im Ort geworden war, und ich lehnte mich wie Graham zurück und lauschte stumm. Und das reichte mir völlig aus. Denn, ja, ich konnte nicht abstreiten, dass mich diese Stadt so langsam zum Nachdenken brachte und ich die Dinge ein wenig anders sah als noch vor meiner Ankunft. Auch wenn diese freundschaftliche, immer gut gelaunte Atmosphäre einfach nicht echt sein konnte, zeigte sie mir, dass es vielleicht mehr gab, als unehrliche Freunde, Geld und sich die Nächte um die Ohren zu schlagen, in dem Versuch, die Leere in meinem Innern füllen zu können.

Und als Gericht Nummer acht kam, war ich tatsächlich kurz davon überzeugt, im Himmel zu sein.

Kapitel 24

Lake

Als ich am nächsten Morgen vor die Tür trat, saß Wyatt erneut auf den Stufen und wartete augenscheinlich auf mich. Kurz stockte ich und gab mich dem warmen Gefühl in meiner Brust hin, das mich erfüllte, wenn ich ihn anschaute, bevor ich hinabstieg und er mich kommen hörte. Während er sich zu mir umdrehte, konnte ich mich nicht von seinem Blick abwenden. Die Anziehung zwischen uns wurde von Tag zu Tag stärker, und ich war mir sicher, dass er das ebenso spürte.

»Guten Morgen«, sagte ich, und Wyatt stand auf. In einer nervösen Geste rieb er die Handflächen aneinander, und ich musste lächeln. Ich blieb genauso wie gestern zwei Stufen weiter oben stehen, um mit ihm auf Augenhöhe sein zu können. Auch heute trug er eine graue Jogginghose und ein lässiges Shirt mit einem abgewaschenen Schriftzug eines Marvel-Comics. Emilia würde als Nerd und größter Thor-Fan aller Zeiten ausflippen vor Freude.

»Guten Morgen. Ich hatte gedacht, vielleicht magst du mich heute Morgen in die Geheimnisse einer zufriedenen Entspannung einweihen.« Ich zog die Augenbrauen hoch, und er kniff die Augen zusammen. »Fuck, das sollte sich nicht so anzüglich anhören.« Als er mich erneut ansah, musste ich lachen, und er erwiderte es ein wenig nervös. Nach gestern Abend und unserem Gespräch in der Küche hatte ich wieder das Gefühl, dass wir auf einem guten Weg in Richtung einer Freundschaft waren. Zumindest so lange, wie er hier bei uns war. Wer wusste, wie lange das nach den Eskapaden und eventuellen Schlagzeilen durch die *New Hope Post* noch andauerte.

»Das dachtest du also?«, fragte ich schmunzelnd.

»Hm«, brummte er immer noch grinsend. »Heute habe ich auch das Problem der fehlenden Unterlage gelöst«, wechselte er das Thema und hob einen zerfledderten Teppich an, den er aus einer Kommode in der Hütte gezogen haben musste.

»Du hast wohl an alles gedacht, oder?«

»Es ist unmöglich, dass du einen Grund findest, mich nicht mitzunehmen.«

Ich zögerte, aber mehr, um ihn ein wenig auf die Folter zu spannen. »Na dann will ich mal nicht so sein. Komm mit.«

Sein Grinsen wurde breiter, bevor wir losliefen und ich ihm den Weg durch den Wald auf die Lichtung zeigte. Unsere Turnschuhe machten ein dumpfes Geräusch auf dem Waldboden, und ich folgte dem schmalen Trampelpfad, den ich mittlerweile nach all den Jahren, in denen ich hier jeden Morgen verbrachte, geschaffen hatte.

»Wow. Ich glaube, ich war noch nie an so einem Ort.« Heute Morgen hatte die Sonne mehr Kraft als gestern und schickte ihre Strahlen durch die dichten Kiefern, die, wenn es auf den Sommer zuging, ihr ganz eigenes sattes Grün zeigten. Es wirkte noch saftiger, wenn das Licht wie jetzt durch ihre einzelnen Nadeln schien. Alles wirkte ruhig und besinnlich, als würde die Zeit auf dieser Lichtung stillstehen.

Ich legte meine Matte auf den Boden, der durch das Moos darüber ohnehin schön weich war, und Wyatt breitete seine Unterlage ebenfalls aus. Gegenüber von ihm nahm ich im Lotussitz Platz. Wyatt allerdings war nicht sehr gelenkig und umfasste seine Knie mit den Armen.

»Ich nehme an, du machst zu Hause eine Menge Sport«, sagte ich und deutete mit dem Kinn auf seine Oberarme. Sein Grinsen wurde breiter, und ich konnte es nur erwidern.

»Sieht man mir das etwa so an?«, fragte er unschuldig. Ihm war absolut klar, welche Wirkung er auf Frauen hatte.

Ich verdrehte die Augen. »Du weißt, dass es so ist.«

»Also gefällt es dir?«

»Darum geht es hier nicht.«

»Worum dann?«

»Deine Mitte zu finden, deinen Ruhepunkt, bei dem du abschalten kannst. Das ist nicht vergleichbar mit Gewichte heben oder übers Laufband in einem Fitnessstudio rennen.«

»Ich schwimme hauptsächlich«, erwiderte er augenzwinkernd, dann wurde er wieder ernster, und ich war beeindruckt, wie sehr er sich auf diese Sache hier einlassen wollte.

»Also noch einmal, hier geht es um dich.« Ich nahm einen tiefen Atemzug der frischen Waldluft. »Das hier ist kein Wettbewerb, und du kannst nichts falsch machen, das ist das Schöne daran. Du musst einfach nur sein.«

»Klingt einfach.«

»Ist es aber nicht«, erwiderte ich lächelnd. »Hast du in der letzten Zeit zehn Minuten einfach nur irgendwo gesessen und an nichts gedacht?«

Er fuhr sich durch die Haare und schüttelte den Kopf. »Ganz bestimmt nicht.«

»Schließ die Augen und höre nur auf meine Stimme«, forderte ich ihn auf. Seine Lider senkten sich, und ich betrachtete für einen Moment sein Gesicht. Seine Züge waren männlich, markant, den Bart hatte er heute Morgen auf einen Dreitagebart gestutzt. Doch seine Augen waren weich und sanft, weshalb ich es bedauerte, sie in diesem Moment nicht sehen zu können. Trotzdem genoss ich es, ihn anschauen zu können, ohne dass er mitbekam, wie fasziniert ich von ihm war. Er war mir so nahe, dass mein Herz wie wild pochte und ich selbst Mühe hatte, meine Gedanken zur Ruhe zu zwingen.

Wyatt

»Die Atmung spielt eine große Rolle.« Ich konzentrierte mich auf ihre Stimme und nur darauf. Ich blendete den sanften Wind aus, der über meine Haut strich, und das Rauschen der Bäume um uns herum. Ich spürte nicht die Wärme der Sonnenstrahlen auf meinem Gesicht oder den weichen Boden unter mir. Zumindest versuchte ich es, aber sie hatte recht. Es war verdammt schwierig. »Sei einfach nur da, und wenn ein Gedanke kommt, schiebe ihn fort, ohne ihn zu verurteilen, ohne weiter darüber nachzudenken.« Lakes Stimme war wie ein Mantra, das mich tiefer zu einem Ort führte, der mir unbekannt war. Ich dachte daran, was ich noch alles vorhatte, an die ersten Zeilen meines Songs, an die Melodie, die ich einbringen wollte, aber nur so lange, bis ich Lakes Stimme wieder vernahm. Klar. Deutlich. Ruhig. Wunderschön. »Fange bei deinen Füßen an und spüre hinein. Wie fühlen sie sich an? Hast du Kontakt zum Boden? Und wenn ein neuer Gedanke kommt, schiebe ihn einfach wieder fort.«

Mein linker Fuß zuckte, und meine Finger wollten irgendetwas tun. Es fiel mir schwer, abzuschalten und mich nur auf die Körperteile zu konzentrieren, die Lake in dem Moment von unten nach oben aufzählte. Doch auf einmal wusste ich nicht mehr, wie viele Minuten ich hier saß. Oder Sekunden? Stunden? Sicherlich nicht! Oder?

Ich hörte nur auf Lake. Ich roch ihren Duft nach Kokos, frischer Luft und Glück durch den sanften Kieferngeruch. Ich fühlte ihre Anwesenheit, als würde sie mich streicheln.

»Komm jetzt langsam wieder zurück zu mir«, flüsterte sie, und neben ihrer Stimme traten mehrere Geräusche in mein Bewusstsein. Das Rauschen eines Baches, das Knacken der Äste, das Leben des Waldes.

Mehrmals blinzelte ich, bevor ich die Augen ganz öffnete und in ihre schaute. Sie lächelte leicht und befand sich nur wenige Zentimeter von meinem Gesicht entfernt. Ich wollte sie berühren, meine Hand heben und sie um ihre Wangen legen, von ihren Lippen kosten, doch in Wirklichkeit tat ich nichts. Ich saß einfach nur da und fühlte mich nicht bereit, mich zu bewegen und meinen Geist zurück in die Realität driften zu lassen.

»Jetzt bist du angekommen. Nun ist es an der Zeit, mit Yoga zu beginnen«, meinte sie leise, und ich räusperte mich, weil ich meiner Stimme nicht traute.

»Ich dachte, wir haben schon begonnen.«

Sie lächelte breiter, als würde sie die Frage eines kleinen Kindes beantworten. »Nein, das war erst der Anfang. Wie fandest du es?«

Ich konnte es nicht sagen, aber ich konnte behaupten, dass ihre Nähe sich unbeschreiblich gut anfühlte. Eigentlich sollten meine Teilnahme und mein Interesse am Yoga eine Geste dafür sein, dass mir Lakes Meinung und Gefühle wichtig waren, allerdings gewann ich in diesen Momenten auch für mich so viel dazu.

Jeder sollte das einmal ausprobieren dürfen. Ich fühlte mich … gut. So gut wie schon lange nicht mehr.

»Ich bin dein, jetzt mache ich alles mit dir«, scherzte ich, und sie lachte aus vollem Hals. Leider vergrößerte sie den Abstand zu mir und stellte sich aufrecht hin.

»Genau das wollte ich hören«, erwiderte sie. »Los, aufstehen, dann zeige ich dir, was noch alles möglich ist.«

Kapitel 25

Lake

»Das war wirklich erholsam«, sagte Wyatt und ließ seinen Nacken mehrmals knacken.

»Auch wenn wir an deiner Beweglichkeit noch arbeiten müssen.« Er zog eine Augenbraue nach oben, und ich verkniff mir ein Grinsen.

»Du machst es mir auch nicht gerade schwer, Steilvorlagen für meine Anzüglichkeit zu liefern, das weißt du, oder?«

Daraufhin musste ich doch lachen. Ich mochte die Atmosphäre, die mittlerweile zwischen uns herrschte. Er hatte seine grummelige Miesepetrigkeit abgelegt, und ich konnte den Wyatt, der sich dahinter versteckt hatte, ziemlich gut leiden. Er wirkte lockerer, entspannter und das nicht nur wegen der letzten Yogastunde. Es war etwas anderes, als hätte er eine Last abgelegt, die ihn deutlich zu lange zu Boden gedrückt und gebremst hatte. Ich wusste, dass viele Touristen extra nach New Hope fuhren, um Ruhe vor ihrem stressigen Alltag zu finden. Die Bewohner, die Luft, der Wald, die Berge, all das ergab zusammen einen perfekten Moment, der so lange andauerte, wie man es zulassen konnte. Und Wyatt hatte dies mittlerweile schätzen gelernt, auch wenn er es immer noch bestreiten würde.

»Und was, wenn ich gar nichts gegen diese Art Gespräch habe?« Selbst ich wurde mutiger, und das war ich in Bezug auf Männer bisher nicht unbedingt gewesen. Die beiden festen Beziehungen, die ich geführt hatte, hatten sich einfach so entwickelt, aber nicht, weil ich wirklich verliebt gewesen war. Das wurde mir in diesem Moment klar. Es hatte das Herzklopfen gefehlt, dieser innere Drang, mit dem anderen alles zu teilen und ihn nie wieder loslassen zu wollen. Dieser Moment, wenn zwei Blicke sich trafen und man tief in dem anderen versank. Das hatte ich bisher noch nie erleben dürfen. Bis jetzt.

Wyatt hob die Hand und strich mir eine verirrte Strähne aus dem Gesicht. Wollte er mir damit einen Gefallen tun oder mich genauso dringend berühren wie ich ihn in dieser Sekunde? Es war nicht richtig, sich in jemanden zu verlieben, der in wenigen Wochen Hunderte Meilen entfernt im ganzen Land unterwegs wäre, aber Liebe war niemals vernünftig. Sie entwickelte sich, und ich musste gestehen, dass nicht nur Wyatts Blick aus seinen grünen Augen mich anzog, es war mehr als Äußerlichkeiten, was mich zum Schmelzen brachte. Sein Inneres, seine Sicht auf die Welt, sein Humor und der winzige Ausblick auf sein wirkliches Ich, den Wyatt mir heute Morgen gewährt hatte. All das machte ihn zu einem Mann, dem ich kaum widerstehen konnte.

»Du hast heute frei, oder?«, fragte er.

Ich nickte, und er ließ seine Hand sinken. Meine Finger umklammerten die Matte fester, um etwas zu tun zu haben und ihn nicht an mich zu ziehen. »Wie lange brauchst du, um dich fertig zu machen?«, wollte er wissen.

»Ich bin ziemlich schnell, weshalb?« Das Misstrauen schwang jetzt doch in meiner Stimme mit.

»Dein Dad hat mir bis zum Nachmittag freigegeben, weil ich eine Überraschung für dich habe.«

»Eine Überraschung?«

»Ja, und die Zeit, in der wir noch hier stehen, zählt mit dazu. Sie schrumpft von Minute zu Minute.«

Ich zögerte. Angespannte Vorfreude breitete sich in mir aus. Was würde es sein? Eines war klar: Ich würde es nicht herausfinden, wenn ich weiterhin wie angewachsen hier stehen blieb!

»Tick, tack, tick, tack …«, ahmte Wyatt eine Uhr nach und deutete mit dem Kopf zur Haustür. »Jetzt wäre der perfekte Zeitpunkt, sich zu bewegen.«

»Okay, auch wenn ich gleichzeitig aufgeregt und ängstlich bin.«

»Ein wenig Angst ist nie verkehrt.« Er strich mit dem Daumen über mein Kinn. »Macht einen wachsamer.«

Auf seine Worte und den Blick, den er mir schenkte, hatte ich keine Erwiderung. Ich löste mich aus der Starre, rannte die Veranda hoch und hörte noch sein Lachen, als ich die Haustür hinter mir schloss und die Treppe rauf in mein Zimmer stürmte. Was auch immer es war, das Wyatt so früh am Tag mit mir vorhatte, ich würde es mir garantiert nicht entgehen lassen.

Zwanzig Minuten später wippte ich nervös mit den Beinen, während Wyatt den Pick-up durch die Stadt lenkte. Er kannte sich hier mittlerweile erstaunlich gut aus, und ich musste darüber lächeln.

»Du wirst mir nicht verraten, wohin wir fahren, oder?«, fragte ich. Auch wenn mir die Richtung durch die Innenstadt und ein paar Straßen weiter raus bekannt war, hatte ich keine Ahnung, wie unser eigentliches Ziel aussehen könnte.

»Dann wäre es ja keine Überraschung mehr«, stellte er oberklug fest, was mich die Augen verdrehen ließ.

»Wieso hast du überhaupt eine Überraschung für mich?«

»Weil es nötig war«, antwortete er mit mehr Ernst in der Stimme, als ich vermutet hatte. Ich sah ihn einen Moment von der Seite an, studierte sein Profil, die gerade Nase, den dunklen Schatten seines Bartes und die verwuschelten, ungemachten Haare. Das Basecap hatte er heute zu Hause gelassen. Es wirkte so, als würde er sich weniger verstecken, als ankommen wollen. Das Radio spielte einen Countrysong, und Wyatt klopfte mit den Fingern rhythmisch auf dem Lenkrad mit. Ein leichtes Lächeln lag auf seinen Lippen. Nachdem ich in Rekordgeschwindigkeit geduscht und mich angezogen hatte, hatte ich meinen Eltern Bescheid gegeben und war hinausgestürmt. Beim Blick auf Wyatt, der eine dunkelblaue Jeans und einen einfachen grauen Kapuzenpullover trug, war mir nicht entgangen, wie heftig mein Herz einen Salto geschlagen hatte. Wie in letzter Zeit auffallend oft.

Ein Grinsen machte sich auf seinem Gesicht breit. »Schließ die Augen.«

Ich raffte meine Haare mit einer Hand zusammen und legte die Spitzen über meine rechte Schulter. »Ist das dein Ernst?«

»Hast du mich schon einmal einen Witz reißen hören?«, fragte er mit gesenkter Stimme und schaute mich kurz an, ehe er erneut den Blick auf die Straße richtete.

Wir befanden uns am Rand von New Hope, und ich konnte mir immer noch keinen Reim darauf machen, was unser Ziel war. Aber mir blieb nur, Wyatt zu vertrauen. In mir herrschte Aufregung, und das war ein belebendes Gefühl nach all den Zweifeln und negativen Gedanken der letzten Zeit. »Tust du, aber keine guten.« Ich befolgte seine Anweisung und schloss die Augen. »Und jetzt?«

»Jetzt lässt du sie zu, oder ich muss sie dir verbinden.« Kurz gewann eine andere Emotion in meinem Innern, ich atmete tief ein und zwang mich, meine Gedanken wieder in eine richtige Richtung zu lenken. Das laute Klicken des Blinkers beherrschte jedes andere Geräusch, als wir abbogen. Die Straße wurde unebener, und kühle Schatten legten sich über uns, bis die Sonne erneut auf mein Gesicht traf und meine Haut wärmte.

Das Auto wurde langsamer, und ich presste mich tiefer in den Sitz. Es war unfair, dass ich nicht sehen konnte, wo wir uns befanden, und gleichzeitig war es unglaublich aufregend.

»Warte einen Moment«, vernahm ich Wyatts Stimme und danach, wie die Wagentür auf- und wieder zuging. Ich lauschte angestrengt, hörte ein Auto im Hintergrund an uns vorbeirauschen sowie Vogelgezwitscher und roch den herben Duft des Tannenwalds, der in ganz New Hope hing wie Nebelschwaden.

Einige Zeit später machte er meine Tür auf und nahm sanft meine Hand. »Vertrau mir.« Wyatts Stimme erdete mich sofort, und ich presste die Lider fester zu, weil ich die Spannung kaum noch aushielt.

»Du verschleppst mich jetzt aber nicht in eine einsame Hütte im Wald, oder? Graham ist Ranger, er kennt jeden einzelnen Stein hier«, versuchte ich mich an einem miesen Witz, um das heftige Herzklopfen in meiner Brust zu überspielen.

Wyatt lachte leise und rau. »Du brauchst keine Angst haben, ich bin mir bewusst, dass ich keine Meile weit kommen würde.« Plötzlich spürte ich seinen warmen Atem an meinem Ohr. »Außerdem würde mir einiges mit dir einfallen, aber nicht, dir etwas anzutun.«

Ich sog die Luft ein und drückte die Lippen aufeinander. Die Stimmung zwischen uns wurde nicht nur entspannter, sondern hob sich gerade auf ein völlig neues Level. Und ehrlicherweise hatte ich keine Ahnung, ob ich überhaupt damit klarkam.

Wyatt führte mich weiter, der Boden unter meinen Sneakers war asphaltiert, dennoch ein wenig uneben. Wir blieben stehen, und ich spürte die Präsenz von Wyatts Körper hinter mir. Er legte die Hände auf meine Augen, und ich ließ es für einen Moment zu, mich an ihn zu lehnen, die Stärke und Wärme zu genießen, bis er seine Finger wegzog. »Jetzt kannst du sie öffnen.«

Bei dem Wendekreis, in dem wir standen, waren hohe Kiefern gewachsen, und ich blinzelte gegen die Sonnenstrahlen, die sich an den Stämmen und dem Blattwerk brachen. Ein Gebäude befand sich direkt vor uns. Der untere Teil davon war aus grauem Stein, der obere aus dunklem Holz, und über der Tür war ein Schild angebracht, auf dem stand: *June's Ballet School*.

Ich sah ungläubig Wyatt an, der neben mich trat, und richtete meine Aufmerksamkeit wieder nach vorn, als sich die Eingangstür öffnete und Oliver dahinter auftauchte.

»Lake! Wyatt!«, rief er fröhlich und winkte uns zu sich. »Kommt rein!«

»Ich verstehe nicht ganz …«, stotterte ich, und Wyatt legte seine Hand auf meinen Rücken. Sie war groß und sein Griff fest, als würde sie dorthin gehören.

»Gleich wird es klarer, komm …« Er führte mich auf die Ballettschule und Oliver zu, der mich umarmte. Seine Augen strahlten, und er wirkte so aufgeregt, wie ich ihn schon lange nicht mehr erlebt hatte. Nachdem seine Frau gestorben war, hatte die Trauer ihn gezeichnet, doch in diesem Moment zeigte er etwas von dem alten Strahlen, das ihn und June früher umgeben hatte.

»Es ist so schön, dass ihr da seid!« Er deutete ins Innere, und wir folgten ihm durch einen kurzen Flur, bis wir in einem riesigen Raum mit hoher Holzdecke standen. An einer Seite waren Ballettstangen angebracht, die andere bestand aus raumhohen Fenstern, die einen perfekten Blick auf einen Garten boten. Am Rand dessen begann ein Teil des umliegenden Waldes, und zwischen den Bäumen erkannte ich einen kleinen See. Die Oberfläche glitzerte in der Sonne. Meine Schritte hallten in dem leeren Raum wider, als ich näher an die Fenster ging.

»June liebte die Natur und wollte sie ständig sehen können. Wie in unserem Haus.« Oliver deutete auf die Scheiben und trat neben mich. »Wyatt hat mir von der Sache mit deinem Yogastudio erzählt, und ich möchte sagen, dass ich die Idee einfach wunderbar finde!«

»Danke«, erwiderte ich ein wenig verhalten und drehte mich ganz zu den beiden Männern um. Wyatt stand ein paar Schritte entfernt von uns, als wollte er uns den Raum lassen, den wir brauchten. Dabei konnte ich gar nicht sagen, wie sehr ich ihn bei mir haben wollte. Er hatte die Hände in die Hosentaschen gesteckt, und auf seinen Lippen lag ein sanftes Lächeln, das definitiv mir galt. Ich sah zurück zu Oliver.

»June hätte gewollt, dass ihre Schule für immer mit Leben gefüllt ist. Sie steht jetzt seit zwei Jahren leer, und bisher habe ich es nicht über mich gebracht, sie nur zu betreten, geschweige denn zu verkaufen.« Oliver zuckte mit den Schultern und nahm daraufhin meine Hand. »Aber jetzt möchte ich sie dir schenken, damit daraus wieder ein Ort werden kann, an dem die Menschen glücklich sind.«

»Oliver, das … ich weiß gar nicht … das kann ich nicht annehmen«, stotterte ich.

Oliver lachte laut auf. »Natürlich kannst du es! Dieser Ort ist toll, und du wirst etwas noch Großartigeres daraus zaubern! Du hast die gleiche Gabe wie June, mit Menschen umzugehen, Lake.«

Ich wusste nicht, was ich sagen sollte. Oliver glaubte an mich und meine Vision, Wyatt tat es ebenfalls, und zum ersten Mal verflogen alle Zweifel, die mich noch davon abgehalten hatten, diese Sache wahr werden zu lassen.

»Ich möchte es nicht geschenkt bekommen, ich zahle dir Miete!«, sagte ich, doch Oliver drückte nur meine Finger.

»Ich brauche kein Geld, ich möchte nur, dass dieser Platz wieder zum Leben erweckt wird.«

Ohne zu zögern, nahm ich diesen herzensguten Mann, der vor mir stand, in den Arm, und er umarmte mich lachend zurück. Daraufhin rannte ich zu Wyatt und schlang ihm die Arme um den Nacken. Er hatte das alles schließlich angeleiert. Allein darauf zu kommen, dass Oliver mir helfen konnte, war genial! Und er war über seinen eigenen Schatten gesprungen und hatte diese Möglichkeit organisiert! Für mich!

Wyatt verspannte sich für einen Moment, dann ließ er sich auf meine Berührung ein und umfasste meine Hüften. Fest. Es tat gut, in seinen Armen zu liegen, und ich atmete tief seinen Duft ein, löste mich allerdings wieder, bevor ich mich zu sehr in ihm verlor.

»Danke«, flüsterte ich gerührt. Ich fand keine Worte, die ausdrückten, wie es in mir aussah. »Dieser Ort ist perfekt.« Ich schaute mich um, und das Bild meines Studios formte sich in meinem Kopf wie ein Gemälde. Der Platz und die Möglichkeiten, die sich nicht nur mit dem Gebäude, sondern auch mit dem Garten und dem See ergaben, waren perfekt!

»Es muss noch ein bisschen was gemacht werden, du solltest die Holzdecke neu streichen, und der Garten sieht furchtbar aus«, sagte Oliver.

Ich machte eine wegwerfende Handbewegung. »Das kriege ich schon hin, es ist großartig!«

»Das kriegen *wir* hin«, sagte Wyatt plötzlich, und erneut überschwappte mich eine Welle von Glücksgefühlen und riss mich mit sich. Ich lächelte ihm zu und erkannte in seinen Augen, wie ernst er es mit diesem Vorhaben meinte. Vielleicht sogar, wie ernst er es mit mir meinte?

Neben dem Hauptraum gab es noch einen weiteren kleineren sowie zwei Waschräume und zwei Umkleidekabinen. Sogar eine winzige Kochnische befand sich draußen in einer Flurecke. Hatte ich schon erwähnt, dass es perfekt war? Es war perfekter als perfekt!

Oliver zeigte uns alles, und wir schauten uns auch noch den Garten an. Meine Mom würde ihre Freude haben, diesen mit mir auf Vordermann zu bringen, und ich sah bereits die bunten Blumen blühen, die sie pflanzen würde.

Nach einer Stunde und hundertundeins Dankesbekundungen meinerseits verabschiedeten wir uns von Oliver und standen voreinander neben dem Pick-up. Ich wusste immer noch nicht so recht, wie ich meine Dankbarkeit richtig ausdrücken konnte, und trat von einem auf das andere Bein.

»Darf ich dich dafür noch zu einem Eis einladen? Du hast noch ein bisschen Zeit frei, oder?«

»Ein Eis bei *Antoine's*?« Wyatts Augen funkelten, und ich musste grinsen.

»Kann es sein, dass du dich gerade an New Hope gewöhnst und …« Ich legte theatralisch die Hand auf mein Herz. »Und es sogar magst! Wyatt-rebellischer-Rockstar Lanter? Wie kann das sein?«

Er verkniff sich ein Grinsen, senkte den Blick und kickte einen Stein unter das Auto, während er die Hände in die Taschen schob. »Es könnte sein, dass euer Eis recht gut ist, ja.«

»Und?«, wollte ich neckend wissen, und als er aufsah, traf mich sein Blick unvorbereitet. Jedes. Mal. Aufs. Neue.

»Und die Menschen, die hier leben«, sagte er mit rauer Stimme.

Ein wohliger Schauer erfüllte mich. »Du kannst so lange bleiben, wie du magst«, erwiderte ich leise und sprach zum ersten Mal das Thema an, das wie eine Mauer zwischen uns stand. Bisher hatte ich gedacht, dass es gut war, dass Wyatt wieder ging, doch nach dem heutigen Tag glaubte ich nicht mehr an diese Lüge. Ich wollte, dass er blieb, damit wir herausfinden konnten, wohin dieses Gefühl, das alles in uns zu beherrschen schien, führte.

»Ich gehe nirgendwohin«, wisperte er, und ich nickte eine Winzigkeit beruhigt. Vielleicht nicht im Moment, aber irgendwann würde der Tag kommen, an dem er es doch tat. Unter keinen Umständen wollte ich jetzt daran denken.

Ich lief in Richtung Straße. Von hier waren es nur ein paar Minuten zu Fuß in die Innenstadt. Nicht nur die ehemalige Ballettschule als solche war perfekt, sondern auch ihre Lage. »Los, komm, das Eis isst sich nicht von allein.«

Wyatt schloss zu mir auf. »Niemals würde ich das Eis warten lassen!«

»Da wird es sich freuen.«

Kapitel 26

Wyatt

Ich tunkte den Löffel ein weiteres Mal in das cremige Eis und führte ihn zum Mund.

»Egal, was du sagst, Vanille gewinnt gegen alle anderen Sorten«, behauptete ich und schob mir die süße Köstlichkeit zwischen die Lippen. Lake schlenderte neben mir den Bürgersteig entlang, und hin und wieder berührte ihre Schulter meine, was mir jedes Mal mehr als bewusst war.

»Weil du noch nicht alle von Antoines Sorten probiert hast. Warte nur auf das Frühlingsfest! Das bekehrt deinen Glauben an Vanilleeis auf jeden Fall!« Ich spürte ihr Zögern. »Also … solltest du dann noch hier sein«, sagte sie dann leise.

»So wie es aussieht, bin ich das«, erwiderte ich betont locker. Weil ich gerade an keinem anderen Ort der Welt lieber sein wollte als hier. Bei ihr.

Als ich einen kurzen Blick auf ihr Profil erhaschte, lag ein leichtes Lächeln auf ihren Lippen, und es herrschte einen Moment Stille zwischen uns. Menschen liefen an uns vorbei, die Lake grüßte, wir winkten den beiden älteren Herren zu, die erneut am Eingang zu dem Park saßen und

Tauben fütterten. *Marcy's*, *Bill's Fishing Shop* mit Angelzubehör, ein abgefahrener Laden mit Weihnachtsschmuck und alle anderen Geschäfte auf der einzigen Ladenstraße im Ort waren geöffnet und lockten zahlende Kundschaft mit bunten Schildern in das Innere. Ich hatte unrecht gehabt, als ich gedacht hatte, dass hier nichts los war. Es war sogar einiges los, und mittlerweile fand ich die familiäre Atmosphäre, die hier herrschte, auch nicht mehr allzu beängstigend. Es stimmte, Los Angeles war kalt, grau und einsam gegen New Hope.

»Wie bist du zum Singen gekommen?«, fragte sie auf einmal. Ich nahm noch einen Löffel Eis, um länger Zeit zu haben, bis ich antworten musste.

»Als ich acht war, hatte mein Onkel seinen Durchbruch als Countrysänger. Meine Familie kommt aus Kansas, und für uns Landeier war Onkel Hanks Erfolg das Größte, was unserer Familie hätte passieren können.« Ich musste lächeln, während ich mich an den Moment erinnerte, als das erste Mal Hanks Song im Radio lief. *Sometime. Irgendwann* war damals zu *jetzt* geworden.

»Kansas also? Ich dachte, du wärst schon immer ein Großstadtjunge gewesen.«

»Überhaupt nicht«, erwiderte ich, woraufhin sie lachte. »Deshalb wollte ich ja dort weg. Für einen Teenager versteckt sich das Leben nicht in Weizenfeldern oder einer Stadt, die gerade mal zweitausend Einwohner zählt. In meinen Augen hatte es Onkel Hank geschafft, und auch wenn meine Eltern Bedenken hatten, nahm er mich so oft es ging mit auf Tour und zu seinen Konzerten. Verdammt, ich habe mit dreizehn zum ersten Mal eine Frau nackt gesehen. Ein Groupie hatte sich in Hanks Garderobe versteckt.« Ich musste grinsen, als ich daran dachte.

»Du warst bestimmt der King in deiner Clique«, witzelte Lake.

»Du ahnst nicht, wie sehr.« Ich löffelte den Becher leer und schmiss ihn in eine Mülltonne am Rand der Straße.

»Also hat dein Onkel dich mit den richtigen Leuten zusammengebracht und so dein Talent gefördert?«

»Ja und nein. Mein Dad war es, der meinte, ich solle mir diesen Job verdienen, so wie es Hank getan hat. Mein erster Auftritt war mit dreizehn in einem Diner in einer Kleinstadt neben unserer. Ich war so unglaublich aufgeregt, wie ich damals mit meiner Gitarre und meinem Fahrrad vor diesem Laden stand.« Erinnerungen fluteten meinen Kopf, die ich längst verdrängt hatte. Aber es waren schöne Gedanken, und ich war froh, dass ich sie nicht vergessen hatte. »Ich bin einfach reingelaufen und habe gefragt, ob ich spielen dürfte. Ein Typ mit grauem Vollbart und Tattoos am ganzen Körper fand die Idee gut und hat mir zwei Dollar und einen Teller Pancakes für meinen Auftritt gegeben. Ich habe jedes Wochenende dort gespielt, und auch wenn mir eigentlich niemand zugehört hat, bin ich mir wie der größte Musiker der Welt vorgekommen.«

»Das ist eine schöne Geschichte«, meinte sie und entsorgte ebenfalls ihren Becher. Wir blieben voreinander stehen und schauten uns einen Moment an.

»Ich war frei und ungebunden, und das war das schönste Gefühl von allen«, flüsterte ich, weil ich die Erinnerung noch nicht vertreiben wollte, jetzt, wo ich sie wiedergefunden hatte. Lake nickte, doch ihr Gesichtsausdruck war nicht mehr so leicht und glücklich wie vor diesem Gespräch. Weil sie an ihre eigene Zukunft und die wenigen Möglichkeiten in der Stadt dachte? »Du musst nicht auf deine Familie hören, wenn sie denken, du schaffst das mit dem Studio nicht, das weißt du, oder? Genauso wenig, wie ich auf meine Eltern gehört habe, denn hätte ich es getan, hätte ich die beste Zeit in meinem Leben verpasst.«

Lake nickte und lief weiter. Ich folgte ihr.

»Hast du das wirklich? Die beste Zeit in deinem Leben hinter dir? Das weißt du doch noch gar nicht. Vielleicht kommt die erst«, meinte sie.

Ich zuckte mit den Schultern, weil ich keine richtige Erwiderung darauf wusste. »Ich glaube schon. Das war das, was ich mit dreizehn wollte. Das Gefühl festhalten, das ich an den Abenden in dem Diner erlebt hatte.«

»Aber Empfindungen können sich ändern, und deine Familie steht weiterhin an deiner Seite. Vielleicht haben sie recht, wenn sie Zweifel an unseren Plänen haben? Vielleicht sind sie genau deswegen Familie?«

»Ich bin mir nicht sicher, ob es gut ist, wenn jemand anderes dir ständig sagen will, was du zu tun oder nicht zu tun hast.«

»Das ist richtig, aber andererseits sorgen sie sich auch um dich. Ist dieses Gefühl, jemanden zu haben, der sich für dich interessiert und für dich da ist, nicht schöner als alles andere?«

Sie hatte recht, und das wusste ich genauso wie sie. Allerdings hatte ich keinen Kontakt mehr zu meiner Familie und hatte niemanden in meinem Leben, der sich ernsthaft für mich interessierte. Außer Andi, oder?

»Erzähl mir von deinem Leben hier«, lenkte ich von mir ab, um das für mich bedrückende Gesprächsthema zu wechseln.

»Meine Brüder kennst du ja«, entgegnete sie lächelnd, als ich ihr einen kurzen Blick zuwarf. Die Schwere unserer Worte löste sich ein Stück weit in Luft auf, und ich atmete innerlich durch.

»Ich bin unglaublich stolz auf die beiden«, fuhr Lake fort. »Auf Braxton, wie er das mit seiner Schreinerei *Woodworker* und Ruby als alleinerziehender Dad schafft, und Graham, wie er anderen auf seine ganz eigene Art hilft. Ohne viel zu sprechen, sondern eher mit Taten. Mir ist klar, dass, auch wenn sie manchmal ziemlich ruppig und viel zu ehrlich sein können, ich mich immer auf sie verlassen kann.«

»Das klingt gut. So sollte es sein, oder?«

»Ja, das sollte es …« Lakes Stimme wurde leiser.

Mir fiel auf, dass wir uns nicht mehr in der Innenstadt, sondern in einem Wohnviertel am äußeren Rand befanden. Ich blieb stehen und sah mich um. »Sollten wir umdrehen?«

Lakes Augen wurden größer, und sie deutete auf einen Punkt hinter mir. »Oh nein, wir sind genau an dem Ort, an dem wir sein müssen. Komm!« Sie nahm meine Hand, zog mich herum und über die Straße. Das Gefühl ihrer schmalen Finger mit meinen verschlungen überlagerte für einen Moment alles andere, bis ich sah, wo Lake mit mir hinwollte.

Neben einem der Wohnhäuser war eine Garage geöffnet, und einige Tische standen davor, die über und über mit Plunder bedeckt waren. Er befand sich überall. Es war, als wäre ein Antiquitätenladen auf offener Straße explodiert. Zwei Dutzend Menschen drängten sich um die Auslage, während eine winzige Frau mit kinnlangen schwarzen Haaren Geldbeträge durch die Luft brüllte und ein Mann etwas weiter weg von dem Spektakel stand und ziemlich bedrückt wirkte.

Auf der anderen Straßenseite angekommen, blieben wir ein paar Schritte entfernt stehen, und Lake ließ mich los. Sie stellte sich auf die Zehenspitzen, und ich kam ihr mit meinem Ohr entgegen.

»Hier wohnen Mr. und Mrs. Wang«, erklärte sie mir und deutete auf das Ehepaar. »Mr. Wang sammelt für sein Leben gern Trödel, so viel, dass Mrs. Wang ihn regelmäßig zwingt, alles auf einem Garagenflohmarkt zu verkaufen. Ihm bricht jedes Mal das Herz, aber es ist ein stadtbekanntes Spektakel.«

»Tatsächlich?«, fragte ich verblüfft.

Aufgeregt nickte sie. »Dort drüben gibt es sogar Kuchen und heiße Schokolade.« Sie deutete auf die Veranda des Hauses, und über einem reichhaltigen Kuchenbuffet stand ein Schild, das alles für einen Dollar anbot. »Früher gab es hier sogar mal eine Band!«

»Eine Band?«, stieß ich fassungslos hervor. So etwas konnte es nur in Kleinstädten geben.

»Mrs. Wang fände es bestimmt toll, wenn du singst und noch mehr Kunden anlockst.« Lake grinste.

Ich zog eine Augenbraue hoch. »Mrs. Wang oder du?«

»Gut, dann sing nicht, aber du musst dir unbedingt als Andenken irgendetwas kaufen«, wechselte sie das Thema, und ich musste lachen. Wie ständig in ihrer Nähe. Wieder nahm sie wie selbstverständlich meine Hand, und ich fragte mich, ob sie das tat, weil sie nett sein wollte und diese Berührung rein auf eine freundschaftliche Art sah, oder … ob mehr dahintersteckte. Ein Teil von mir wollte fest an die zweite Möglichkeit glauben, auch wenn es idiotisch und egoistisch war. Und vielleicht sogar etwas lebensmüde, wenn ich an Harry und Lakes Brüder dachte …

Wir traten in den Menschenpulk und schlenderten an den Tischen entlang. Hier gab es wirklich alles, was man auf gar keinen Fall gebrauchen konnte.

»Ehrlich gesagt kann ich in meinem Leben nicht so viel mit solchem Kram anfangen.«

»Wirklich nicht?«, erwiderte sie überrascht und drückte dabei kurz meine Finger. Ich überspielte den Drang, sie noch näher an mich zu ziehen, und nahm eine kleine Dose in die Hand, deren Deckel mit grünen und lilafarbenen Blüten verziert war.

»Nein. Ich bin ständig unterwegs und im ganzen Land auf Tour. Wo sollte das ganze Zeug in der Zeit hin?«

»Jeder braucht Kram in seinem Leben!«, behauptete sie. »Gut, nicht unbedingt so viel wie Mr. Wang, doch eine vernünftige Anzahl Erinnerungen gehört zum Leben dazu. Das sagt zumindest meine Mom.«

Ich stellte die Dose zurück, und wir gingen weiter. »Also meinst du, ich sammle hier eine Erinnerung und kaufe nicht irgendeinen nutzlosen Plunder?«

»Du hast es erfasst!«

Ich musste grinsen, und als ich den Blick erneut auf den Tisch senkte, entdeckte ich das einzige Teil, das dafür infrage kommen würde. Vorsichtig löste ich meine Finger von Lakes und nahm den kleinen, hölzernen Vogel auf, als wäre er echt. Er war winzig und strahlte in knalligen Farben. Seine Flügel waren gelb, seine Brust blau, sein Rücken rot und sein Köpfchen grün. Er erinnerte mich irgendwie an Lake. Die Farben, seine Zerbrechlichkeit und weil er etwas Besonderes zwischen all dem unnützen Ramsch war.

»Das ist es«, sagte auch sie ehrfürchtig; sie schien meine Gedanken gelesen zu haben. Ich hielt den Vogel immer noch in meiner offenen Hand, als würde ich darauf warten, dass er gleich davonflog, während mein Blick auf dem aufgemalten, bunten Gefieder hing und zu Lake wanderte.

»Ich kaufe ihn dir!«, erklärte sie und umschloss ihn vorsichtig.

»Das musst du nicht!« Bisher hatte noch keine Frau für mich irgendwas bezahlt, und ich hatte auch jetzt nicht vor, das zu ändern.

»Mrs. Wang?«, rief sie, und die Frau streckte sich an den Köpfen und Körpern der anderen Menschen vorbei.

»Ja!«, schrie sie, und ihre kräftige Stimme hörte man sicherlich noch in der Innenstadt. Egal, wie klein sie war, ich konnte mir vorstellen, dass Mr. Wang nicht allzu viel zu sagen hatte zu Hause.

»Was kostet dieser Vogel?«, fragte Lake und deutete auf ihre Hand.

»Zwei Dollar!«

Lake grinste mich überlegen an, als sie einen Fünfdollarschein aus ihrer Tasche zog und ihn Mrs. Wang reichte, die zu uns gekommen war. »Stimmt so! Erinnerungen sollten mindestens fünf Dollar wert sein. Das ist die zweite Regel«, erklärte sie mir. Während Mrs. Wang sich bedankte, strich Lake sanft mit dem Zeigefinger über das Gefieder des Vogels.

»Die von dir gerade erfunden wurde, oder?« Lakes Grinsen sagte mir alles. »Danke«, erwiderte ich und wusste nicht so recht, wie ich mit den neuen Empfindungen, die in mir durcheinanderwirbelten, umgehen sollte. »Dann sind wir jetzt quitt.«

»Nein, aber das war das Mindeste für deine Überraschung mit dem Studio.«

Ich nickte, ohne auszusprechen, dass diese Geste überhaupt nicht nötig gewesen wäre.

Ich hielt den kleinen Vogel immer noch in meiner Hand, während wir uns aus der Menschenmenge schoben und zurück zu dem Pick-up gehen wollten. »Lake!« Eine Stimme ließ uns innehalten, und langsam drehten wir uns in die Richtung um. Ein Typ schlenderte auf uns zu. Er trug ein blaues Basecap über rötlich braunen Locken, hatte ein spitzes Kinn, und irgendwas an seinem Blick gefiel mir nicht. Ihn umgab etwas, das wie eine Mahnung über ihm hing, sich von ihm fernzuhalten.

»Hi, Chester.« Auch Lake wirkte nicht gerade glücklich über dieses Treffen. Er war definitiv kein Freund. Ich trat einen Schritt näher an sie heran.

»Oh hey, dich kenne ich noch nicht persönlich«, sagte er an mich gewandt und streckte mir seine Hand hin.

»Wyatt.« Ich ergriff sie, ließ sie aber umgehend wieder los.

»Richtig«, murmelte er, als wüsste er genau, wer ich war. »Der große Star in der Kleinstadt.« Sein Tonfall war verächtlich, und ich ballte die Hände zu Fäusten.

Er wandte sich zurück an Lake, als wäre ich keine Erwiderung mehr wert. »Ist es wahr, was sich der Stadtfunk so mitteilt? Du willst ein Yogastudio eröffnen?« Er lachte, als wäre dieser Gedanke so abwegig, wie im Sommer Ski zu fahren. Doch ehe Lake antworten konnte, plapperte er schon weiter. »Hat dich deine Mom mit ihren Räucherstäbchen high gemacht?« Er wedelte in der Luft herum, und das unwohle Gefühl ballte sich in meinem Innern zu Wut zusammen.

»Ich glaube nicht, dass dich das etwas angeht, Chester!«

»Ach nein? Du weißt, wer im Stadtrat sitzt und sich um die Planungen der Infrastruktur in der Stadt kümmert?«

»Ja, dein Vater.«

»Und er hat mir bald einen Platz neben ihm versprochen. Ich weiß nicht, ob er diese Art von Einrichtung gut findet.« Er lachte laut auf, als hätte er einen Witz gemacht, der uns entgangen war. »Du kennst doch noch deinen Spitznamen aus Schulzeiten, oder?«

Ich hatte plötzlich den furchtbaren Drang, ihm das Grinsen aus dem Gesicht zu wischen, und trat einen Schritt auf ihn zu. »Ich denke, du hast genug gesagt! Wenigstens hat Lake den Mut, ihrer Leidenschaft zu folgen!«

Er sah mich an und lachte trocken auf, als hätte er ganz vergessen, dass ich ebenfalls anwesend war. »Ja, wie jedes der letzten fünfzig Male. Du kennst sie anscheinend noch nicht lange genug, um das zu wissen, Warren.« Dieser Typ klopfte mir doch tatsächlich gegen die Schulter. Er dachte wohl, dass er mir einen Freundschaftsdienst erweisen würde, in dem er mich aufklärte, wer Lake wirklich war.

»Hör zu, Arschloch …« Ich musste aufpassen, dass ich den kleinen Vogel vor Wut nicht in meiner Hand zerquetschte, doch bevor ich einen weiteren Schritt auf diesen Vollpfosten zugehen konnte, drückte sich Lake an mir vorbei, als würde sie nicht wollen, dass ich ihren Beschützer spielte.

»Wow, die *sprunghafte Lake* hat jetzt auch noch einen Möchtegernbodyguard an ihrer Seite?«

»Weißt du was, Chester? Ich wünsche niemandem etwas Böses, aber dir dürfen im Winter gerne während einer Autofahrt deine Fußsohlen in den Stiefeln jucken!«

Sie drehte sich auf dem Absatz um und stürmte über die Straße. Ich warf diesem Chester noch einen eindeutigen Blick zu und folgte ihr.

»Hör nicht auf diesen Idioten«, sagte ich, nachdem ich zu ihr aufgeschlossen hatte. »Er hat doch keine Ahnung und selbst anscheinend nichts in seinem Leben erreicht.«

»Das weiß ich, deshalb gibt es auch keinen Grund, seinetwegen in Schwierigkeiten zu geraten. Was sollte das eben?«

Ich schnaubte. »Was meinst du mit *was sollte das eben?*«

Ruckartig blieb sie stehen und starrte mich an. »Du fällst in alte Muster und merkst nicht, dass sie dir Probleme machen! Hier werden solche Dinge nicht damit gelöst, dem anderen eine zu verpassen! Jeder kennt hier jeden, was meinst du, würden meine Eltern sagen, wenn sie erfahren, dass sich einer von unserer Familie auf offener Straße prügelt?«

»Na … ähm …«, stotterte ich und fuhr mir beschämt durch die Haare, weil ich keine Ahnung hatte, was ich darauf erwidern sollte. Vor allem auf den Punkt: *einer von unserer Familie*. War ich das wirklich? »Verdammt, ich wollte doch nur helfen! Er hätte es verdient!« Scheiße, in den letzten Jahren hatte mir niemand außer Andi so die Leviten gelesen. Ich hatte keine Ahnung, wie ich Lakes Ansage und die Emotionen, die Achterbahn fuhren, bewältigen sollte.

»Okay, aber spiel diese Rolle woanders!«

Sie wollte wieder loslaufen, doch ich hielt sie an ihrem Arm fest. »Warte!«

»Was?«, motzte sie.

Ich verkniff mir ein Lachen. »Die Fußsohlen in den Schuhen jucken?« Auch Lakes Lippen zuckten verdächtig. »Wo hast du das Fluchen gelernt? Das ist wirklich traurig, Lake Campbell. Haben dir deine großen Brüder nichts beigebracht?«

Ihre Körperhaltung entspannte sich ein wenig, und ich strich mit der Hand ihren Arm bis zu ihrer Schulter hinauf und legte meine Finger an den Übergang zu ihrem Hals. Sie erschauerte unter meiner Berührung, und ihr Blick wurde eindringlicher.

»Doch, haben sie, sogar das Kämpfen. Aber ich nutze meine Fäuste äußerst selten. Jetzt allerdings hätten sie Spaß an ein bisschen Action.«

Mein Daumen strich über ihre weiche Haut. Ich redete mir ein, dass, wenn ich sie nur ganz leicht berührte, es eigentlich gar nicht richtig zählte. »Ich kenne noch jemanden, der Lust auf ein bisschen Action hätte.« Ich prustete los. »Komm schon, Lake, du machst es mir wirklich zu einfach.« Mit einem wehmütigen Gefühl löste ich mich von ihr und ging Richtung Auto. »Los, du Kämpferin, ich zeige dir jetzt das Gitarrespielen.«

»Wieso?«, fragte sie und tauchte an meiner Seite auf.

»Damit du eine Sache definitiv beendest und mit deinen Künsten bei dem nächsten von Familie Wangs Garagenflohmarkt angeben kannst. Dieser Saftsack Chester wird Augen machen.«

»Ich halte das für keine gute Idee ... Die letzte Gitarre, die ich in der Hand hatte, war danach nicht mehr benutzbar.«

Beruhigend legte ich einen Arm um ihre Schulter und zog sie an mich. Sie schmiegte sich eng an meine Seite. »Wir kriegen das hin. Ich kenne mindestens zwanzig Lieder, die mit nur zwei Akkorden gespielt werden, also nur mit der Ruhe.«

»Wenn du mir jetzt auch noch erklärst, was Akkorde überhaupt sind ...« Ihr Lachen klang wie die schönste Musik der Welt in meinen Ohren, doch plötzlich wurde sie ernst. »Ich habe eine Bedingung.« Erneut blieb sie stehen, damit sie mich ansehen konnte. Und ich sie. »Ich will es hören.«

»Was?«, kam nur als Flüstern über meine Lippen.

»Das, was du bisher geschrieben hast. Deinen neuen Song.«

Kurz wog mein Kopf die Möglichkeiten ab, doch mein Herz hatte bereits entschieden. »Okay.«

Kapitel 27

Lake

»Nicht verkrampfen, sei ganz relaxt. Halte sie nicht, als würde sie dir jemand klauen wollen.« Wyatt kontrollierte mit sanften Bewegungen meine Körperhaltung, während ich auf einem Stuhl neben der Kochnische saß und die Gitarre auf meinem rechten Oberschenkel ruhte. Eigentlich hatte ich gedacht, dass ich mit meiner Bedingung noch mal um das Üben herumkommen würde, aber Wyatt war ein konsequenter Lehrer. »Gerade halten, nicht kippen.« Er berührte meinen Arm, und mit meiner Atmung entließ ich die Anspannung wie beim Yoga aus meinem Körper.

»Wie lang hast du noch Zeit, bis du bei Dad antreten musst? Wollen wir nicht …«

»Zeit genug, du verlässt diese Hütte nicht, ehe du *Achy Breaky Heart* besser draufhast als Billy Ray Cyrus.«

Ich musste lachen. Er erwiderte es mit einem unterdrückten Grinsen und setzte sich auf einen Stuhl mir gegenüber. »Ich denke nicht, dass das irgendwann in diesem Leben noch geschieht.«

»Dann pass besser auf.« Er rutschte näher und nahm meine

Hand in seine. »Setz Mittel-, Ring- und deinen kleinen Finger so auf die Saiten. Die andere streicht sanft über die hinteren Saiten. Dann greifst du um, aber langsam und überlegt.« Ich schaute ihn skeptisch an. »Gerader Rücken, keinen Buckel machen!«, ermahnte er mich.

»Aber so sehe ich die Saiten doch gar nicht!«

»Es funktioniert, glaub mir … Los.«

Und tatsächlich. Ich entlockte der Gitarre Töne, die sich annähernd wie Musik anhörten.

»Wow! Das klingt … gut!«

»Sag ich doch. Und es liegt natürlich am richtigen Lehrer.«

»Selbstverständlich, ich hatte nichts anderes angenommen.« Ich übergab ihm die Gitarre. »Und jetzt bist du dran.«

Sein Blick wurde unsicher. »Der Song ist noch nicht fertig, normalerweise hört so etwas niemand, bevor ich wirklich zufrieden bin …«

»Komm schon, ich hab meinen Part auch eingelöst«, ermutigte ich ihn. Seufzend nahm er mir die Gitarre ab. In seinen Armen wirkte sie, als würde sie genau dorthin gehören. Mit den Fingerspitzen fuhr er einmal über die Saiten, und allein das hörte sich besser an als alles, was ich in der letzten halben Stunde stümperhaft gespielt hatte. Ich schaute hinüber zu den vielen Papiervögeln, die Wyatt auf dem Nachttisch gesammelt hatte. Einige davon waren heruntergefallen, weil es mittlerweile unzählige waren. Zweifel beherrschten ihn, und ich kannte dieses Gefühl nur zu gut. Er brauchte jemanden, der ihm versicherte, dass er nichts zu befürchten hatte, so wie er es bei mir getan hatte. »Ich hab gehört, wie du Teile von dem Song gesungen hast. Er ist fantastisch. Bereits jetzt. Wovor hast du Angst?«

Er räusperte sich. »Ich hab vor gar nichts Angst«, erwiderte er mit besonders tiefer Stimme und schenkte mir ein verschmitztes Lächeln, bei dem ich kurz das Atmen vergaß. Er senkte den Blick auf die Gitarre, schloss die Augen und spielte ein paar Töne, die mir umgehend eine Gänsehaut bereiteten. Als er die Klänge mit seiner Stimme begleitete, konnte ich den Blick nicht von ihm lösen. Sein Timbre erfüllte den gesamten Raum und jeden leeren Winkel in meinem Innern. Er sang leicht rauchig, leise und so gefühlvoll, dass alles in mir erbebte. Sehnsucht lag in seiner Stimme, und es war die gleiche, die auch mich täglich heimsuchte. Mein gesamter Körper war angespannt, und ich atmete flach und so leise wie möglich, während ich ihn gebannt beobachtete, als er die Strophen anstimmte.

Laugh like the sun
Lost without showing it to anyone

Breathing in
Breathing out
Hear my fragile heart

I feel like
My faults make me weak
But yours make you beautiful

Als er den Refrain anstimmte, bestand ich nur noch aus Gänsehaut und Gefühl.

I can see it in your eyes
Makes me forget everything
Blue Eyes
Like a deep mountain lake

And all I want
Is to fall into you
Without being afraid

Being afraid
Being afraid

I'm not good
I'm just bad
Even with relationships

But I'm sure
If you would trust me
I'd keep all of our secrets
I'm not worthy of you yet

Als seine Worte verklangen, verspürte ich Hoffnung. Hoffnung, dass er mich mit diesen wunderschönen Zeilen meinte, dass es meine blauen Augen waren, über die er sang, dass er wirklich so fühlte, wenn er in meiner Nähe war. Denn ich spürte es ganz genauso, und das wurde mir in diesem Moment bewusst. Doch insgeheim wusste ich, dass dieser Song viel mehr war als eine Liebeserklärung an eine Frau. Es war eine Offenbarung, seine Seele, die er mit seinen Worten offenlegte und dabei hoffte, sie würde nicht komplett zerbrechen, wenn man ihr wahres Gesicht erkannte. Es war mir eine Ehre, dass er mir so weit vertraute und sich mir so verletzlich zeigte.

Ich hatte nicht viele seiner alten Songs gehört, aber trotzdem wusste ich, dass dieser hier anders war. Er war echt.

Er legte die flache Hand auf die Saiten, und die Stille schluckte die Töne mit einem Mal. Langsam öffnete er die

Augen, und als er mich ansah, erkannte ich Zweifel in seinem Blick. Darüber, ob ich das Lied gut fand oder ob ich die versteckte Botschaft darin entdeckt hatte?

»Es ist nur ein Entwurf«, entschuldigte er sich, stand auf und legte die Gitarre auf einem der Betten ab. »Und irgendwie passen die Sätze und Worte nicht richtig zusammen. Es fühlt sich merkwürdig an«, meinte er und wandte sich mir zu. Wusste er tatsächlich nicht, wie gut er war? Der Song und seine Fähigkeit, aus Wörtern Poesie zu machen? Dass seine Art zu Beginn hier gespielt war, um sich zu schützen, war mir mittlerweile klar, allerdings wie groß seine Zweifel und Ängste waren, erkannte ich erst jetzt. In diesem Moment.

Ich erhob mich vom Stuhl und ging einen Schritt auf ihn zu. »Wyatt, dieser Song ist unglaublich.« Kurz vor ihm blieb ich stehen. Ich wollte ihn berühren, ihn an mich ziehen und mich in ihm verlieren, aber ich zögerte immer noch, weil ich nicht wusste, ob eine derartige Nähe gut für uns sein würde. Ob wir sie tatsächlich zulassen sollten.

»Hin und wieder frage ich mich, ob die Musik wirklich mein Leben war oder nur das meiner Familie«, gestand er leise. »Manchmal, in Augenblicken wie diesem, fühlt sie sich so richtig an und dann wieder so falsch.« Sein Gesichtsausdruck strahlte puren Schmerz aus, während er über seine eigenen Worte nachdachte.

»Sie ist deine Passion, und da liegt auch das Problem. Alles, was uns so wichtig ist, wollen wir für immer halten, und täglich wächst die Angst, es zu verlieren. Das lässt uns diese Momente nicht genießen, weil die Furcht vor dem Verlust größer wiegt. Dagegen müssen wir ankämpfen.«

»Und was ist, wenn wir die Leidenschaft irgendwo auf der Strecke verloren haben und sogar hoffen, sie ganz zu verlieren, damit sie uns endlich loslässt?«

Seine Frage war mehr ein Flüstern, als würde er sich nicht trauen, diese Gedanken laut auszusprechen. Es lag so viel Schmerz, so viel Bereuen in ihnen, dass ich dem Drang nicht mehr widerstehen konnte und meine Arme um ihn schlang. Ich zog ihn eng an mich, legte mein Ohr an seine Brust und lauschte seinem schnellen, kräftigen Herzschlag, der den Takt meines eigenen widerspiegelte. Seine Arme umfassten mich, und er krallte sich an mich wie ein Ertrinkender an das letzte Stück Treibholz im offenen Meer. Es war zu spät, abzustreiten, dass wir die Nähe des anderen genossen, sie uns sogar etwas gab, das wir bisher nirgendwo gefunden hatten. Es war zu spät, leugnen zu wollen, dass da zwischen uns etwas bestand. Eine Verbindung, deutlich mehr als freundschaftliche Sympathie.

Langsam hob ich den Kopf und schaute ihn eindringlich an. Sein Blick wanderte kurz zu meinen Lippen, und sein Arm schlang sich noch enger um mich, als würde er mich davon abhalten wollen, vor diesem gigantischen Gefühl zu fliehen. Doch das Letzte, das ich wollte, war weglaufen.

Er ließ eine seiner Hände zu meiner Wange gleiten und dort liegen. Sanft strich sein Daumen über meine Haut.

»Als ich den Song begonnen habe, habe ich gemerkt, dass ich keinen leisen Schimmer von Liebe habe.«

Mein Atem stockte. Mein Herz raste. Die Sehnsucht begann, mich zu verbrennen.

»Wie kann ich über etwas singen, das ich bisher nie erlebt habe? Ich bin ein Lügner.«

»Das heißt nicht, dass du es niemals erleben wirst. Du musst es nur zulassen.«

»Das will ich.« Sein Blick ruhte nun auf meinem Gesicht, als würde er sich jeden meiner Züge einprägen wollen, bis er mir erneut tief in die Augen schaute. »Jetzt will ich das.«

Die unausgesprochene Frage nach einem Kuss lag zwischen uns, doch ich spürte sie wie den Funkenschlag, der immer stärker in mir aufglimmte. Langsam stellte ich mich auf die Zehenspitzen, und auch er senkte den Kopf und kam mir entgegen.

Als unsere Lippen sich sanft berührten, schloss ich die Augen und sog das warme Gefühl, das sich in mir ausbreitete, ganz tief in mich ein. Wir drückten uns noch enger aneinander, sein Mund bewegte sich sachte auf meinem, er genoss den Moment und kostete ihn aus. Er umfasste meinen Hinterkopf, und die Intensität steigerte sich, als ich leicht die Lippen öffnete. Unser Atem ging schneller, vermischte sich mit dem des anderen, und sowie seine Zungenspitze meine umkreiste, konnte ich das leise Stöhnen nicht mehr aufhalten. Alles in mir brannte nach ihm, verzehrte sich und kribbelte. Ich strich mit den Händen über seine Schultern zu seinen Haaren, zog ihn näher an mich und spürte, wie Wyatt während unseres Kusses grinste, als könnte er es selbst nicht fassen, was wir hier taten. Wir küssten uns mit all dem Begehren, das sich zwischen uns aufgestaut hatte, und es übertraf alles, was ich mir ausgemalt hatte. Seine Berührungen und seine Lippen waren weich, sanft und trotzdem so voller Leidenschaft, dass ich fast das Atmen vergaß. Ich wollte mich mit jeder Faser meines Körpers auf ihn einlassen, weil es sich richtig anfühlte und all die Zweifel mit der ersten Berührung unserer Lippen hinfortgespült wurden.

Ich hatte keine Ahnung, wie lange wir uns so küssten, doch meine Lippen waren gerötet und geschwollen, als wir uns irgendwann voneinander lösten.

»Wow«, hauchte Wyatt, und ich konnte nur nicken und schwer atmen. »Das war unglaublich.« Er legte die Hände an meine Wangen und zwang mich, ihn anzusehen. Für einen

Moment verlor ich mich in dem Blick und wie er mich anschaute. Er gab mir das Gefühl, etwas Besonderes zu sein. Er öffnete den Mund, doch dann schüttelte er den Kopf und schloss ihn wieder. Seine Lippen senkten sich erneut auf meine, und kein Wort der Welt hätte das ausdrücken können, was er mit diesem Kuss tat. Fühlte es sich so an, verliebt zu sein? Diese drängende Sehnsucht nach jeder einzelnen Berührung des anderen? Dieses brennende Bedürfnis, den anderen einzuatmen und nie wieder loszulassen?

Unser Kuss wurde stürmischer, und meine Hände glitten seinen Brustkorb hinunter zu seinem Bauch. Ich spürte seinen Körper unter meiner flachen Handfläche und dem Shirt, das er trug, und es machte mich wahnsinnig. Er umfasste meinen Nacken, und der Hunger in seinem Kuss übertrug sich vollständig auf mich. Die Intensität unserer Berührungen veränderte sich, und mein Herz schlug wie wild.

Trotzdem löste Wyatt sich von mir und legte schwer atmend die Stirn an meine. »Auch wenn ich nichts lieber tun würde, als mit dir hierzubleiben und dich den gesamten Tag zu küssen, dein Dad wartet auf mich und ich möchte ihn nicht wieder enttäuschen.« Dieser Satz wirkte wie eine kalte Dusche auf mich. Was sagte mein Dad wohl dazu, wenn er mich dabei erwischte, wie ich mit glasigem Blick und roten Wangen aus Wyatts Hütte kam? Es war noch nicht der richtige Zeitpunkt, die Welt da draußen einzulassen, solange Wyatt und ich selbst noch nicht mal wussten, was das zwischen uns war.

»Natürlich«, erwiderte ich, und Wyatt zog mich in eine enge Umarmung, stützte den Kopf leicht auf meinen und strich mir mit der Hand sanft über den Rücken.

»Sehen wir uns nach der Arbeit?«, fragte er.

»Unbedingt.«

Er drückte mir noch einen Kuss auf den Scheitel und löste sich von mir. Grinsend schauten wir uns an, als hüteten wir ab sofort ein Geheimnis, von dem niemand erfahren durfte. Ich sah ihm an, dass auch er meine Nähe genoss, und trotzdem fragte ich mich, ob er das Gleiche fühlte wie ich. Solche intensiven Empfindungen, die einem die Luft zum Atmen raubten, waren mir unbekannt bis zu diesem Moment.

»Ich sollte mich vor dir rausschleichen. Nur für den Fall, dass mein Dad bereits draußen ist.«

»Klar. Ich komme mir ein bisschen vor wie damals mit fünfzehn.«

Ich musste lachen. »Und ich weiß, wie viele verschiedene Äxte mein Vater im Schuppen hat.«

»Das ist nicht sehr hilfreich, wenn ich ihm gleich unter die Augen treten muss«, scherzte er. Er fuhr sich mit der Hand über den Bartschatten, was ein kratziges Geräusch verursachte. Ich spürte das leichte Brennen davon immer noch auf meiner Haut, und erneut wirbelten Gedanken durch meinen Kopf, die es mir nicht leichter machten, mich aus Wyatts Umarmung zu lösen. Dennoch wollte ich mich abwenden, aber er stoppte mich mit seiner Stimme. »Lake?«

»Hm.«

Er zog mich mit Schwung wieder eng an sich, sodass sich unsere Lippen erneut fanden. Dieser Kuss fühlte sich nicht wie ein Abschied an, sondern eher wie ein Anfang.

»Jetzt geh«, raunte er.

Schweren Herzens löste ich mich von ihm und ging zur Tür. »Bis später, Mr. Music.«

»Bis später, Hippie-Girl.«

Nachdem ich die Tür geschlossen hatte, holte ich tief Luft und ließ meinen Blick über das Grundstück schweifen, ohne wirklich etwas wahrzunehmen. Bis eine Bewegung meine

Aufmerksamkeit auf sich lenkte und ich meinen Dad auf der Veranda entdeckte, der in seine Arbeitsstiefel schlüpfte. Er hielt genauso inne wie ich, als loteten wir in dem Moment aus, was der andere dachte. Verdammt.

Er sah nicht gerade begeistert aus.

Kapitel 28

Wyatt

Harry wartete bereits im Pick-up, als ich aus der Tür kam. Von Lake war keine Spur zu sehen, und ich musste aufpassen, dass mich mein breites Grinsen nicht verriet.

Küssen war für mich niemals so befriedigend gewesen wie mit Lake. Es war eher ein Mittel zum bevorstehenden Touchdown, aber Lake zu küssen war unglaublich. Ich war so tief in dem Moment gefangen gewesen, ohne mir Gedanken über das Danach zu machen. Ihr Duft nach frischer Luft und Wald hing noch in meiner Nase, und das Gefühl ihrer Wärme erfüllte meinen ganzen Körper.

Und doch schob sich gerade ein wenig Reue wie ein Schatten vor dieses Glück, denn bei Harrys Gesichtsausdruck, als ich in den Wagen stieg, war mir klar, dass er es wusste. Vielleicht hatte er Lake mit glühenden Wangen und geröteten Lippen beim Rausgehen bemerkt. Er war ein schlauer Mann, er zählte sicherlich eins und eins zusammen.

»Hi, Harry.«

»Hallo, Junge«, erwiderte er und ließ den Motor an. Mittlerweile kannte ich ihn gut genug, um sagen zu können, dass er kein Mann vieler Worte war, aber seine kalte Art ließ mich die alten Mauern wieder errichten. Er und was er darüber dachte, sollte mir egal sein.

Nur Lake und ich waren wichtig.

»Wohin fahren wir?«

»Wir brauchen ein paar Pfund Hornspäne, um mit dem Kompost den Dünger für die Bäume herzustellen. Der alte Dawson drüben in Bear Valley verkauft das Zeug von seinen Rindern.«

»Okay.«

Harry lenkte den Wagen auf die Straße, und einige Zeit folgten wir dem Weg, der sich wie eine Schlange durch den dichten Wald wand.

»Und wie lief die Überraschung für Lake?«, fragte er nach einer Weile, und auch wenn seine Stimme gleichgültig klingen sollte, hörte ich die Neugierde darin.

»Sie hat sich sehr gefreut. Die Ballettschule ist in gutem Zustand. Die Räumlichkeiten eignen sich perfekt für Lakes Yogastudio.« Ich holte tief Luft und sammelte all meinen Mut zusammen. Mein Arm lag auf dem geöffneten Fenster, und meine Finger tippten nervös gegen die Türverkleidung. »Sie wird es packen, Harry. Davon bin ich überzeugt.«

Er nickte. »Sie ist meine Tochter, natürlich wird sie es packen, wenn sie es diesmal auch durchzieht.« Er trat auf die Bremse und nahm eine besonders steile Kurve. Ich spannte meinen Körper gegen die Fliehkraft an. »Vorausgesetzt, es bringt sie nichts durcheinander. Sie sollte jetzt all ihre Energie in ihr Vorhaben stecken, denkst du nicht auch?« Seine Worte waren eher ein Befehl als eine Frage, das war mir völlig klar. Aber nach dem bisherigen Tag mit Lake und diesen unglaublichen Küssen war ich mir sicher, dass Abstand das Letzte war, was einer von uns wollte.

»Bei allem Respekt, Harry, ich will diese Sache mit dem letzten Laden wiedergutmachen, und ich werde ihr bei der Renovierung der Ballettschule helfen.«

»Darum geht es auch nicht, ich wäre enttäuscht, wenn du es nicht tätest. Doch was denkst du, tut sie, wenn du wieder gehst?«

Ich presste die Lippen aufeinander und starrte geradeaus. »Ich will ihr nicht wehtun.«

»Das weiß ich, Junge, das weiß ich«, murmelte Harry und schaltete in einen höheren Gang. Eine halbe Meile vor uns lichtete sich der Wald. »Und trotzdem wirst du es tun. Ihr Leben ist hier, und deines spielt woanders. Das ist in Ordnung, du hast es dir hart erarbeitet.«

Seine Worte hallten in meinem Innern nach. *Woanders* war eine treffende Bezeichnung dafür, dass ich überhaupt keinen Schimmer hatte, wo mein Leben und mein Zuhause war.

»Alli und ich haben nicht immer hier gewohnt. Wir haben uns auf dem College kennengelernt. Ich habe Jura studiert«, sprach Harry weiter.

»Jura?«, fragte ich überrascht, und Harry nickte lächelnd, als ich ihn ansah.

»Alli hat Kunst studiert, ihr war klar, dass sie nicht wie Andrea in die Fußstapfen ihres Dads treten würde, der in Los Angeles eine Agentur für Musiker eröffnet hatte. Du kanntest Duncan. Auf jeden Fall wäre Alli überall mit mir hingegangen, wenn ich es durchgezogen hätte und wie mein Bruder Bill Anwalt geworden wäre, um meine Eltern stolz zu machen. Ich hätte viel Geld verdienen können, doch ich hatte erkannt, dass Alli mit so einem Leben nicht glücklich geworden wäre. Sie ist wunderschön, wild, frei und ließ sich schon damals von niemandem etwas sagen.« Er lachte leise, und ich wusste genau, wer direkt nach ihrer Mom kam. Es war, als spräche er von Lake. »Es zählt nicht, was wir im Leben haben, sondern wen. Die Menschen sind es, die es lebenswert machen. Deshalb habe ich mich gegen das Studium und für Alli entschieden, und ich habe es kein einziges Mal bereut, es abgebrochen zu haben.«

Ich dachte über seine Worte nach und daran, was ich Lake gesagt hatte. Dass ich überhaupt keine Ahnung hatte, ob die Musik meine eigene Leidenschaft war, auch wenn sie sich hin und wieder so anfühlte. Im Moment wusste ich rein gar nichts mehr, außer dass sich alles in mir nach Lake und ihrer Nähe sehnte.

Vielleicht hatte Harry recht, und der Aufenthalt hier in New Hope und bei den Campbells war nicht das Schlechteste, was mir hätte passieren können.

Hoffentlich hatte ich noch genug Zeit, die Antworten auf all meine offenen Fragen herauszufinden.

Kapitel 29

Lake

Meine Atmung war fließend, mein Fokus ganz auf mich gerichtet. Langsam öffnete ich die Augen und schaute mich im Raum um. Mein Blick erkundete die hohe Holzdecke und die Aussicht auf meterhohe Kiefern und den See durch die Fenster, die so viel Licht in den Raum schickten, wie es möglich war.

Dieser Ort war perfekt, und ich war Wyatt immer noch unglaublich dankbar, dass er dies mit Oliver für mich organisiert hatte.

Ich atmete ein letztes Mal durch und stand von meiner Matte auf. Meine erste Yogaeinheit hier war wunderbar entspannend gewesen, und vor meinem geistigen Auge sah ich bereits mindestens fünfzehn weitere Matten mit Menschen, die ebenfalls nach Entspannung und Ruhe in meinem Studio strebten. Es würde großartig werden!

Endlich hatte ich das Gefühl, anzukommen und das Richtige gefunden zu haben.

Meine Gedanken wanderten sofort wieder zurück zu Wyatt und diesem unglaublichen Kuss. Ich musste immer noch unkontrolliert grinsen, als ich an das Gefühl seiner Berührungen dachte. Alles in mir begann zu kribbeln, und mein Puls beschleunigte sich. Ich konnte es kaum erwarten, ihn heute Abend wiederzutreffen. Hoffentlich würde er diesmal mit uns essen und ich konnte mich danach in seine Hütte schleichen.

Mit einem tiefen Atemzug verdrängte ich die Gedanken daran und ging hinüber zu den Malersachen, die mir Brax nach meiner Bitte aus dem Baustoffhandel mitgebracht hatte. Auch wenn das Studio in einem guten Zustand war, musste noch einiges getan werden, um es so hinzubekommen, dass es meiner Vorstellung entsprach.

Leider waren Brax und Graham immer noch skeptisch und hielten sich ziemlich bedeckt. Was ich ihnen nicht verdenken konnte, außerdem wollte ich das hier allein packen. Ich würde es allen beweisen, nicht nur meiner Familie, sondern auch einigen Einwohnern, die hinter meinem Rücken über mich tuschelten. Ich bemerkte ihre Blicke und hörte ihr Flüstern ganz genau, doch das war mir egal. Ich tat das hier für mich und nicht für andere.

»Klopf, klopf!«

Ich schreckte auf und wandte mich zur Eingangstür. Ein Grinsen breitete sich auf meinem Gesicht aus, als ich meine Freundinnen entdeckte.

»Wow, der Raum ist ja riesig!«, bewunderte Emilia die hohen Decken.

»Hey, was tut ihr denn hier?« Ich hatte ihnen direkt die große Neuigkeit geschrieben, und sie waren ausgeflippt vor Freude. Dass sie so schnell herkamen, überraschte mich trotzdem.

Ich ging auf Midge zu, die unter ihrem Arm einen riesigen Buddhakopf trug. An Emilias Schulter hing ein Baumwollstoffbeutel, und ich erkannte allerlei Dekokram, der daraus hervorlugte.

»Wir wollten dir zum Einzug gratulieren, außerdem waren wir tierisch neugierig«, erwiderte Midge, und ich nahm ihr den gigantischen Kopf ab.

»Wir konnten doch nicht mit leeren Händen kommen. Den Kopf habe ich bei Mr. Wang gefunden und noch haufenweise anderen Kram«, rief Emilia im Hintergrund und stellte die Tüte in eine Ecke des Raumes.

»Ihr seid verrückt!«

»Und großartig«, warf Midge ein.

Ich konnte einfach nicht aufhören zu lächeln. »Was ist mit dem Café?«

»Josh vertritt mich, und Em hat von ihrer wunderbaren Chefin sogar einen halben Tag freibekommen.«

Sie kam zu uns, hustete ein paarmal theatralisch in die Armbeuge und drückte den Handrücken an die Stirn. »Ich glaube, da rollt eine gespielte Erkältung an. Du weißt doch, wie allergisch der Drache auf so was reagiert. Erst hat sie jede offene Fläche mit Desinfektionsspray besprüht und mich dann nach Hause geschickt.« Emilia grinste, als sie daran dachte. »Ich sollte das öfter mal probieren, vielleicht gibt sie mir die ganze Woche frei.«

»Ich danke euch«, erwiderte ich und schloss eine nach der anderen fest in die Arme. Auch wenn ich das hier allein packen wollte, war es, wenn ich ehrlich war, doch schön, gute Freundinnen an meiner Seite zu wissen. »Und ihr wollt mir helfen? Und habt sogar Deko besorgt?« Ich legte eine Hand auf mein Herz vor Rührung.

Midge rückte sich das blau gepunktete Band in ihren schwarzen Locken zurecht und klatschte in die Hände. »Selbstverständlich! Lass uns loslegen!«

Am frühen Abend saßen Emilia und ich mit farbbekleckseten Overalls auf dem Boden in einer der Umkleiden. Midge kam herein und hielt eine Sektflasche und drei Becher nach oben.

»Zur Feier des Tages und dass wir erfolgreich drei Räume gestrichen haben, lasst uns anstoßen!«

»Was ist das?«, fragte Emilia und starrte die Plastikbecher an, auf denen jeweils der Weltraum, Sterne und diverse Planeten für Kinder gezeichnet waren. »Hat Easton dir seine Becher geliehen?«

»Niemals würde er seine heiligen Becher verleihen. Ich habe es wie jede anständige Mom gemacht …« Sie ließ sich neben uns auf den Boden fallen. »Und sie mir ohne zu fragen genommen.«

Lachend schüttelten Emilia und ich unsere Köpfe. Gekonnt öffnete Midge die Flasche, und während der Korken durch den halben Raum schoss, ergoss sich der sprudelnde Inhalt über die Malerfolie am Boden.

»Aber nur ein kleines Schlückchen«, meinte ich.

Fassungslos schnalzte Midge mit der Zunge. »Du wirst schon nicht deinen heißen Rockstar halb betrunken anfallen, keine Sorge.«

Ich presste die Lippen aufeinander, und Emilia war die Erste, die aufsah und mich mit zusammengekniffenen Augen fixierte. »Da ist doch was im Busch.«

Midge stellte die Flasche beiseite und schaute mich ebenfalls an. »Oh mein Gott! Du hast ihn schon längst angefallen!«, rief sie aus.

»Natürlich nicht«, erwiderte ich lachend, doch das kam nicht ganz so überzeugend rüber, wie ich es gehofft hatte. Meine Freundinnen warfen sich verschwörerische Blicke zu, und Midge hob zwei Becher vom Boden auf, die sie uns reichte. Ihren eigenen hielt sie zwischen uns in die Luft.

»Darauf, dass Lake dieses fantastische Yogastudio eröffnen wird und die schlechteste Lügnerin der Welt ist! Auf unser Groupie Nummer eins, Laaaaake«, rief sie lang gezogen wie ein Boxrichter.

»Ihr spinnt!«

»Nein, du spinnst, du musst uns alles erzählen! Bitte, lass uns an deinem aufregenden Leben teilhaben«, sagte Emilia und stieß grinsend ihren Becher gegen Midges.

Seufzend erhob ich meinen und hielt ihn ebenfalls dagegen. »Na gut … Es war nur ein Kuss.« Ich biss mir grinsend auf die Unterlippe, während die Augen meiner Freundinnen größer wurden, denn in Wirklichkeit war es deutlich mehr als nur ein Kuss.

Emilia stieß ein Quietschen aus. »Lake Campbell, wir können noch einiges von dir lernen«, sagte sie, während wir anstießen und danach tranken.

»Hm, der ist tatsächlich ziemlich lecker«, murmelte ich und genehmigte mir noch einen weiteren Schluck.

»Hab ich bei Phil geklaut.«

»Hast du nicht?« Entgeistert schauten wir Midge an, doch die zuckte nur mit den Schultern.

»Kann ich was dafür, dass er ein psychopathischer Chef ist und Lake behandelt hat wie eine Sklavin? Er hat es verdient.«

»Das kannst du … doch nicht …« Ich schnappte nach Luft.

Auf einmal lachte Midge laut los. »Verdammt, ihr hättet mal eure Gesichter sehen müssen! Natürlich hab ich die Flasche nicht geklaut, sondern regulär gekauft wie jeder andere auch! Ihr seid wirklich verrückt!«

»Also, jetzt noch mal zu dem Punkt, an dem Wyatt Lanter und du euch geküsst habt«, sagte Emilia.

Langsam nippte ich erneut am Becher. Und noch einmal, nur um sicherzugehen, dass ich genug Zeit herausgeholt hatte, um mir eine Antwort zurechtlegen zu können. Ich war mir nicht sicher, ob ich ihnen wirklich alles erzählen sollte, andererseits waren sie meine besten Freundinnen, und sie würden ganz bestimmt nicht damit in der Stadt hausieren gehen. »Es ist einfach passiert. Heute in seiner Hütte. Er hat mir das Gitarrespielen gezeigt.« Ein Lächeln breitete sich auf meinem Gesicht aus, und ich spürte erneut dieses Kribbeln, wenn ich nur an den Kuss und Wyatt dachte.

»Wer hat angefangen?«, fragte Midge und füllte uns noch mal nach, obwohl die Becher noch mindestens zur Hälfte voll waren.

»Ich kann es gar nicht so richtig sagen, es ging von uns beiden aus.«

»Das ist gut!« Sie nickte.

»Und … wie küsst er?«, fragte Emilia und wurde bei der Frage sogar ein wenig rot.

Ich zögerte. »Wow, ihr Gesichtsausdruck verrät doch alles!«, stellte Midge fest und stieß ihren Becher erneut gegen meinen, sodass ein wenig von dem kühlen Inhalt über meine Finger schwappte. »Wir hätten eine Wette abschließen können, wann es bei euch endlich so weit ist!«

»Hättet ihr nicht!«

»Natürlich, das war unvermeidbar.«

Ich sah Emilia an, die nur mit den Schultern zuckte. »Midge hat recht. Diese Energie, dieses Prickeln ist unglaublich«, kam sie ins Schwärmen. Im Gegensatz zu Midge oder mir war sie einfach eine Romantikerin und lebte in ihren Geschichten. Doch das hier war keiner ihrer Liebesromane.

Ich senkte den Blick auf den Boden und knibbelte mit dem Fingernagel getrocknete Farbe von der Folie. »Aber ich hab keine Ahnung, was das jetzt bedeutet.«

»Wieso analysierst du so viel daran herum?«, wollte Midge wissen.

»Weil es anders ist als damals auf der Highschool mit Curtis, und es ist auch anders als bei dieser Sommergeschichte mit Adam. Außerdem wird er in wenigen Wochen, vielleicht sogar Tagen weg sein und mich vergessen«, antwortete ich.

»Ich denke nicht, dass er dich vergessen wird«, ermutigte mich Midge, und auch Emilia nickte enthusiastisch.

»Er schreibt an einem Song, und wenn er ihn fertig hat und er Andi gefällt, darf er sicherlich wieder zurück nach Los Angeles, oder wohin auch immer«, offenbarte ich Wyatts Plan.

»Und du meinst, dann war es das mit eurer Beziehung?«

»Wir haben uns nur einmal geküsst, vielleicht denke ich wirklich zu viel darüber nach ... Dad fände es sicherlich auch nicht gerade toll.«

Midge stupste mich freundschaftlich an der Schulter an. »Und du glaubst, dass meine Eltern begeistert waren, als Josh und ich entschieden, Easton zu bekommen? Mit neunzehn! Es geht hier nicht um andere, sondern nur um dich und Wyatt. Ihr müsst euch klar darüber werden, was sich da zwischen euch entwickelt, dann könnt ihr jedes Hindernis aus dem Weg schaffen.«

Ich schenkte ihr ein dankbares Lächeln, denn im Grunde wusste ich, dass sie recht hatte.

Schritte auf den Holzdielen aus dem Hauptraum ließen uns aufsehen. »Hallo? Lake?«

Als ich Wyatts Stimme erkannte, vollführte mein Herz einige Extraschläge, und meine Freundinnen wirkten auf einmal ganz aufgeregt.

»Hier!«, rief ich zurück und stand auf. Als er an der Tür erschien, hatte ich Zeit, ihn in den lässigen Jeans und dem ausgewaschenen Shirt, das sich so perfekt an seinen Oberkörper schmiegte, zu bewundern. Meine Augen erreichten seine Lippen, und er schien meine Gedanken zu erraten, denn auch er fixierte mich auf einmal, als wäre ich das Einzige im Raum, das zählte.

Midges Räuspern durchbrach den Bann und holte uns in das Hier und Jetzt zurück. »Hi, ich bin Midge und sehr erfreut«, sagte sie und streckte Wyatt die Hand entgegen. »Diesmal ganz offiziell.«

»Freut mich ebenfalls.« Er nickte freundlich und wandte sich dann an Emilia, die ihm danach schüchtern die Hand reichte.

»Hi«, piepste sie, und ich musste unwillkürlich lächeln. »Emilia.«

»Ich wollte nur mal vorbeischauen und fragen, ob ich bei irgendetwas helfen kann. Doch ihr seid ziemlich gut vorangekommen«, meinte er und kam einen Schritt näher, während er sich die strahlend weißen Wände ansah. Sein Duft drang zwischen all der frischen Farbe in meine Nase, und das Einzige, was ich wollte, war, mich erneut in seine Arme zu schmiegen.

»Klar, Girlpower«, erwiderte ich.

Ein amüsierter Ausdruck trat auf sein Gesicht. »Ich würde niemals an euch zweifeln.«

Lautes Rascheln ließ mich an Wyatt vorbeisehen. Midge und Emilia schlüpften aus den Overalls und legten diese zusammengefaltet auf den Boden. »Ich sollte wieder zurück zu Josh, er ist sicherlich schon ganz überfordert mit dem Café.«

»Ja, und ich … muss noch einkaufen! Einkaufen, genau! Bye!«, stotterte Emilia, während Midge sie mit nach draußen zog.

»Deine Freundinnen sind nett«, sagte Wyatt, als die beiden verschwunden waren. Sein Blick wechselte immer noch zwischen meinen Augen und Lippen hin und her.

»Das sind sie.«

»Also, wobei kann ich dir helfen, Lake?«, wisperte er rau, und ich leckte mir über die Unterlippe. Die Geste ließ seinen Blick noch eindringlicher werden.

»Es gibt noch viel zu tun«, erwiderte ich im gleichen gedämpften Ton und bemerkte, dass wir auf einmal noch näher beieinanderstanden. »Du könntest den verwitterten Tisch aus dem Garten vor zur Straße bringen. Zu dem Haufen Sperrmüll.« Noch ein Schritt. »Oder du könntest mir helfen, die alten Bänke hier abzuschleifen und neu zu lackieren.« Unsere Oberkörper berührten sich fast. »Oder …« *Du könntest mich einfach küssen.*

Als hätte er meine Gedanken gelesen, legte er seine warme Hand um meinen Nacken und zog mich sanft an sich. Er verharrte kurz vor meinem Mund, und ich konnte diese lustvolle Spannung zwischen uns kaum noch aushalten.

»Ich hab heute an dich gedacht. Oft«, flüsterte er.

»Mir ging es ganz genauso.«

»Was ist das nur?«

»Keine Ahnung, lass es uns herausfinden.«

»Okay«, hauchte er, und endlich fanden seine Lippen meine.

Kapitel 30

Wyatt

Es war faszinierend, Lake dabei zuzusehen, wie sie das genaue Bild in ihrem Kopf zum Leben erweckte. Selbst ich, der sonst mit Esoterik, Yoga oder Meditation rein gar nichts am Hut hatte, fühlte mich in den Räumlichkeiten des Studios ruhig und entspannt. Was sehr wahrscheinlich auch an Lake selbst liegen konnte.

Nachdem sie und ich tatsächlich noch einige kleinere Arbeiten abgeschlossen hatten, obwohl ich mich kaum von ihr hatte lösen können, war es selbstverständlich, dass ich an dem heutigen Abendessen teilnahm.

Während Lakes Dad uns mit scharfen Blicken beobachtete, schaffte es Alice, so zu tun, als wäre alles ganz normal. Lake erzählte, wie weit wir bei dem Umbau gekommen waren, was sie noch alles plante und wie fantastisch alles werden würde. Ich lauschte ihrer aufgeregten Stimme und genoss die Brokkolicremesuppe.

Nur für eine Sekunde berührten ihre Finger unter dem Tisch meinen Oberschenkel, und es reichte aus, dass sie ein wildes Feuer in mir entfachte. So langsam wurde die Anziehung, die Lake, ihr Duft und ihre bloße Anwesenheit auf mich ausübten, verrückt. Ich wurde verrückt.

Es war unmöglich, mich von ihr fernzuhalten. Es kribbelte in meinen Fingern, alle Eindrücke von ihr in einem Song für die Ewigkeit festzuhalten, und wie Blitze schossen Ideen, Wörter, Noten und Strophen in meinen Kopf, die ich sofort nach diesem Essen aufschreiben musste, um sie nicht zu vergessen. Lake war inspirierend, und wenn ich es zugab, war es der gesamte Ort.

Nach einem leckeren Stück Apple Crumble verabschiedete ich mich von Alice und Harry. Lake begleitete mich in den Flur und blieb an der Haustür stehen.

»Sie wissen es«, flüsterte ich verschwörerisch, und Lake lächelte, während sie näher kam und zu mir aufsah.

»Garantiert tun sie das. Sie hatten schon immer einen siebten Sinn.«

Nervös flog mein Blick zur Tür, die zum Wohnzimmer führte, aus dem Stimmen und Gesprächsfetzen drangen. Was würde Harry mit mir tun, wenn ich hinter seinem Rücken in seinem Haus Lake küsste? Er erinnerte mich immer mehr an meinen eigenen Vater und an Situationen aus meiner Jugend, in der er mich mit Mädchen erwischt hatte, die ich heimlich in mein Zimmer geschmuggelt hatte. Was relativ einfach war, denn es war ein ausgebauter Dachspeicher über unserer Garage mit eigenem Eingang. Natürlich nur aus dem Grund, damit ich ungestört Gitarre spielen konnte.

»Kannst du dich rausschleichen und später noch vorbeischauen?«, fragte ich leise und strich ihr eine Haarsträhne aus dem Gesicht. Mein Finger verweilte länger an ihrer Schläfe als nötig.

»Ich komme. Später findet schließlich noch etwas ganz Besonderes statt.«

Ich zog die Augenbrauen nach oben. »Lake, was willst du mir damit sagen?«

Sie musste lachen und schlug mir sanft gegen die Brust. Blitzschnell hielt ich ihre Hand fest und drückte sie auf die Stelle, hinter der mein Herz wie wild schlug. Ihr Blick wurde dunkler, als würde sie es spüren. »So meinte ich es nicht«, antwortete sie atemlos, und ich rückte jetzt doch näher an sie heran. Ich konnte ihr einfach nicht widerstehen.

»Wie hast du es denn dann gemeint?« Nicht nur in meinen Ohren klang meine Stimme rauer und tiefer als gewöhnlich.

»Das wirst du sehen.«

»Also kommst du?«

Sie nickte und hauchte mir einen winzigen Kuss auf die Wange, der mir garantiert nicht ausreichte, um die Zeit bis später zu überbrücken.

Es war bereits dunkel, und ich erkannte nicht mal mehr den beginnenden Wald hinter der Hütte, während ich aus dem Küchenfenster sah. Um die Worte, die in meinem Kopf Kreise zogen, nicht zu verlieren, hatte ich weiter an meinem Song gearbeitet, und so langsam hörte er sich viel runder an als zu Beginn der Woche. Ich sollte zufrieden sein, aber stattdessen war ich rastlos und wanderte summend im Zimmer herum. Beim Kühlschrank angekommen, nahm ich eine Wasserflasche heraus, bis mich ein leises Klopfen innehalten ließ. Seit dem Abendessen waren drei Stunden vergangen, und ich hatte die Hoffnung aufgegeben, dass Lake noch auftauchen würde. Vielleicht hatte Harry sie beim Rausgehen erwischt. Über diesen Umstand war ich trauriger, als ich offen zugegeben hätte. Es klopfte erneut, diesmal energischer.

Ich stellte die Flasche zurück und durchquerte den Raum, öffnete die Tür und entdeckte Lake in eine dicke Wolldecke gehüllt. Der Schimmer aus Vorfreude und Aufregung ließ ihr Gesicht und ihre Wangen glühen. Sie war wunderschön.

»Komm mit!«, sagte sie und deutete mit dem Kinn hinter sich in die Dunkelheit. »Wir müssen uns beeilen. Nimm eine Jacke mit.« Ihre Stimme war verschwörerisch.

Ich runzelte die Stirn. »Was …«

»Keine Zeit!«

Kopfschüttelnd schnappte ich mir vom Haken neben der Tür eine Jacke, zog sie mir über und folgte Lake nach draußen. Die Luft war kühl, klar und wunderschön für eine Frühlingsnacht. Der Duft der Kiefern hing darin, und Lakes Augen überstrahlten die unzähligen Sterne über uns. Dieser Moment wäre perfekt, um ihn in einem Song zu verewigen. Doch Lake ließ mir keine Zeit. »Los«, flüsterte sie, schnappte sich meine Hand und zog mich am Hauptgebäude vorbei, bis wir den Weg in Richtung Wald erreichten, der zu der Stelle von Lakes morgendlicher Yogaeinheit führte. Doch anstatt zwischen die Kiefern einzutauchen, liefen wir durch wadenhohes Gras am Wald entlang. Der flache Lichtkegel ihrer Taschenlampe war das Einzige, das verhinderte, dass ich über Wurzeln und unebenen Boden stolperte. Ich spürte Lakes Finger, die sich mit meinen verschlungen hatten, und genoss ihre Nähe. Auch diesmal bemerkte ich, dass ich ganz im Moment war. Ich dachte nicht über das Gestern oder das Morgen nach. Nur über das Jetzt. Und das tat mehr als gut.

»Ich dachte, du kommst nicht mehr«, gestand ich.

Sanft drückte Lake meine Finger. »Ich habe nur den richtigen Augenblick abgewartet.«

»Für was?«

»Für das Besondere«, erwiderte sie rätselhaft und nahm unsere Unterhaltung von vorhin auf. Ich spürte ihren Blick auf mir, und als ich sie ebenfalls ansah, schaute sie wieder nach vorn. Ein entspanntes Lächeln lag auf ihren Lippen, das schöner nicht hätte sein können.

Die Häuser hinter uns wurden kleiner, und wir stiegen einen Hügel hinauf. Ich hatte immer noch keine Ahnung, was Lake mir zeigen wollte, aber ich war mir sicher, dass es sich lohnen würde. Sie kannte diese Gegend wie kaum jemand anders, vor allem das Gebiet rund um ihr Zuhause. Wie es wohl gewesen war, als Lakes Brüder noch hier wohnten und die drei jeden Tag zum Spielen diese Umgebung hatten? Auf dem Weg hatte ich ein altes Baumhaus gesehen. Ich hätte damals sicherlich mit ihnen befreundet sein wollen.

Wir erreichten das Ende einer kleinen Erhöhung. Links von uns lag der dunkle Waldrand, rechts konnte ich, soweit die Dunkelheit es zuließ, über eine weite Blumenwiese sehen, und vor uns präsentierte sich New Hope in seiner ganzen Pracht. Der Anblick war unglaublich in der klaren Luft. Lichter flirrten zwischen den Kiefern, die überall in der Kleinstadt wuchsen, und über alldem thronte ein grenzenloser Himmel mit Sternen, die man auch in mehreren Leben niemals hätte zählen können. Ich ließ den Blick auf mich wirken. Lake trat an meine Seite und schlang den Arm um meine Hüfte, während ich ihre Schultern umfasste und sie fest an mich zog.

»Wow, das ist atemberaubend!«

»Gib endlich zu, dass du dich in New Hope wohlfühlst«, neckte sie mich.

Ich lachte leise. »Ja, ich gebe es zu.«

»Na endlich! Aber das ist es noch nicht, was ich dir zeigen wollte.«

»Nein?« Stirnrunzelnd sah ich sie an.

»Nein.« Sie deutete hinter sich. Auf dem moosbewachsenen Boden, nahe des Waldrandes, hatte sie die Wolldecke ausgebreitet. Auf ihr lag die Taschenlampe. Wieder war es Lake, die meine Hand nahm und mich hinunter auf die Decke zog. Die mich führte und mir eine Welt zeigte, die mir bisher völlig fremd gewesen war. Vor einigen Wochen hätte ich nicht gedacht, dass es etwas außerhalb des Hamsterrades gab, in dem ich mich befunden hatte.

»Schau in den Himmel«, flüsterte sie. Wir legten uns mit dem Rücken nebeneinander auf die Decke und warteten ab.

»Und nun?«, fragte ich nach einiger Zeit. Ich war es immer noch nicht gewohnt, nichts zu tun, und eine innere Unruhe wuchs in mir an, die mich kribbelig werden ließ.

»Warten. Einfach nur warten.«

Ich wollte gerade seufzen, da glimmte plötzlich ein winziges Licht über uns auf. Mein Blick zuckte zu der Stelle, an der es im Nichts verschwand.

»Hast du das gesehen?«, fragte ich aufgeregt.

Lake lachte, und wieder erschien das Licht. Immer mehr gesellten sich zu ihm, und ich setzte mich schwungvoll auf. Überall um uns herum glühten winzige Lichtpunkte in der Luft, senkten sich auf den Boden, um kurz darauf wieder nach oben zu steigen. Es war unglaublich. Magisch.

Lake rutschte dicht zu mir, knipste die Taschenlampe an und wieder aus. Einige der Lichter reagierten auf sie, kamen näher, als Lake es rhythmisch wiederholte. Sie streckte die Hand aus und fing vorsichtig eines der winzigen Wesen ein. Sie leuchtete auf ihre halb geöffnete Handfläche.

»Glühwürmchen«, löste sie das Schauspiel auf. »Gray hat mir erzählt, dass sie mit ihrer Paarungszeit dieses Jahr früher dran sind als sonst. Die Männchen fliegen durch die Luft und suchen ihr Weibchen, das am Boden auf sie wartet.«

»So etwas habe ich noch niemals zuvor gesehen, das müssen Hunderte sein«, erwiderte ich, und der Leuchtkäfer hob mühsam von Lakes Hand ab. Meine Augen verloren ihn zwischen den anderen, und ich sah auf. Der Himmel verschmolz mit dem Schimmern der Tiere, beides vermischte sich, als wären wir umgeben von goldglühenden, gefallenen Sternen.

»In Städten werden die Glühwürmchen durch die Lichtverschmutzung abgelenkt. Sie sterben, ohne ihre Bestimmung erfüllt zu haben.«

»Welche Bestimmung?«, fragte ich heiser und wandte mich zu Lake. Unsere Hände fanden sich wie in einer perfekten Choreografie.

»Ihr Weibchen zu finden. Das Überleben ihrer Art.« Selbst in diesen Lichtverhältnissen waren die Blicke, die wir uns zuwarfen, tief und eindringlich. Mein Herz schlug heftig gegen meinen Brustkorb. Gemeinsam sanken wir zurück auf die Decke, Lake rutschte in meine Umarmung und schmiegte ihre Wange an meinen Oberkörper. Ich zog sie dichter an mich heran und genoss den Moment. Die Sterne, dieses Erlebnis und Lakes Nähe, die mir bewusster als alles andere zusammen war. Früher hatte ich gedacht, dass es die lauten Momente waren, die mich lebendig werden ließen, aber nun wusste ich die leisen viel mehr zu schätzen. Mit den Fingerspitzen strich ich sanft Lakes Arm hinunter, und sie spielte mit dem Reißverschluss meiner Jacke. Das Glühen um uns herum wurde langsam schwächer, während das Gefühl in mir auf ein Vielfaches anwuchs. Als fast alle Männchen ihre Weibchen gefunden hatten, summten nur noch wenige Lichter um uns herum. Die armen Kerle. Immer noch auf der Suche, ohne zu wissen, ob sie ihr Ziel erreichen würden.

»Welches Sternzeichen bist du?«

»Schütze.«

Ich deutete in den Himmel. »Dort. Da sind Pfeil und Bogen.«

»Und was bist du?«

»Widder. Dort drüben.« Ich deutete in die Richtung.

»Wow, du würdest dich mit Easton super verstehen!«

War es verrückt, dass ich einen kleinen Stich Eifersucht spürte? »Wer ist Easton?«

»Midges kleiner Sohn. Er liebt den Weltraum und verschlingt alles darüber! Woher weißt du das alles?«

Ich atmete erleichtert auf und schloss für einen kurzen Moment die Augen. War ich wirklich bereit, Lake mein Inneres zu offenbaren? Ich hatte etwas Angst, was geschehen würde, wenn ich es tat. Dass dieses Gefühl zwischen uns tiefer, ernster wurde, und ich wusste tatsächlich nicht, ob ich mich dann so einfach von ihr lösen konnte. War das der wahre Grund, weshalb ich mich in den letzten Jahren von zu festen Beziehungen ferngehalten hatte? Die Angst vor der Trennung? Egal ob Beziehungen oder Freundschaften, beides waren vergängliche Dinge in meinen Augen. »Musik war schon immer mein Leben. Ich wollte es an die Spitze schaffen und hatte nicht viel Zeit für Freunde.« Ich atmete tief ein, um die Erinnerung an meine beschissene Highschoolzeit zu verdrängen. »Du wirst es nicht glauben, aber der coole, lässige Rockstar war ein ziemlicher Loser in der Schule – und eben nicht der King seiner Stufe, wie ich dich habe glauben lassen. Es ist schräg, wenn ein Dreizehnjähriger ständig mit seinem alten Onkel abhängt«, versuchte ich die Situation mit misslungenem Humor zu entschärfen, doch Lake spürte meinen Schmerz. Sie drückte sich dichter an mich, um mir Trost zu spenden. »Also hatte ich neben dem Gitarrespielen und Songschreiben viel Zeit zum Lesen. Der Weltraum hat mich schon immer fasziniert, die Sterne haben mir Sicherheit gegeben, denn sie waren immer da. Dann wurde ich bekannter, zog durch Großstädte, in denen das Licht sie schluckte, und so habe auch ich mich gefühlt. Geschluckt.« Mein Arm hielt Lake noch fester. »Und jedes Mal, wenn ich aufgetreten bin und die Augen bei einem Song zumachte, sah ich sie.« Ich lachte verlegen und fuhr mir mit der freien Hand über das Gesicht. »Gott, das klingt total idiotisch.«

Lake setzte sich ein Stück auf, damit ich sie in dem dämmrigen Licht besser erkennen konnte. Die Taschenlampe lag hinter ihr, und der Schein umspielte ihre Silhouette. »Das klingt überhaupt nicht idiotisch, es klingt wunderschön. Und traurig.« Sie strich mir durch das Haar. »Sprich immer das aus, was du denkst, und versteck dich nicht. Nicht vor mir.«

Wie konnte sie in jeder Situation das Richtige sagen? Sie machte mich auf alle erdenklichen Arten verrückt, doch mir wurde bewusst, dass es eher ihre Nähe war, die ich brauchte, und weniger die Lust, die bisher im Morgengrauen immer schon wieder vergangen war. Oder würde es bei ihr anders sein? Behutsam legte ich meine Hand an ihre Wange. »Danke.« Daraufhin zog ich sie zu mir und küsste sie, legte alles in diesen Kuss, was ich nicht aussprechen konnte, weil es wahnsinnig war, so zu fühlen. Und weil die Angst größer wog, sie zu verlieren, wenn ich mich ganz auf sie einließ. Sie bedeckte meine Finger mit ihrer Hand und presste sich an mich. Schnell wurde der Kuss drängender, leidenschaftlicher, und ich umschlang ihren Körper mit meinen Armen, damit ich sie noch mehr spüren konnte. Ich hatte mich ihr offenbart, und sie hatte es angenommen, ohne mich zu verurteilen.

Verdammt. Das war der Moment, den ich gleichzeitig herbeisehnte und fürchtete. Sich am Ende des Staates in eine Frau zu verlieben, die nirgendwo anders sein wollte als hier, klang nach einem Haufen Probleme und gebrochenen Herzen.

Kapitel 31

Lake

Ich hatte Wyatt einen Teil meiner Welt gezeigt und er mir ein Stück seiner. Es war erschreckend, dass er sich sein ganzes Leben etwas aufgebaut hatte, das ihn im Grunde unglücklich machte. Oder war es nur, weil er die falschen Menschen in seinem Leben hatte?

Was war mit seinen Eltern und seinem Onkel passiert? Immer wenn er über sie sprach, dann nur über die Vergangenheit. Mir wurde schwindelig, aber nicht wegen meiner Gedanken, sondern eher aufgrund der Art, wie Wyatt mich küsste. Es lag eine Verzweiflung darin, die ich mit voller Inbrunst zurückgab. Es war unwirklich, sich nach so kurzer Zeit in der Nähe eines anderen so zu fühlen, doch das Einzige, was ich wollte, war, Wyatt an meiner Seite zu wissen. Ich wollte ihn, mehr, als ich jemals einen anderen Menschen gewollt hatte. Nichts anderes kam gegen das verzehrende Feuer, das von meinem gesamten Körper Besitz ergriffen hatte, an.

Seine Hand fuhr in meine Haare, legte sich um meinen Hinterkopf und drängte mich ihm entgegen. Ich keuchte zwischen seinen sehnsüchtigen Küssen, krallte mich in seine Jacke, als er sich ein Stück über mich beugte und ich mich mit dem Rücken auf die Decke legte. Sanft ließ er seine Finger an meiner Seite entlangstreichen, glitt über meine Oberschenkel, und ich presste mich an seine Hüften. Bei jedem weiteren Kuss verlor ich mich ein Stück mehr in ihm, und ich spürte, dass es ihm genauso ging. Immer gieriger wurden unsere Berührungen und immer größer die glühende Hitze, die uns zu versengen drohte.

Er löste sich von meinem Mund und verteilte Küsse über meinen Mundwinkel, bevor er seine Lippen an meinen Hals legte und ein prickelnder Schauer sich explosionsartig über meinen Körper ausbreitete. Ich umklammerte seine starken Schultern, als wäre Wyatt mein Anker auf dieser stürmischen Fahrt. Denn genauso fühlten sich unsere Küsse an. Sie waren Leben, sie waren Gefühl, sie waren einfach fantastisch.

Er umschloss meinen Oberschenkel fester, und die Leidenschaft rollte über uns hinweg wie eine Welle voller Emotionen. Das Stöhnen, das zwischen meinen Lippen hervorschlüpfte, konnte ich einfach nicht mehr zurückhalten. Zu gut war es, was Wyatt mit seinen Küssen bewirkte.

Als sein Mund erneut meinen fand und sein Unterkörper sich an meinen presste, wurde ich mutiger. Ich glitt mit den Fingern unter seine Jacke, streichelte seinen muskulösen Körper entlang, bis ich zwischen Hosenbund und Shirt warme Haut ertastete. Er keuchte auf, als ich meine Hand unter den Stoff schob und mit den Fingernägeln sanft über seinen unteren Rücken kratzte. Das Gefühl riss ihn anscheinend ruckartig zurück an die Oberfläche.

»Lake …«, keuchte er in mein Ohr, und ich war mir nicht sicher, ob das eine Ermahnung oder eine Bitte war. Er löste sich von mir und schaute mich an. Verschlungen lagen wir auf der Decke, und trotzdem war es nicht nah genug. Ich wollte ihn spüren. Mich ihm noch näher fühlen. Und ich sah ihm an, dass es ihm genauso ging. Dennoch bremste ihn etwas. War es das Gleiche, vor dem auch ich mich fürchtete?

Ich räusperte mich, weil meine Stimme bei meinem ersten Versuch, Worte zu formen, versagte. »Wollen wir zurück?« Ich leckte mir über die geschwollenen Lippen. »Zu dir?«

Mit seinen rauen Fingerkuppen strich er mir das Haar aus dem Gesicht. »Ich würde nichts lieber tun als das.« Das Aber schwang unüberhörbar in seinem Satz mit, und bevor er weitersprechen konnte, kam ich ihm entgegen und küsste ihn sanft. Er erwiderte den Kuss zögerlich.

»Für mich zählt nur dieser Moment, du und ich. Es zählt dieser Augenblick, dieser Abend. Lass uns nicht an das Danach denken.« Ich schluckte hart die Angst vor einer Zurückweisung hinunter, aber Wyatts Blick wurde dunkler und er senkte als Antwort den Mund erneut auf meinen.

»Du bist unglaublich«, flüsterte er zwischen unseren Küssen. »Niemals hätte ich gedacht, so jemanden wie dich hier zu finden.« Er löste sich von mir und lachte leise.

»Du hast an einiges nicht gedacht, zum Beispiel dass Antoines Eis das beste der Welt ist.«

»Oh, Eis ist tatsächlich das Letzte, was mich gerade beschäftigt«, erwiderte er rau und drückte mich an sich. Unsere Lippen fanden sich, und seine Zunge drang tief in meinen Mund, was mir ein Stöhnen entlockte. Die Anziehung, die Wyatt auf mich ausübte, war erschreckend. Alles in mir verzehrte sich nach ihm, und zum ersten Mal wusste ich, wie es sich anfühlte, wenn man sich in einem anderen Menschen verlor. In meinen Adern pulsierte das Blut, in meinem Körper die Lust und in meinem Herzen etwas, das ich zum jetzigen Zeitpunkt nicht benennen konnte.

»Komm«, flüsterte er, fasste nach meiner Hand und zog mich mit sich hoch. Wir schenkten den Sternen über uns noch einen Blick, bevor Wyatt die Decke hochhob, sie ausschüttelte und um meine Schultern legte. Doch ich war durch unsere leidenschaftlichen Küsse so erhitzt, dass ich alles andere als fror.

Ohne ein weiteres Wort miteinander zu sprechen, liefen wir den Weg zurück zu der Gästehütte. Ich sah kurz zu unserem Haus hinüber, nicht, dass meine Eltern doch etwas ahnten, aber alle Lichter waren ausgeschaltet, und ich hatte ihnen eine gute Nacht gewünscht, als sie ins Bett gegangen waren. Außerdem war ich alt genug. Das zwischen Wyatt und mir war mehr als eine lockere Affäre, und ich war mittlerweile bereit, mich ganz darauf einzulassen und vor allem voll dazu zu stehen.

Wyatt öffnete die Tür, und ich trat über die Schwelle. Ich spürte seine Präsenz in meinem Rücken, sowie er dicht hinter mir stand. Leise knisterten die letzten Ausläufer des Feuers, das Wyatt im Kamin angezündet hatte, und eine wohlige Wärme umhüllte uns, die mich die Augen schließen ließ.

Langsam glitt die Decke zu Boden, und Wyatt strich mir sanft die Haare zurück. Ich spürte seinen warmen Atem an meinem Hals, als er begann, leichte Küsse darauf zu verteilen. Fest presste ich die Lider zu, meine Atmung wurde unkontrolliert schneller, und ich konnte nicht abstreiten, dass sich auch Aufregung zu meiner unbändigen Lust mischte.

Behutsam drehte mich Wyatt herum und auf seine eindringlichen Blicke war ich nicht gefasst. Die Küsse, die daraufhin folgten, waren tief, drängend. Ohne uns voneinander zu lösen, bewegten wir uns auf das Bett zu. Wir hatten alle Zeit der Welt, und ich würde jede Sekunde mit Wyatt auskosten. Meine Kniekehlen stießen gegen den Bettrand, während er den Saum meines Pullovers griff und ihn nach oben zog. Er sog die Luft ein, als mein Oberkörper nur noch von meinem BH bedeckt wurde. Es war kein besonders teures Modell mit Spitze oder was man sich für solche Gelegenheiten vorstellte. Trotzdem mochte ich den schwarzen, samtenen Stoff, und die Schlichtheit verlieh ihm auch etwas Besonderes. Wyatt schien er zu gefallen. »Du bist so schön.« Die Erregung schwang in seiner Stimme mit, er wirkte sogar ein wenig verlegen, was ihn nur noch anziehender für mich werden ließ.

»Wunderschön«, raunte er.

»Danke«, flüsterte ich und fasste nach seinem Oberteil. »Und jetzt bist du dran.«

Mit einer fließenden Bewegung streifte er es sich über den Kopf, und diesmal war ich es, die einen Moment innehalten musste. Wie ich vermutet hatte, sah er unglaublich aus. Feste Muskeln erhoben sich unter straffer Haut. Sein Körper war nicht der eines Bodybuilders, doch so austrainiert wie der von jemandem, der mehrmals die Woche Sport trieb. Mein Blick fiel einen Moment auf das Lederband um seinen Hals und den kleinen Anhänger aus Holz, der wie ein Kranich aussah. Doch jetzt war nicht der Moment, ihn nach der Bedeutung dessen zu fragen. Ich ließ die Finger über seine warme Haut wandern, und er zuckte einen Moment zusammen, als ich ihn sanft berührte. Er legte die Hände in meinen Nacken und drückte mich enger an sich.

»Sorry, ich hab kalte Hände«, erwiderte ich und umschlang ihn ebenso. Als sein Becken gegen meines stieß, durchfuhr ein lustvoller Blitz meinen Körper.

»Dann wollen wir dir mal einheizen«, erwiderte er frech grinsend.

»Oh ja, jetzt hast du endlich die richtige Situation für deine anzüglichen Witze gefunden, oder?«, scherzte ich.

»Ich überspiele nur meine Unsicherheit«, sagte er, und diesmal klang es nicht nach einem Joke. Ich musste schlucken, weil mein Mund auf einmal trocken wurde.

»Bitte küss mich«, wisperte ich, und ohne sich noch ein weiteres Mal bitten zu lassen, erfüllte er mir meinen Wunsch. Seine Lippen waren gierig, und ich seufzte auf, als wir uns gemeinsam auf das Bett legten und auch noch von unseren restlichen Klamotten befreiten. Seine Fingerkuppen waren rau vom Gitarrespielen und entlockten mir ein lautes Stöhnen, während er über meinen Bauch bis hinunter zu meiner Mitte entlangstrich. Das flackernde Licht des Kaminfeuers zuckte über sein Gesicht. Er beobachtete jede meiner Regungen, als würde er sich meinen Ausdruck ganz genau einprägen wollen. Unkontrolliert hob sich meine Hüfte seiner Berührung entgegen. Ich hielt es kaum noch aus, allein das Gefühl seiner warmen Haut an meiner ließ mich durchdrehen. Und als er mit einem Finger zwischen meinen Oberschenkel glitt und mich zu streicheln begann, war es um mich geschehen. Ich führte meine Hand zu seiner Erektion, fuhr über die samtene Länge und gab ihm die Lust zurück, die er mir schenkte. Sein Keuchen und seine Reaktion auf meine Berührungen gaben mir fast den Rest.

Ich dachte nicht mehr nach, sondern fühlte nur noch. Unsere Körper handelten instinktiv, das Kribbeln in meiner feuchten Mitte wurde stärker, und alles zog sich zusammen, doch es war trotzdem nicht genug.

»Ich will dich. Ganz«, stieß ich heiser hervor, und Wyatt suchte nach einer stummen Bestätigung in meinem Blick.

»Lake, ich … du …«

Ich schüttelte den Kopf und küsste ihn sanft. »Du musst nichts sagen. Mir geht es ganz genauso.« Meine Stimme war kaum noch ein Flüstern. Dieser Moment brauchte keine

Worte, denn ich erkannte es in seinen Augen. Das hier war nicht einfach nur ein One-Night-Stand, und wir waren nicht nur zwei Menschen, die sich irgendwann trennen mussten. Wir waren heute. Wir waren jetzt. Wir waren zusammen.

Wyatt rollte sich zur Seite, holte ein Kondom aus dem Nachttisch, drehte sich zu mir um und war innerhalb von Sekunden bereit.

Er legte sich auf den Rücken, dann setzte ich mich auf ihn und rieb mich an seiner heißen Haut. Seine Hände gruben sich in meine Hüften, und unsere Blicke verschmolzen, während ich ihn langsam in mir aufnahm. Stöhnend kniff ich die Lider zusammen, genoss das fantastische Gefühl unserer Vereinigung, das nicht inniger hätte sein können. Es war fast zu viel, zu stark. Er umschloss meine Brust, zog träge kleine Kreise um meine Brustwarze, und ich stöhnte auf. Langsam und rhythmisch begann ich, mich auf ihm hin und her zu wiegen, während er mir mit tiefen Stößen entgegenkam. Er richtete sich auf, und meine Brüste drückten sich gegen seinen muskulösen Oberkörper. Seine Arme umschlangen mich enger, während er mich voller Leidenschaft küsste und unsere Bewegungen schneller wurden, unkontrollierter, genau wie unser Stöhnen. Wyatt fühlte sich perfekt in mir an, wir bewegten uns in dem gleichen Rhythmus, und ich spürte seinen heftigen Herzschlag gegen meinen wummern. Das Kribbeln breitete sich von meiner Mitte in jede Synapse meines Körpers aus, und ich bestand nur noch aus Gefühl.

»Wyatt«, flüsterten meine Lippen. *Ich verliebe mich in dich*, wisperte mein Herz.

Er griff in meine Haare, meine Hüften hoben und senkten sich immer wilder, und seine Stöße wurden tiefer und härter. Als der Höhepunkt sich in mir aufbaute, um sich explosionsartig zu entladen, wusste ich nicht mehr viele Dinge. Und doch, dass mein Mund niemals wieder seinen Geschmack vergessen würde. Meine Hände niemals, wie sich seine Haut anfühlte. Mein Herz niemals den Takt der Schläge, die sich in Wyatts Nähe verhundertfachten.

Kapitel 32

Wyatt

Noch bevor ich die Augen öffnete, spürte ich Lakes warmen Körper und musste lächeln. Ich zog sie enger an mich und inhalierte tief den unverwechselbaren Duft ihres Haars, während ich die Decke über uns nach oben schob. Die gestrige Nacht war unglaublich gewesen. Bisher hatte ich noch niemals dieses Gefühl danach gehabt. Dieser Wunsch, es nicht beenden zu wollen. Wie ein Song, der einem alles abforderte, aber auch alles gab. Wenn seine letzten Töne verklungen waren, wollte man nur eines: von vorn beginnen.

Lake regte sich und kuschelte sich tiefer in meine Umarmung. »Morgen.« Ihre Stimme war rau vom wenigen Schlaf, den wir bekommen hatten. Hatten wir uns nicht geliebt, hatten wir über all die Dinge gesprochen, die uns beschäftigten. Wir wollten jede Winzigkeit des anderen erfahren, bis wir erneut in einem tiefen Kuss versunken waren und uns ineinander verloren hatten. Ich drückte ihr einen sanften Kuss auf den Hals knapp unter ihrem Ohrläppchen, und sie seufzte. Allein dieses Geräusch ließ die Lust heiß in meinen Venen auflodern.

»Wie hast du geschlafen?«, fragte ich leise und küsste eine Spur über ihren Hals, bis sie sich auf den Rücken drehte. Die sanfte Morgendämmerung drang durch einen Spalt zwischen den Gardinen und legte sich über ihre weichen Züge.

Ihre Lippen kräuselten sich amüsiert. »Fantastisch.« Sie umschlang meinen Nacken, und ich gab ihr einen Kuss auf die Stirn. »Und du?«

»Mit dir nackt neben mir? So gut wie gar nicht«, scherzte ich und erntete dafür ein wunderschönes Lachen. »Die Nacht war unglaublich«, gestand ich ehrlich.

»Das war sie«, hauchte sie.

»Ich … ich meine das absolut ernst.« Ich löste sanft eine ihrer Hände von meinem Hals und legte sie auf meine Brust, die wie ein Ballon fast vor Glück platzte. »Ich habe so etwas noch niemals gefühlt.«

»Ich auch nicht.«

»Nein?«

Sie schüttelte den Kopf. »Nein«, stimmte sie leise zu, und ich konnte nicht beschreiben, wie glücklich es mich machte, dass sie das Gleiche fühlte wie ich für sie. Es bedurfte keiner Worte, um dieser Empfindung Ausdruck zu verleihen. Wir begannen, uns zu küssen, und wussten beide, dass es zu spät war, etwas zu leugnen, das sich von Anfang an zwischen uns aufgebaut hatte. Egal, wie die Zukunft aussehen würde, sobald wir erst einmal herausfanden, wie stark der Funken werden könnte, wenn wir ihn glühen ließen, würden wir es schaffen.

Wenn es wirklich Verliebtsein war.

Wenn es wirklich richtige Liebe war.

Zum ersten Mal in den letzten zwei Jahren war ich optimistisch und freute mich auf das, was vor mir lag, anstatt das zu betrauern, was ich hinter mir gelassen hatte.

Ruckartig zog ich die Decke zur Seite, damit ich Lakes unglaublichen Körper genießen konnte. Sie drückte den Rücken durch, als ich mit dem Daumen ihre harte Brustwarze rau umkreiste. Sie war so sinnlich, so wunderschön.

»Also findest du mich doch heiß«, stellte ich leise fest und verkniff mir ein Lachen. »Oder hab ich nur die einzige Frau in New Hope gefunden, die doch auf meine Masche hereingefallen ist?«

Als ich sie weiter verwöhnte, gab sie einen Laut von sich, der eine Mischung aus einem Keuchen und einem genervten Stöhnen war. Mein Grinsen wurde breiter.

»Zerstör nicht den Moment«, wisperte sie, und mir entwich ein leises Lachen. Als mein Mund meinem Finger folgte und ich eine Spur über ihren Bauch hinunter küsste, war dies mein letztes Ziel. Ich wollte sie unbedingt schmecken. Sie fühlen, ihre Laute und Hingabe in mich aufnehmen, damit ich diese Momente mit ihr niemals vergaß. Fest krallte sie die Hände in mein Haar, als müsste sie irgendetwas damit tun, während ich feuchte Küsse auf ihren Oberschenkeln verteilte und den himmlischen Duft ihrer Lust inhalierte. Ihr Stöhnen wurde lauter und war schöner als Gitarrenklänge in meinen Ohren, sowie ich ihre Mitte mit meinem Mund berührte und sie leidenschaftlich küsste, meine Zunge um ihren Kitzler kreisen ließ und spürte, wie sie von Sekunde zu Sekunde hemmungsloser wurde.

»Ich bin kurz davor«, brachte sie keuchend hervor und umfasste mein Gesicht, um mich aufzuhalten, bevor sie sich unter mir auflösen konnte. Mein Atem wurde noch unregelmäßiger, denn ich sah die unbändige Lust in Lakes Augen, für die nur ich verantwortlich war. »Schlaf mit mir«, wisperte sie, und ich schob mich über ihren Körper nach oben. Mit einer Hand holte sie ein Kondom vom Nachttisch und reichte es mir, damit ich es mir überziehen konnte. Einen weiteren Atemzug später senkte ich mich auf ihr ab und stieß langsam und genussvoll in sie. Sie drückte den Rücken durch und hob mir ihre Hüften entgegen, kippte das Becken, damit ich noch tiefer in sie eindringen konnte. Ich liebte es, wie sie sich nicht zurückhielt, sondern mir zeigte, wie sehr sie mich ebenso wollte. Ich liebte … einfach alles an ihr.

Als ich langsam begann, mich zu bewegen, verloren wir uns ein weiteres Mal ineinander, nicht bereit, unsere kleine, selbst gebaute Welt jetzt schon zu verlassen.

Die Tage waren wunderbar und die Nächte noch um ein Vielfaches wunderbarer. Wir hatten den Mut gefunden, Alice und Harry zu sagen, dass wir zusammen waren. Wir wussten nicht genau, wohin die Reise uns führte, aber wir waren uns einig, dass sie großartig war. Alice reagierte wie geahnt fantastisch, umarmte uns und wünschte uns begeistert alles Glück der Welt, als hätten wir verkündet, wir würden heiraten. So langsam mochte ich ihre überschwängliche, freundliche Art und konnte es mir nicht vorstellen, wie es wäre, in die Kälte meines leeren Apartments zurückzukommen.

Harry war zurückhaltender, doch Lake war erwachsen. Sie brauchte seinen Segen nicht; wenn ich allerdings ehrlich war, wäre es mir wohler gewesen, er hätte ihn uns genauso gegeben wie Alice. Wahrscheinlich war das so ein Vaterding, nie mit dem Freund zufrieden zu sein, den die Tochter heimbrachte. Zumindest hoffte ich das und nicht, dass es an mir persönlich lag. An die Begegnung mit Lakes Brüdern wollte ich vorerst überhaupt nicht denken.

Ich tat in den kommenden Tagen erst einmal alles dafür, Harry weiter davon zu überzeugen, dass ich Lake mochte. Mehr noch als das, aber das konnte ich zum jetzigen Zeitpunkt nicht aussprechen. Ich war mir sicher, unter Harrys rauer Schale erkannte er die Gefühle, die ich täglich mehr für Lake entwickelte. Sie musste mich nur anlächeln, und ich sah nur sie. Ihr Glück war alles, was für mich zählte. Deshalb arbeitete ich nicht nur mit Harry auf der Farm, sondern half Lake jeden Abend, bis es dunkel wurde, bei der Renovierung des Studios. Es fehlten nur noch Kleinigkeiten, damit es in Lakes Augen und somit auch in meinen perfekt war.

»Kein Alkohol!« Harry runzelte die Stirn und presste die Lippen aufeinander. Ich steckte die Hände in die Hosentaschen und kam mir vor wie mit fünfzehn. Alice und er saßen auf der Couch, während ich am Eingang vom Flur zum Wohnzimmer stehen geblieben war, weil es mir seltsam intim erschienen war, hineinzugehen.

»Nein, Sir.«

»Harry!« Alice lachte. »Jetzt lass die Kinder doch in Ruhe und ihr Date genießen!« Sie schmiegte sich enger an Harrys Seite, und ich sah ihm an, dass er ihr sofort nachgab und sein Ausdruck weicher wurde. Innerlich musste ich darüber grinsen. Denn ich wusste genau, wie es ihm ging, und das Verrückte war, dass ich es nicht mehr als Schwäche betrachtete. Jemanden zu finden, bei dem man sich so fühlte, war die größte Stärke und das größte Glück, das man haben konnte.

»Ich passe auf sie auf, Harry, ich verspreche es«, sagte ich fest und hörte Schritte die Treppe hinunterkommen. Langsam drehte ich mich herum. Mein Atem stockte, und ich wurde noch ein wenig nervöser. Lake hatte den Blick auf die Treppenstufen gesenkt und strich sich eine lange Haarsträhne hinter das Ohr. Sie trug ein unglaubliches, türkisfarbenes Sommerkleid mit Stickereien, das locker bei ihren Schritten mitschwang und ihr bis knapp übers Knie reichte, darunter coole Boots. Ihre goldenen Ketten hingen um ihren Hals, und dazu hatte sie runde Ohrringe in derselben Farbe angelegt. In meiner Brust wuchs ein Gefühl, das ich so langsam nicht mehr unter Kontrolle hatte.

Als sie den unteren Treppenabsatz erreicht hatte, blieb sie kurz stehen, warf mir einen fast schüchternen Blick zu und lief danach auf mich zu. Mir fehlten alle Worte, die ich in dieser Situation sagen wollte. Ich kam mir vor wie ein Idiot.

»Können wir los?«

Ich nickte und nahm ihre Hand. »Ja.« Wow, großartig! Sehr charmant …

»Bye, Mom, bye, Dad!«

»Tschüss, Kinder!«, rief Alice, und Harry brummte. Hand in Hand gingen wir nach draußen, und nachdem wir den Pick-up erreicht hatten, wirbelte ich sie schwungvoll herum und umschlang sie mit meinen Armen.

»Du siehst unglaublich aus«, flüsterte ich dicht vor ihren Lippen, ehe ich sie leidenschaftlich küsste. Sie presste sich an mich, und es dauerte nicht lange, ehe ich mir wünschte, heute nicht auszugehen, sondern allein mit ihr in der Hütte zu sein. Schwer atmend löste ich mich von ihr und erwiderte ihren glasigen Blick.

»Wir sollten los.« Meine Stimme klang rau, und bei meinen Armen war der Befehl, sie loszulassen, noch nicht wirklich angekommen.

»Das sollten wir.« War ich verrückt, oder hörten sich auch ihre Worte sehnsüchtig an? Ich führte sie auf die Beifahrerseite, und sie musste lachen, als ich ihr die Tür öffnete.

»Du hast das ernst gemeint mit dem richtigen Date, oder?«

»Selbstverständlich. Ich habe dich auch schon zu Hause abgeholt und mich dem Verhör deines Dads gestellt. Wir arbeiten den kompletten Dating-Punkteplan ab.«

Sie stieg ein, und ich schenkte ihrem wunderbaren Po die Würdigung, die er verdiente. Sie erwischte mich beim Spannen und grinste nur, während ich entschuldigend mit den Schultern zuckte.

Ich schlug die Tür zu und setzte mich hinters Lenkrad. Als das Motorengeräusch den Innenraum durchdrang, atmete ich tief durch und stellte das Radio an. Gewohnheiten ließen sich schwer ändern.

»Also, wie viele Punkte hat dein toller Plan?«

»Zwanzig.«

»Zwanzig?«, fragte sie überrascht.

Ich legte meinen Arm auf ihrer Rückenlehne ab und beugte mich zu ihr. »Wir haben einiges vor uns.«

»Glaubst du, ein einziger Abend reicht dafür aus?«

»Ganz bestimmt nicht. Deshalb machen wir direkt weiter mit Punkt drei.«

»Und der lautet?«

»Zu deinen Freunden ins *Ginger's* fahren. Okay?«, fragte ich, nur um sicher zu sein, dass sie sich nicht doch umentschied und die Punkte mit mir allein abarbeiten wollte.

»Richtig. Die anderen freuen sich schon wahnsinnig auf dich.«

Ich konnte nicht abstreiten, dass ich so etwas wie nervös war, wenn ich daran dachte, gleich Lakes Freunde richtig kennenzulernen. Was, wenn sie mich nicht mochten und Lake ausredeten, sich mit mir zu treffen? Warum war ich auf einmal so nervös? Vielleicht weil es diesmal wirklich etwas bedeutete.

Ich wendete den Wagen und fuhr auf die Straße. Lake rutschte dichter an meine Seite, streichelte mit den Fingern beruhigend über meinen Oberschenkel, und ich ergriff sie dankbar. Das Großartige war, dass wir uns über alles unterhalten konnten, es aber nicht in jeder Situation Worte bedurfte. Es war einfach schön, wenn sie in meiner Nähe war.

Vor der Bar angekommen, parkte ich den Wagen zwischen haufenweise anderen Pick-ups und Geländewagen. Wir stiegen aus, und unsere Schritte knirschten auf dem Kies, als wir auf den Eingang zuliefen. Ein Neonschild in einem Fenster blinkte unaufhörlich *Open* und erhöhte so noch meine Anspannung.

Lake drückte meine Finger, als spüre sie meine Unruhe. Vielleicht amüsierte sie sich sogar darüber, und ich musste selbst über meine Unsicherheit grinsen. Wenn ich vor Tausenden Menschen in einer Halle spielen musste, war ich nicht so aufgeregt wie in diesem Moment.

Ich hielt Lake die Tür auf und betrat hinter ihr die Bar. Der Geruch von Bier und Holz drang uns entgegen, genauso wie die Mischung aus Stimmen der Gäste und Rockmusik. Lake schaute sich suchend in dem Raum um, und ich nickte knapp Ginger hinter der Theke zu. Nach Bradys Auftritt hatte ich mich noch bei ihr entschuldigt, und sie hatte nur erwidert, dass sie solche Momente mehr als zur Genüge kannte. Doch als ihr Blick auf meine Hand fiel, die fest Lakes Finger umklammerte, wandte sie sich ab, als wollte sie mit der gesamten Situation nichts zu tun haben. Ihr Exmann saß am Tresen und hob ein Glas an seine Lippen. Ich hoffte, er wäre genauso wenig nachtragend wie Ginger und ich würde heute keine Probleme kriegen. Brady hatte mit vielen, einschließlich Gingers Ex, einen Streit provoziert. Verdammt, so hatte auch mal mein Leben ausgesehen. Nur um etwas zu fühlen, verwickelte man sich in Schlägereien oder hatte unbedeutenden Sex. Es kam mir vor wie ein anderes Leben, das ich vor meinem Aufenthalt hier geführt hatte. Und dennoch konnte ich nicht abstreiten, dass ich die Musik und damit einen Teil dieses Lebens vermisste.

»Da sind sie ja!« Lake hob die Hand und winkte in eine Ecke. Als ich hinübersah, erkannte ich ihre Freundinnen Emilia und Midge sowie Josh am Tisch sitzen. Ich mochte ihn und war froh, dass er heute mitgekommen war. Wir gingen hinüber, und Lake umarmte alle zur Begrüßung. Ich war wie immer nicht darauf gefasst, wie herzlich die Menschen in New Hope Fremde behandelten. Zumindest Midge zog mich ebenso in ihre Arme und strahlte über das gesamte Gesicht. Emilia war ein wenig schüchterner, aber auch sie schenkte mir ein freundliches Lächeln. Ein kleiner Funken Hoffnung schimmerte in mir auf, dass ich vielleicht mittlerweile gar nicht mehr so fremd hier war.

Wir rutschten zu den anderen auf die Sitzbank, und mein Blick wanderte zu der kleinen Bühne in der Ecke, die heute leer war. Ein altes Gefühl löste sich in meinem Innern, und wehmütig dachte ich an einige meiner Auftritte zurück.

»Wie schön, dass wir es alle geschafft haben!«, meinte Midge strahlend, und Lake nahm unter dem Tisch meine Hand, was mir etwas von meiner Angespanntheit nahm.

»Ich freu mich auch«, sagte ich und warf Lake einen Blick zu, die mich glücklich lächelnd ansah.

»Was wollt ihr trinken, die erste Runde geht auf uns«, sagte Josh und stand auf.

»Eine Cola«, erwiderte ich, weil ich es besser fand, heute tatsächlich nichts zu trinken. Nicht nur, weil ich der Fahrer war, sondern auch, weil ich heute überhaupt keine Lust darauf hatte, meine Sinne mit Alkohol zu beeinträchtigen. Für die Augenblicke mit Lake wollte ich ganz da sein.

»Ein Granatapfel-Mocktail«, bestellte Lake, und Emilia nahm ein Ale. Josh lief zur Bar.

»Schau mal, Lake, das wollte ich dir gestern schon vorbeibringen, aber ich habe es leider nicht mehr geschafft.« Emilia zog einen Stapel Flyer aus ihrer Umhängetasche, die neben ihr auf dem Sitzpolster lag.

Ich lehnte mich ein Stück über Lakes Schulter. »Wow, Em! Die sind ja fantastisch! Du bist supertalentiert und hast ein tolles Auge für Design!«

»Wieso habe ich jemanden für das Logo meines Cafés beauftragt, wenn du das so gut kannst?«, fragte Midge.

Emilia errötete »Ihr übertreibt.«

»Tun sie nicht, die sind echt gut«, sagte ich und bekam von Emilia ein dankbares Lächeln.

»Lake's Yoga Studio, Calm and Strenght, das hört sich wunderbar an! Und das Logo auf den Flyern ist wunderschön!«, schwärmte Lake.

»Die Farben gefallen mir, dieses blasse Grün passt wunderbar zu dem Grau!«, meinte Midge und deutete auf einen der Zettel.

»Kannst du mir das Mandala irgendwie auf die Wand zeichnen, das du hier verwendet hast?«

»Ich glaube, das kriege ich hin.«

Die Frauen versanken in Einrichtungsideen, und obwohl ich rein gar nichts zu diesem Thema beisteuern konnte, lauschte ich dem aufgeregten Gespräch und fühlte mich wohl und angekommen. Hin und wieder berührte Lake meine Hand oder drückte ihre Schulter gegen meine, was ich sehr genoss. Josh kam zurück und gab uns unsere Getränke.

»Hast du Lust auf eine Runde Billard, um dem Geplapper über Farben und Feng-Shui zu entkommen?«

»Oh ja, unbedingt.« Ich lehnte mich zu Lake hinüber. »Wir sind drüben am Billardtisch, wenn du mich suchst.«

Als sie ihren Kopf zu mir drehte, befanden sich unsere Gesichter so nah voreinander, dass ich ihren Atem auf meinen Lippen spürte und nur noch den Drang hatte, sie zu küssen. Er wurde übermächtig, und das Kribbeln in meiner Brust wuchs noch mal an, als sie sich einen halben Zentimeter weiter zu mir beugte.

»Viel Spaß«, flüsterte sie. Die anderen hatte mein Hirn bereits ausgeblendet, ich überwand die letzte Entfernung, die uns trennte, und küsste sie. Ihr Seufzen war für mich das Zeichen, besser aufzuhören.

»Bis gleich«, raunte ich, und als ich Midge und Emilia anschaute, grinsten die nur verträumt in unsere Richtung, und ich musste ebenfalls lächeln.

Ich folgte Josh in die andere Ecke, und glücklicherweise war einer der Tische frei. Mein Blick fiel auf ein paar Kerle, die mich misstrauisch beäugten, und einen, der allein in der Ecke saß und ein Basecap tief in die Stirn gezogen hatte und Josh und mich beobachtete. Irgendetwas an ihm machte mich stutzig, aber ich konnte nicht sagen, was es war. Hatten wir ihn an dem Abend mit Brady ebenfalls angepisst?

»Du und Lake also?«, fragte Josh und riss mich aus meinen Überlegungen. Er gab mir den Billardqueue und sah neugierig und auch ein wenig amüsiert aus. »Wissen Brax und Graham davon?«

»Gott, nein.«

Er lachte. »Sie sollten dich auch nicht interessieren, wenn du es ernst mit Lake meinst und es sich gut anfühlt.«

»Ja, es fühlt sich ziemlich gut an«, gestand ich ehrlich.

»Kann ich nachvollziehen. Midge hat mich damals total aus den Socken gehauen.«

Ich war immer noch zurückhaltend, jemand anderem von meinen Empfindungen zu erzählen, aber mir fiel auf, dass mir ein Freund wie Josh fehlte. Und dass ich noch niemals einen wirklichen gehabt hatte, mit dem man sich über mehr als Drinks unterhalten konnte. Bradys und meine Freundschaft bestand ausschließlich aus den Fragen, in welcher Bar wir abends abhingen und wer mehr Erfolge in unserem Job abräumen konnte.

Josh drapierte die Kugeln an das andere Ende des Tisches und hob das Dreieck an, das sie zusammengehalten hatte. Ich stützte mich auf den Queue. »Wie lange seid ihr zusammen, du und Midge?«

»Seit der Highschool, aber Mann, sie hat es mir echt nicht einfach gemacht.« Er lachte auf.

»Aber es hat sich gelohnt, oder nicht? Ihr seid verheiratet und habt einen Sohn, richtig?«

»Den besten. Aber die Hochzeit kommt erst noch.« Er zwinkerte mir zu.

»Also lebst du gern hier?«

Josh dachte einen Moment nach und beugte sich nach unten, zielte mit dem Queue auf die Kugeln und stieß zu. Sie stoben in alle Richtungen aus, und eine volle Zwei verschwand in einer Tasche. Er richtete sich wieder auf und kam zu mir.

»Ja, ziemlich gern. Midge hat das Café und ich eine Stelle als Geschichtslehrer an der Highschool, die mich erfüllt. Die Zeit, in der ich aufgrund des Studiums in Sacramento weg war, war nicht einfach. Also ja, ich kann mir nicht vorstellen, was ich woanders bekomme, das ich hier nicht habe.«

Ich dachte darüber nach. Und auch wenn Lakes und meine Situation nicht ganz vergleichbar war, lösten seine Worte doch irgendetwas in mir aus.

Lake

»Gott, er ist echt super!«, schwärmte Midge und drückte meine Hand. Ich schaute hinüber zu Josh und Wyatt, die sich wirklich gut zu verstehen schienen. Sie unterhielten sich, lachten laut, und Wyatt sah glücklich aus. Er schien zu spüren, dass ich ihn beobachtete, und blickte zu mir. Sofort lief ein heißer Schauer durch meinen Körper, und mein Herzschlag beschleunigte sich. Mühsam entzog ich mich seinem Blick und schenkte wieder meinen Freundinnen meine Aufmerksamkeit.

»Das ist er wirklich. Ich gebe es ja zu, mein erster Eindruck von ihm war falsch, und ihr hattet recht.«

Midge und Emilia gaben sich ein High five. »Selbstverständlich hatten wir das«, sagte Midge.

»Und ihr passt wirklich super zueinander«, bestätigte auch Emilia.

»Es fühlt sich so an, wie es sich noch niemals angefühlt hat. Er kann richtig aufmerksam sein und lustig und …« Ich seufzte. »Und bald ist er wieder zurück in Los Angeles.«

»Aber das heißt nicht, dass es nicht trotzdem funktionieren kann«, meinte Emilia.

Ich lächelte aufgrund ihres Optimismus, war aber nicht voll überzeugt. »Wir werden sehen.«

»Jetzt ist er ja erst mal hier, also genieß die Zeit. Jede. Minute. Davon.« Midge wackelte vielsagend mit den Augenbrauen.

»Keine Sorge, das werden wir definitiv!«, erwiderte ich lachend.

»Sehr gut!«

Ich nippte an meinem Getränk. »Und danke noch mal für die Flyer, Em, die sind ganz fantastisch! Gleich morgen werde ich sie in der Stadt verteilen!«

»Ich helfe dir auf jeden Fall!«

»Und ich lege welche im Café aus und spreche jeden einzelnen Gast darauf an!«

»Danke, ihr seid die besten Freundinnen, die man sich wünschen kann! Ich möchte nach dem Frühlingsfest nächste Woche eröffnen und hoffe einfach, dass viele Menschen kommen und sich das Studio ohne Vorurteile ansehen. Ich habe Chester getroffen, und er hat sich aufgeführt wie immer, und ihr wisst schon, was er immer sagt ... Sein Dad würde etwas gegen die Eröffnung haben und bla, bla.« Ich verdrehte seufzend die Augen.

»Süße, wenn du denkst, dass der bescheuerte Chester recht hat, liegst du falsch! Er ist ein Idiot, war er früher in der Schule schon, und sein Dad hat sicherlich nichts gegen ein neues Yogastudio, das die Wirtschaft weiter in New Hope ankurbelt«, versuchte Emilia mich zu beruhigen.

Ich wollte gerade etwas erwidern, da drang eine Stimme durch das Mikrofon, die mir nur allzu bekannt vorkam.

»Guten Abend, New Hope!«

Oliver winkte uns von der Bühne zu, und ich erwiderte freudestrahlend seine Geste. Ich hatte überhaupt nicht gesehen, dass er da war. Ich suchte den Raum nach Wyatt ab, aber ich fand ihn nicht. Josh kam an unseren Tisch und setzte sich auf die Sitzbank neben Midge.

»Wo ist Wyatt?«, fragte ich ihn, doch Josh zuckte nur grinsend mit den Schultern.

»Heute habe ich ein ganz besonderes Stück für euch und hoffe, dass ihr es mir verzeihen könnt, dass ich nicht meine üblichen Lieder für euch spiele.« Ich schaute zurück zu Oliver, der sich an das Klavier setzte. Das schwarze Holz glänzte in den Scheinwerfern, die auf Oliver gerichtet waren. Doch mir fiel auf, dass weiter vorn auf der Bühne ein Mikrofonständer stand.

Oliver beugte sich zu dem Mikro vor, das auf dem Rücken des Klaviers stand. »Und dazu möchte ich euch einen ganz besonderen Gast vorstellen. Vielleicht kennt ihr ihn, aber wenn nicht, dann ganz sicher nach unserem Auftritt. Begrüßt Wyatt Lanter, unseren Special Guest!«

Verhaltenes Klatschen drang durch den Raum, aber alle Augen waren auf die Bühne gerichtet. Selbst Ginger hörte auf, Bier zu zapfen, und lehnte sich auf die Theke, als Wyatt die Bühne betrat und die Hand hob, um die Menschen zu begrüßen. Er wirkte aufgeregt, doch als er zu mir schaute, bekam sein Lächeln sein übliches Strahlen. Ich konnte mir vorstellen, wie sehr die Menge ihn bei seinen Auftritten liebte. Er sah unglaublich aus, und als er eine Hand auf das Mikrofon legte und die andere um die Stange schlang, die Augen schloss und die ersten Klänge von Oliver den Raum erfüllten, versank ich ganz in der Musik und seinem Anblick.

Auch wenn ich gehofft hatte, dass er seinen neuen Song performte, war die Coverversion von *I Don't Want to Miss a Thing* perfekt für Wyatts raue Stimme.

Oliver spielte gekonnt jeden einzelnen Ton und wiegte sich leicht im Takt der sanften Musik hin und her, während Wyatts Stimme den Raum erfüllte und mich von Kopf bis Fuß durchdrang. Ich schluckte hart die Tränen hinunter, die in meinen Augen aufstiegen, weil das Lied mich so sehr berührte. Ich konnte nicht genau sagen, ob es den anderen ebenso ging, denn keine einzige Sekunde konnte ich meinen Blick von Wyatt lösen. Bis er die Augen öffnete, mich direkt ansah und sang, dass er nicht einschlafen wollte, um nichts zu verpassen.

Natürlich hatte ich den Song schon öfter im Radio gehört und fand ihn schön, aber noch niemals waren die Worte mir so persönlich vorgekommen wie jetzt.

Ohne dass ich es verhindern hätte können, stand ich auf und ging auf ihn zu. Wyatt umfasste das Mikrofon stärker, als müsste er sich mit Gewalt auf der Bühne halten. Andere Menschen erhoben sich, Pärchen betraten die Tanzfläche und schmiegten sich aneinander, doch all das kriegte ich überhaupt nicht richtig mit.

Bis die letzten Töne verklangen und Wyatt mit einem Satz von der kleinen Erhöhung sprang, mich in seine Arme nahm und fest an sich drückte. Ich umschlang seinen Nacken und war mir diesmal sicher, was es war, was zwischen uns bestand.

»Ich bin total verrückt nach dir, Hippie-Girl«, wisperte er, und sein schiefes, ein wenig unsicheres Grinsen ließ mich ebenfalls lächeln.

»Und ich nach dir, Mr. Music.«

Der Kuss, der daraufhin folgte, war mehr als nur eine Berührung. Er war ein Versprechen, und liebend gern ging auch ich dieses ein. Mit allem, was ich hatte.

Kapitel 33

Lake

Ich schwebte wie auf Wolken und konnte zum ersten Mal verstehen, wieso Menschen merkwürdige Dinge taten, wenn sie verliebt waren. Denn das war ich. Verliebt.

Und auch Wyatt war verrückt gewesen, als er mit Oliver im *Ginger's* aufgetreten war, ohne sich über die Konsequenzen Gedanken zu machen. Seit gestern Abend lag ein Lächeln auf meinen Lippen. Die Schmetterlinge drehten Loopings in meinem Bauch. Das schienen auch die Menschen zu spüren, denen ich begegnete. Bevor ich Emilia nach ihrem Feierabend treffen wollte, um mit ihr die Flyer für meine Studioeröffnung zu verteilen, hatte ich meinen Job im Supermarkt gekündigt, und diesmal hatte es sich richtig angefühlt. Als wäre dieser Schritt nötig, um endlich Anlauf zu nehmen und springen zu können. In eine Ungewissheit, vor der ich allerdings diesmal keine Angst hatte, sondern mich darauf freute.

Phil war nicht begeistert gewesen, doch es gab bestimmt zig Teenager, die sich auf den Job als Tütenpacker stürzen würden. Ihm ging es nur um sein Ego, dass er mir nicht zuvorgekommen war.

»Für Ihre Frauen. Ein neuer Kurs findet bald zweimal die Woche statt«, sagte ich und zwinkerte den beiden älteren Herren zu, die auch heute wieder auf einer Bank zum Eingang des Parks saßen. Während ich ihnen zwei Flyer in die Hand drückte, zogen sie fragend die buschigen grauen Augenbrauen zusammen.

»Yoga … was auch immer dieses verrückte, neumodische Zeug ist, wenn unsere Frauen damit zweimal in der Woche eine Stunde beschäftigt sind, kann es nur etwas Großartiges sein«, scherzte Mr. Butler, und Mr. Douglas stimmte ihm nickend zu.

»Lake!«

Ich drehte mich um und winkte Emilia, die über die Straße auf mich zulief. Ihre Umhängetasche klatschte rhythmisch gegen ihr Bein, und ihr Gesichtsausdruck beunruhigte mich irgendwie.

»Hey!« Wir umarmten uns.

»Mr. Douglas, Mr. Butler«, begrüßte sie die Männer.

»Oh, was gibt es Neues in der Stadt, Emilia?«, fragte Mr. Butler.

»Ja, irgendwelche Skandale? Oder wo Cassidy Williams' geheimes Versteck ist, das sie einmal die Woche besucht?«, warf Mr. Douglas ein.

»Uns kannst du es doch erzählen, wir schweigen wie zwei Gräber«, meinte Mr. Butler und klatschte sich mit der Hand auf den Oberschenkel.

»Leider nichts, außer das baldige Frühlingsfest«, erwiderte sie, und Waldorf und Statler gaben ein enttäuschtes Seufzen von sich. »Aber jetzt muss ich Ihnen Lake leider entführen. Ich wünsche Ihnen noch einen schönen Tag.« Emilia war ungewohnt kurz angebunden. Sie hakte sich bei mir unter und zog mich den Bürgersteig entlang.

»Bye, Mr. Butler, bye, Mr. Douglas!«, rief ich ihnen über die Schulter zu. Emilia atmete schnell, als wäre sie den gesamten Weg von der Redaktion zu mir gerannt. »Los, raus damit, was ist los?«, fragte ich.

Meine Freundin verspannte sich. »Wollen wir nicht vielleicht lieber erst mal …«

»Nein, nichts da! Irgendetwas ist doch!« Ich blieb stehen und zwang auch meine Freundin dazu. Sie presste die Lippen aufeinander und zog etwas aus der Umhängetasche, die sie mit ihren zig Notizbüchern und Stiften immer bei sich trug.

Ich nahm ihr eine Zeitung ab und starrte auf das Titelbild.

»Es tut mir so leid, Lake. Meine Chefin hat mir das vorhin gegeben, und sie wollte, dass ich ihren brandheißen Artikel über den Superstar, der in New Hope untergetaucht ist, endlich in den Druck gebe. Sie hat mir die Hölle heißgemacht, dass wir nicht die Ersten waren, die etwas veröffentlicht haben, obwohl wir an der Quelle sitzen, und sie hat mich dafür verantwortlich gemacht, dass ihre Unterlagen plötzlich verschwunden sind. Keine Sorge, sie hat keine Beweise, dass ich wirklich dahintergesteckt habe, aber ich dachte, wir haben mehr Zeit.«

Ich schluckte, während ich die Überschrift eines Klatschmagazins las.

Indie-Rockstar Wyatt Lanter taucht in Kleinstadt auf und verdreht den Frauen dort den Kopf.

»Du musst den Artikel nicht lesen, er ist völlig an den Haaren herbeigezogen, aber ich wollte, dass du weißt, was über dich geschrieben wird. Ich habe meiner Chefin gesagt, dass ich das nicht mache, aber sie hat gedroht, dass sie den Artikel ohnehin rausbringt.«

Nach zahlreichen Eskapaden und gescheiterten Auftritten war es um den Sänger Wyatt Lanter ruhig. Jetzt kam auch heraus, weshalb: Seine Agentin Andrea Campbell hat den Musiker in ihren Heimatort geschickt, damit er ausnüchtern kann. Doch tut er das wirklich? Zuerst verdrehte er einer Bardame den Kopf und flirtet nun hemmungslos mit anderen weiblichen Bewohnerinnen des Ortes.

Gesehen wurde er gestern Abend in einer Bar, wie er …

Ich konnte den Artikel nicht mehr weiterlesen. Wusste Wyatt davon?

»Ich muss ihn anrufen«, sagte ich abwesend und zog mein Handy aus der Tasche.

»Ja, natürlich.«

Ich wählte Wyatts Nummer, doch ich bekam nur ein Besetztzeichen. Wurde er nun von anderen Zeitungen belagert? Hatte Andrea ihn angerufen? Eine unwohle Vorahnung breitete sich in meinem Körper aus.

»Da ist noch etwas.« Ich sah auf und nahm Emilias Smartphone entgegen, das sie mir hinhielt.

Ein verschwommenes Video erschien, aufgenommen gestern in *Ginger's Bar & Billard*. Wyatts Stimme klang blechern durch den Handylautsprecher. Auf einmal tauchte ich in dem Video auf. Man erkannte nur meinen Rücken, doch jeder konnte eindeutig sehen, dass Wyatt und ich uns tiefe Blicke zuwarfen. Die Überschrift des Videos war: *»Wer ist die brünette Unbekannte?«*

»Verdammt«, fluchte ich und gab Emilia das Handy zurück. Ich wollte zwar Aufmerksamkeit für mein Vorhaben, das Studio zu eröffnen, aber nicht auf diese Weise. Emilias Blick wirkte schuldbewusst, als könnte sie irgendetwas dafür, doch eigentlich war klar, dass irgendwann herauskam, dass

Wyatt hier war. Wieso sollte das Interesse an ihm nach nur wenigen Wochen abgeflaut sein, wenn er in allen Großstädten der Welt ständig auf irgendwelchen Titelblättern war? Es war nur eine Frage der Zeit, bis er sich nicht mehr verstecken konnte oder doch mal ein Einwohner New Hopes irgendetwas weitertrug.

Mein Handy klingelte, und Wyatts Name erschien auf dem Display, aber noch konnte ich nicht erleichtert aufatmen.

»Lake? Ist alles in Ordnung? Wo bist du?«

»Hast du den Artikel gelesen?«, fragte ich, ohne auf seine Fragen zu antworten.

»Ja«, erwiderte er heiser.

»Was bedeutet das jetzt?« Meine Stimme brach.

»Ignorier das einfach, ich habe keine Ahnung, wer ihnen etwas von meinem Aufenthaltsort gesteckt hat. Es ist nicht wichtig, was sie schreiben, fast jedes Wort ist gelogen. Glaubst du mir?«

»Selbstverständlich«, flüsterte ich.

»Du bist mit dem Fahrrad unterwegs, oder? Kann ich dich irgendwo abholen?«

Ich nickte, obwohl Wyatt es nicht sah. »Ich stehe in der Nähe vom Park. Mit Emilia. Sie hat mir den Artikel gezeigt.«

»Bleib dort, ich bin gleich bei dir!«

»Was ist los, wenn es nicht der Zeitungsartikel ist, der dich so aufwühlt?« Misstrauen baute sich in mir auf wie ein Turm, der kurz vorm Einstürzen war und alles um sich herum mit sich reißen würde. Vor allem die Beziehung, die sich in der letzten gemeinsamen Zeit zwischen uns entwickelt hatte. Wyatt zögerte. »Sag es mir«, bat ich leise.

»Lake, bleib bitte dort, wo du bist, ich bin gleich da.« Mit diesen Worten legte er auf, und das Klicken in der Leitung ließ mich zusammenzucken.

Ich warf Emilia einen traurigen Blick zu und steckte mein Smartphone zurück in meine Tasche. »Er kommt, und wir reden.«

»Reden ist gut. Lake, er kann nichts dafür, was über ihn geschrieben wird.«

»Das weiß ich … Das ist es auch nicht …« Ich traute mich nicht, darüber nachzudenken, was dieser Zeitungsartikel nun für uns bedeutete. Abschied.

»Ich warte mit dir.«

»Nein, brauchst du nicht, er wird sicherlich gleich da sein.«

»Dann lass mich irgendetwas tun, bitte! Ich kann nicht zurück in die Redaktion, nicht jetzt. Gib mir die Flyer deines Studios!«

Ich zögerte, wusste aber, Emilia würde keine Ruhe geben, also holte ich einen Stapel aus der Tasche und reichte ihn ihr.

»Ich kann das auch später …«

»Nein«, unterbrach sie mich. »Klär das mit Wyatt, ihr gehört zusammen, das hat man gestern gesehen.« Sie schenkte mir ein vorsichtiges Lächeln. »Regel das zuerst, und ich kümmere mich um alles andere.«

»Danke.«

»Jederzeit.«

Im gleichen Moment hielt ein Pick-up an der Straße und Wyatt sprang vom Fahrersitz. Er begrüßte Emilia beiläufig, die sich verabschiedete, und blieb vor mir stehen. Seine Augen waren fest auf mich gerichtet, und ich spürte das leichte Zittern, das von ihm ausging.

»Wo steht dein Fahrrad?«

»Ich habe es vor dem Studio angekettet.«

Er nickte. »Komm, steig ein«, sagte er sanft, und mein Herz schlug mir bis zum Hals, als wir in dem Auto Platz nahmen und Wyatt in Richtung des Yogastudios fuhr.

Ich spürte es, ohne es hören zu müssen. Die Zeit des Abschieds war gekommen.

Nach einigen Minuten parkte Wyatt den Wagen, und wir betraten die ehemalige Ballettschule. Mittlerweile hatte sich viel hier drin geändert, und es fühlte sich immer mehr nach mir an. Wir hatten das Holz überall frisch lackiert, die Wände gestrichen und Dekoration und Sitzkissen verteilt. Brax hatte mir bereits eine Kommode gebracht, die er trotz seines aktuellen Zeitmangels extra für mich gebaut hatte, zwei weitere Möbelstücke waren noch nicht ganz fertig und warteten in seiner Werkstatt auf ihren letzten Schliff. Meine Mom hatte mir beim Garten geholfen, Beete angelegt, und Dad hatte Hecken am Rand gestutzt. Ein runder Gartentisch aus blauen Mosaiksteinchen und vier Stühle, die ich von Mr. Wang erhalten hatte, rundeten das Bild ab.

Und trotzdem konnte ich mich jetzt nicht auf das Gefühl einlassen, das mich jedes Mal beim Betreten des Studios erdete. Viel zu tief lag die Angst, dass ich erst etwas gehen lassen musste, bevor ich etwas Neues bekam.

Wir setzten uns in eine Ecke auf einige Kissen, die auf dem Boden lagen. Wyatt winkelte die Beine an, schlang seine Arme darum und lehnte sich an die Wand. Ich setzte mich im Schneidersitz ihm gegenüber und zog meine Tasche von den Schultern.

»Andi hat angerufen«, begann Wyatt.

Natürlich hat sie das, schoss es mir durch den Kopf.

»Sie hat den Auftritt im Internet gesehen und mit Alice gesprochen, wie es mir geht. Sie will, dass ich wieder zurück nach Los Angeles fahre, bevor ihr tiefer in diese Sache hineingezogen werdet. Sie sagte, es ist scheiße gelaufen, aber wir könnten den Aufschwung nutzen.«

Andrea wollte, dass er wiederkam. Die Luft zum Atmen blieb mir weg, und ich schluckte einen dicken Kloß in meinem Hals hinunter. Wir hatten uns gerade erst gefunden – war unsere Verbindung stark genug, um eine ständige Entfernung auszuhalten? Ich hatte keine Ahnung. Aber ich wusste, dass ich noch nicht bereit für einen Abschied war.

Er schaute hoch, und sein Gesichtsausdruck war verschlossen wie zu Beginn seines Aufenthaltes hier. Ich sah nicht den Wyatt, in den ich mich verliebt hatte, und das machte mir doppelt Angst.

»Was wirst du tun?«, fragte ich, obwohl es mir bereits klar war. Er atmete tief ein und langsam wieder aus, sein Blick ruhte die ganze Zeit auf mir, als suchte er eine Antwort in meinen Augen.

»Das war das, was ich von Anfang an wollte, oder?«

»Und dein Song?«

»Ist so gut wie fertig.«

Ich spürte die Mauer, die er zwischen uns errichtete. Ich wollte wissen, was das nun für uns bedeutete, aber ich fürchtete mich zu sehr vor der Antwort, um danach zu fragen.

Vorsichtig griff ich nach seiner Hand, und unsere Finger verhakten sich. Die Berührung war gleichzeitig wunderschön und unendlich schmerzhaft.

»Das muss nicht das Ende bedeuten«, meinte er leise.

Ich wandte den Blick von ihm ab. »Aber es ist auch kein wirklicher Anfang.«

»Hör zu …« Er rang um Worte, rutschte näher zu mir und drehte sanft mein Gesicht zu sich. »Das, was wir haben, habe ich vorher noch nie gefühlt. Ich will es ernsthaft versuchen. Doch ich kann verstehen, wenn dir das mit den Paparazzi, die Entfernung und mein altes Leben, in das ich zurückgehe, Angst einjagt.«

Ich hatte keine Ahnung, was ich denken sollte. »Ich fürchte mich mehr davor, dich von etwas zurückzuhalten, das du liebst.«

»Ich liebe dich«, platzte es aus ihm heraus, und sein Gesichtsausdruck wirkte mindestens genauso überrascht wie mein eigener. Er lachte einmal auf, als könnte er nicht fassen, dass er es ausgesprochen hatte. »Ich liebe dich, Lake. Zum ersten Mal will ich mich wirklich auf jemand anderen einlassen, bitte sag Ja. Ich kann dir nicht versprechen, dass es einfach wird, nur, dass ich alles dafür tun werde, damit es funktioniert.«

Ich musste nicht lange überlegen. »Okay«, hauchte ich, und Wyatt zog mich an sich. »Ich liebe dich auch«, flüsterte ich dicht an seiner Halsbeuge, und seine Lippen fanden meine. Die Furcht vor dem großen Unbekannten war immer noch da, aber vielleicht war es wie mit meinem Traum und dem Studio. Manchmal musste man einfach springen, ohne zu wissen, ob oder wie man landen würde.

Kapitel 34

Wyatt

Das Frühlingsfest war mit nichts vergleichbar, das ich jemals besucht hatte.

Festivals waren der Hammer, Konzerte unbeschreiblich, und als Kind hatte ich Jahrmärkte geliebt, aber das hier war völlig anders. Gut anders.

Vor allem, nachdem Lake und ich beschlossen hatten, es miteinander zu versuchen, egal, wie groß die Entfernung zwischen uns sein würde. Ich hatte meinen Arm um ihre Schultern geschlungen und drückte sie enger an mich. Überall im Ort waren Stände mit Essen aufgebaut, Lichterketten wurden um dicke Kiefernstämme gewickelt und gaben heute Abend, wenn es dunkel wurde, sicherlich ein besonders schönes Bild ab. Im Park wurde ein Riesentrampolin für die Kinder aufgebaut, und einige Geschäfte verkauften ihre Waren direkt auf der Straße. Menschen tummelten sich überall, es war ein einziges Gewimmel, doch genau das tat gut. Nur einer von vielen zu sein, der mit seiner wunderschönen Freundin und ihrem Freundeskreis ein Fest besuchte. Midge kümmerte sich um den Kuchenverkauf und musste arbeiten, aber Josh und ihr kleiner Sohn Easton liefen vor uns und hatten sich jeder eine Waffel am Stiel und eine heiße Schokolade an einem Stand geholt, der von Buddy, einem Kollegen von Graham, geführt wurde und an dem man sich außerdem über den angrenzenden Yosemite-Nationalpark informieren konnte. Eastons Augen strahlten, als Buddy ihm eine Extraportion Puderzucker auf der Waffel verteilt hatte. Lake hatte recht, der Junge war etwas ganz Besonderes, furchtbar klug und aufgeweckt.

»Ich muss los, Antoine gibt mir ein Interview über seine neusten Eissorten«, sagte Emilia und winkte uns zum Abschied. Glücklicherweise musste sie den Artikel über mich nicht weiterverfolgen, sondern durfte über das Fest und seine Teilnehmer berichten. Doch mir war klar, dass es damit nicht erledigt war. Das war es nie.

So schön, wie sich alles hier anfühlte, wartete ich nur auf den großen Knall, den es in der Vergangenheit immer gegeben hatte. Er war verlässlich wie der Sonnenaufgang. Wenn Paparazzi sich einmal festgebissen hatten, waren sie wie hungrige Piranhas auf der Suche nach Nahrung. Nicht nur ich konnte das bezeugen. Zum ersten Mal dachte ich wieder an meinen Onkel Hank, und das Stechen in meinem Magen wurde schlimmer. Irgendwann musste ich mich dem stellen, aber heute war nicht so ein Tag.

»Hast du Spaß?«, fragte Lake und sah zu mir hoch, während wir uns wie in einem Vogelschwarm mit der Menge mitreißen ließen und die Stände passierten. Heute Morgen hatten wir Alice und Harry an ihrem Obst- und Gemüsestand ausgeholfen und nun freie Zeit für uns. Lake wirkte glücklich. Jedes Mal, wenn ich sie anschaute, verflogen alle negativen Gedanken und ich fühlte mich normal. Entspannt und zufrieden.

»Ja, ich habe Spaß, ich geb es zu, ich mag eure Kleinstadt«, erwiderte ich lachend. »Außerdem …« Ich zog sie ein Stück auf die Seite und aus den Menschen, die uns nach vorn drängten. Mit den Händen umfasste ich ihr Gesicht. Ihre Wimpern warfen Schatten auf ihre vor Aufregung erröteten Wangen, und mein Herz schwoll in meiner Brust an. »Außerdem mag ich dich.« Sanft drückte ich ihr einen Kuss auf die Lippen, und sie seufzte. »Mehr noch, ich liebe dich«, wisperte ich und sog tief ihren Duft in mich ein. Diese Momente waren das Kostbarste, was wir hatten, und ich würde jeden einzelnen davon so würdigen, wie er es verdiente.

»Hey, Leute, Easton will sich mal das Trampolin ansehen, kommt ihr mit?«, rief Josh und riss uns aus unserer eigenen kleinen Welt. Wir lösten uns voneinander und schauten ihn und Easton an, die sich zu uns umgedreht hatten.

»Oh ja, unbedingt«, erwiderte Lake aufgeregt. »Wir sind Erste!« Sie schnappte sich Easton und rannte auf den Park zu. Josh folgte ihnen kopfschüttelnd. Lächelnd blickte ich ihr hinterher und wollte gerade ansetzen weiterzulaufen, da hielt mich eine gigantische Hand auf meiner Schulter zurück. Angespannt wandte ich mich um und schaute direkt in die dunkelblauen Augen von Graham, der noch griesgrämiger wirkte als sonst. Brax erschien neben ihm. Die beiden machten wieder dieses Zusammen-sind-wir-eine-unschlagbare-Wand-Ding, und hätte ihr Gesichtsausdruck nur ein bisschen weniger scharf ausgesehen, hätte ich darüber gegrinst.

»Hey, Leute«, begrüßte ich die beiden, aber sie machten nicht den Eindruck, als wollten sie sich locker unterhalten. Ich wusste, dass ich auch mit den beiden hätte sprechen müssen, nicht nur mit Harry und Alice. Natürlich ging die Sache mit dem Artikel überall im Ort herum.

»Was soll der Scheiß, Lanter?«, fragte Brax, und ich atmete kräftig die Luft aus meinen Lungen. »Der heiße Indie-Rockstar vergnügt sich mit Landei? Dein Ernst?«

»Brax, hör zu, ich schreibe diese Texte nicht. Es tut mir wirklich leid, und mittlerweile habe ich gelernt, es einfach zu ignorieren.«

»Das Landei ist unsere Schwester«, stieß diesmal Graham knurrend hervor.

Ich nickte. »Und Lake ist mir sehr wichtig«, gestand ich. Ich konnte verstehen, wieso die beiden so reagierten, und fand es sogar gut. So wusste ich zumindest, dass Lake jemanden hatte, der auf sie aufpasste, wenn ich nicht da war. Es war viel schlimmer, dass ich es nicht war, der immer an ihrer Seite sein konnte. »Abgesehen davon, dass ich das wirklich nicht wollte und Lake nicht nur irgendeine Ablenkung für mich hier ist, ist sie erwachsen. Sie kommt damit klar.«

»Du kennst sie nicht wirklich«, erwiderte Brax, und seine Worte trafen genau den Punkt, der am tiefsten schmerzte.

»Vielleicht hat mir die Zeit hier nicht ausgereicht, um sie so kennenzulernen, wie ihr sie kennt, da hast du recht, aber ich kenne sie so gut, dass ich mir sicher sein kann, dass sie die Eine für mich ist.«

Brax' und Grahams Mienen wurden weicher. Mit diesem Geständnis hatten sie nicht gerechnet. Ich spürte ihre Blicke misstrauisch und brennend auf meinem Gesicht, doch ich knickte nicht ein. Ich meinte jedes einzelne Wort ernst, das ich eben gesagt hatte.

»Ich mag dich, Wyatt, und Gray tut das auch, aber wenn du ihr das Herz brichst, brechen wir dir deine Knochen.«

»Verstanden. Werde ich nicht«, versprach ich. »Das ist das Letzte, das ich im Sinn habe, und ich versuche auch ab sofort, sie nicht mehr in so was reinzuziehen. Wenn, dann lasse ich mir freiwillig von euch die Knochen brechen.«

Ein kleines Lächeln trat auf Brax' Lippen, und ich erwiderte es vorsichtig.

»Na dann willkommen in der Familie«, sagte er und boxte mir leicht gegen den Oberarm. Eine Familie. Wie lange war ich schon nicht mehr Teil einer gewesen?

Der Gedanke jagte mir immer noch Angst ein, und dennoch war es eines der schönsten Gefühle, die ich seit langer Zeit hatte.

»Wo ist die Kleine überhaupt?«, fragte Brax und schaute sich um.

»Trampolin, mit Easton.« Ich deutete in Richtung Park, und Graham und er nickten wissend. »Ich sollte zu ihr gehen, bevor sie sich Sorgen macht.«

»Na klar, geh ruhig! Wir sehen uns heute Abend beim Lichterfest.«

»Jungs!« Und wieder zuckte ich zusammen und drehte mich langsam in die Richtung um, aus der die Stimme kam.

»Tante Andi?«, fragte Brax lachend und schloss die kleine Frau fest in seine Arme.

»Hallo, Großer!«

Mein Herz schlug mir bis zum Hals, und ich war gleichzeitig aufgeregt und ängstlich. Das war meine Chance zurückzugehen, auftreten zu können, meine Leidenschaft weiterleben zu können. Ich blickte zum Park, in dem Lake gerade nichts ahnte und ihren Spaß hatte. *Fuck.*

»Und hallo anderer Großer.« Andi drückte auch Graham, und die drei unterhielten sich kurz. Sie sah aus wie immer, nur dass sie heute keinen Hosenanzug trug, sondern eine lockere Jeans und eine hellblaue Hemdbluse. Ihre wilden, braunen Locken hatte sie mit einem Haarband gebändigt, aber die

Lachfältchen um ihre warmen Augen waren tief, während sie mich anschaute.

»Hallo, Wyatt«, sagte sie, und auch wir umarmten uns. Ich hatte meine bisherige einzige Vertraute, die gleichzeitig über jeden Schritt meines Lebens bestimmt hatte, tatsächlich vermisst.

»Hi, Andi«, erwiderte ich und fühlte mich wie der kleine Junge, den sie hierhergeschickt hatte. Neben Andi tauchte eine zierliche Frau mit schwarzen, glatten Haaren, einer geraden Nase und wunderschönen Augen auf.

»Saki, du kennst Wyatt noch, oder?«

»Selbstverständlich.« Andis Lebensgefährtin schüttelte meine Hand, nachdem sie auch Brax und Graham freudestrahlend umarmt hatte. »Wie wäre es, wenn wir euch einen Moment allein lassen?«, fragte sie Andi und deutete den beiden anderen Männern an, mit ihr zu kommen.

»Lake ist auf dem Trampolin, du musst es unbedingt versuchen, Saki«, meinte Brax, und die drei verschwanden in der Menschenmenge. Andi und ich standen immer noch voreinander. Es waren so viele Wochen verstrichen, seitdem ich sie gesehen hatte, und jetzt ging es um alles.

»Wollen wir uns irgendwo einen Kaffee holen?«

»Nicht besser einen Drink?«, machte ich einen miesen Scherz, und Andi zog grinsend eine Augenbraue hoch. »War nur ein Witz«, erwiderte ich und steckte die Hände in die Hosentaschen. »Wo ist dein Humor geblieben?«

»Die letzten Wochen sind auch an mir nicht spurlos vorbeigegangen«, erwiderte sie, und wir setzten uns in Bewegung. »Ich hätte fast meinen besten Klienten verloren …« Sie seufzte. »Und einen Freund.«

Wir wichen einem Pärchen aus und steuerten Midges Stand an. Der Duft von gemahlenen Kaffeebohnen erfüllte meine Nase.

»Hallo, Midge!«

»Hi, Andi, wie geht es dir?«

»Wunderbar, schön, wieder hier zu sein! Deine Kuchen sehen köstlich aus!«

»Danke, was darf es denn sein?«

»Zwei Kaffee, bitte, schwarz«, bestellte Andi, und Midge schenkte uns noch einen neugierigen Blick, ehe sie sich an die Arbeit machte. »Geht auf mich.« Sie drückte uns die warmen Becher in die Hand. »Vielleicht noch einen von Lakes berühmten Cranberrybrownies?« Sie zwinkerte mir kurz zu.

»Danke, Midge, wir kommen später definitiv darauf zurück«, sagte ich, ehe wir uns von ihr verabschiedeten und weiterliefen.

»Ich hab fast täglich mit Alice telefoniert.«

»Hast du?«, fragte ich überrascht. Ich hatte tatsächlich gedacht, Andi hätte mich hier einfach vergessen.

»Natürlich! Sie hat gesagt, dir ginge es gut. Und du und Lake? Ist das was Ernstes?«

Ich lachte einmal auf. Der Beschützerinstinkt dieser Familie funktionierte wirklich einwandfrei. »Ja, ist es tatsächlich«, antwortete ich leise. »Sie ist unglaublich.«

»Ihr passt gut zusammen«, meinte sie, statt mir die erwartete Standpauke zu halten.

Ich warf ihr einen überraschten Blick zu.

»Du denkst wirklich, dass ich nicht viel von dir halte, oder, Wyatt?« Ganz so war es nicht, aber ich hatte angenommen, dass ich ihr nicht mehr bedeutete als die Zahlen auf den Schecks, die sie durch mich erhielt. »Du musst die Vergangenheit ablegen, das ist dir bewusst, oder?«, stellte sie fest.

»Sicher. Ich habe hier zu mir zurückgefunden, es ist verrückt. Ich hab wieder richtig Lust, Musik zu machen.«

»Und wieso sagst du das so traurig?«

Mr. Butler und Mr. Douglas winkten mir von Weitem zu. Die beiden standen vor einem Hotdog-Stand und teilten sich jeweils einen mit einer von zwei älteren, wirklich hübschen Damen. Ich hob die Hand und lächelte ihnen zu. »Ah, jetzt verstehe ich«, sagte Andi. »Du bist dem Charme von New Hope verfallen.« Sie lachte laut und strich sich eine Lachträne aus dem Augenwinkel. »Hättest du das gedacht?«

»Komm schon, Andi, die Sache ist schlimm genug für mich«, scherzte ich und stupste sie sanft mit der Schulter an. Beschämt trank ich einen Schluck Kaffee, und wir steuerten eine Bank zwischen zwei Ständen an und setzten uns. Menschen strömten an uns vorbei, und ich fragte mich, wo diese sich in der verschlafenen Kleinstadt bisher versteckt hatten. Ich stützte den Becher auf meinem Oberschenkel ab und sah zu Boden.

»Du musst endlich den Gedanken loslassen, dass du etwas dafür konntest, Wyatt.«

»Ich weiß.«

»Nein, weißt du nicht, deshalb geißelst du dich selbst. Ich wollte nur nicht, dass du in seine Fußstapfen trittst.« Ich schaute Andi an, und ihr Blick wirkte schuldbewusst. »Vielleicht war es ja mein Fehler und nicht deiner.«

»Andi, ich …«

Sie hob die Hand und hinderte mich am Weitersprechen. »Nach dem Tod meines Dads hat auch Hank sich immer mehr abgeschrieben. Nicht nur du hast dich gefragt, was gewesen wäre, wenn du in dieser Nacht da gewesen wärst. Aber weißt du was? Es wäre genauso geendet. Dein Onkel war ein toller Mensch, ein großartiger Musiker und der stolzeste sture Esel, den ich in meinem Leben kennengelernt habe. Egal, ob es ein Unfall war oder er sich bewusst dafür entschieden hat, sich einen Drink zu viel zu genehmigen und in ein Auto zu setzen, keiner von uns hätte ihn davon abbringen können.«

»Wenn ich nicht diesen Auftritt in …«

Andi legte ihre Hand auf meinen Oberschenkel.

»Und wenn ich auf seinen Anruf reagiert hätte, dann wäre es vielleicht auch nicht passiert. Er war ein erwachsener Mann und hat selbst die Entscheidung getroffen, in dem Sumpf zu versinken, anstatt sich heraushelfen zu lassen. Ich wollte nur nicht, dass dir das Gleiche passiert.«

»Deshalb dieser Aufenthalt«, stellte ich fest.

»Das Business ist hart und nicht für jeden etwas. Die meisten Menschen werden einfach aufgefressen, und wenn sie zerstört sind, werden sie wieder ausgespuckt. Hank ist nicht du, und du bist nicht Hank. Ich war mir sicher, du musstest nur mal wieder den Boden der Tatsachen spüren, damit du merkst, dass Fliegen nicht immer nur schön ist. Der Fall kann ziemlich tief sein und dich mehr als dein Leben kosten.«

Der Schmerz, den ich in den letzten zwei Jahren vergraben hatte, wühlte sich nun aus seinem Versteck und traf mich völlig unvorbereitet. Bisher hatte ich immer gedacht, ich müsste ihn nur weit genug wegschieben und wäre so vor ihm sicher, doch dass er anwuchs und sich auf ein Vielfaches vergrößerte, damit hatte ich nicht gerechnet. Es fühlte sich an, als würde jemand meine Kehle zusammendrücken, und ich stützte die Unterarme auf meine Oberschenkel. Der Kaffeebecher fiel auf den Boden. Andi hob ihn auf, aber der Inhalt hatte einen hässlichen braunen Fleck auf dem rauen Asphalt hinterlassen.

Ich vermisste Hank. Verdammt, und wie ich das tat! Er war nicht nur mein Onkel und immer für mich da gewesen, er war mein Mentor, mein bester Freund, er verstand mich, weil er genauso tickte wie ich. Niemand sonst in meiner Familie hatte diesen Drang verstanden, den wir gehabt hatten, Musik zu machen. Nur leider hatten wir uns gleichzeitig tiefer in das dunkle Loch gezogen, das die Leidenschaft schluckte. Wir hatten den Grund vergessen, wieso wir Musik machten.

»Ich muss Lake finden«, sagte ich mit zittriger Stimme und setzte mich auf. »Können wir später sprechen?« Ich wollte jetzt nicht darüber nachdenken, was Andis Besuch hier bedeutete. Das Einzige, was ich wollte, war, Lake alles von mir offenbaren, damit ich endlich diese Leere in meinem Innern mit ihrem Licht füllen konnte.

Andi nickte mit einem wissenden Lächeln auf den Lippen. »Natürlich.«

Kapitel 35

Lake

»Hallo, Lake! Stimmt es, was ich gehört habe?« Mrs. Appleworm, die größte Klatschtante des gesamten Ortes, watschelte auf mich zu. Ich zwang mich zu einem höflichen Lächeln und wandte mich von den anderen ab, die lachend immer noch über das Riesentrampolin sprangen. Außer Graham, der sich verabschiedet hatte, weil ihm der Trubel deutlich zu viel war.

»Hallo, Mrs. Appleworm! Haben Sie meine Mom schon getroffen? Sie hatte noch eine neue Ration des bestellten Tees für Sie.«

»Deine Mom ist eine Heilerin. Habe ich.« Sie tätschelte die Tasche, die über ihrer Schulter hing. »Also, Lake, ist es wahr?«

»Was denn, Mrs. Appleworm?«, stellte ich mich nichts ahnend. Wenn mich noch einer zu Wyatt und dem Artikel ansprach, würde ich schreiend davonlaufen.

»Dass dein Yogastudio nächstes Wochenende eröffnet?« Erleichterung durchflutete mich, und ich atmete tief aus. »Ja! Ja, das tut es!«

»Niemand hätte gedacht, dass du das wirklich durchziehst, Kindchen«, sagte sie.

Ich presste die Lippen aufeinander. So war Mrs. Appleworm. Sie meinte es nicht böse, sie war einfach nur sehr direkt und manchmal ein wenig unverschämt.

»Sie können gerne vorbeikommen und es mal ausprobieren.«

»Vielleicht tue ich das sogar«, überlegte sie. »Ich war früher schließlich Profisportlerin, das wusstest du, oder?«

»Natürlich.« Das erzählte sie auch jedem, nur nicht, um welche Sportart es sich tatsächlich gehandelt hatte. Wahrscheinlich war es so etwas wie Serviettenfalten oder Tischbillard. »Ich habe immer ein Plätzchen für Sie.« Und das meinte ich wirklich ernst. Mrs. Appleworm war die Vorzimmerdame unseres Bürgermeisters Archibald und kannte somit fast alle Menschen in ganz New Hope. Außerdem war sie Moms beste Kundin.

Plötzlich fiel mein Blick auf stechend grüne Augen, die mich fixierten. Sofort verbreitete sich ein warmes Gefühl in meiner Brust, und die Härchen an meinen Armen richteten sich auf. Wyatt bewegte sich mit einer Bestimmtheit auf mich zu, sodass es mir den Atem verschlug. Durch Saki hatte ich mitbekommen, dass Andi hier war, und sofort verdrängte die Angst, Wyatt könnte heute schon abreisen, alle anderen Gefühle.

»Mrs. Appleworm, darf ich mich entschuldigen? Ich freue mich, Sie nächste Woche bei einem der Kurse zu sehen!«

Ohne auf eine Erwiderung zu warten, lief ich Wyatt entgegen, der mich in seine Arme zog. Ich inhalierte den frischen Duft seines Shirts vermischt mit seinem eigenen und genoss den kurzen Moment, einfach nur in seinen Armen zu liegen, bis ich aufschaute. *Musst du gehen?* fragte ich stumm mit den Augen, weil ich mich nicht traute, die Worte auszusprechen und zwischen allen Menschen hier einzuknicken.

»Ich bleibe noch«, beantwortete er meine Frage, und dennoch spürte ich, dass ihn irgendetwas anderes belastete.

»Ist ansonsten alles in Ordnung?«

Er nickte, aber sein Lächeln erreichte seine Augen nicht. Kurzerhand nahm ich seine Hand und zog ihn an zwei Ständen vorbei und durch eine kleine Gasse, bis wir in Antoines Hinterhof standen. Erinnerungen überfluteten mein Hirn. Die Geräusche des Festes drangen wie aus weiter Ferne zu uns, denn meine Aufmerksamkeit galt nur Wyatt. Er litt, das sah ich ihm mittlerweile an.

»Bringt dich Andis Besuch so durcheinander, oder was ist es?«

»Nein, ja … doch schon, irgendwie, aber es ist noch etwas anderes. Ich war nicht vollständig ehrlich zu dir.« Er nahm meine Hand, und wir setzten uns auf die beiden Klappstühle, die Antoine immer für seine Mittagspausen mit La Chance benutzte. So viele Fragen lagen auf meiner Zunge, aber ich hielt mich zurück und gab Wyatt die Zeit, die er benötigte, um sich mir zu öffnen. »Es geht um meine Familie, meinen Onkel …« Er zog den Anhänger an seiner Kette aus dem Ausschnitt und hielt den kleinen Kranich vorsichtig in der Hand, als wäre er das Kostbarste, das er besaß. »Den habe ich von ihm, er sollte mir Glück bringen, aber er hätte ihn besser behalten sollen.« Er ließ die Kette los und presste verzweifelt die Handballen auf die Augen, ehe er mich mit glasigem Blick anschaute. »Ich habe dir ja bereits erzählt, dass mein Onkel Hank mich ermutigt hat, Musiker zu werden. Er war es selbst mit Leib und Seele, und ich wollte so werden wie er. Ich hätte alles dafür getan, aber manchmal sollte man sich an Vorbildern nicht in allen Bereichen orientieren. Hank hat es krachen lassen, Drogen, Alkohol, das volle Programm eines Mannes, der dachte, er hätte alles. Doch eines hatte er nicht …« Ich sah

Wyatt deutlich an, dass ihm die Worte nicht einfach über die Lippen kamen. »Jemand, der ihm gesagt hat, dass er sich mit seinem Lebensstil kaputt macht. Einen wirklichen Freund. Er hat die Leidenschaft für die Musik verloren. Wie ich. In einer Nacht vor zwei Jahren, in der ich den wohl größten Auftritt meiner Karriere in Philadelphia hatte, baute Hank betrunken einen Unfall. Ich habe es mittendrin erfahren, und ich habe weitergemacht. Ich habe dieses verdammte Konzert beendet, als wäre alles in Ordnung.« Ich drückte seine Finger und konnte kaum ertragen, wie der Schmerz sich auf seinem Gesicht widerspiegelte. Der Wind strich sanft und tröstend durch die umliegenden Bäume und unsere Haare, während Wyatt unter der Last seiner Erinnerungen zerbrach. Ich nahm ihn in den Arm, drückte ihn an mich, und er klammerte sich Halt suchend an mir fest. Es gab nicht viele Worte, die es besser machen konnten, deshalb schwieg ich und war einfach nur für ihn da. »Ich habe keinen Kontakt mehr zu meiner Familie, weil ich nicht auf der Beerdigung war. Ich hatte einen Auftritt, und sie haben es nicht verstanden. Es gab einen Riesenkrach mit meinem Dad. Doch in Wahrheit hatte ich nur zu viel Angst davor, dass es dann Wirklichkeit wird. Dass Hank, wie ich ihn in Erinnerung hatte, nicht mehr da ist. Der Mensch, mit dem mich mehr verband als mit jemandem sonst. Vor allem mein Dad wollte mich überreden, mit der Musik aufzuhören. Hank war sein Bruder, er wollte nicht noch jemanden verlieren, aber ich konnte nicht. Ich hatte mich schon längst im gleichen Sumpf verloren.«

»Du weißt, dass du nichts dafür kannst, oder?«, flüsterte ich in sein Haar und strich darüber. Ich spürte, dass er sich Vorwürfe machte, nicht mit seinem Onkel über diese Probleme gesprochen zu haben. Allerdings, wie es sich anhörte, hätte dieser wohl nicht mit sich sprechen lassen.

»Nein, aber vielleicht irgendwann.« Seine Stimme war leise und wegen der Geräuschkulisse auf der Straße kaum zu verstehen.

»Willst du wieder Kontakt zu deinen Eltern?«

Er löste sich von mir und schaute mich an. Seine Hände hielten immer noch meine und lagen in meinem Schoß. So viel Bereuen und so viel Schmerz sollte ein einzelner Mensch nicht tragen müssen. »Ich weiß es nicht. Es sind auf jeder Seite viele Worte gefallen, die man nicht hätte sagen sollen. Ich hatte einen Totalabsturz und bin ein paar Tage im Krankenhaus gelandet. Sie mussten mir den Magen auspumpen, und ich war fast zwei Tage nicht mehr ansprechbar. Das haben meine Eltern mir nicht verziehen.«

»Du kannst es besser machen, zeigen, dass du stärker bist als deine Erinnerungen und diese Erlebnisse. Vielleicht könnt ihr euch dann gegenseitig verzeihen?«

Er nickte. »Danke.«

Meine Mundwinkel hoben sich leicht bei dem schwachen Versuch eines Lächelns. »Nicht dafür. Wir sind jetzt eine Familie.«

»Das habe ich heute schon mal gehört.«

»Tatsächlich?«, fragte ich überrascht. »Von wem?«

»Du wirst es nicht glauben, aber von Brax.«

»Nein, das kann ich wirklich nicht glauben.« Wyatt lachte leise. Man spürte immer noch die Schwere, die ihn herunterzog, doch ich hoffte, es hatte ihm gutgetan, darüber zu sprechen und sie ein Stück weit loszuwerden. »Ich danke dir auch, dass du mir das anvertraut hast. Du kannst mir jederzeit alles erzählen.«

Er lehnte sich nach vorn und umfasste mein Gesicht. Der Kuss, der daraufhin folgte, war rau und leidenschaftlich. Ich spürte seine Verzweiflung, aber auch einen Funken Hoffnung. Sanft umspielten sich unsere Zungen, und Hitze breitete sich in meiner Mitte aus. Ich spürte, dass er mich brauchte, und seine Berührungen vibrierten durch meinen Körper und klangen nach, während er sich schwer atmend von mir löste.

»Was macht Antoine, wenn er uns hier so erwischt?« Er lehnte die Stirn gegen meine.

Ich schloss die Augen. »Ich bin mir nicht sicher, wir kriegen auf jeden Fall keine Sonderbehandlung mehr in seinem Eisladen.«

Wyatt nahm meine Hand und zog mich mit sich hoch. Er presste meine Handfläche gegen seine Brust und drückte seine Finger auf meinen unteren Rücken. »Dann lass uns besser zurückgehen. Ich hab gehört, es soll heute noch ein fantastisches Lichterfest stattfinden?«

»Du wirst es lieben!«, antwortete ich begeistert und ließ mich zurück zum Gehweg führen.

Kapitel 36

Wyatt

Die Yogastudio-Eröffnung war ein voller Erfolg. Viele kamen wohl aus Neugierde, um sich anzuschauen, was Lake hier geschaffen hatte. Aber die meisten blieben, weil sie einen Ort vorgefunden hatten, an dem man sich wohlfühlen konnte. Midge nannte das positive Vibes, und ich musste über diesen Begriff grinsen.

Alle packten mit an, hatten in den letzten Wochen die Flyer verteilt, und Brax hatte welche davon sogar einigen seiner Kunden gegeben, die nun heute da waren. Die Inneneinrichtung war von ihm, und ich musste zugeben, er war unglaublich talentiert. Graham hatte seine Pfadfindergruppe eingespannt, Getränke und Snacks an die Gäste zu verteilen, die sich überall im Garten und im größten aller Räume des lichtdurchfluteten Studios tummelten. Obwohl die Wolken heute tief am Himmel hingen, schaffte die Sonne es immer wieder, sich hervorzukämpfen und somit die gesamte Atmosphäre in ein goldenes Licht zu tauchen.

Midge hatte sich um Kaffee und Kuchen gekümmert, und Emilia notierte sich Dinge, die sie in ihrem Artikel verwenden konnte, den sie für die Stadtzeitung schrieb. Alice und Harry standen zwischen einer Gruppe von Menschen und strahlten stolz, was auch mich zum Lächeln brachte. Und ich? Ich war der nutzloseste Freund, den die Weltgeschichte jemals gesehen hatte. Lake war ganz in ihrem Element, wirbelte von links nach rechts, unterhielt sich mit Leuten, gab kleine Schnupperstunden, verteilte selbst die alkoholfreien Cocktails, die Brax hinter einer provisorischen Bar zusammenmixte. Sie war unglaublich stark, und wir würden diesen Tag abschließend ganz bestimmt noch mal allein gebührend feiern. Ich war so stolz auf sie.

»Ich gebe ihr drei Wochen, vielleicht vier, wenn sie Glück hat.« Die Stimme neben mir ließ mich herumfahren, und ich sah direkt in die verschlagenen Augen von Lakes ehemaligem Schulkameraden.

»Chase, oder?«, tat ich, als könnte ich mich nicht mehr an seinen Namen erinnern.

»Chester«, gab er knurrend von sich, und ich schenkte ihm ein falsches Lächeln. So sehr, wie ich ihn am Kragen packen und mit Schwung nach draußen befördern wollte, wusste ich doch, dass ich mich zusammenreißen musste. Für Lake und ihren großen Tag. Außerdem war es dieser Penner ganz sicher nicht wert, auch nur einen Funken Gefühl an ihn zu verschwenden. Selbst wenn es ungezügelte Wut war.

»Wieso denkst du, dass mich oder irgendjemand anderen in diesem Raum dein Geschwafel oder deine Meinung interessiert? Fühlt sich scheiße an, immer die zweite Geige neben seinem Daddy zu spielen und mit Arschlochgetue um die Aufmerksamkeit der Menschen zu betteln, oder?«

Sein Gesicht nahm die Farbe einer Tomate an, und ich machte mir nicht die Mühe, mir mein gehässiges Grinsen zu verkneifen.

»Kein Grund, so ausfallend zu werden!«, stieß er scharf hervor.

»Ich bin ausfallend? Oh, nein, du hast mich nicht mal annähernd ausfallend erlebt.« Mit zusammengekniffenen Augen fixierte ich Chester, und er zuckte zurück. »Und jetzt verschwinde und versprühe irgendwo anders dein Gift. Du bist hier nicht erwünscht.«

Schnaubend stellte er sein Wasserglas auf einem Schränkchen in der Nähe ab und stürmte Richtung Tür. Lake zog die Augenbrauen hoch und warf mir einen Blick zu, den ich mit einem entspannten Zwinkern erwiderte. Sie musste lachen, und mein Grinsen wurde breiter. So regelte man Dinge also, ohne dass man gleich die ganze Welt gegen sich aufbrachte? Interessant.

»Hey, Wyatt, kommst du bitte mal kurz?« Graham tauchte neben mir auf und deutete mit dem Kopf in Richtung Flur.

»Klar.« Wir verließen den Hauptraum, und noch bevor Graham mir sagte, um was es ging, sah ich es. »Shit.«

»Jap«, bestätigte Graham, und ich trat näher an das schmale Fenster neben der Tür, das einen Blick auf eine Menschentraube draußen freigab. Wuchtige Kameras, Mikrofone und Journalisten und Journalistinnen, die sich gegeneinanderdrängten und mit gespannten Blicken auf Lakes Yogastudio starrten. Mir war klar, dass sie nicht hier waren, um ihr zu der gelungenen Eröffnung zu gratulieren. Aufmerksamkeit war gut, aber nicht dieser Art. Die Aasgeier waren hier, weil sie hofften, dass ich ihnen einen neuen saftigen Skandal lieferte. Jetzt gab es nur eine Möglichkeit, Lake, ihre Familie und Freunde von der Ansammlung da draußen fernzuhalten. Indem ich ging. Alles in mir brannte, wenn ich daran dachte, Lake hier zurückzulassen und mich auf unbestimmte Zeit von ihr verabschieden zu müssen, doch mir war klar, dass es keine andere Option gab. Die Arschlöcher vor dieser Tür würden Lake nicht in Frieden lassen, sie belagern, nur um winzige Informationen über unsere Beziehung herauszubekommen. Sie würden ihr Geschäft zerstören, ihren Traum, den sie sich, entgegen allen negativen Meinungen darüber, aufgebaut hatte.

Einer der Paparazzi entdeckte mich durch die Scheibe, und auf einmal hing hektisches Klicken von Kameras und Blitzlichtgewitter in der Luft. Ich stolperte einen Schritt zurück. »Kannst du Lake erst mal nichts davon sagen?« Ich zögerte. »Ich möchte ihr nicht den Tag versauen, deshalb werde ich abhauen, dann verlieren sie schnell das Interesse.«

Graham legte eine Hand auf meine Schulter, und zum ersten Mal hatte ich das Gefühl, hinter seiner rauen, verschlossenen Schale hatte auch er mich akzeptiert. »Ich passe auf sie auf.«

»Danke. Kannst du mir in einer Stunde schreiben, ob sie noch da sind?«

Er nickte, mehr brauchte es nicht. Als er zurück zu den anderen Gästen verschwunden war, atmete ich tief durch und wappnete mich für den Auflauf vor der Tür. Ich drückte sie auf und machte sie direkt hinter mir wieder zu, damit niemand einen Blick hineinwerfen konnte – und vor allem, um zu verhindern, dass die Geräuschkulisse hier draußen zu laut ins Innere drang. Den Kopf gesenkt, ging ich auf die Menge zu. Fragen prallten auf mich ein wie Medizinbälle, ich wurde geschubst und angerempelt, Mikrofone erschwerten mir die Sicht, und ich zerschnitt die Menge mit meinem Körper wie eine Klinge.

»Wie lange willst du noch hierbleiben, Wyatt?«

»Gibt es ein Comebackkonzert?«

»Der Todestag deines Onkels jährt sich bald, wirst du zu deiner Familie fahren?«

»Wie heißt deine neue Freundin, Wyatt? Ist es etwas Ernstes?«

Fragen, von denen ich keine einzige beantworten würde, so viel hatte ich mittlerweile gelernt. Ich kämpfte mich vor zu meinem Auto, und als ich atemlos auf dem Fahrersitz saß, kam es mir vor, als hätte ich einen Marathon hinter mir. Die Leute schossen Bilder durch die verdunkelte Scheibe, Blitzlichter blinkten vor meinen geschlossenen Lidern. Ich hasste das. Diesen Trubel, dieses reißerische Interesse. Ich wollte, dass meine Musik im Mittelpunkt stand und nicht mein Privatleben. Es war scheißegal, mit wem ich zusammen war oder was ich morgens am liebsten zum Frühstück aß. Warum interessierten die Menschen sich für solche Nichtigkeiten und ließen mich nicht einfach in Ruhe? Wieso reichte es ihnen nicht aus, wenn ich ihnen mein Innerstes durch meine Musik zeigte?

Ich ließ den Wagen an, der ein Röhren von sich gab, als ich mehrmals aufs Gas trat. Die Paparazzi sprangen von der Motorhaube weg, und unter den drehenden Reifen spritzte der Kies hervor. Es kümmerte mich nicht, ob ich jemanden traf, Hauptsache, sie würden verschwinden und Lake in Ruhe lassen.

Wehmütig schaute ich in den Rückspiegel, während ich vom Hof fuhr, um eine Runde durch den Wald und die angrenzenden Städte zu drehen, damit ich alle abhängen konnte. Fluchend schlug ich gegen das Lenkrad. Jetzt war es so weit. Jetzt konnte ich es nicht mehr hinauszögern. Ich musste gehen, und die Frage war, würden Lake und ich es schaffen, eine feste Beziehung zu führen? Oder würde jedes Mal bei meinen Besuchen die Pressemeute wie eben Lake und ihre Familie belagern, nur um ein einziges Foto zu kriegen?

Verdammt. Ich hatte keine Ahnung, aber ich wusste, dass meine Entscheidung diesmal nicht nur mich betraf. Ich wollte

Lakes Bestes, und mir war klar, was passieren würde, wenn ich nicht ging.

Es klopfte an der Tür, und ich hielt inne. Hart schluckte ich den Kloß in meinem Hals hinunter und schmiss den Pullover, den ich in der Hand hatte, zu den anderen Sachen in meine Reisetasche.

Ich hätte gleich aufbrechen und Lake und mir den Abschied so leichter machen können, doch ich hatte es nicht über mich gebracht.

Einmal noch wollte ich sie sehen, sie küssen und ihren Duft einatmen, bis er so tief in mein Hirn gebrannt war, dass ich ihn niemals wieder vergaß. Es war unfair und wurde unserer Beziehung nicht gerecht, wie ein Feigling zu verschwinden. Sosehr es auch wehtat.

Ich schritt hinüber zur Tür und öffnete sie. Ihr Anblick traf mich jedes Mal aufs Neue wie ein Schlag mitten in meine Magengrube. Ihre Augen sahen müde aus und waren gerötet, und dennoch war sie wunderschön.

»Wie geht es dir? Alles gut?«, fragte sie in einem gehetzten Tonfall. Ich ging einen Schritt zur Seite und ließ sie rein.

»Du fragst, wie es mir geht?« Fast musste ich sogar lachen. Ich schloss die Tür und wandte mich ihr zu. »Es tut mir leid, dass ich einfach abhauen musste. Das war so nicht geplant.«

»Ich weiß. Graham hat es mir erzählt.«

Glücklicherweise waren sie tatsächlich nach nicht mal einer Stunde verschwunden und auf dem Weg zu einer neuen heißen Story.

Lake kam zu mir und schlang ihre Arme um mich. Ich presste sie eng an mich, und so verharrten wir minutenlang, ohne etwas zu sagen. Bis ihr Körper sich anspannte und sie sich ein Stück von mir wegdrückte. »Was soll das?« Sie deutete auf meine gepackte Reisetasche.

»Du weißt, was das soll«, erwiderte ich, und meine Stimme brach.

Sie atmete zittrig ein. »Jetzt schon?«, flüsterte sie, und ich seufzte. Auch wenn der Abschied so schmerzte wie kaum etwas anderes zuvor, wussten wir beide doch, dass es wunderbar gewesen war, die letzten Wochen miteinander zu verbringen. Ich hatte Dinge gefühlt, von denen ich nicht einmal ansatzweise geahnt hatte, dass ich sie fühlen konnte.

»Das heute war nur ein Vorgeschmack. Sie wissen, dass ich hier bin, und werden keine Ruhe geben, ehe sie nicht eine große Story abliefern können. Ich glaube auch daran, dass alle Bewohner von New Hope zusammenhalten und nichts verraten werden, aber wenn sie doch herausfinden, wo ihr wohnt … Das ist kein Spaß, Lake.«

Ich nahm ihre Hand und zog sie zur Küchenzeile, damit wir uns dort setzen konnten. Es war ungemütlich für die letzten Minuten, doch ich traute mir selbst nicht. Wir brauchten den Abschied, aber wir mussten ihn uns nicht schwerer machen, als er ohnehin schon war. Wobei das wohl kaum noch möglich war.

Ich ließ mich auf einen Stuhl fallen, und Lake nahm nicht wie geplant mir gegenüber Platz, sondern setzte sich auf meinen Oberschenkel. Sie legte den Arm um meine Schultern und kaute auf ihrer Unterlippe herum.

»Du hast das heute großartig gemacht, ich bin wahnsinnig stolz auf dich«, sagte ich, und sie schenkte mir ein müdes Lächeln. »Hattest du noch eine schöne Eröffnung?«, fragte ich und bereute es erneut, dass ich so früh hatte gehen müssen.

»Ja, hatte ich, danke für deine Hilfe. Ohne die stünde ich nun niemals an diesem Punkt.«

»Dito«, erwiderte ich und zwang mich zu einem halben Lächeln, das mein schmerzendes Herz nicht erreichte. Die Schwere hing zwischen uns. Auf einmal war mir alles zu viel. Das alte Gefühl von Kontrollverlust, Angst, Qualen und Bereuen verdrängte alles in meinem Innern, füllte mich aus und verbrannte mich.

Ruckartig stand ich auf und hielt Lake, bis sie ihr Gleichgewicht wiedergefunden hatte.

»Es tut mir leid … ich … muss los«, murmelte ich und eilte zu meiner Reisetasche.

»Mir wäre es egal«, meinte sie hinter mir, und ihre Stimme klang fest und überzeugend. Ich hielt inne. »Mir wären die Fotografen, die Aufmerksamkeit, Zeitungsartikel … all das wäre mir egal, wenn wir nur zusammenbleiben können!«

»Du weißt nicht, auf was du dich einlassen würdest«, antwortete ich traurig und schloss die Augen. Meine Finger ruhten immer noch am Reißverschluss der Tasche, ohne ihn endgültig zu schließen.

Ich hörte ihre Schritte und spürte ihre Wärme in meinem Rücken, als sie näher kam. Wann war mein Leben so kompliziert geworden? Doch wenn ich ehrlich zu mir war, wusste ich es. Mein Schicksal war ab meinem ersten Auftritt in dem Diner mit dreizehn besiegelt gewesen.

»Du kannst mir nicht die Entscheidung abnehmen, es versuchen zu wollen.« Ihr Atmen klang schwer. »Außer du willst mich nicht«, schob sie leise nach.

Langsam drehte ich mich zu ihr um. Allein der Blick in ihre wunderschönen Augen ließ mich alles vergessen, bis sich die Gegenwart wieder groß und hässlich in meine Gedanken schob. »Du ahnst nicht, wie sehr ich dich will«, flüsterte ich, hob die Hand und strich mit dem Daumen über ihre Wange. Sie schloss kurz die Augen, ehe sie mich erneut fest anschaute. »Aber ich kann dir die Chance auf ein richtiges Leben nicht verwehren. Wir würden uns nicht oft sehen, und wenn ich hier wäre, wäre es die Presse auch ... Binde dich nicht an mich.«

»Das hab ich doch schon längst ...«

Und ich mich an sie. Doch das konnte ich nicht aussprechen, wenn ich sie weiterhin davon überzeugen wollte, auf mich zu hören.

»Lass es uns ausprobieren«, sagte sie, »und sehen, ob ich damit klarkomme. Wenn nicht, wird das Interesse an mir sicherlich schnell abflauen, oder nicht?«

»Das kann man nicht wissen.« Meine Hand fuhr sanft in ihre Haare, und mein Blick folgte ihr. Sie hatte recht. Sie erfüllte mein Herz für den Rest meines Lebens. Entgegen meinem Willen löste ich mich von ihr. Meine Arme hingen nutzlos zu meinen Seiten hinab, und ich musste mich zwingen, sie nicht an mich zu ziehen. Dort, wo sie hingehörte.

»Küss mich. Noch ein letztes Mal, und wenn du dann noch der Meinung bist, gehen und den Kontakt abbrechen zu müssen, akzeptiere ich deine Entscheidung.«

Ich lachte auf, ohne dass mir wirklich zum Spaßen war. Auch wenn mir klar war, dass ich unser Schicksal bereits besiegelt hatte, trat ich noch einen Schritt auf sie zu. Unsere Blicke schienen miteinander zu verschmelzen, und Lakes Atmung wurde schneller, sowie ich die Hand hob und sie erneut an ihre Wange legte. Ihre Haut war weich und warm. Ich konnte ihr keinen Moment wirklich widerstehen.

Sie öffnete die Lippen einen Spalt, und ich konnte die Augen nicht von ihren abwenden. Gott, sie war so schön, und für die Anziehung, die zwischen uns beiden bestand und die uns wie Magnete aneinanderzog, war meine Selbstbeherrschung viel zu schwach.

Sie umfasste mich an den Hüften, und allein dieses sanfte Gefühl entfachte ein Feuer in allen Synapsen meines Körpers. Ein Kuss. Ein Kuss, nach dem ich verloren war. In ihr, ihrer Seele, ihren Lippen und in allem, was sie mir anbot, während auch ich mich auflöste und stärker wiederfand.

In Zeitlupentempo senkte ich den Kopf, zögerte den Moment so lange hinaus, wie es mir möglich war. Langsam schloss Lake die Augen, und ich tat es ihr gleich. Ihr Duft und ihre Wärme waren nun so präsent, dass sie fast meinen rasenden Herzschlag überdeckten.

Sachte berührten sich unsere Lippen, verharrten einen Moment aufeinander, ehe ich sie sanft küsste und meine Hand zu ihrem Nacken wanderte. Zu viel. Und doch nicht genug. Ich intensivierte den Kuss, unsere Zungenspitzen trafen sich leidenschaftlich, und Lake seufzte unter meinen Berührungen.

Sie krallte sich mit den Händen in mein Shirt und drückte mich noch enger an sich, als hätte sie Angst, dass ich jeden Moment verschwinden könnte. Doch das Letzte, das ich jetzt im Sinn hatte, war, zu gehen. Nicht mehr. Irgendwann. Vielleicht.

Sie hatte hoch gepokert, aber recht behalten. Nach diesem Kuss war ich nicht mehr imstande, diese Verbindung mit ihr zu trennen. Ihre Hand fand den Saum meines Shirts und zerrte daran. Unsere Lippen trennten sich nur in der Sekunde, in der ich mir das Oberteil vom Körper riss und erneut Lake mit den Armen umschlang. Ihr Seufzen wurde zu einem Keuchen, ihr Keuchen zu einem Stöhnen. Mit den Händen umfasste ich ihre Oberschenkel, und mit einem Sprung klammerte sie sich um meine Hüften, während wir uns immer wilder küssten. Ich steuerte das Bett an, fegte mit dem Fuß meine Reisetasche hinunter und ließ mich mit Lake darauffallen. Sie ließ die Finger durch mein Haar gleiten, kratzte über meine Kopfhaut, und es tat gut, die angestaute Anspannung und die Angst vor ihrem Verlust so herauslassen zu können.

Mein Mund fand ihren Hals, verteilte Küsse darauf, und sie drückte den Rücken durch und bäumte sich mir entgegen. Langsam strich ich ihr den Saum ihres Rockes nach oben, fuhr mit meinen Fingern über ihre weiche Haut und traf die Spitze ihres Slips. Sie keuchte, da ich mit dem Daumen über ihre Mitte strich und sanfte Kreise über ihrem Kitzler zog.

»Verlass mich nicht, Wyatt«, brachte sie stöhnend hervor und griff an meinen Gürtel, um ihn zu öffnen.

»Ich habe mich selbst belogen«, erwiderte ich gepresst und küsste erneut ihren wunderschönen Mund. »Niemals könnte ich dich wirklich verlassen.«

Sie glitt mit der Hand unter den Hosenbund, umschloss meine Erektion, und diesmal war ich es, der aufstöhnte. Das hier war wild und rau und ursprünglich. Wir brauchten einander noch dringender als jemals zuvor. Die Gefühle zwischen uns hatten sich in so einer rasenden Geschwindigkeit entwickelt, dass wir kaum noch hinterhergekommen waren. Hals über Kopf hatte ich mich in diese Frau, die mit rot glühenden Wangen und feurigem Blick unter mir lag, verliebt, und mir wurde bewusst, dass ich alles von ihr brauchte, um auch das letzte Stück des klaffenden Risses in meinem Herzen schließen zu können. Ich brauchte ihr Lachen, ich brauchte ihre Nähe, ihre Wärme, ihre Lust und ihr Glück. Und ich wollte der sein, der ihr all das schenkte und zurückgab.

Ich lehnte mich nach unten und kramte mit zittrigen Fingern ein Kondom aus meiner Reisetasche. Sie nahm es mir ab und öffnete die Verpackung, als ich meine Hose ein Stück nach unten zog. In diesem Moment ging es nicht darum, sanft und langsam zu sein. Sie wollte mich so schnell wie möglich spüren, genauso, wie ich sie wollte. Ich nahm ihr das Kondom ab und rollte es mir über, während sie sich den Slip an den Beinen entlang abstreifte und ich mich erneut zwischen ihre Schenkel schob. Mit einem tiefen Stoß war ich in ihr, und unser beider Stöhnen lag in der Luft. Ich ließ ihr keine Zeit, sich an mich zu gewöhnen, und führte meine Bewegungen tief und hart aus. Sie klammerte sich an mich, keuchte und seufzte meinen Namen, und ich vergrub mein Gesicht an ihrer Halsbeuge, während ich sie mit den Armen dicht an mich drückte.

Ihre Fersen bohrten sich in meinen unteren Rücken, pressten mich noch weiter in sie, bis ich nicht mehr wusste, wo sie begann und ich endete. Ihr Schmerz war mein Schmerz und ihre Liebe meine. Und wenn wir uns trennten, ließen wir jedes Mal ein kleines Stück von uns selbst beim anderen, in der Hoffnung, es beim nächsten Wiedersehen zurückzuerhalten.

Kapitel 37

Wyatt

Das dumpfe Plopp, mit dem meine Tasche auf dem Marmorfußboden in meinem Apartment aufkam, war widerlich.

Ich war keine zehn Minuten zurück, und meine Sicht auf die Dinge war eine völlig andere als vor meiner Abreise nach New Hope. Meine halb leere Wohnung war kalt und grau, ich vermisste sogar den Geruch von Alice' Räucherstäbchen, das Durcheinander, die Wärme, das alles. Als ich heute Morgen gefahren war, hatte mir Alice mit Tränen in den Augen zwei Tomatensandwiches in die Hand gedrückt, falls ich hungrig wurde. Selbst Harry hatte mir gesagt, wie sehr ich ihm bei der Arbeit fehlen würde. Dabei war mir der Abschied ohnehin schon unglaublich schwergefallen. Lake zurückzulassen, ihre Silhouette zu sehen, die in meinem Rückspiegel immer kleiner geworden war, während sie die Arme um ihren Oberkörper geschlungen und so verloren gewirkt hatte, wie ich mich fühlte. Diesen Schmerz würde ich nie wieder in meinem Leben vergessen.

Ich schritt hinüber zu der Fensterfront und lief an dem Konzertflügel vorbei, der seit zwei Jahren ungestimmt in einer Ecke stand. Sofort dachte ich an Oliver und den ersten Besuch mit Lake bei ihm. Vielleicht spendete ich den Flügel Ginger und ihrer Bar, damit Oliver ihn bei seinen Auftritten nutzen konnte.

Es kam mir vor, als hätte ich ein völlig anderes Leben betreten. Eines, das nicht mehr meins war und sich falsch anfühlte. Trotzdem hatte ich es so gewollt. Ich wollte meine Karriere aufleben lassen, noch mal völlig anders angehen, nicht meinen Kopf verlieren und wieder die Leidenschaft zur Musik entdecken. Ich würde das packen. Das und meine Beziehung zu Lake weiterführen, denn ohne sie fühlte sich das alles sinnlos an.

Ständig dachte ich an sie, eigentlich drehten sich alle meine Gedanken nur im Kreis darum, ob es ihr gut ging, ob sie ebenso an mich dachte, ob alles mit dem Studio funktionierte …

Mein Blick glitt über die Skyline von Los Angeles. Die Hochhausfassaden, die durch die Spätnachmittagssonne in Orange- und Rottöne getaucht wurden, und die aufflammenden Lichter hinter zahlreichen Fenstern, die sich in der Wasseroberfläche meines Pools auf der Terrasse spiegelten. Sofort wollte ich ein Foto schießen und es Lake schicken, damit sie an diesem schönen Ausblick, für den ich gerade eigentlich gar keine Augen hatte, teilhaben konnte. Dann erinnerte ich mich daran, dass es bei den Campbells kaum Empfang gab, und musste lächeln.

»Verdammt, jetzt reiß dich doch mal zusammen«, murmelte ich, riss mich von dem Ausblick los und schmiss mich auf mein Sofa, bevor ich den Fernseher einschaltete und sinnlos durch die Kanäle zappte. Andi hatte mir einen Interviewtermin in zwei Tagen besorgt, bei dem ich meinen neuen Song promoten und mich zurückmelden konnte. Den Song, den ich voller Verzweiflung geschrieben hatte und der zu dem persönlichsten Lied meines Lebens geworden war.

Lake hatte alle Papiervögel mit Textfragmenten behalten wollen, und sie hatte eine Träne im Augenwinkel gehabt, als ich ihr zum ersten Mal den kompletten Song vorgespielt hatte. Es war gestern Abend gewesen, nachdem wir uns geliebt hatten und ich beschlossen hatte, noch eine Nacht länger zu bleiben. Es hinauszuzögern war für den Schmerz in meinem Innern nicht unbedingt eine gute Entscheidung gewesen, doch ich konnte mich nicht dagegen wehren.

Ich musste irgendwann eingedöst sein, und beim Aufwachen hatte ich erst einmal keine Ahnung, wo ich mich überhaupt befand. Im TV lief irgendeine Realitysoap über einen Foodtruck und einen Typen namens Gavin, der auf der Suche nach einem Date war, als es an meiner Tür klingelte. Vielleicht schon das zweite Mal? Draußen war es bereits dunkel, keinen Schimmer, wie lange ich geschlafen hatte.

Mit einem kurzen Blick checkte ich mein Handy, sah aber keinen Anruf, mühsam erhob ich mich von der Couch und strich mir den Schlaf aus den Augen, bevor ich die Tür öffnete.

»Brooooo!« Brady reckte die Hand zu einem High five in die Luft.

Ich runzelte die Stirn. »Was tust du denn hier?«

»Wow, das ist aber eine tolle Begrüßung für deinen besten Freund.« Er ließ den Arm sinken, schüttelte enttäuscht den Kopf und drückte sich einfach an mir vorbei ins Innere. Ich schloss die Tür hinter ihm und folgte ihm ins Wohnzimmer, wo er bereits vor der Bar stand und sich einen meiner teuersten Bourbons einschenkte.

»Also noch mal, was tust du hier?« Ich verschränkte die Arme vor der Brust.

Er trank einen Schluck und sah mich über den Glasrand hinweg an. Hatte er echt gedacht, nach der Aktion in New Hope würde ich mich freuen, ihn zu sehen, und so tun, als wäre nichts gewesen? Dass ich ihn anrufen würde, hatte ich nur gesagt, damit er ging. Wahrscheinlich war es mein Fehler, dass er hier war, weil ich ihm nie meine wirkliche Meinung gesagt hatte. »Ich habe gehört, dass du wieder in der Stadt bist, und wollte dich abholen. Zieh dir was Anständiges an, und dann gehen wir ins *Five Guys*, okay?«

»Heute nicht, Brady.«

»Was meinst du mit *heute nicht*?« Er schwenkte das Glas und nippte erneut, bevor er einen Schritt auf mich zuging. »Was ist los?«

»Jedes Mal, wenn wir unterwegs sind, passiert etwas, das mich in Schwierigkeiten bringt. Ich bin gerade wieder hier und habe übermorgen ein wichtiges Interview.«

Er lachte kurz auf. »Übermorgen? Du meinst in achtundvierzig Stunden?«

Ich lief an ihm vorbei und holte mir eine Wasserflasche aus dem Kühlschrank. Mein Magen knurrte, und wenn Brady wieder weg war, würde ich mir eine Pizza bestellen. Brady stellte sich vor den Küchentresen, der uns trennte. Schwungvoll setzte er das Glas ab und fixierte mich, als würde er nicht verstehen, was mit mir los war. »Ist es wegen der Kleinen? Weil du ein bisschen Ärger mit ihr bekommen hast?« Er grinste breit, schien sich fast darüber zu freuen. »Ich bin mir sicher, du hast sie trotzdem rumgekriegt.«

»Hör auf, so über sie zu sprechen.«

»Oh wow, ist das dein Ernst? Bist du etwa in dieses Landei verliebt?«

»Brady, ich meine es todernst.« Meine Finger umklammerten die Wasserflasche. Ich hatte Brady so was von satt. Er stand für alles, was in meinem alten Leben schiefgelaufen war, und auch wenn er nicht der Auslöser war, weil ich ganz allein die Verantwortung für meine Taten trug, wollte ich mich doch nicht wieder verleiten lassen, so zu werden.

Brady schüttelte den Kopf und leerte das Glas in einem Zug. »Also dankst du mir kein kleines bisschen?«

»Danken, wofür?«

»Du bist nur hier, weil du wieder im Fokus der Öffentlichkeit stehst. Ohne mich hätten sie dich doch bereits alle vergessen, oder etwa nicht?«

»Bitte?« Ich zog meine Brauen zusammen und versuchte, die Worte zu verstehen, die Brady mir an den Kopf warf.

Sein Grinsen wurde breiter. »Verstehst du es immer noch nicht?«

Und plötzlich dämmerte es mir. »Du hast sie angerufen. Du hast die Paparazzi informiert und ihnen meinen Aufenthaltsort mitgeteilt, unseren Abend an sie verkauft. Da war ein Mann in der Bar, er hat Fotos von dem Auftritt gemacht, von Lake. Das war ein Fotograf, und er war nur deinetwegen da«, stellte ich fest und wusste nicht, wie ich mit dieser Information umgehen sollte. Wäre ich noch bei Lake, wenn die Pressemeute dort nicht aufgetaucht wäre?

»Du kannst mir jetzt danken. Du hättest dich weiter in diesem Kaff versteckt und gedacht, wenn du ein kleines Landei nagelst und so tust, als wärst du glücklich, wäre alles in Ordnung. Ich sehe dir doch an, dass du nicht mehr der Alte bist, du hast dich total verändert, Mann. Und das nicht zum Guten.«

»Du hast keine Ahnung, was Glück ist. Und jetzt raus«, erwiderte ich bedrohlich ruhig.

»Wenn ich jetzt durch diese Tür gehe, dann scheiße ich auf unsere Freundschaft!«

»Welche Freundschaft?« Meine Stimme wurde lauter, und meine Hände ballten sich zu Fäusten. »Du hast mich doch nur dafür benutzt, dich besser zu fühlen! Mit deinen Spielchen und deinen Wetten, aber weißt du was? Ich habe keine Lust mehr darauf! Du hast recht, ich bin ein anderer, weil ich nicht mehr so sein möchte wie du. Verloren, unendlich unglücklich, und in Wirklichkeit kann dich niemand leiden. Alle treffen sich nur mit dir, weil du ihnen die Drinks spendierst, und tief in dir drin ist dir das auch bewusst.«

Er schluckte und presste die Kiefer aufeinander, als könnte er nicht fassen, was ich ihm offenbarte. Doch so war es. Wir waren niemals wirklich befreundet gewesen, denn mittlerweile hatte ich erkannt, was Freundschaft wirklich bedeutete. Midge, Emilia, Brax oder Graham. Lake konnte sich glücklich schätzen, solche Menschen in ihrem Leben zu haben.

»Raus.«

»Das wirst du bereuen.« So erwachsen, wie er war, zeigte er mir den Mittelfinger und stürmte aus meinem Apartment. Ich atmete tief durch und hoffte, dass er es einfach nur auf sich beruhen ließ und ich ihn nie wiedersehen musste.

Kapitel 38

Lake

»Das war toll heute! Ich fühle mich unglaublich entspannt!«, sagte Mel, eine meiner Teilnehmerinnen, die extra aus einem Nachbarort angereist war. Jedes Mal, wenn ich in die glücklichen und zufriedenen Gesichter sah, die vor mir nach einer Yogastunde saßen, wusste ich, ich hatte das Richtige getan.

»So sollte es sein. Dann sehen wir uns nächste Woche?«, fragte ich und löschte die Kerzen, denn dies war meine letzte Stunde für heute. Mittlerweile dämmerte es draußen bereits, und ich war tatsächlich ziemlich müde. Was ich in letzter Zeit ständig war, weil ich mich jede Nacht wach herumwälzte.

»Auf jeden Fall! Bye, Lake!« Mel und die anderen verabschiedeten sich von mir, und ich war allein. Ich rollte die Matten zusammen, räumte die Kerzen weg und entsorgte den übrig gebliebenen Tee. Meine Gedanken wanderten immer wieder zu Wyatt. Es waren mittlerweile vier Wochen vergangen, in denen wir uns nicht gesehen und kaum gesprochen hatten.

Es war genau so, wie er prophezeit hatte, und ich hatte ihm nicht glauben wollen. Das Studio wurde immer beliebter, und ich konnte immer mehr Kurse durchführen. Dazu noch den ganzen Papierkram, den ich definitiv unterschätzt und bei dem mir Midge oder Brax wöchentlich halfen, außerdem kümmerte ich mich weiterhin mit meiner Mom um einen Teil der Beete, weil ich sie das nach Wyatts Abreise nicht allein machen lassen wollte. Und dann noch Wyatts Terminkalender, der noch voller war als mein eigener. Hin und wieder schafften wir ein kurzes Gespräch zwischen Interviewterminen, Auftritten und Fotoshootings, doch es reichte bei Weitem nicht aus, um meine gigantische Sehnsucht nach ihm zu stillen.

Ich vermisste es, ihn zu berühren, ihn zu umarmen und zu küssen. Ich vermisste seinen Duft, seine Nähe und den Anblick seines Lachens. Ich vermisste einfach alles an ihm, und obwohl wir unser Bestes taten, damit es funktionierte, war es nur eine Frage der Zeit, bis einer von uns nicht mehr konnte.

Nachdem ich alles aufgeräumt hatte, packte ich meine Sachen und stellte mein Handy an. Im fast gleichen Moment klingelte es, und sowie ich den Namen sah, trat wie von selbst ein Lächeln auf meine Lippen.

»Hi«, sagte ich sanft und hörte leises Atmen auf der anderen Seite.

»Hallo, Hippie-Girl. Ich vermisse dich«, meinte er sofort, und ich drückte das Smartphone enger an mein Ohr, um das Gefühl zu haben, ihm näher sein zu können. Verdammter Trugschluss.

»Ich vermisse dich viel schlimmer. Wo bist du gerade?«

»Atlanta. Es würde dir gefallen, an jeder Ecke gibt es vegetarische und vegane Restaurants oder Foodtrucks.«

»Wow, Atlanta ist echt weit weg.«

»Ja«, erwiderte er traurig. Im Hintergrund hörte ich Geräusche von hupenden Autos und Stimmengewirr. »Hier ist die Hölle los! Ich sitze gerade in einer Limousine auf dem Weg zu einem Studio. Wir wollen den Song aufnehmen.« Er holte tief Luft. »Unseren Song.«

Ich schloss die Augen und stellte mir vor, wie er für mich sang. Wieso tat es so weh? Warum war es nicht so einfach, wie ich gehofft hatte? Wieso war zusammenbleiben mit Wyatt nicht das Gleiche wie zusammen sein.

»Immer wenn ich ihn singe, muss ich an dich denken. Wobei … eigentlich muss ich immer an dich denken.« Er lachte leise. »Alles in Ordnung bei dir, du bist so still?«, fragte er.

Ich wollte ihm so viel sagen. Dass er herkommen sollte, dass ich ihn sehen wollte, dass ich die Entfernung zwischen uns kaum noch ertrug, aber ich konnte nicht. Denn was, wenn er mir meinen Wunsch erfüllte, um mich glücklich zu machen? Es war nicht richtig, eine Liebe für eine andere aufzugeben. Es fühlte sich falsch an, so etwas von ihm zu verlangen, denn wer konnte überhaupt beurteilen, welche Liebe davon größer, stärker oder mehr wert war?

»Wyatt, ich kann das doch nicht«, flüsterte ich und spürte eine heiße Spur von Tränen, die unablässig meine Wangen hinunterliefen. Ich hatte bis eben gar nicht gemerkt, dass ich weinte. Doch anscheinend hatte mein Körper vor meinem Kopf eine Entscheidung gefällt.

»Was meinst du damit?« Er klang ängstlich, und mein Herz brach.

»Du hast recht gehabt. Es ist so schwer …«, wisperte ich und konnte das Schluchzen, das in meiner Kehle entstand, kaum noch unterdrücken.

»Ja, das ist es«, erwiderte auch er so leise, dass ich ihn kaum verstand. Ich sackte zu Boden und drückte das Handy immer noch fast schmerzhaft fest gegen mein Ohr. »Ich kann mit Andi sprechen, vielleicht bekomme ich nächste Woche einen freien Tag, dann kann ich sofort zu dir fliegen!«

»Um dann am nächsten Tag wieder zu gehen«, stellte ich fest, und Wyatt seufzte. Alles in mir zog sich vor Sehnsucht zusammen. Wenn er hier wäre, würde ich ihn nicht mehr loslassen. Doch das war er nicht.

»Du solltest dich auf deine Musik konzentrieren und ich mich auf das Studio«, sagte ich fest, obwohl es in mir ganz anders aussah. »Finde dich selbst, und vielleicht finden wir uns dann irgendwann wieder. Ich liebe dich, Wyatt, das werde ich immer tun, aber ich kann dir das nicht weiter antun.« Ich presste die Lider aufeinander, um den brennenden Schmerz zu lindern. Doch das war unmöglich. »Und mir selbst auch nicht.«

Außer den Nebengeräuschen hörte ich nichts und dachte schon, Wyatt wäre nicht mehr dran, dann seufzte er tief und schmerzvoll, und allein dieses Geräusch ließ meiner Kehle einen Schluchzer entweichen. »Ich liebe dich auch, Lake. Für immer, so sehr. Es tut mir leid, ich wollte dir den Schmerz ersparen. Das wollte ich wirklich …«

»Ich weiß«, flüsterte ich. »Ich dir auch.«

»Danke für alles, du hast mich gerettet«, raunte er die letzten Worte, und ich war mir nicht sicher, aber es hörte sich so an, dass auch er mit den Tränen kämpfte.

»Und du mich.«

Ich lauschte dem Geräusch seines Atems. Wir zögerten den Abschiedsgruß so lange hinaus, bis es nicht mehr ging. Im Hintergrund vernahm ich, wie ein Mann sagte, dass sie da waren.

»Bye, Lake.«

»Bye«, brachte ich mühsam hervor und legte auf. Erst dann ließ ich es zu, dass mein Körper unter der Last des Verlustes zusammenbrach. Ich winkelte die Beine an, schlang meine Arme darum und trauerte um eine Liebe, die so groß und so wertvoll war, dass ich sie für Wyatts Glück aufgeben musste.

Kapitel 39

Wyatt

Alles fühlte sich gleichzeitig falsch und richtig an.

Es kam mir vor, als ob ich wieder zu mir selbst würde, fand bei jedem Song, den ich performte, und jedem Auftritt zu mir.

Gleichzeitig hatte ich einen Teil von mir verloren und versuchte, die Lücke zu füllen, indem ich unablässig am Tag arbeitete. Es war mehr ein Verstecken als ein Genießen, das war mir klar. Vielleicht würde es irgendwann anders sein, wenn der Schmerz, den mir die Trennung von Lake zugefügt hatte, besser wurde. Wenn ich doch nur wüsste, ob ich mich selbst belog oder eine Heilung wirklich möglich war.

Der Verlust, den ich durch den Tod meines Onkels erlitten hatte, war auch jetzt spürbar und präsent. Aber ich hatte ihn ertragen können, zumindest so lange, wie Lake mir an meiner Seite Kraft spendete. Und jetzt? Ich fühlte mich wie ein einziges, großes Fragezeichen.

»Der Fahrer holt dich morgen um zehn Uhr ab, Mittwoch geht es dann ins Fernsehstudio zu Michigan Morgan. Das wird großartig, du performst ein paar alte Songs und wirbst für das Konzert am Freitag. Gott, die Enthüllung von *Afraid* wird so gut ankommen! Wyatt … Wyatt, hörst du mir überhaupt zu?«

Ich sah von meinem Handy auf, während ich auf der Couch in Andis Büro saß. »Klar. Termine, Termine, Termine, Konzert, Termine …« Seufzend legte ich das Smartphone auf den kleinen Glastisch vor mir und setzte mich auf.

»Du solltest heimgehen und schlafen. Nimm ein Bad oder so etwas.«

»Richtige Männer baden nicht«, versuchte ich mich an einem Scherz.

Andi zwinkerte mir zu. »Gerade die tun es, und ich habe zur Hölle keine verdammte Ahnung, wieso keiner darüber redet! Baden ist gut für die Seele und macht keinen Unterschied zwischen männlich und weiblich.«

»Okay. Dann steige ich mal in die Badewanne.« Ich stand auf, streckte meine verspannten Glieder und steckte mein Handy in die Hosentasche. Andi kam hinter ihrem Schreibtisch hervor und stellte sich vor mich. Mir war immer noch ein Rätsel, wie es ein so kleiner Mensch schaffte, die Welt zu regieren. Zumindest kam es mir oft so vor.

»Es tut mir leid, dass ihr euch getrennt habt. Das ist scheiße«, meinte sie und legte eine Hand an meinen Unterarm. Ich fand keine Worte auszudrücken, wie beschissen es war. »Ich finde es großartig, dass du dich mittlerweile im Griff hast, du bist erfolgreicher denn je, und dein neuer Song wird einschlagen wie eine Bombe. Aber du bist trotzdem nicht glücklich, oder?«

»Ich sollte es sein.«

»Scheiß drauf, was du sein solltest. Hör darauf, was dein Herz dir sagt, es klingt zwar total kitschig, doch so ist es nun mal, da kann ich auch nichts dafür.« Sie zuckte mit den Schultern und grinste mich an. »Mein Dad war stockkonservativ, aber Alice hat sich entschieden, ein Hippie zu werden, und ich habe mich mit fünfundzwanzig geoutet. Das Herz will, was das Herz will.« Sie drückte meinen Arm. »Die ganze dämliche Welt hat dich glauben lassen, dass das Leben ein Wettbewerb ist und du nur gut bist, wenn du besser als jemand anderes bist. Doch das stimmt einfach nicht. Nur in deiner Hand liegt es, ein gutes, glückliches und gesundes Leben zu führen, und niemand wird dir vorschreiben, wie dieses Leben auszusehen hat. Ob auf einer Bühne oder in einem Gemüsebeet, es ist alles gut, wenn wir nur glücklich sind.« Andi verdrehte die Augen, als ich die Brauen hochzog. »Ja, ich weiß, ich bin ein tiefgründiger Mensch. Und jetzt hau ab und geh endlich baden. Wenn du am Supermarkt vorbeifährst, unter uns, die Himbeerbadekugeln mit Kokosöl sind die besten.«

»Danke, Andi.« Ohne dass sie damit gerechnet hätte, zog ich sie an mich und umarmte sie. Diese Geste war viel zu lange überfällig gewesen. »Danke.«

»Jaja«, erwiderte sie.

Ich ließ sie los, und sie strich sich die Bluse glatt, als wäre auch ihr dieser emotionale Ausbruch ein wenig peinlich. Wenigstens lächelte sie, und ich bemerkte ganz genau, dass sie sich vor Rührung abwandte. »Geh.«

»Bye.«

Als ich nach einer halben Stunde mit einer Papiertüte voller Badekugeln vor dem Supermarkt stand, klangen Andis Worte immer noch in mir nach. Nur ich hatte in der Hand, was mich glücklich machte, da hatte sie recht. Ich hatte nur keine Ahnung, welches Glück überwog.

Mein Blick flog über die belebte Straße, auf der an diesem Abend noch zahlreiche Menschen unterwegs waren. Blinkende Neonlichter deuteten ihnen den Weg und luden sie dazu ein, ihre Bars oder die Geschäfte zu besuchen. Man bewegte sich im Strom zwischen haufenweise anderen und war trotzdem allein. Es roch nach Abgasen und Einsamkeit. Ich erinnerte mich an Worte, die ich zu Lake bei unserer zweiten Begegnung gesagt hatte. Es fühlte sich an wie eine Ewigkeit, als sie mich gefragt hatte, wie Los Angeles war. Laut. Voll. Perfekt.

Perfekt kam mir jetzt etwas ganz anderes vor. Meine Finger krümmten sich um den Haltegriff der Tüte, und ich sah das Schild einer kleinen Bar mit dunklen Fenstern und dem Versprechen, seine Gedanken mit einem kalten Bier abstellen zu können. Kurz dachte ich über morgen früh und meine Termine nach, daran, dass ich fit sein musste und nicht wieder in dem alten Sumpf versinken durfte, bis das Gefühl des riesigen leeren Lochs in meiner Brust überwog. Ehe ich über etwas nachdenken konnte, sah ich nach links und rechts und rannte über die Straße auf das Lokal zu. Mir drang der Geruch von schalem Bier entgegen, ein paar Männer spielten in einer Ecke Darts, leise dudelte Rockmusik aus einer Jukebox, als ich die Tür öffnete und eintrat. Das war genau der Ort, an dem einen keiner fragte, wer man war und was man hier machte. Denn es gab nur einen Grund, wenn man sich entschied, hier zu sein. Vergessen.

Ich ging zur Theke, hinter der ein Mann mit grauem Vollbart und zahlreichen Tattoos auf seiner hellen Haut stand und ein Bier zapfte. Anscheinend sah er die kalifornische Sonne nicht sehr häufig. Er blickte nur kurz auf, als ich mich auf einen Hocker schob und die Tüte neben mir auf dem Tresen ablegte.

»Was darf es sein?«, rief er mir zu.

Ich nickte zu dem Bier in seiner Hand. »Einmal genau das.«

Er zögerte nicht lange und schob es mir rüber, ehe er einen neuen Pitcher unter den Zapfhahn hielt. Ich nahm einen ersten Schluck und kniff kurz die Augen zu. Es schmeckte schal und nach einer der schlechtesten Entscheidungen der letzten Wochen. Seit meiner Abreise von New Hope und der Aufnahme meines neuen, besseren Lebens hatte ich nichts mehr getrunken. Ich lachte kurz auf, und mein Blick verweilte auf dem Glaskrug. Besseres Leben. Erneut setzte ich das Glas an und leerte die Hälfte des Inhalts. Der Barkeeper kam zu mir, zog eine Augenbraue hoch und stellte mir ein gefülltes Schnapsglas unaufgefordert vor die Nase. »Scheißtag, was?«

Ich zuckte mit den Schultern. »Eigentlich nicht, das ist ja das Seltsame.«

Er schenkte mir ein trauriges Lächeln, dann lief er ans andere Ende der Bar und kümmerte sich um einen anderen Gast. Das Schnapsglas stand immer noch unangetastet vor mir, und mein Blick glitt zu dem Fernseher an der Wand über dem Flaschenregal. Als ich mich selbst in der Talkshow einer der bekanntesten Moderatorinnen, Beverly Preacher, erkannte, musste ich fast lachen. Es war ein übliches Interview gewesen, ich war charmant, hatte Witze mit den Anwesenden gemacht und meinen Fans zugewunken. Doch eine Frage hatte mich völlig aus dem Konzept gebracht, und genau in diesem Moment zoomte die Kamera auf mein Gesicht. Ich verstand die Worte nicht, denn die Geräuschkulisse in der Bar war zu laut und der Ton des Fernsehers ausgestellt, aber ich erinnerte mich an jedes einzelne von ihnen.

»Wyatt, du bist zurück, und wir freuen uns sehr, wie gut du aussiehst!«, sagte Beverly und schenkte mir ein Lächeln. »Waren ja spannende Schlagzeilen in der letzten Zeit.«

»Das kann man sagen«, erwiderte ich ihr mit der lächelnden Maske, die ich bei solchen Anlässen aufsetzte.

»Was vor allem deine weiblichen Fans und natürlich auch uns brennend interessiert: Bist du nun immer noch Single, Wyatt? Oder hast du dein Herz in dieser Kleinstadt verloren?«

Ich presste die Lippen aufeinander, und mein Lächeln erstarb. Es war, als könnte ich den Duft von Lakes Haar riechen, sie nah neben mir spüren. Mein Herz würde niemals wieder frei sein, weil es voll von ihr war. Der Schmerz, sie verloren zu haben, um meinen Traum leben zu können, war brennender als an dem Tag, an dem wir unsere Trennung beschlossen hatten.

Ich räusperte mich und zwinkerte Beverly zu. »Selbstverständlich bin ich Single, du kennst mich doch.« Die Fans und Zuschauer jubelten, und ich hob grinsend die Hand in ihre Richtung, während ich innerlich zerbrach.

Ich zog einen Dollarschein aus der Tasche und legte ihn zu dem unangetasteten Schnapsglas, ehe ich dem Barkeeper zunickte und diesen Ort verließ, der mich nur tiefer in das dunkle Loch ziehen würde, aus dem ich nicht noch ein zweites Mal herauskommen würde.

Zwanzig Minuten später zwischen aufgetürmten Schaumbergen, die nach der gesamten Obstabteilung eines Supermarktes rochen, entspannten sich tatsächlich meine Muskeln und mein Geist. Ich erinnerte mich daran, was Lake mir gezeigt hatte. Einatmen. Ausatmen. An nichts denken, dann würde die Lösung sich zeigen, ohne dass man sie zwang. Einatmen. Ausatmen. Einatmen … Das Piepsen meines Handys riss mich aus meiner Entspannung, und ich griff es mir von der Kommode neben der Badewanne.

Ich runzelte die Stirn, als ich Brax' Nummer erspähte, und öffnete die Nachricht. Ein Bild von Lake erschien. Sie wusste anscheinend nicht, dass man sie fotografierte, denn sie sah in eine andere Richtung. Ihre Haare hatte sie zu einem hohen Zopf gebunden, und so wurde ihr hübsches Gesicht ganz besonders betont. Sie saß im Schneidersitz vor einer Gruppe von Menschen, und ihr Strahlen reichte aus, um das gesamte Display zu erhellen. Sofort durchzuckte ein schmerzhafter Stich meine Brust, als ich erkannte, dass auch ihr Exfreund Curtis unter den Teilnehmern war, und die Entspannung von gerade eben war sofort wieder verschwunden. Ich vermisste sie so unglaublich, dass mein Herz beinahe aufhörte zu schlagen. Dachte sie noch an mich? Was würde passieren, wenn sie es nicht mehr tat und Curtis dann immer noch dort war? Würde er oder ein anderer Mann sie auffangen, ihren Schmerz der Trennung lindern und ihr Herz erneut füllen können? Es war egoistisch zu hoffen, dass sie für den Rest ihres Lebens allein blieb, wenn ich nicht bei ihr war, und dennoch konnte ich an nichts anderes als an das denken.

Ich betrachtete noch einige Minuten das Foto, dann scrollte ich nach unten zur Nachricht.

Hi, Wyatt, ich dachte, vielleicht interessiert dich der neuste Klatsch. ;-) Das Studio läuft fantastisch, ganz New Hope steht tatsächlich auf die Kurse! Sogar Waldorf und Statler waren da und haben einen Kurs zur Selbstfindung belegt. Vielleicht bist du zwischen deinen Reisen durch die Welt ja mal in der Gegend und hast Lust auf ein Steak im Yuma's.

Lake geht es gut, zumindest will sie uns das glauben lassen. Ich sehe es in ihren Augen, dass sie dich ziemlich vermisst. Ich möchte dich nicht überreden, dein aufregendes Rockstarleben an den Nagel zu hängen, aber ich habe auch eine Pflicht als großer Bruder und als dein Freund, euch zu sagen, dass ihr verdammte Idioten seid.

Ich habe mich lange zurückgehalten, doch jetzt kennst du meine Meinung, auch wenn du nicht nach ihr gefragt hast. Mach damit, was du für richtig hältst, doch erinnere dich an unser Gespräch auf dem Frühlingsfest. Wobei ich mir sicher bin, dass sie eher dein weiches Herz gebrochen hat ;-)

Brax.

Ich musste grinsen und quälte mich selbst, indem ich mir erneut das Bild anschaute. Ich wusste, Emilia hatte Lake eine Website gestaltet, und auf der waren ebenfalls Fotos, allerdings hatte ich mich gezwungen, nicht jede freie Sekunde auf die Seite zu klicken. Und dann kam Brax und zerstörte meinen Vorsatz mit einer einzelnen Nachricht. Vielen Dank auch.

Ich legte das Handy zurück und drückte meinen Kopf unter die Wasseroberfläche. Das Wasser war warm und gluckerte dumpf in meinen Ohren. So waren meine Gedanken noch lauter, also nicht gerade die beste meiner Entscheidungen.

Ich tauchte auf und schnappte mir erneut mein Smartphone. Mit dem Finger scrollte ich durch meine Kontaktliste und schloss die Augen. Ich atmete dreimal tief ein und aus und drückte darauf. Es klingelte, und ich hielt mir das Handy dicht an mein Ohr, bis eine Stimme in der Leitung erklang.

»Brax? Hier ist Wyatt.«

Kapitel 40

Lake

Die regen Geräusche von Geschirr, das gegeneinanderstieß, Gesprächsfetzen und Lachen drangen nur halb an mein Ohr. Lustlos stocherte ich in meinem Essen herum.

»Triffst du dich später noch mit Midge und Emilia?«

Ich sah von meinem Teller auf. »Ja, ähm, tue ich.«

Es kam mir so vor, als wären die Blicke aller auf mich gerichtet. Es war Sonntag, und alle hatten sich heute wie jede Woche hier versammelt. Graham, Braxton, Ruby und meine Eltern. Einer fehlte. Immer noch.

»Wir gehen auf einen Drink ins *Ginger's*, Midge wollte uns irgendetwas erzählen.«

»Josh war auch schon so merkwürdig, als wir gestern Abend essen waren«, meinte Brax.

Graham zuckte nur mit den Schultern. »Bei dir ist jeder merkwürdig, der nicht ununterbrochen spricht«, brummelte er.

»Überhaupt nicht. Ich habe doch auch dich akzeptiert.«

»Ich bin dein Bruder. Dir blieb gar keine andere Wahl.«

»Stimmt auch wieder.« Brax schürzte die Lippen, und ich

musste über ihre Unterhaltung lächeln. Zumindest ein kleines bisschen. Innerlich seufzte ich auf. Es waren drei Wochen vergangen, seitdem wir Schluss gemacht hatten. Drei Wochen, in denen ich trotzdem jeden Tag an ihn dachte und mir vorstellte, wie es sein könnte, wenn ich nicht diesen Schlussstrich gezogen hätte. Vielleicht würde ich doch damit klarkommen? Irgendwann.

»Ich hab übrigens mit Wyatt telefoniert«, sagte Brax, als würde er sich über das Wetter unterhalten.

Ruckartig schaute ich ihn an. »Du hast was?«

»Wie geht es ihm?«, fragte meine Mom.

»Ich glaube, ganz gut.«

Brax beäugte mich kritisch, er schien mir anzusehen, dass ich gleich durchdrehte. »Können wir noch mal zu dem Punkt zurück, an dem ich dich gefragt habe, warum du mit ihm telefonierst?«

»Wir sind befreundet.«

»Aha, seit wann? Der ersten oder der letzten Standpauke über die Unantastbarkeit deiner Schwester?«

Brax grinste. »Komm schon, das müssen wir tun. Das ist ein ungeschriebener Geschwisterkodex.«

»Kümmere du dich lieber um deine eigenen Beziehungen!« Im gleichen Moment merkte ich, was ich eben voller Frust und Wut von mir gegeben hatte. Brax' Gesichtsausdruck wurde ernster, und der Humor war aus seinen Zügen verschwunden. »Brax, es tut mir leid«, flehte ich, und er nickte nur, legte den Arm um Ruby, die neben ihm saß, und drückte sie einen Moment an sich. Verdammt. Wie konnte ich gerade dieses Thema ansprechen und dann auch noch, wenn Ruby ebenfalls anwesend war. Ich seufzte. Diese ganze Situation brachte mich völlig durcheinander. Unter keinen Umständen durfte ich deshalb auf meine Familie losgehen, nur weil Brax anscheinend Kontakt mit Wyatt hatte. Was irgendwie auch nett von ihm war, denn Wyatt brauchte auch jetzt noch einen Freund.

»Was ich eigentlich sagen wollte … Wyatt hat nächste Woche ein Konzert, bei dem er irgendeinen bedeutenden Song singt. Ich hab es nicht ganz verstanden, aber er hat gefragt, ob wir nicht vielleicht kommen wollen.«

Wir? Brax schien meine unausgesprochene Frage aus meinem Gesichtsausdruck herauszulesen.

»Die ganze Familie. Er besorgt uns VIP-Tickets«, erklärte er dann.

»Oh ja! Ein Konzert! Darf ich dann ganz lange aufbleiben?«, wollte Ruby aufgeregt wissen.

Brax strich ihr übers Haar. »Selbstverständlich.«

Sie hüpfte auf ihrem Stuhl auf und ab. »Lass uns das tun! Bitte!«, bat sie mich, und ich hatte Mühe, die aufsteigende Panik zu unterdrücken. Ich wusste, weshalb ich weder nach Wyatt im Internet gesucht, noch mir einen seiner Songs angehört hatte, denn ich würde einknicken, sobald er wieder mehr wurde als nur eine Erinnerung in meinem Kopf. Wobei gerade diese Erinnerungen mehr als lebhaft waren. Ich hatte jeden einzelnen Zentimeter seines Körpers geküsst, wusste, wie seine Grübchen hervortraten, wenn er grinste, oder dass er seinen Kaffee am liebsten schwarz trank. Ich konnte nicht auf dieses Konzert gehen, das wäre mein Verderben.

»Ich überlege es mir«, krächzte ich, und die kleine Ruby schien meinen Ton glücklicherweise nicht mitzubekommen, dafür alle anderen.

»Vielleicht solltet ihr einfach noch mal sprechen«, meinte Brax sanft, aber ich schüttelte nur den Kopf und stand ruckartig auf.

»Lake«, flehte meine Mom, und auch Dad schien beunruhigt.

»Ich … muss los … Midge und Emilia warten auf mich! Sorry, ich … bye«, stotterte ich und stürmte nach draußen.

Der Abend war warm und klar, der Sommer war da. Der Duft von Gras und Wald hing in der Luft, und ich inhalierte ihn tief, bevor ich meine Arme um mich schlang und die Veranda nach unten lief.

Die Tür hinter mir öffnete sich, und sowie ich mich umdrehte, verdeckte Graham fast den gesamten Türrahmen. Ich zwang mich zu einem Lächeln, doch es sah sicherlich nur aus wie eine falsche Grimasse.

»Brax ist ein Idiot«, sagte er und lief auf mich zu. Wir setzten uns wie früher, als wir Kinder waren, auf die unterste Treppenstufe und starrten Richtung Wald.

»Ich hab einen Hirsch gesehen«, sagte er leise und schubste mich sanft mit der Schulter an. Diesmal musste ich wirklich über seinen Versuch lächeln, mich mit dem Spiel aus unserer Kindheit aufzumuntern.

»Ich habe ein Einhorn gesehen«, erwiderte ich halbherzig, und Graham schlang den breiten Arm um meine Schultern.

»Du hast gewonnen.« Seufzend legte ich den Kopf an seiner Brust ab, und für einen Moment hockten wir einfach nur da.

»Brax meint es nur gut, du weißt, wie er ist, wenn es um andere geht. Mit sich selbst will er sich nicht beschäftigen, deshalb denkt er, er rettet so zumindest unser Liebesleben.«

»Welches Liebesleben, Graham?«, fragte ich.

Leise lachte er. »Ich hab keins, du etwa?«

»Nicht mehr«, flüsterte ich, und Graham drückte mich kurz an sich.

»Brax liebt dich und will dich nicht so unglücklich sehen wie jetzt. Wir alle wollen das nicht, doch er versteht nicht, dass du diese Zeit so durchstehen musst, wie du es für richtig hältst, nicht wie andere es wollen.«

»Wow, Gray, du sparst deine Worte genau für solche Momente auf, oder?«

»Vielleicht.« Gray war ein ganz besonderer großer Bruder. Während Brax schon immer nach vorn stürmte und jeden mit seiner lockeren, witzigen Art eroberte, stand Graham im Hintergrund und wägte jeden Schritt ganz genau ab. Er hasste leere Worte, die nichts aussagten und nur dafür da waren, die Stille zu füllen. Wenn er sprach, dann ergab alles plötzlich einen Sinn.

»Ich hab dich lieb, Gray.«

»Und ich dich, Lake.« Er drückte mir einen Kuss auf das Haar.

»Trotzdem weiß ich nicht, ob es vielleicht doch gut wäre, dieses Konzert zu besuchen. Damit ich abschließen kann oder damit ich endlich weiß, ob es richtig war, es zu beenden, weißt du?«

Schweigend nickte er.

»Es tut so weh«, flüsterte ich, und erneut bahnte sich der Schmerz an die Oberfläche. Ich schloss die Augen.

»Keiner wird dir sagen können, was richtig und was falsch ist, du musst es selbst herausfinden.«

»Manchmal hörst du dich an wie Mom«, scherzte ich und schlang meine Arme um den Riesen von einem Bruder.

»Schlimm, oder?«

Ich vernahm sein Grinsen aus seiner Stimme, ließ ihn los und sah ihn einen Moment an. »Nein, kein bisschen. Mom ist phänomenal.«

»Das ist sie.«

»Ich sollte langsam los.«

Wir standen auf und umarmten uns noch ein letztes Mal. »Danke«, flüsterte ich Graham ins Ohr, und er strich mir mit seiner großen Hand über den Rücken. »Übrigens solltest du dir mal überlegen, welche Beziehung du zu diesem Ungetüm hier hast.« Ich zupfte ein wenig an seinem Bart, und er lachte. Ich mochte sein Lachen, weil er es so selten zeigte und dann nur bei den Menschen, denen er komplett vertraute.

»Vielleicht hast du recht. Ist ganz schön lang geworden, ich komme mir vor wie damals Grandpa Eddie.«

»Dafür bist du noch nicht grau genug.«

»Na, ein Glück!«

Wir lächelten uns ein letztes Mal zu, bevor ich mich abwandte und zum Pick-up lief. Ich schüttelte alle negativen und verwirrenden Gefühle von mir ab und vertraute darauf, dass ich irgendwann wusste, was das Richtige war. Gray hatte recht, ich konnte mich nicht zu einer Entscheidung zwingen, und niemand konnte mir sagen, ob diese gut oder schlecht war.

Ich liebte die Kleinstadt, das hatte ich schon immer. Doch jetzt war jede einzelne Ecke davon mit Erinnerungen erfüllt, die ich zu verdrängen versuchte.

Glücklicherweise halfen mir meine Freundinnen und taten alles dafür, dass ich zumindest für einen Moment den Schmerz vergaß.

»Du bist was?«

»Beurlaubt.« Emilia ließ das Gesicht in ihre Hände sinken und schluchzte gespielt.

»Em, so kennen wir dich ja gar nicht! Du hast deiner Chefin nicht wirklich an den Kopf geworfen, dass sie unfähig in ihrem Job ist?« Midge trank fassungslos einen Schluck ihres Cocktails.

»So hab ich das auch gar nicht gesagt!« Emilia warf die Hände in die Höhe.

»Also, in welcher Welt sagt der Satz *Sie haben keine verdammte Ahnung* denn so etwas nicht aus?«, fragte ich.

Emilia stöhnte erneut auf. »Ich hab's verbockt, oder?«

»Nein, hast du nicht«, beruhigte Midge sie. »Sie wird drüber hinwegkommen, und vielleicht denkt sie noch mal nach und gibt dir endlich mal richtige Artikel.«

»Oder sie wirft mich ganz raus.«

»Du bist eine großartige Autorin und die beste Journalistin, die wir kennen! Wie viele davon hat New Hope?«

»Weiß nicht«, antwortete Emilia und zuckte resigniert mit den Schultern. »Gar keine mehr?«

Wir rutschten näher zu ihr und nahmen sie in eine Gruppenumarmung. Sie musste lachen und seufzte gleichzeitig, was sich ziemlich verrückt anhörte, und wir drückten sie noch fester, ehe wir sie wieder losließen.

»Das wird schon. Vielleicht kannst du sie mit einem richtig großen Thema überzeugen?«, munterte ich Emilia auf, versagte allerdings kläglich.

»Vielleicht.« Sie stürzte ihr Ale hinunter und knallte das Glas auf den Tisch. »Aber genug von mir, du wolltest uns etwas erzählen.« Wir wandten uns an Midge, und ihre Augen wurden größer vor Aufregung.

»Ihr wisst, dass Josh und ich uns schon immer eine riesige Familie gewünscht haben, anders, als wir es selbst hatten.«

»Oh! Mein! Gott!«, rief ich, und auch Emilia begann aufgeregt auf und ab zu hüpfen.

»Ich bin schwanger!«

Wir kreischten auf und lagen uns erneut in den Armen, diesmal jedoch mit allen Freudentränen, die wir aufbringen konnten.

»Das ist so großartig!«, rief Emilia.

»Ihr seid die besten Eltern, die es jemals gab und immer geben wird!«, stieß ich schluchzend hervor.

Laut lachte Midge. »Ihr seid verrückt!«

»Nein, ihr seid verrückt!«, sagte Emilia.

Als wir uns endlich wieder losgelassen und zu Luft gekommen waren, deutete ich auf Midges Drink. »Und was ist das dann?«

»Nur alkoholfreier Orangensaft.«

»Du Fuchs«, erwiderte ich.

Midges Grinsen wurde noch breiter. »Ich hab euch lieb.«

»Und wir dich!«

Kapitel 41

Wyatt

Es klopfte an der Tür, und ich sah auf. »Noch zehn Minuten bis zum Auftritt, Wyatt.« John, einer der Backstagemitarbeiter, steckte seinen Kopf durch die Tür. Heute war es so weit. Ich durfte den Song präsentieren, der mein Comeback sein sollte. Der große Knall, mein neues Ich.

Doch stattdessen hatte ich immer noch keine Ahnung, was ich fühlen sollte. Ich sollte glücklich sein, auf diesen Moment hatte ich seit Ewigkeiten hingefiebert. Und dennoch war ich es nicht. Ich stand von der Couch in meiner Garderobe auf und schenkte mir am anderen Ende des Raumes ein Wasser ein. Ich schwitzte und fror gleichzeitig. So aufgeregt hatte ich mich seit meinen ersten Auftritten als Teenager nicht mehr gefühlt. Dabei ging es nicht nur um den Auftritt heute. Es ging vor allem darum, wer alles anwesend sein würde.

In meinem Telefonat mit Brax hatte ich ihn gefragt, ob sie nach Los Angeles kommen wollten, und er hatte sofort zugesagt. Ich hatte nicht explizit nach Lake gefragt und zugesichert, dass ich für die gesamte Familie Backstagepässe besorgen würde. Natürlich lag meine größte Hoffnung darin, dass sie da war. Ich wollte sie nur einmal in Wirklichkeit sehen. Nicht auf einem Foto und nicht auf den Bildern in meiner Erinnerung.

Als ich das Glas zurück auf den Tisch stellte, warf ich es fast um und atmete zittrig aus. Ich strich mir die feuchten Handflächen an meiner Jeans trocken und wanderte wie ein Tier im Käfig unruhig durch den Raum, bis ich zu dem Garderobenständer marschierte und in meiner Jacke kramte. Kaum dass meine Finger das glatte Holz berührten, wurde ich ruhiger und zog den winzigen Vogel aus meiner Tasche. Er war noch da. Ich schloss die Augen und ließ die Bilder von diesem Tag durch meinen Kopf ziehen wie Wolken. Die Gefühle, die ich erlebt hatte, und wie Lake gestrahlt hatte, während ich ihr zuvor das Yogastudio gezeigt hatte. Ich hatte es nicht ernst genommen, als sie sagte, wir kauften mit diesem Vogel Erinnerungen, doch jetzt verstand ich, was sie damit meinte.

Es klopfte erneut, und ich nahm an, ich würde für den Auftritt geholt. Schnell steckte ich den Vogel zurück in die Tasche. Statt John steckte Brax den Kopf durch den Türrahmen, und mein Herzschlag legte noch mal an Tempo zu. Wenn das so weiterging, fiel ich bald in Ohnmacht.

»Hey, Mann! Das hier ist ja das reinste Labyrinth!« Er öffnete die Tür ganz, und ich kam ihm entgegen. Ich versuchte, nicht zu auffällig an ihm vorbeizustarren, um herauszufinden, wer ihn begleitet hatte, aber wahrscheinlich sah man mir meine Aufregung ohnehin an. Freundschaftlich schlugen wir ein und schenkten uns eine Männerumarmung mit vielen Rückenklatschern, ehe ich Ruby begrüßte sowie Alice und Harry.

»Für Graham war das zu viel Trubel, doch er schickt dir viele Grüße«, erklärte Brax und schaute sich neugierig in der

Garderobe um. Fast sah er mit seinen Tattoos, der Lederjacke in seiner Hand und abgewetzten Jeans selbst wie ein Rockstar aus.

Harry schloss die Tür, und die Hoffnung, Lake wäre gekommen, löste sich wie Nebelschwaden in der Luft auf. Meine Kehle wurde trocken, und ich konnte nicht sagen, wann ich jemals in meinem Leben so enttäuscht gewesen war.

Alice schenkte mir einen sanften Blick. »Sei nicht traurig, eure Zeit wird kommen«, sagte sie leise, sodass nur ich es verstehen konnte. Obwohl ich nickte, war ich nicht von ihren Worten überzeugt. Sie meinte es gut, doch im Grunde hatte nicht das Schicksal unser Zusammensein in der Hand. Vielleicht lag es tatsächlich nur an uns beiden.

»Wollt ihr etwas trinken? Ich muss zwar gleich auf die Bühne, aber ihr könnt gern noch etwas bleiben. Ich schicke euch jemanden, der euch begleitet, dann könnt ihr das Konzert backstage anschauen.«

»Oh wow, ja!«, rief Ruby begeistert, und mir fiel wieder mal auf, wie sehr ihre Augen denen ihres Dads ähnelten.

»Es ist wirklich schön, dass ihr da seid.« Und das meinte ich absolut ehrlich. Wenn ich die Enttäuschung über Lakes Nichterscheinen beiseitedrängte, wurde mir bewusst, dass diese Menschen hier die einzige Familie waren, die ich neben Andi hatte. Ich sollte dankbar dafür sein, dass sie den weiten Weg auf sich genommen hatten, nur um mich zu sehen und zu unterstützen.

Mir wurde klar, dass mich immer etwas mit der Familie Campbell und dem Ort New Hope verbinden würde.

»Nach dem Konzert gehen wir etwas essen, ich kenne einen ziemlich guten Laden in Los Angeles!«, verkündete ich, und die anderen waren begeistert. Als ich von John abgeholt wurde, organisierte ich, dass alle einen perfekten Platz am

Rande der Bühne erhielten, und verabschiedete mich für den Moment.

Den Blick gesenkt, liefen wir durch enge Gänge im Backstagebereich des Los Angeles Music Center. Je näher wir der Bühne kamen, umso mehr hörte ich die rufenden Stimmen der Menge. Bevor ich einige Treppen nach oben stieg, um die Plattform nach draußen zu betreten, schloss ich die Augen und fokussierte mich kurz. Das hier war der größte Auftritt meiner Karriere. Der Sprung in eine neue Liga. Die Größe der Halle war nicht vergleichbar mit denen, in denen ich vorher gespielt hatte.

Die Aufregung vermischte sich mit Vorfreude, und brennende Ungeduld erfüllte mich. Dafür war ich hier. Das war mein Moment. Ich wollte den Menschen ein Stück Hoffnung mit meiner Musik schenken, sie an meiner Leidenschaft teilhaben lassen und alles für sie geben, damit sie glücklich wieder diese Konzerthalle verließen.

Das Einzige, was ich jemals gewollt hatte, war Musik zu machen. Onkel Hanks Gesicht tauchte vor meinem inneren Auge auf, und diesmal ließ ich es zu. Die Erinnerung tat weh, aber es war ein Schmerz, der mir ins Gedächtnis rief, was mir wichtig war.

Er schien mir wie früher zu sagen: *»Du wirst es schaffen, du schaffst alles, was du dir vornimmst.«*

Und ich glaubte ihm. Eine Hand in meinem Rücken ließ mich die Lider heben, und ich wurde sanft, aber nachdrücklich nach oben auf die Bühne gedrängt. Jemand drückte mir meine Gitarre in die Hand, und ich hängte sie mir über die Schultern. Die Menge jubelte, während ich nach draußen trat, Scheinwerfer blendeten mich und spendeten Wärme und Licht, ehe ich die Hand hochnahm und die Menschen noch lauter schrien. Es war unglaublich, dass alle nur hier waren, um mich singen zu hören. Und noch unglaublicher war es, dass ich sie in der Vergangenheit mehr als einmal enttäuscht und sie mir verziehen hatten.

Adrenalin pumpte durch meine Venen. Ich nickte der Band im Hintergrund zu und stellte mich vor den Mikrofonständer.

»Einen schönen guten Abend, Los Angeles!« Ich wurde mit noch lauterem Kreischen begrüßt und musste grinsen. Endlich fühlte ich mich nach langer Zeit wieder wie ich selbst und konnte diesen Augenblick voll genießen. »Heute habe ich ein paar besondere Menschen hier, die mir in einer schweren Zeit geholfen haben und über deren Besuch ich mich sehr freue! Sagt Hallo!« Ich winkte in die Richtung, in der die anderen standen und mich freudestrahlend zurückgrüßten. »Habt viel Spaß heute Abend!« Erneut brandete der Applaus auf, bis die Band anfing zu spielen. Ich ließ mich ganz fallen, legte meine Finger an die Saiten meiner Gitarre und spürte den Bass in meinem Körper.

Zuerst spielten wir einige ältere Songs, damit die Menge sich einstimmen konnte. Schnellere Beats wechselten sich mit langsameren ab, bis der Moment gekommen war. Die Band wurde ruhiger, bis sie verstummte. Jetzt lag es nur an mir.

Ich schloss die Augen, und meine Finger flogen wie selbstverständlich über die Gitarrensaiten, ehe die Worte meinen Mund und mein Herz verließen. Lakes Gesicht stahl sich in meinen Kopf. Ihr Lachen, ihr Strahlen, all mein schmerzliches Vermissen legte ich in diesen Song, der mir mehr bedeutete als alle zuvor.

Ich spürte ihre Anwesenheit, als stünde sie neben mir. Als hätte sie ihre Hand auf meinen Rücken gelegt und flüsterte mir ins Ohr, dass sie bei mir war.

Es war verrückt, aber es half mir, diesen Moment zu überstehen.

Laugh like the sun
Lost without showing it to anyone

Breathing in
Breathing out
Hear my fragile heart

I feel like
My faults make me weak
But yours make you beautiful

I can see it in your eyes
Makes me forget everything
Blue Eyes
Like a deep mountain lake

And all I want
Is to fall into you
Without being afraid

Being afraid
Being afraid

I'm not good
I'm just bad
Even with relationships

But I'm sure
If you would trust me
I'd keep all of our secrets
I'm not worthy of you yet

I can see it in your eyes
Makes me forget everything
Blue Eyes
Like a deep mountain lake

And all I want
Is to fall into you
Without being afraid

Being afraid
Being afraid

I didn't know what home is
And still you gave me one
The way you look at me
Inspires me to grow

I want to deserve your love

Blue Eyes
Like a deep mountain lake

Die letzten Töne verklangen. Es war ganz still, ehe ich vorsichtig die Augen öffnete und das Jubeln der Menge anschwoll und wie eine Welle über mich hinwegschwappte. Dieses Gefühl hatte ich die letzten zwei Jahre vermisst, die Emotionen, die man nur mit Musik in einem Gegenüber hervorrufen konnte. Ich sah zum Bühnenrand und schenkte den anderen ein Lächeln. Alice strich sich eine Träne aus dem Augenwinkel, und Harry hatte sie dicht an sich gedrückt. Ruby stand vor Brax und lehnte sich an ihn, während er sie hielt. Familie war etwas Schönes, erst diese Menschen hatten mir das gezeigt. Und Lake. Die nicht hier war. Es war, wie ich befürchtet hatte. Ich hatte mir ihre Nähe und Wärme wieder mal nur vorgestellt, doch mir wurde in dieser Sekunde bewusst, ich wollte nicht mehr ohne sie sein. Ich wollte sie in meinem Leben wissen, an meiner Seite, alles andere war nicht so wichtig wie das. Sofern sie mich noch wollte.

Ich konnte mir keinen einzigen Atemzug mehr ohne sie vorstellen. Entschlossenheit setzte sich in mir fest, als ich der Menge einen schönen Abend wünschte und die Bühne verließ.

Kapitel 42

Lake

»Was tuschelt ihr denn da?« Ich trug eine schwere Kuchenplatte von Midges Theke zu dem Tisch, an dem sie und Emilia saßen. Rosafarbene Luftballons hingen neben gigantischen Schnullern aus Pappe überall im Café. Ich stellte den Kuchen auf einer rosafarbenen Tischdecke ab. Midge und Josh hatten gestern erfahren, dass es ein Mädchen werden würde, und für Emilia und mich war klar, dass wir diesen Umstand direkt feiern mussten. Natürlich hätten wir genauso gefeiert, wenn es ein Junge gewesen wäre.

»Nichts.« Emilia schob langsam ihr Handy unter eine Serviette.

»Ihr braucht nicht so zu tun, als wüsste ich nicht, wovon ihr sprecht. Oder von wem.« Innerlich seufzend setzte ich mich auf den freien Stuhl. Ohne meine Freundinnen wäre ich definitiv zerbrochen, und es war fantastisch, wie sie mich vor allem schützen wollten, was mir wehtat, aber mittlerweile war Wyatt seit Wochen weg. Ich musste irgendwann darüber hinwegkommen. Auch wenn der Schmerz noch genauso stark war wie nach unserem Gespräch. Es war das heftigste, schrecklichste Gefühl, das ich jemals in meinem Leben gespürt hatte, und jeden Morgen nach dem Aufstehen schnürte es mir zuerst einmal die Luft ab, wenn ich verstand, dass es vorbei war. Wirklich vorbei.

»Also, um was geht es?«

Midge legte ihre Hand auf die kleine Wölbung und lehnte sich zurück. Mittlerweile konnte man schon einen richtigen Bauch erkennen, und sie hatte nie schöner ausgesehen. Es stimmte, was über den besonderen Baby-Glow gesagt wurde.

»Du willst die ungeschönte Wahrheit?«, fragte sie nun.

Ich nickte. »Gib sie mir.«

»Wyatt ist mit seinem neuen Song auf Platz eins der Charts. Er hat es geschafft, Lake, und er dankt einem ganz besonderen Menschen dafür auf seinem Album.«

»Okay, ich hab es mir doch anders überlegt, ich will es nicht wissen.« Ich presste die Lippen aufeinander und rückte das Besteck von links nach rechts. Mit einem tiefen Atemzug sammelte ich all meinen Mut und meine Selbstbeherrschung zusammen, die ich hatte, und sah wieder auf. »Aber ich wünsche ihm nur das Beste. Ich freue mich für ihn.« Jetzt war es besiegelt. Wenn auch ein winzig kleiner Funken in mir gedacht hatte, Wyatt würde irgendwann noch mal zurückkehren, war dieser nun komplett erloschen. Wenn er so einen Erfolg hatte, würde er diesen ganz bestimmt nicht aufs Spiel setzen und länger zurück in eine Kleinstadt kommen. Er hatte eine zweite Chance erhalten und durfte seinen Traum leben. »Also, was wollt ihr trinken?«, fragte ich schrill und stand ruckartig auf. Ich fühlte mich schlecht, dass ich mit meinem furchtbaren Liebeskummer alle Aufmerksamkeit auf mich zog, und gleichzeitig konnte ich doch nicht aus meiner Haut.

Emilia fasste sanft nach meiner Hand und zog mich erneut

runter auf den Stuhl. »Ich mach das.« Sie erhob sich und verschwand in der Backstube.

Stirnrunzelnd sah ich Midge an. »Wo will sie hin?«

»Ich habe ihr verraten, wo ich meinen Vorrat für besonders schwierige Fälle aufbewahrt habe.«

Als Emilia kurz darauf mit einer Flasche Mandellikör und einer großen Packung Eis wiederauftauchte, musste ich lächeln. Auf dem Weg schnappte sie sich zwei kleine Gläser und drei Löffel und setzte sich wieder neben mich.

»Danach wird es dir besser gehen.«

»Oh manno, ich will auch!«, stieß Midge gespielt schluchzend hervor und seufzte.

»Kannst du. Zumindest das Eis.« Emilia steckte einen Löffel hinein und hielt es Midge hin.

»Na immerhin. Es hat auch Vorteile, schwanger zu sein. Jeder bedient dich, fragt dich, wie es dir geht, du musst keine schweren Sachen mehr heben.« In ihren Blick trat ein weicher Ausdruck. »Außerdem habe ich nach diesen Strapazen, den angeschwollenen Knöcheln und Stimmungsschwankungen eine kleine Prinzessin.«

Auch mein Herz klopfte schneller, und Tränen der Rührung traten in meine Augen. Emilia ging es ganz genauso, und wir hielten über den Tisch hinweg unsere Hände. »Du bist die tollste Mom, die es auf der Welt gibt«, sagte Emilia, und Midge dankte ihr mit einem Luftkuss.

»Und die coolste«, fuhr Emilia fort.

»Sowieso«, bestätigte ich ihre Aussage.

Wir lösten uns voneinander, und während Midge das Eis löffelte, reichte Emilia mir ein gefülltes Schnapsglas. »Trink den. Du wirst ihn brauchen.«

Ich runzelte die Stirn, weil ich keine Ahnung hatte, was ihre Worte bedeuteten, doch ich nahm das Glas, stieß mit ihr an, und wir kippten gleichzeitig den Inhalt hinunter. Der Likör brannte in meiner Kehle und konnte die Sehnsucht nach Wyatt leider kein bisschen löschen. So wie einfach gar nichts.

Plötzlich öffnete sich die Tür, und Josh kam mit Easton herein. »Tut mir leid, eure Babyparty zu stören, doch wir haben unsere beiden Mädels vermisst.«

»Aww, wie süß.« Midge fächelte sich Luft zu. »Das hasse ich auch. Dieses ständige Geheule!«

Wir mussten lachen. Josh trat zu ihr und zog sie hoch, um sie zu umarmen. Dann nahm er Easton hoch. Ich konnte nicht beschreiben, was dieses Bild dieser perfekten Familie in mir auslöste. Ohne Verständnis oder Rückhalt ihrer Eltern hatten sie es nicht einfach gehabt, und trotzdem hatten sie alles gemeinsam gemeistert. So sollte es sein.

Die Tür ging erneut auf, und auf einmal entdeckte ich Brax, Ruby, Graham und meine Eltern im Café. Ich hatte keinen blassen Schimmer, was das sollte.

Graham lief auf mich zu und drückte mich an sich. Er lächelte, also musste dieser Moment etwas ganz Besonderes sein.

»Was zum …« Ich schaute meine Freundinnen an, aber die zuckten nur grinsend mit den Schultern. »Was soll das?«

»Keine Ahnung«, erwiderte Midge, doch anhand ihres Grinsens konnte ich ihr an der Nasenspitze ablesen, dass sie sehr wohl wusste, was hier passierte.

Als ich mich zurück zur Tür drehte, setzte mein Herz einige Schläge lang aus. Wyatt stand im Türrahmen und hatte die Hände in die Hosentaschen geschoben. Sein Blick war nur auf mich gerichtet, und auch ich konnte meine Augen nicht von ihm lösen. Er sah so gut aus in den lässigen Jeans, mit einem schlichten weißen Shirt und diesen Lippen, mit denen er mich nun schief und etwas unsicher anlächelte.

Ich hatte so viele Fragen! Warum war er hier? Wieso wussten meine Freunde und Familie davon? Wann würde er wieder zurückmüssen?

Während er langsam auf mich zukam, durchlebte ich alle Gefühle, die mich mit Wyatt verbanden, wie in einem Schnelldurchlauf, und ich konnte mich nicht rühren. Mein Körper zitterte leicht vor Aufregung, und gleichzeitig wurden meine Handflächen feucht.

»Gott, ich hab dich so vermisst«, flüsterte er, als er kurz vor mir stehen blieb. Meine Haut kribbelte, so sehr sehnte sie sich danach, von ihm berührt zu werden.

»Was tust du hier?«, fragte ich leise und konnte immer noch nicht fassen, dass er wirklich hier war. Er griff nach meinen Händen, und ich hielt die Luft an. Seine grünen Augen funkelten wie zersprungenes Glas.

»Ich musste dich sehen.«

»Ich dachte, wir hatten uns geeinigt, es uns nicht noch schwerer zu machen«, erwiderte ich rau.

»Ab sofort möchte ich es dir nie wieder schwer machen.«

Ich runzelte die Stirn. Was bedeutete das?

Er atmete tief ein und schwer wieder aus, ehe er mich an sich drückte. »Ich danke dir von Herzen, Lake Campbell, dass du mir eine Welt gezeigt hast, in der die Menschen sich gegenseitig etwas bedeuten. In der es nicht wichtig ist, wie erfolgreich oder wie reich du bist, sondern nur, wer du bist. Ihr alle habt mir das gezeigt.« Er schaute kurz in die Runde, aber ich konnte meinen Blick immer noch nicht von ihm lösen. Als er mich erneut anschaute, wollte ich nur eines: mich in seine starken Arme flüchten und all den Schmerz vergessen, aus dem ich fast nur noch bestanden hatte.

»Ohne dich hätte ich diesen Song niemals zustande gebracht, weil du mir gezeigt hast, was es heißt, zu lieben. Ich dachte, mein Lebensziel wäre es, erfolgreicher Musiker zu sein, doch ich habe nicht gemerkt, dass der Erfolg mich einsam gemacht hat. Schon immer. Ich bin immer nur geradeaus gelaufen, ohne nach links oder nach rechts zu sehen, und habe mich dabei selbst verloren. Jedes Mal, wenn ich von der Bühne gegangen bin, verpuffte dieses Zusammenhaltsgefühl in der Luft. Es geht nicht um all die Menschen vor der Bühne, die ich gar nicht kenne und die etwas in mir sehen, was ich gar nicht bin … Es geht um die dahinter. Es geht um dich, Lake. Du hast mir gezeigt, dass man hin und wieder auch Abzweigungen nehmen kann, und ich will diese mit dir zurücklegen. Zusammen. Ich ertrage keinen einzigen Tag mehr ohne dich.« Ich stockte kurz. »Sofern du mich noch willst.«

Ich spürte, wie Tränen der Rührung heiß in meinen Augen brannten. »Was bedeutet das?« Ich musste es hören, so sehr ich wollte, dass das hier wahr war. Denn ich hatte keine Ahnung, ob ich es aushielt, dass er mich nur unregelmäßig besuchen kommen konnte, während er auf der ganzen Welt Auftritte und Termine hatte.

»Ich bleibe hier. Im wunderbaren New Hope.« Er grinste frech.

»Du bleibst hier?«, fragte ich sprachlos, als hätte ich seine Worte nicht wirklich verstanden. Die Bedeutung war auch noch nicht in mein Hirn gesickert.

»Ich will weiterhin Musik machen, aber es genügt mir, wenn ich hin und wieder bei Ginger auftreten kann, wenn du nur mein Publikum bist. Andi hat mir einen Job als Songwriter angeboten. Ich kann das tun, was ich liebe, und bin nicht an einen bestimmten Ort dabei gebunden. Hin und wieder müsste ich zu ihr ins Studio, aber das wäre nur ein paarmal im Jahr und …«

Er brauchte nicht weitersprechen. Ich ließ einen Freudenschrei los und schlang meine Arme um seinen Nacken. »Bist du dir sicher?«, wisperte ich dicht vor seinem Mund, und in seinem Blick stand vollkommene Überzeugung.

Er hob mich ein Stück hoch. »Ich liebe dich, Lake, sicherer kann ich mir gar nicht sein.«

Als unsere Lippen endlich aufeinandertrafen, drangen Applaus und Jubelrufe an mein Ohr. Die anderen hatte ich fast vollständig vergessen.

»Na endlich!«, rief Midge.

»War aber auch Zeit!«, hörte ich sogar Brax.

Verlangen und Lust rauschten wild durch meine Venen, aber bevor wir diese Gefühle vertiefen konnten, ließ Wyatt mich herunter, schenkte mir noch einen letzten zärtlichen Kuss und fasste meine Hand, die er den gesamten Tag während der Party, die daraufhin stattfand, nicht mehr losließ.

Kapitel 43

Wyatt

Hank Lanter.

Es war irgendwie surreal, den eingravierten Namen meines Onkels auf dem schwarzen Marmorstein zu sehen. Als hätte es eine Verwechslung gegeben, oder jemand anders hieß wie er.

Lake drückte meine Finger. »Alles in Ordnung?«

Ich nickte, aber in Wirklichkeit wusste ich nicht, ob es stimmte. Es hatte ein paar Wochen gedauert, bis ich den Mut fand und Lake bat, mich nach Hutchinson zu begleiten, um meinen Onkel und meine Eltern in meiner Heimatstadt zu besuchen. Es war an der Zeit, alte Brücken wiederaufzubauen und über meinen Schatten zu springen. Es hatte ja auch nur über zwei Jahre gedauert. Ich legte den Wildblumenstrauß, den Lake heute Morgen für mich gepflückt hatte, auf das Grab und atmete tief durch. Lake legte ihre Hand auf meinen Rücken, und ich schlang einen Arm um ihre Schultern und zog sie seitlich an mich. Es tat gut, nicht allein hier zu sein. Und trotzdem merkte ich, dass ich kein Grab und keinen bestimmten Ort brauchte, um mich von meinem Onkel zu verabschieden oder um an ihn zu denken. Denn das tat ich weiterhin jeden Tag. Doch mittlerweile lag nicht nur Schmerz in meinen Erinnerungen. Er hatte mich zu dem gemacht, was ich jetzt war, auch wenn ich auf dem Weg oft falsch abgebogen war. Die Liebe zur Musik begleitete mich weiterhin, sogar mehr denn je. Mittlerweile wusste ich sie zu schätzen und betrachtete sie als Geschenk und weniger als Last. Während ich abends an neuen Songs schrieb, saß Lake eingekuschelt vor dem Kamin und inspirierte mich zu so vielen Textzeilen, dass mir schwindelig wurde. Unsere eigene kleine Welt war wieder intakt und schöner als jemals zuvor. Erst jetzt fand ich die Kraft, mich auch den alten Dämonen zu stellen.

»Komm«, meinte ich sanft und zog Lake mit mir. Ich fühlte mich bereit, meinen Eltern gegenüberzutreten. »Und danke, dass du die mehr als tausend Meilen mit mir gefahren und hier bist.«

»Das ist selbstverständlich.« Sie drehte mich herum und blieb mit mir stehen. Fest drückte sie mich an sich, und ich lehnte mich ein Stück hinunter und presste meine Nase an die warme Haut ihrer Halsbeuge. Zu Hause. Endlich hatte ich eine Ahnung, was das bedeutete.

Bevor ich sie losließ, küsste ich sie, und dann stiegen wir in mein neues Auto und fuhren zum Haus meiner Eltern. Lake rutschte auf der breiten Sitzbank näher zu mir und nahm meine Hand in ihre. »Hab ich schon gesagt, dass ich deinen neuen Wagen ziemlich gut finde.«

Ich schenkte ihr ein Lächeln für den Versuch, mich aufzumuntern. »Ich wollte das Klischee in New Hope erfüllen.«

»Das hast du absolut geschafft. So ein Prachtexemplar von einem Geländewagen hat ganz bestimmt niemand in der Stadt. Ein bisschen übertrieben, oder?«

Ich streichelte mit dem Daumen über ihren Handrücken. »Übertrieben? Sag das nicht zu laut, sonst ist er sauer.« Ich strich sanft über das Lenkrad. »Hör nicht auf sie, du bist toll, so wie du bist.«

»Oh wow, ich wusste ja noch gar nicht, dass du so einer bist, der mit seinen Autos spricht.«

»Manchmal.« Ein leichtes Lächeln lag auf meinen Lippen. Die Entscheidung, die ich getroffen hatte, war die beste meines Lebens gewesen. Wir waren vorerst gemeinsam in der Gästehütte eingezogen, doch bereits auf der Suche nach einem eigenen kleinen Haus. Vormittags half ich Harry ein paar Stunden bei der Arbeit und widmete mich ab der Mittagszeit meinen Texten, ehe ich Lake abends in ihrem Studio nach der letzten Stunde abholte und wir gemeinsam mit Alice und Harry aßen. Hätte mir jemand vor einem halben Jahr gesagt, ich würde abends mit den Eltern meiner festen Freundin essen und wir würden gemeinsam auf ihrem Grundstück leben und könnten nicht glücklicher sein, ich hätte ihn definitiv ausgelacht.

Doch das war ich. So verdammt glücklich.

Deshalb musste ich diesen Schritt auch gehen und die letzte Baustelle in meinem Leben endlich abschließen.

Wir parkten vor dem Haus meiner Eltern. Es war nicht sehr groß und schon ein wenig baufällig, doch mein Dad war zu stolz gewesen, Geld von Hank oder mir anzunehmen, um es renovieren zu können. Er hatte eine Woche lang nicht mit mir gesprochen, als ich ihm vorgeschlagen hatte, ein neueres, schöneres Heim zu kaufen. Nun musste ich darüber lächeln, damals war ich stinksauer auf ihn gewesen.

»Wir sind da«, sagte ich, obwohl das offensichtlich war. Sehr wahrscheinlich wollte ich nur Zeit schinden.

»Bist du bereit, oder brauchst du noch ein paar Minuten?«

»Ein paar Minuten«, erwiderte ich und starrte weiter hinüber zu unserem Familienhaus. Mit dreizehn hatte ich an der Tanne im Vorgarten gelehnt und meine ersten Lieder komponiert. Auf den schiefen Platten des Eingangswegs hatte ich mir mit vierzehn den kleinen Finger beim Skateboardfahren verstaucht. Ich hatte noch beim Arzt geheult wie ein Baby. Jeden Samstag hatte ich aus dem Fenster neben der Tür gestarrt, um auf Hank zu warten. Es war verrückt, wie die Erinnerungen nun auf mich einprasselten. Sie nahmen überhaupt kein Ende mehr.

Plötzlich ging die Haustür auf, und meine Mom erschien. Sie sah aus wie immer, vielleicht lagen mehr dunkle Schatten in ihrem Gesicht. Sie hatte aufgehört, ihre braunen Haare zu färben, aber die filigranen grauen Strähnen standen ihr ausgezeichnet. Meine Hände schlossen sich enger um Lakes Finger.

»Ist das deine Mom?«, fragte sie sanft.

Ich nickte. Im gleichen Moment warf diese einen Müllbeutel weg und sah auf. Ich musste schlucken, während unsere Blicke sich trafen. Als könnte sie nicht glauben, dass ich es war, legte sie ihre Hand an ihr Herz und fing an zu schluchzen.

So schnell ich konnte, stürmte ich aus dem Wagen und kam ihr entgegen. Ich zog sie in meine Arme, und sie klammerte sich an mich. »Wyatt? Wyatt, bist du es wirklich?«, brachte sie schluchzend hervor, und ich drückte sie noch ein wenig fester an mich. Der Duft ihres gewohnten Parfüms ließ noch mehr vergangene Bilder in mir aufblitzen. Auch wenn wir erst vor zwei Jahren aktiv den Kontakt abgebrochen hatten, hatte ich mich schon viel länger nicht mehr hier zu Hause gefühlt. Aber das lag garantiert nicht an Mom. Sie hatte nur Angst, mich könnte das gleiche Schicksal ereilen wie Hank. Bei meinem Dad hatte ich schon früher vermutet, dass er neidisch auf seinen Bruder gewesen war. Vielleicht auch auf mich? Ich hatte keine Ahnung.

»Ich bin es, Mom«, sagte ich leise zu ihr, während sie sich ein Stück wegdrückte und mein Gesicht mit beiden Händen umschloss. Ihre Finger waren kalt und ihre Augen tränenüberlaufen.

»Ich kann es gar nicht glauben.«

Ihr Blick wanderte zum Auto, aus dem vorsichtig Lake ausstieg. »Ist das … ist das deine Freundin?«, stotterte sie, als könnte sie all die Eindrücke nicht verarbeiten.

»Ja, das ist Lake. Die Frau, die ich liebe«, gestand ich, und ein überglückliches Lächeln trat in ihr Gesicht. Sie hatte sich für mich immer nur einen Menschen gewünscht, den ich lieben konnte und der mir dieses Gefühl zurückgab. Lake lief auf uns zu, und meine Mom drückte auch sie an sich.

»Kommt herein! Ihr müsst unbedingt hereinkommen!«, sagte sie, als hätte sie Angst, dass wir gleich wieder verschwanden.

»Ist er da?«, fragte ich.

Ein dunkler Schatten legte sich über ihre Züge. »Ihr müsst das endlich klären. Ich halte keinen Tag mehr so aus«, erwiderte sie zittrig.

»Deshalb sind wir hier.«

Sie schluckte und sah kurz flüchtig zum Haus. »Das ist gut. Kommt.«

Lake schenkte mir ein aufmunterndes Lächeln, und wir liefen zum Haus. Doch bevor wir es betreten konnten, stand mein Vater auf einmal im Türrahmen. Es fehlte noch, dass er seine Waffe auf mich richtete, von der ich niemals verstanden hatte, wieso er sie überhaupt besaß. Sein Blick war starr und eiskalt, und ich zögerte einen Moment, ehe ich weiterlief.

Dad war nicht immer so gewesen. Er war ein guter Vater, das war er wirklich. Doch mit seinem Job, bei dem er gerade mal so viel verdiente, um uns über Wasser zu halten, hatte er nicht selten fünfzig Stunden pro Woche geackert. Und trotzdem hatte es kaum ausgereicht. Als dann Hank erfolgreich wurde und so viel Geld verdiente, dass mein Dad fünfmal davon leben könnte, wurde er von Jahr zu Jahr verbitterter. Ganz schlimm war es nach Onkel Hanks Tod und während unseres großen Streits. Hank hatte sein Leben weggeschmissen, und Dad hatte mir vorgeworfen, das Gleiche zu tun. Er hatte recht gehabt. Bis jetzt, und das wollte ich ihm beweisen. Vielleicht war immer noch der beste Dad der Welt, der sich selbst für seine Familie opferte, irgendwo in ihm drin.

»Was machst du hier?«, fragte er.

»Roman«, flehte meine Mom, aber er schenkte ihr keine Aufmerksamkeit.

»Bist du es nicht leid, ständig wütend zu sein?«, fragte ich ihn und sah an seinem Gesichtsausdruck, dass ich genau ins Schwarze getroffen hatte.

»Was interessiert dich das?«

»Sogar sehr viel, weil es mir genauso geht.« Ich trat noch einen Schritt auf ihn zu und hielt ihm die Hand hin. »Ich bin hier, um mich zu entschuldigen und es besser zu machen. Ein weiser Mann hat mir einmal gesagt: Es geht nicht darum, was uns die Welt vorenthält, es geht darum, was wir mit dem machen, was sie uns gibt.«

Er schluckte, als ich seine Worte wählte, die er zu mir gesagt hatte, als ich mal wieder tieftraurig von der Schule heimgekommen war. Dennoch ergriff er meine Hand nicht, und ich ließ sie enttäuscht sinken. Vielleicht brauchte es mehr Zeit, um die Wunden heilen lassen zu können, die unsere Worte angerichtet hatten.

Doch Dad ging einen Schritt zurück und deutete mit dem Kopf auf den Flur, bevor er selbst drinnen verschwand. Das war das größte Eingeständnis, das mein Dad machen konnte, und ich würde alles dafür tun, es anzunehmen und ihn nicht zu enttäuschen.

Ich umschloss Lakes Hand und betrat nach zwei Jahren wieder mein Elternhaus, um festzustellen, dass ich doch ein Heim hatte. Ich hatte es nur nicht zu schätzen gewusst.

Kapitel 44

Lake

»Gott, Mom, die Gemüsepasta ist der Wahnsinn«, sagte ich und schaufelte mir einen weiteren Teller voll. Es herrschte reges Treiben in unserem Esszimmer, denn es war Sonntag. Und zum ersten Mal war Wyatts Mom ein Teil unserer Runde. Sein Dad hatte ihm verziehen, doch er war zu stur, um sich ebenfalls einladen zu lassen. Es würde noch ein wenig Zeit brauchen, aber ich war mir sicher, dass sie irgendwann wieder ganz normal miteinander umgehen konnten.

Ich nahm Platz und lächelte Wyatt überglücklich an. Unser Leben war schöner, als wir es uns hatten vorstellen können. Miteinander in dem neuen Doppelbett einzuschlafen und wieder aufzuwachen und nicht die Angst haben zu müssen, dass einer von uns gehen musste, war alles, was ich mir gewünscht hatte. Wyatt zog mich sanft zu sich und drückte mir einen Kuss auf die Schläfe, ehe er mich wieder losließ. Ich genoss jede Sekunde in seiner Nähe.

»Alice, das Essen schmeckt wirklich fantastisch«, sagte Wyatts Mom.

»Vielen Dank, Karen, es ist so schön, dass du heute Zeit mit uns verbringst!«

Unsere Moms verstanden sich ausgezeichnet und hatten bereits den gesamten Vormittag gemeinsam in den Gemüsebeeten verbracht. Wie sich herausstellte, war Wyatts Mom vor einigen Jahren Floristin gewesen, ehe sie ihren Job leider verloren hatte.

»Habt ihr schon den neusten Tratsch gehört?«, sagte Brax und tat sich ebenfalls noch eine Portion auf den Teller. »Graham hat eine neue Nachbarin. Und noch dazu eine ziemlich heiße.« Er grinste Graham breit an, der ihm gegenübersaß und nun plötzlich unruhig wurde.

»Hör auf«, brachte er knurrend hervor und fixierte Brax mit einem festen Blick. Interessant. Ich konnte mich nicht daran erinnern, dass Graham jemals über irgendeine Frau gesprochen oder sich so benommen hatte, wenn es um eine ging.

»Weißt du mittlerweile, wieso sie hierhergezogen ist?«, fragte Brax.

»Das geht uns nichts an.«

»Nein? Vielleicht sollte ich ihr mal einen Besuch abstatten und sie auf einen Kaffee einladen«, meinte Brax, aber jeder von uns wusste, dass er Gray damit nur ärgern wollte.

»Verdammte Scheiße, Brax, hör auf!« Grahams Stimme wurde lauter, und alle drehten ihren Kopf zu ihm um. Dieser emotionale Ausbruch war ungewöhnlich für meinen Bruder. Brax hatte wohl recht, und da steckte tatsächlich irgendetwas dahinter.

»Was passiert, wenn nicht?«, forderte Brax ihn heraus, und ich sah, wie Graham die Fäuste unter dem Tisch ballte.

»Jungs, hört auf damit, wir haben heute einen Gast«, mahnte Dad.

Brax zuckte nur grinsend mit den Schultern. »War doch nur ein Spaß, Gray-Gray.«

Graham erwiderte nichts, aber ich konnte ihm am Gesicht ablesen, wie sehr er Brax an die Gurgel springen wollte.

Ich sah Wyatt an, der genauso überrascht von Grays Reaktion war wie ich. Brax hatte definitiv geschafft, was er geplant hatte, denn ich war neugierig auf diese mysteriöse Frau, die Graham anscheinend so durcheinanderbrachte.

Doch New Hope war winzig, und der Stadtfunk funktionierte ausgezeichnet. Wenn es eine neue Bewohnerin gab, würde sich das bald herumsprechen, und wir mussten nur abwarten, bis wir mehr über sie erfuhren.

Mom und Karen hatten gemeinsam einen wunderbaren Biskuit gebacken und diesen mit den Erdbeeren von unseren Feldern verziert. Wir genossen den Nachtisch gemeinsam im Wohnzimmer, während unsere Eltern witzige Geschichten über unsere oder Wyatts Kindheit zum Besten gaben. Immer wieder warf mir Wyatt einen Blick zu, und ich spürte seine zunehmende Anspannung. Egal, was der Grund dafür war, sie sprang auch auf mich über. Ich würde ihn sofort nachher, sobald wir allein waren, fragen, was los war.

Die Sonne war schon lange untergegangen, und Ruby schlummerte selig auf dem Schoß meiner Mom, die ihr sanft übers Haar strich. Brax nahm sie vorsichtig auf den Arm und verabschiedete sich, genauso wie Graham, der kurz hinter ihm das Haus verließ.

Unsere Eltern waren immer noch in bester Laune, und wir hörten lautes Lachen im Wohnzimmer, als auch wir uns von ihnen verabschiedet hatten und durch den Flur nach draußen gingen. Hand in Hand schlenderten wir auf die Gästehütte zu. Es war keine Dauerlösung, aber uns wäre alles recht gewesen, Hauptsache, wir konnten zusammenbleiben.

Sanft zog mich Wyatt weiter und bog kurz vor der Hütte rechts ab.

»Wohin willst du?«, fragte ich.

»Das wirst du gleich sehen. Bisher hatte ich doch nur gute Überraschungen für dich, oder?«

Ich musste lächeln, als ich daran dachte, wie Wyatt mir das Studio gezeigt hatte. »Das ist auch der einzige Grund, weshalb ich mitkomme«, erwiderte ich und erntete dafür von Wyatt ein leises Lachen.

Die Wiese hinter dem Haus war noch um ein ganzes Stückchen gewachsen. Der Sommer war in vollem Gange, und jeden Tag wurde es heißer. Die Waldbrandgefahr nahm zu, und Graham hatte deutlich mehr zu tun als im Frühling. Außerdem stand auf Platz eins meiner To-do-Liste, Mom und Dad ein neues Bewässerungssystem für das Gewächshaus zu besorgen, sobald ich genug dafür zur Seite gelegt hatte. Sie hatten schließlich auch mir die letzten Jahre mehr als einmal aus der Patsche geholfen.

Wir ließen die Wiese hinter uns und erreichten den angrenzenden Wald, doch Wyatt führte mich auf den kleinen Hügel, auf dem wir die Paarungszeremonie der Glühwürmchen beobachtet hatten. An dem Tag hatten wir uns zum ersten Mal geküsst und waren uns an dieser Stelle noch ein bisschen nähergekommen.

In New Hope fand mein gesamtes Leben statt, und an jeder Ecke hing eine meiner Erinnerungen. Es war wunderschön, dass Wyatt nun Teil davon war und selbst sein ganz eigenes Erinnerungsalbum hier füllte.

»Wyatt Lanter, was ist denn das?« Ich deutete auf die Decke, die ausgebreitet auf dem Boden lag. Darauf stand eine Flasche Sekt und daneben zwei Gläser. Ich nahm Platz und roch an dem Wiesenblütenstrauch, der mit der Flasche in dem Kühler steckte. »Du hast ja wirklich an alles gedacht.«

Er setzte sich neben mich und nahm sich den Sekt, um den Korken zu öffnen. »Selbstverständlich. Bist du bei mir etwas anderes gewöhnt?«

Ich lehnte mich ein Stück nach hinten, während der Korken sich mit einem lauten Plopp aus dem Flaschenhals löste. »Jetzt sag schon, was wir feiern«, sagte ich und legte meine Hand auf Wyatts Oberschenkel, der sich anspannte, während er den Sekt in die beiden Gläser füllte. Er schaute mir tief in die Augen, als er mir ein Glas überreichte, und sofort begann wieder alles in mir zu kribbeln. Ich würde mich nie an diesen tiefen Blick gewöhnen.

»Wir sind gemeinsam hier, haben diesen fantastischen Ausblick und sind gesund und glücklich. Reicht das nicht aus?«, erwiderte er leise und stieß sanft mit mir an.

»Auf jeden Fall«, wisperte ich und trank einen Schluck. Langsam nahm er mir das Glas aus der Hand und stellte es zu seinem an den Rand der Decke. Ich sah ihm an, dass noch irgendetwas sein musste. Langsam drehte er sich zu mir und umschloss meine Hände mit seinen. Mein Herz raste in meiner Brust, und ich spürte meinen Puls überall in meinem Körper.

»Wir haben es«, flüsterte er, und ich blinzelte überrascht.

»Was?«

Wyatt biss sich auf die Unterlippe und versuchte, sein breites Grinsen zu unterdrücken, was ihm definitiv misslang. Ein ausgewachsenes Lächeln breitete sich auf seinem Gesicht aus. »Cassie hat mich vor dem Essen angerufen. Wir haben das Haus.«

»Nein!« Ich stieß einen Freudenschrei aus und fiel Wyatt um den Hals. Sofort schlang er seine Arme um mich, und wir landeten gemeinsam auf der Decke. »Sag das noch mal.«

»Wir werden zusammenziehen, Hippie-Girl. In unser eigenes Traumhaus im wunderschönen New Hope und unser gesamtes Leben hier gemeinsam verbringen.« Er lachte, als könnte er es immer noch nicht fassen.

»Ich liebe dich«, wisperte ich. Wyatts Griff wurde fester, und er drückte mich noch enger an sich.

»Und ich liebe dich.« Als seine Lippen meine fanden, erfüllten seine Küsse mich mit Wärme, mit purem Glück und tausend Versprechen auf eine wunderbare Zukunft.

Danksagung

Ich habe unzählige Minuten gebraucht, um für diese Danksagung die ersten Worte aufs virtuelle Papier zu bringen. Aber nicht, weil ich nicht weiß, wem ich für dieses Buch und einfach für alles andere danken soll, sondern weil es keine Worte, keine Sätze und keinen Ausdruck für diese Dankbarkeit in meinem Innern gibt.

Ich darf einen Traum leben.

Allein dieser Satz drückt so viel aus. Etwas, das ich mir vor einigen Jahren nicht einmal ansatzweise hätte vorstellen können. Und das geht nur, weil mir so viele wunderbare Menschen zur Seite stehen, ohne die es wahrscheinlich nicht einmal ein Kapitel gegeben hätte.

Mein Dank gilt jedem einzelnen Leser meiner Geschichten, jedem, der mit Lake und Wyatt gelacht, geweint oder Herzklopfen gehabt hat. Danke, dass ihr als Blogger*innen und Leser*innen Teil dieser verrückten Reise seid und einige von euch schon seit Beginn meiner verkrampften Schreibversuche unermüdlich mit mir weitermarschieren. Ich liebe eure Nachrichten, eure Storys oder Beiträge zu Büchern, die euch begeistern. Hört nie, nie, niemals damit auf!

Ich danke meiner Familie, dass sie meinen Wunsch, vom Schreiben zu leben, niemals belächelt oder abgetan hat. Meiner Tante, dass sie jeden einzelnen meiner Romane gelesen hat und immer noch die gleiche Begeisterung dafür mit mir teilt.

Meinem Mann, der mir immer alle Freiheiten gegeben hat, das zu tun, was ich liebe. Der es hinnimmt, wenn die Wäsche sich während einer intensiven Schreibphase im Keller stapelt oder mein Büro wie eine Abstellkammer vor lauter Goodies, Büchern und Kram aus allen Nähten platzt. Ich liebe dich. Auch wenn du immer noch nicht viel mit Büchern anfangen kannst, außer sie unter einen wackligen Tisch zu schieben. Das würde ich dir übrigens tatsächlich niemals verzeihen.

Als der Himmel grau war und in meinem Kopf Gedanken vom Aufhören durcheinandergeflogen sind, hast du mir gut zugeredet, mich aufgebaut, an die Hand genommen und immer wieder gesagt, dass ich mich jetzt einfach mal einkriegen und weiterschreiben soll. Die beste Test- und Betaleserin auf der Welt, Juliane, was hab ich denn vor den fünf Jahren gemacht, bevor wir uns kannten? Ach ja, da habe ich tatsächlich noch nicht geschrieben! Du stehst seit Tag eins an meiner Seite und teilst jede Höhe und Tiefe mit mir, ich danke dir von ganzem Herzen für die Zeit, die Leidenschaft und deine Mühen, die du mit mir in die Geschichten steckst! Danke für diese erste Nachricht von dir an mich.

Liebe Sarah und die gesamte Agentur Thomas Schlück, ihr seid wundervoll! Schon bei meinen ersten Mails hat es sich richtig angefühlt. Ohne dich, Sarah, die so viel Begeisterung, Engagement und eine große Portion Liebe für Geschichten in ihre Arbeit steckt, hätte New Hope nicht so schnell ein so tolles Zuhause gefunden! Ich freue mich auf jede weitere Zusammenarbeit, und mein oberstes Ziel ist es, dein neues Regal zu füllen!

Die Überarbeitung eines Romans hat mir noch nie so viel Spaß wie mit dir gemacht, Mareike. Wirklich, das schreibe ich jetzt nicht nur einfach so! Lektorat war immer ein notwendiges Leid (was selbstverständlich nicht an meinen vorherigen Lektorinnen lag, sondern nur an mir, Grüße und Küsse an euch), aber diesmal war es wunderbar, mit dir gemeinsam an diesem Buch zu arbeiten, es zu verbessern, runder zu machen und Wyatt und Lake die Tiefe zu geben, die sie verdienen. Ich freue mich auf jedes weitere Buch, das ich mit dir besser machen darf!

Ich danke dem gesamten Team von Mira Taschenbuch und bin überglücklich, dass ich als neues Mitglied der Mira-Familie so toll aufgenommen wurde! Ich bin immer noch total geplättet, was für tolle Vorschläge ihr habt, danke, Jenny, für so viele kreative Ideen! Es ist mir eine Ehre, in so einem tollen Verlag untergekommen zu sein!

Wer einmal gesagt hat, dass Schreiben einsam ist, der hatte wahrscheinlich noch kein WhatsApp. Ich bin so froh, so tolle Autorenkolleg*innen zu haben, die mir mit Rat, Tat und Baumpflanzaktionen zum besseren Fokus zur Seite stehen.

Die Forest-Crew Sarah, Anya, Emily, Kate, keine Ahnung, wie ich vor unserer Gruppe jemals nur eine Seite schreiben konnte.

Danke für den Zusammenhalt und den tollen Erfahrungsaustausch, den man in unserer Schlücklich-Gang erhält. Anika, Anna, Ava, Ayla, Carina, Daniela, Emily, Jennifer, Jenny, Justine, Katharina, Lucinda, Nina, Lea, Nora, Lisa, Patty, Leni, Laura, Lydia, Thilo. Ihr seid wunderbare starke Menschen, die alles schaffen können, was sie wollen, und ich bin immer wieder geplättet, was für eine geballte Power man in der Gruppe erfährt.

Außerdem geht ein ganz besonderer Dank an Nora für diesen wundervollen Songtext. Ohne deine Hilfe bestünde er immer noch aus Phrasen ohne einen sinnhaften Aufbau und zu viel Text. Nun ist er perfekt!

Außerdem danke an unsere Gespräche, Live-Videos, Zoom-Calls, Nachrichten und mehr. Ich warte sehnsüchtig auf den Moment, in dem man sich wieder in Wirklichkeit treffen darf! Die nächste Buchmesse gehört uns! Viola, Annie, Louisa, June, Lenia, Kim, Tina, Jessica, Aurelia, Kimmy, Allie, Katrin und alle, die ich jetzt in meiner Euphorie vergessen habe.

Um das eingehende Zitat noch mal aufzunehmen, kann ich für mich sagen, dass es noch nie einen Satz gab, der mehr Wahrheit enthielt:

Mut steht am Anfang des Handelns,
Glück am Ende.

Demokrit

Originalausgabe

Dieses Werk wurde vermittelt durch die Literarische Agentur
Thomas Schlück GmbH, 30161 Hannover.

Kapitel 1

Graham

»Ruhe!« Der Bürgermeister schlug mit seinem kleinen, ockerfarbenen Hammer auf sein Pult, als würde es irgendetwas bringen. Diese ganze Veranstaltung hier war alberner als die Gesangseinlagen meines jüngeren Bruders Brax in seiner Schreinerei *Woodworker*. Ich verschränkte die Arme und rutschte tiefer in den Stuhl.

»Jetzt geht's gleich los«, flüsterte Brax, und seine Stimme war erfüllt von Vorfreude. Ich verdrehte die Augen und gab ein genervtes Brummen von mir. Er rammte seinen Ellenbogen in meine Seite, und ich schnaubte erneut. Man könnte annehmen, er wäre zehn Jahre, so alt wie seine Tochter Ruby, und nicht neunundzwanzig. »Da!« Mit dem Finger deutete er auf den schwarzhaarigen, schlanken Mann, der sich gerade von seinem Platz erhob. Durch die Menge ging ein Raunen.

»Archi, können wir bitte sachlich über dieses Thema sprechen, ohne dass du uns unterbrichst!« Antoines französischer Akzent war unverkennbar. Er stand zwischen den Stuhlreihen, die belegt von fast allen Einwohnern New Hopes waren, und hielt in seinem linken Arm seinen kleinen Spitz La

Chance, der ganz aufgeregt zu kläffen begann. Großer Gott. Ich rieb mir mit Zeigefinger und Daumen die Nasenwurzel, hinter der es heftig zu pochen begann. Ich wünschte mich in meine einsame Blockhütte einige Meilen von der Innenstadt New Hopes zurück. Bei dieser sinnlosen Bürgerversammlung waren deutlich zu viele Menschen und deutlich zu viele Meinungen vertreten. Das hier war für mich mein persönlicher Kreis der Hölle.

»Archibald! Mein Name ist Archi-bald!« Der Kopf des Bürgermeisters wurde besorgniserregend rot. Er war bekannt dafür, überzureagieren, aber im Grunde war er harmlos. Seine Vorzimmerdame Mrs. Appleworm, ein noch größerer Fan von Klatsch und Tratsch als Brax, hielt ihn wenigstens ein wenig in Schach. Jetzt tätschelte sie beruhigend den schweißbedeckten Rücken unseres Stadtoberhaupts.

»Was sagst du?«, flüsterte Brax glucksend und lehnte sich ein Stück über mich. »Ich würde sagen, eine Sechs.«

»Nein! Der Rotton seines Gesichts geht bereits in seinen Hals über«, erwiderte Lake, unsere jüngere Schwester auf meiner anderen Seite. »Das ist locker eine Sieben.« Brax lachte leise, und auch Lakes Freund Wyatt neben ihr grinste breit. Meine beiden jüngeren Geschwister hatten schon in unserer Kindheit eine riesige Freude daran gehabt, unseren Bürgermeister auf die Palme zu bringen, und erfanden sogar eine Farbskala für den Farbton seines wütenden Gesichts. Ich wandte mich ihnen zu. »Wenn ihr das nächste Mal denkt, ich müsste an dieser Veranstaltung teilnehmen, verwerft diesen Gedanken genauso schnell wieder, wie er aufkommt.«

»Wir haben dich nur gefragt, weil Mrs. Appleworm gesagt hatte, dass etwas auf der Tagesordnung steht, das dich als Ranger betrifft. Sie hat klargestellt, du müsstest heute dabei sein«, flüsterte Lake entschuldigend, während im Hintergrund der Eisdielenbesitzer Antoine immer noch mit unserem Bürgermeister stritt.

»Um zu besprechen, wer am Tag des Bären in das Bärenkostüm steigt? Euer Ernst?«

»Du solltest wenigstens einmal erwägen, diesen wichtigen Part zu spielen, du wärst perfekt dafür«, sagte sie und verkniff sich ein weiteres Lachen. »Tu es für unsere Stadt. Und auch ein wenig für unseren Spaß.«

»Würde Familie Campbell sich bitte ebenfalls an unserem Stadtgeschehen beteiligen und nicht in der letzten Reihe schwatzen!«, rügte uns der Bürgermeister.

Brax hob die Hände. »Sorry, Archi!«

Dieser gab einen gequälten Laut von sich. Okay, diesmal musste auch ich fast grinsen. Fast. Die Menge um uns herum begann zu murmeln und zu tuscheln. Mrs. Appleworm gab ein ermahnendes Schhhhh von sich.

»Also können wir bitte noch einmal darüber sprechen, dass es für den allgemeinen Zusammenhalt äußerst schön wäre, wenn …«

»Nein, Antoine!« Erneut sauste der kleine Hammer auf das Pult. *Tock. Tock. Tock.* Das Geräusch hallte hinter meinen Schläfen wider. »Wir werden das Picknick am 4. Juli nicht durch ein Eiswettessen ersetzen ... und Schluss!«

Antoine schnaubte, und La Chance kläffte noch einmal laut, ehe die beiden wieder Platz nahmen. Der Eisladen gehörte Antoine, und er versuchte bei jedem Stadtfest, seine abartigen Kreationen unter die Menschen New Hopes zu kriegen. Lake, Wyatt, Brax und seine Tochter Ruby standen auf das Zeug, aber ich, um ehrlich zu sein, konnte dieser kalten Pampe noch nie irgendetwas abgewinnen.

»Hey, Graham«, zischte es hinter uns. Ich drehte mich um und schenkte Mr. Butler, einem älteren Herren, der mit seinem besten Freund Mr. Douglas überall dort war, wo etwas passieren konnte, meine Aufmerksamkeit. Die beiden teilten sich eine Tüte Nüsse und hielten sie mir entgegen.

»Du siehst aus, als würdest du Nervennahrung brauchen«, meinte Mr. Butler und schob sich die Brille mit der anderen Hand zurecht.

»Und wenn es um Nervennahrung geht, weiß mein alter Freund hier ganz genau Bescheid«, scherzte Mr. Douglas. »Du solltest ihn bei den Abendessen mit seiner Frau erleben.«

»Wobei die nicht mal annähernd an die Filmabende mit deiner herankommen!«, konterte Mr. Butler. Für einen Moment herrschte Schweigen, dann brachen beide in leises Gelächter aus.

»Nein danke«, sagte ich und schenkte ihnen ein knappes Nicken. Ich würde diesen Abend auch irgendwie so überstehen. Oder ich nahm die Packung, um sie Brax über den Kopf zu ziehen, weil erneut sein Ellenbogen meine Seite traf.

»Kannst du bitte damit aufhören«, raunte ich ihm zu, und das Einzige, was ich erntete, war ein grinsendes Kopfschütteln.

»Auf gar keinen Fall. Pass auf, jetzt geht es wieder los!« Er deutete mit dem Daumen in Richtung Antoine, der erneut aufgestanden war. Es dauerte nur noch einen Moment, ehe aus Archibalds Ohren weißer Rauch austrat.

»Eine Neun, locker«, sagte Lake.

»Das sehe selbst ich«, stimmte ihr Wyatt zu.

Brax rieb sich die Hände aneinander. »Wollen wir mal sehen, ob wir heute noch die Zehn erreichen. Wenn ich das schaffe, hab ich gewonnen«, sagte er und schaute Lake an, die nur mit den Schultern zuckte.

»Nicht, wenn ich es eher schaffe.« Als beide sich gleichzeitig erhoben und Archibalds Kopf in ihre Richtung ruckte, sank ich noch tiefer in meinen Sitz und verschränkte die Arme vor der Brust. Ich liebte unsere Kleinstadt New Hope, die direkt an die wunderschöne Natur des Yosemite-Nationalparks grenzte, doch vor solchen Veranstaltungen hielt ich mich in Zukunft um jeden Preis fern.

Kapitel 2

Liz

Ein weiteres Kleidungsstück fand den Weg in meine Reisetasche. Sie war jetzt schon randvoll mit Zeug, das ich mitnehmen wollte. Ich hätte meine Mom fragen sollen, ob sie mir ihren großen Koffer lieh, aber wahrscheinlich würde sie mir dann nur mein Vorhaben ausreden wollen. Mal wieder.

Doch ich war fest davon überzeugt, dass der Tapetenwechsel und die Zeit fernab von San Francisco in einem kleinen, beschaulichen Ort mitten in der kalifornischen Wildnis mir helfen konnte. New Hope. War der Name der Kleinstadt nicht schon ein Zeichen? Ich wollte zumindest daran glauben.

Die Zähne des Reißverschlusses gaben ein lautes Ratschen von sich, als ich diesen schloss und von meinem Bett aufstand. Meine Wohnung war nicht sehr groß, aber viel konnte ich mir von meinem Gehalt auch nicht leisten. Was allerdings auch nicht schlimm war, denn ich war nie der Typ gewesen, der mit Geld um sich schmiss, viele Partys feierte oder große Reisen unternahm. Das Abenteuer, das vor mir lag, war wahrscheinlich das größte, das ich je wagen würde. Mit meiner Mom war ich ständig umgezogen, allerdings hatte ich da auch keine andere Wahl gehabt. Meine bewusste Entscheidung, umzuziehen, würde mir diesmal wirklich helfen. Zumindest hoffte ich das.

Ich hievte die Tasche vom Bett und zog sie durch den schmalen Flur bis vor meine Haustür. Die drei Stockwerke auf die Straße wären eine ziemliche Herausforderung.

Noch einmal lief ich die Räume meines Apartments ab, die Küche, das winzige Bad, das Wohnzimmer mit dem Doppelbett im Schlafbereich. Erinnerungen der letzten fünf Jahre hier überwältigten mich für einen Augenblick. Gute wie schlechte, und ich nahm einen tiefen Atemzug, um mich zu erden. Meine beste Freundin Payton würde sich um meine Blumen kümmern, die ich gestern Abend noch zu ihr gebracht hatte, denn tatsächlich wusste ich nicht, wann ich wieder hier sein würde. Ob ich es jemals wieder sein würde? Oder bereits nach einer Woche? Alles wäre möglich.

Ich sah durch die Fenster im Wohnzimmer hinunter auf die Straße. Fremde Menschen liefen über den Bürgersteig, die ich noch niemals gesehen hatte. Fremde Menschen wohnten in den Wohnungen neben meiner. Fremde Menschen hatten gesehen, was mir vor einem Jahr unten in dem angrenzenden Park passiert war, und keiner von ihnen hatte auch nur die Polizei gerufen.

Nein, entgegen der Meinung meiner Mom war der Entschluss, mir einige Zeit Ruhe zu gönnen, richtig und vor allem nötig. Jeden Tag, wenn ich einen Fuß aus meinem sicheren Apartment nach draußen setzte, spürte ich die heranrauschende Panik, die meinen gesamten Körper lähmte. Wenn ich jemals wieder zur Normalität zurückfinden wollte, musste ich diesen Druck loswerden. Und das ging nur mit einem Tapetenwechsel.

Mein Handy gab einen Ton von sich, und ich zog es aus meiner Jeanstasche. Payton hatte mir ein Bild von sich mit einem lächerlichen Katzenfilter geschickt und darunter *»Gute Fahrt, melde dich, wenn du da bist, hab dich lieb«* geschrieben. Ich musste lächeln. Sie würde ich am allermeisten vermissen. Auch wenn wir uns immer noch im gleichen Staat befanden, lagen etliche Meilen und eine Fahrt von fast fünf Stunden zwischen uns. In den letzten fünf Jahren meines sechsundzwanzigjährigen Lebens hatte ich mich nur in dieser Stadt aufgehalten. Ja, ich hatte seit langer Zeit sogar den immer gleichen Tagesrhythmus. Keine Überraschungen bedeutete zumindest keine schlechten Nachrichten oder Erlebnisse. Eine Ewigkeit hatte ich mich in dieser trügerischen Sicherheit befunden.

An der Eingangstür warf ich noch einen Blick auf das Bild, das auf der Kommode stand, und strich sanft mit dem Finger über das lachende Gesicht meines kleinen Bruders. Die Kälte griff nach mir, begann an meinen Zehen und arbeitete sich langsam mit spitzen Krallen meinen Körper nach oben. Es war lähmend und beraubte mich kurz all meiner Vorsätze. Damit ich mir meine Abreise doch nicht anders überlegte, schnappte ich mir meine Taschen und verließ meine Wohnung. Nachdem ich abgeschlossen hatte, mühte ich mich mit dem Gepäck nach unten ab und erreichte außer Atem meinen kleinen Fiat, der am Straßenrand einen Block weiter stand. Ich sammelte mich einen Moment, ehe ich den Versuch startete, die schwere Tasche in den Kofferraum zu hieven.

Ein älterer Mann kam auf mich zu, und für einen Moment erstarrte ich. »Kann ich Ihnen helfen, Miss?«

Ich schüttelte den Kopf und versuchte, freundlich zu lächeln, auch wenn ich Fremden gegenüber immer noch misstrauisch war. Er wirkte kurz irritiert, weil ich ihm nicht antwortete. Mittlerweile kannte ich diese Reaktion auf mich bereits.

»Das Gepäck sieht schwer aus«, versuchte er es erneut, allerdings schüttelte ich wieder den Kopf. Er zog die dunklen Brauen zusammen und musterte mein Gesicht eindringlich. Ich legte die Hand auf den Mund und zuckte danach mit den Schultern, um ihm zu verstehen zu geben, dass ich nicht sprechen konnte. Mir entging nicht der Moment, als die Erkenntnis bei ihm ankam. Plötzlich wurden seine Wangen rot, und er wirkte verlegen, als wäre meine Stummheit etwas, das ihm peinlich sein müsste. Ich wandte mich ab, doch er ließ nicht locker.

»Lassen Sie mich doch helfen. Bitte.« Als könnte er dadurch sein zu Unrecht schlechtes Gewissen erleichtern, nahm er einfach meine Tasche und hob sie an. Um ihn schnellstmöglich abwimmeln zu können, öffnete ich meinen Kofferraum und trat einen Schritt zur Seite. »Eine gute Fahrt«, sagte er hastig und eilte den Bürgersteig hinunter, als könnte er nicht schnell genug aus der Situation kommen. Ich schloss die Kofferraumklappe und setzte mich auf den Fahrersitz. Aus Gewohnheit drückte ich das kleine Knöpfchen, das die Verriegelung aktivierte. Menschen waren schwierig und kompliziert, und ich zählte mich definitiv dazu. Ich hatte keine Ahnung, ob diese nicht überall auf der Welt so waren und ich nur den Ort wechselte, aber meine Ängste und Dämonen mir ohnehin einfach folgten. Diese Reaktion, dieses Unbehagen auf mich war mir nur allzu bekannt, und seit über einem Jahr lebte ich jeden Tag damit.

Seufzend ließ ich die Stirn auf das Lenkrad sinken. Mein Herz wummerte heftig gegen meinen Brustkorb, als hätte ich einen Marathon hinter mir, und der Knoten in meinem Hals schnürte sich weiter zu. Jedes Mal, wenn ich die Straße betrat, zog er sich noch ein Stück zu, sodass mir das Atmen immer schwerer fiel. Würde ich diesem Gefühl, nie wirklich dazuzugehören, und der Schuld, selbst verantwortlich für mein Schicksal zu sein, überhaupt entfliehen können? Ich hatte keine Ahnung. Aber es war an der Zeit, es endlich herauszufinden.